Para mamá, a quien perdí tres semanas
después de escribir «Fin» en este libro.
Esta historia presenta a una mujer fuerte,
y mi madre era la definición de fuerza y resiliencia.
No suelo escribir sobre madres increíbles en mis libros,
y supongo que es porque sabía que ni siquiera
una gran madre de ficción podría compararse
con lo increíble que fue la mía.
Tengo mucha suerte de haberla tenido durante tantos años.
Te quiero y te echo de menos, mamá.

EN SU PROPIA LIGA

LIZ TOMFORDE

Traducción de Amaia Zorriqueta
y Pilar López Riquelme

montena

En su propia liga

Título original: *In Her Own League*

Primera edición: marzo, 2026

Publicado originalmente por Hodder & Stoughton
Traducción publicada por acuerdo con Sandra Dijkstra Literary Agency
y Sandra Bruna Agencia Literaria, S. L.

Travessera de Gràcia, 47-49, 08021, Barcelona

Impreso en Colombia / *Printed in Colombia*

979-88-9098-8768

Playlist

She – BRNDN	♥	2:28
Man I Need – Olivia Dean	♥	3:04
Make Me Forget – Muni Long	♥	3:58
F&MU – Kehlani	♥	2:14
DAISIES – Justin Bieber	♥	2:56
All Me – Kehlani feat. Keyshia Cole	♥	2:58
God Went Crazy – Teddy Swims	♥	3:03
I Do – Toosii & Muni Long	♥	2:46
This Is – Ella Mai	♥	3:26
Black & White – Teddy Swims & Muni Long	♥	3:00
GO BABY – Justin Bieber	♥	3:14
Different Too – Elmiene	♥	2:45
Funeral – Teddy Swims	♥	3:54
Keep Going – Mario	♥	2:48
Photographer – BRNDN	♥	2:12
Better – ZAYN	♥	2:54
Useless (Without You) – Elmiene	♥	2:46
Little Things – Ella Mai	♥	2:52
Want You To Know – Blxst	♥	2:48
Find Someone Like You Snoh Aalegra	♥	3:26

1

Emmett

¿Es el principio del fin?

Parece el principio del fin.

¿En qué momento sabré que este es mi destino? Que es mi último primer día aquí. Mi última primera reunión con el personal. Mi último primer «hola» a los compañeros que no he visto en meses.

La offseason nunca me había parecido tan corta.

Por lo general, me muero de ganas de que vuelva el beisbol, cuento los días para que se acabe el invierno, pero este año no. Este año, me ha aterrado la idea de volver a mi oficina en el estadio, sabiendo que cada movimiento que hiciera iba a ser analizado.

Porque esta temporada tengo jefa nueva, una que no cree que yo sea el adecuado para ocupar el puesto de mánager del equipo de Chicago de las Grandes Ligas de Beisbol, aunque ya lleve en este puesto siete años.

Esta mañana hay mucho bullicio en la sala de proyección. Todos los que trabajan para los Windy City Warriors, excepto los jugadores, llenan los asientos dispuestos en forma de anfiteatro. Esta es la sala donde solemos repasar los partidos para prepararnos ante un futuro adversario o cuando hace falta una sesión individual para corregir errores. Pero hoy nos apretujamos aquí para la primera reunión con la nueva propietaria del equipo.

Reese Remington.

La mujer de treinta y cinco años es la nieta del propietario anterior, un señor que ocupó el puesto casi los mismos años que tengo yo, y que me permitía dirigir el equipo como yo considerara. Su nieta, sin embargo, a juzgar por nuestras interacciones durante la temporada pasada, cuando tan solo estaba preparándose para asumir el mando, hará cualquier cosa menos no intervenir.

Kai me da un codazo desde el asiento de al lado.

—¿A qué hora quieres que nos veamos mañana para repasar la rotación de lanzadores?

—Digamos que a las once y media.

—Puede que me tenga que llevar a Max. Espero que no te importe.

Le lanzo a mi futuro yerno una mirada impasible.

—Claro que no me importa, As.

—No creo que me puedas seguir llamando As. Esta temporada vas a tener un nuevo lanzador estrella. Solo tenemos que decidir quién va a ser.

—Tú siempre serás As. Le deseo suerte al próximo.

Kai o As, como lo llamamos, era el lanzador estrella de los Windy City Warriors desde que se unió al equipo hace algunos años. Era, hasta que se retiró al acabar la temporada pasada, y me quedé sin mi chico de confianza en el montículo. Pero por mucho que vaya a echar de menos contar con él para abrir los partidos, todavía estoy más orgulloso de él por haber tomado la mejor decisión para su familia. En particular, porque esa familia ahora incluye a mi hija.

Se conocieron hace un par de años, cuando Miller se pasó el verano cuidando al hijo de Kai, y el resto es historia. No me podría imaginar un hombre mejor para mi chica. Y ahora, viendo a Miller tan tranquila y en paz aquí en Chicago con él y Max, me cuesta recordar a la niña salvaje que crie, la que en otro tiempo nunca parecía ser capaz de echar raíces en ningún sitio.

Estoy muy orgulloso de Kai por haberse retirado cuando llegó el momento, pero él ya echaba de menos el beisbol antes siquiera de que terminaran los entrenamientos de primavera. Así que, aunque puede que ya no esté entre mis jugadores, ahora lo tengo en el cuerpo técnico. Las ventajas de ser el mánager de un equipo de las Grandes Ligas. Puedo contratar a mi propio equipo, y no hay nadie más preparado que Kai Rhodes para ser mi nuevo entrenador de lanzadores.

La puerta que da a la abarrotada y bulliciosa sala se abre y mi cuerpo se tensa al instante, esperando verla, pero cuando una pelirroja bajita con una coleta saltarina y tres cafés en equilibrio en las manos entra despacio, me vuelvo a relajar en el sitio.

—¿Me perdí de algo? —pregunta Kennedy, mientras toma asiento en la silla vacía que hay a mi otro lado antes de pasarnos a Kai y a mí un café a cada uno.

—De momento, no. —Levanto mi taza hacia ella—. Gracias.

—No hay de qué, Monty.

—Feliz primer día oficial, doctora Rhodes.

Mis palabras hacen sonreír a Kai, que mira a su cuñada desde donde se sienta a mi lado.

—Gracias —dice ella. El rubor le cubre las mejillas.

Kennedy no solo es la nueva doctora del equipo, también está casada con uno de los jugadores, el hermano pequeño de Kai, Isaiah.

Los hermanos Rhodes han formado parte de mi familia desde que llegamos a Chicago. Hay ocasiones en las que, si les hace falta, pretendo ser su padre, y otras en las que, como no hay una diferencia de edad enorme entre nosotros, poco más de una década, tan solo soy su amigo.

Sí, ambos fueron mis jugadores y yo su entrenador, pero nuestro vínculo es mucho más fuerte que eso. Además, da la casualidad de que Kai se va a casar con mi hija dentro de poco y de que Isaiah está casado con la médica del equipo, con quien trabajo codo con codo, así que se trata de un gran grupo familiar sin lazos de sangre.

—¿Nos vemos esta noche en la cena, chicos? —pregunta Kai.

Kennedy asiente.

—Allí estaremos.

—Yo también —le confirmo.

Aunque hay bastante ruido en la sala de proyección, puedo oír el chirrido de la puerta alto y claro, y ese sonido hace que la tensión recorra todos y cada uno de mis músculos.

Reese es la última en llegar, y en cuanto uno de sus tacones de aguja cruza el umbral, desvío toda mi atención hacia ella de inmediato. El pelo rubio cortado justo por debajo de la mandíbula. Una falda lápiz gris antracita que se ajusta a sus curvas. Los ojos azul oscuro, indescifrables, analizan con frialdad la sala. Y cuando se posan en mí, dicen a gritos lo poco que le agrado. Bueno, retiro lo de «indescifrables», porque son bastante fáciles de descifrar en el momento en que me miran.

La mirada de desdén se mantiene hasta un segundo antes de que la aparte de mí y continúe caminando hacia el estrado que hay al frente de la sala.

No sé qué es lo que le molesta tanto de mí, que le deja tan mal sabor de boca, pero a mí me ocurre lo mismo con ella. Sin embargo, yo tengo mis razones.

En primer lugar, se pasó toda la temporada pasada diciéndome que su primer año como propietaria oficial del equipo coincide con el año que tengo que renovar mi contrato. Como si tuviera que recordarme que esta temporada tiene el destino de mi carrera en sus manos.

En segundo lugar, ya ha empezado a presionarme con los horarios, los presupuestos y la reasignación de fondos, como si yo fuera el culpable de que ciertos departamentos del club estén en números rojos, en vez de admitir que el responsable de ello es su abuelo, que en los últimos tiempos ya no tenía energía para estar al tanto de todo. La verdad es que no tengo el menor interés en ocuparme de la gestión interna del club siempre que mis jugadores estén bien cuidados. Yo lo único que quiero es entrenar al equipo.

Y, por último, lo peor de todo es… su aspecto.

Mi nueva jefa no es solo un grano en el trasero, también es imponente, y la primera mujer, desde Dios sabe cuánto tiempo, a la que mi cuerpo ha decidido prestar atención.

Al final, el resto de mi cuerpo acabará enterándose de que no nos agrada. Solo que tal vez no lo haga sino hasta que esté recogiendo las cosas de mi escritorio cuando termine la temporada porque Reese se niegue a renovar mi contrato de entrenador.

—¿Estás bien? —me pregunta Kai con un codazo.

Me aclaro la garganta.

—Claro que sí.

—Okey. —La palabra rezuma ese molesto tono cómplice que no me pasa desapercibido cuando se inclina hacia Kennedy y los dos intercambian una miradita.

—Ya los vi —murmuro.

—No intentábamos ocultarlo —dice Kennedy, riéndose.

De pie al frente de la sala, Reese se dirige al público, pero la multitud está haciendo tanto ruido, está tan animada por volver a ver a sus compañeros después de la offseason, que nadie le presta atención ni parece escucharla.

Contemplo el movimiento de su garganta cuando traga saliva, como si intentara sacudirse los nervios, con las manos agarradas con fuerza al estrado. Y lo entiendo. No solo es la primera mujer dueña de un equipo de las Grandes Ligas de Beisbol, también es la más joven. Pero Reese es una crac. El tipo de jefa que consigue resultados, que no aguanta las tonterías de nadie. Lo vi el año pasado cuando estaba preparándose para tomar las riendas del equipo. Es la razón por la cual Kennedy está aquí, ocupando el puesto que debería haber sido suyo hace años. Reese vio lo que su abuelo fue incapaz de ver, que el anterior médico del equipo era un sexista de mierda, y actuó en consecuencia. Lo despidió y le dio su puesto a Kennedy, convirtiéndola en la primera médica de un equipo de la liga.

Por mucho que no me encante la idea de trabajar con alguien que no me quiere aquí, Reese será un soplo de aire fresco para este club. Pero primero tiene que superar esta reunión con el personal.

Abre la boca para hablar de nuevo, pero no le sale nada, los nervios la frenan, la gente está demasiado ocupada charlando como para darse cuenta de que está ahí pidiendo su atención. Se le ponen los nudillos blancos de la fuerza con la que se aferra al estrado, sus rodillas tiemblan un poco, algo que solo yo puedo ver porque estoy en primera fila.

Las risas y conversaciones que hay tras de mí me están sacando de quicio. Lo lamento por ella... «Carajo». Me reprendo a mí mismo por dentro por lo que estoy a punto de hacer. La culpa es de mi hija. Es la razón por la que soy un maldito blando.

—¡Ey! —Me levanto, me giro hacia el resto de la sala desde mi asiento y toda la atención recae de golpe sobre mí—. Un poquito de respeto, ¿no?

La sala se queda en silencio al escuchar mi tono.

—Carajo —digo entre dientes.

Claro, la mayor parte del tiempo doy la impresión de ser un bastardo cascarrabias, un poco intimidante por mi constitución y mis tatuajes, pero cualquiera que me conozca sabe que soy un buen tipo hasta que me haces encabronar. Y la falta de respeto hacia Reese me estaba haciendo encabronar.

Vuelvo a sentarme, sintiendo la mirada de mi jefa, y tardo un segundo en levantar los ojos hacia ella. Asiente con frialdad con la cabeza y, con un tono del todo profesional, dice:

—Gracias, Emmett.

Y luego está ese… «Emmett».

Es la única persona de todo Chicago que me llama por mi nombre de pila cuando el resto me llama por mi apodo. Sé que lo hace a propósito, como si rechazara permitirse cualquier tipo de familiaridad entre nosotros. Es como si me recordara una y otra vez que es mi jefa, que soy su empleado y que da igual cuánto tiempo vayamos a pasar juntos esta temporada, porque no somos amigos y nunca lo vamos a ser.

Así será mucho más fácil para ella despedirme cuando acabe el año.

Genial.

—Para aquellos que no me conozcan, soy Reese Remington. —Con la sala en silencio, empieza con seguridad su primera reunión del personal—. La nueva propietaria de los Windy City Warriors.

—Emmett. —Estoy en medio de una conversación con otros chicos de mi cuerpo técnico. La reunión ha acabado, así que la mayoría está charlando antes de dar la jornada por terminada—. ¿Puedo hablar contigo? —continúa Reese.

Respiro hondo por la nariz para reunir fuerzas mientras me volteo hacia ella.

—Tú eres la jefa.

—Me sorprende que lo recuerdes. —Sus ojos se dirigen al grupo que forman mis analistas de video—. A mi oficina, por favor.

Reese gira sobre sus tacones de aguja y va directo hacia la puerta, esperando que vaya tras ella. Lo que, por supuesto, hago. Con las manos en los bolsillos, la sigo afuera de la sala de proyección, por el pasillo, y asciendo dos tramos de escaleras en dirección a su oficina.

Mantengo la cabeza gacha, en parte para evitar contemplar su pecaminoso bamboleo de caderas con cada paso que da, pero sobre todo porque me siento como un niño atrapado en una travesura al que llaman a la oficina del director, y no como un mánager de larga trayectoria con un historial de éxitos y un anillo de Serie Mundial.

Aprieto la mandíbula durante todo el trayecto hasta su oficina, pero el chicle me sirve para disimular ante cualquiera que pudiera estar observándonos. Mis jugadores y el personal siempre me han considerado alguien tranquilo y seguro de sí mismo. Pero cuando se trata de Reese, me siento justo lo contrario.

Quién sabe lo que me va a echar en cara el primer día de esta nueva temporada. Solo sé que es el principio. Su objetivo de demostrarse a sí misma que no necesita renovar mi contrato el año que viene comienza hoy.

Cuando llegamos al último piso, dobla la esquina hacia su oficina y yo la sigo, pero me detengo de golpe al ver el mostrador de recepción vacío junto a su puerta.

—¿Dónde está Denise? —Cuando Reese no responde, la miro a los ojos—. ¿Despediste a Denise? ¿En serio?

Entiendo que esta mujer quiera hacer suyo este lugar, pero ¿despedir a la recepcionista de su abuelo, que ha trabajado aquí tanto tiempo como Arthur? ¿En qué carajo está pensando?

Reese me mira con los ojos entornados.

—Claro que no despedí a Denise. La conozco desde que nací, pero quería jubilarse, así que eso es lo que hizo, aunque le pedí que se quedara. Y todavía no he encontrado sustituta. Sé que te cuesta creerlo, pero no soy un monstruo, Emmett.

Reese no me da la oportunidad de responder, lo que casi es mejor. Se mete en la oficina y cierra la puerta en cuanto entro.

El enorme ventanal que da al campo es lo primero que llama mi atención, igual que en todas las ocasiones que me reuní con Arthur en los últimos siete años. Las vistas desde aquí son, con toda probabilidad, unas de las mejores de la ciudad, y no puedo imaginar un lugar tan perfecto desde el cual disfrutar de un partido de beisbol.

Bueno, aparte de mi sitio privilegiado del dugout contra la barandilla.

Aunque las vistas son idénticas y la oficina es la misma en la que he estado en innumerables ocasiones, ya no se parece en nada a cuando la ocupaba Arthur. El escritorio de Reese, elegante y moderno, nada tiene que ver con la tosca mesa tras la que se sentaba Arthur, siempre cubierta con un montón de papeles y una computadora anticuada. Y su silla es de color marfil y dorado, mientras que la de su abuelo era de cuero agrietado café oscuro.

Los montones de cosas que Arthur había acumulado durante las últimas cuatro décadas desaparecieron. Ahora, la estancia, luminosa y limpia, se ve elegante, sobria y moderna. Justo tal y como describiría su estilo a la hora de vestir si alguna vez admitiera que puse atención en ella.

—Toma asiento —dice, señalando una de las nuevas sillas que hay frente a la suya.

Durante un instante, me permito creer que puede que me haya llamado para firmar una tregua entre los dos. Que sabe tan bien como yo que este año va a ser una pesadilla si no nos llevamos bien. Pero esa idea se desvanece en cuanto dice:

—Tienes que despedir a uno de tus analistas de video.

—¿Disculpa?

—Tienes tres empleados, cuando siempre fueron dos. No tenemos espacio salarial para pagarles a tres personas.

«¿Qué demonios?».

—Arthur me dio permiso de añadir a un tercero al final de la temporada pasada. Acabo de contratar a alguien. No puedo despedirlo.

—¿No puedes o no lo vas a hacer?

Clavo mis ojos en los suyos.

—No lo voy a hacer.

—No debería haberlo permitido. El presupuesto es un desastre porque mi abuelo dejó de prestarle atención. No tenemos fondos para pagarles a tres personas.

—Entonces tómalo de mi salario.

Reese se echa hacia atrás, sorprendida ante mis palabras. Se queda en silencio un momento mientras reflexiona sobre mi breve comentario.

—No. No es solo el salario. Son los gastos añadidos de alojamiento y comida cuando estamos fuera. No nos hace falta esa tercera persona.

—Bueno, no voy a despedir a uno de mis chicos. Dos han estado conmigo desde siempre y el tercero acaba de llegar de un equipo de la Triple-A. Su familia acaba de mudarse aquí y su mujer está embarazada. Necesita el aumento de sueldo.

Reese no muestra ninguna emoción; no hay vacilación alguna en esos ojos azul oscuro.

—Solo voy a pagar a dos, así que tú eliges quién se va.

Y hasta aquí lo de «No soy un monstruo, Emmett».

Puedo sentir la fuerza que ejerzo en el reposabrazos de la silla, noto la mandíbula tan tensa que deberían preocuparme mis dientes.

—Eso no va a pasar, Reese. Encuentra dinero en otro lado o tómalo de mi salario. Tu abuelo nunca me hubiera pedido que despidiera a alguien que necesita el trabajo.

Irritada, aparta de mí la mirada y se centra en algo de la computadora.

—Puede que tuvieras a mi abuelo en el bolsillo, pero yo no soy él. Las cosas van a cambiar este año, Emmett, así que deberías ir acostumbrándote a la idea.

Entiendo, las cosas van a ser diferentes, no me digas.

Detesto esa idea.

—¡Monty! —Es lo primero que oigo cuando abro la puerta de la casa de mi hija—. ¿Pintas conmigo?

—Claro que sí. —Levantó a mi niño de tres años favorito, lo acomodo en mi cadera y cierro la puerta tras de mí—. Te he echado de menos, Max.

Se acurruca en mi hombro mientras lo llevo a la cocina en busca de sus padres. Ya va con la pijama puesta.

—Hola, papá —dice Miller, y me da un abrazo rápido por un costado.

Le planto un beso en la coronilla antes de que agarre el plato de pasta que preparó para la cena y entremos en el comedor.

Choco el puño con Kai e Isaiah cuando los veo en la mesa y pongo a Max de pie en el suelo. Me jala de la mano para que me siente donde están su libro y sus crayones para colorear. Se acomoda en mi regazo y escoge un color por mí, pidiéndome en silencio que le ayude a colorear el dibujo.

—Lo siento, era la nueva preparadora física que contraté. —Kennedy cuelga el teléfono antes de sentarse en el último lugar libre junto a su marido—. Cancelaron su vuelo, así que llegará hasta mañana. —Suspira, mirando la comida que hay en la mesa—. Gracias por hacernos la cena. Todavía nos quedan muchas cajas por desempacar y no hemos encontrado los platos.

Max levanta la mirada desde mi regazo.

—Ken —dice, sonriendo a su tía.

—Hola, bichito.

Kai sirve un plato con pasta y ensalada para su prometida.

—Mañana vendremos y acabaremos de hacerlo.

—Puedo ordenarles a los chicos que vayan a su casa para ayudar a la nueva médica del equipo… —interrumpo.

—O podrían venir a ayudar a su compañero de equipo porque me quieren —añade Isaiah.

—Kennedy está a cargo de su tratamiento médico —le recuerda Kai—. Creo que van a estar más dispuestos a besarle el trasero a ella que a ti.

—Monty. Más. —Max me da un codazo en la mano tatuada, la que sostiene el crayón que va más lento de lo que le gustaría a él.

Relleno con rapidez el árbol dibujado en la página.

—¿Qué tal está la casa? —les pregunto a Kennedy e Isaiah.

—Es perfecta. —Ella sonríe.

Isaiah mira a su hermano mayor. Es evidente que entre ellos se entienden sin necesidad de palabras.

—Me alegro de que vivamos cerca.

Miller pasa la panera por la mesa y, mientras lo hace, clava sus ojos en mí durante un instante demasiado largo.

—¿Qué? —pregunto con recelo.

—Nada.

—¿Desde cuándo tienes filtro, Miller? Suéltalo.

—Es solo que creo que está bien que Kennedy e Isaiah hayan dejado el centro y se hayan comprado una casa a una calle de nosotros.

—Está bien —admito—. Para ellos.

Se centra en el plato que tiene enfrente.

—¿Tan bien como para que quizá tú quisieras hacer lo mismo?

Suelto una carcajada.

—Buen intento. Soy muy feliz en la ciudad, y me gusta mi departamento. Puedo ir a trabajar caminando. En cualquier caso, en temporada se podría decir que vivo en el estadio.

—Papá, solo digo que toda la familia ahora vive en las afueras.

—Y me alegro de que ustedes cuatro vivan felices en pareja a las afueras.

—Tú también podrías vivir feliz en pareja, ¿sabes?

Otra vez esa risa incrédula. Mi hija nunca ha sido de las que se callan lo que piensan.

—Rayos, Millie.

Kai sacude la cabeza.

—Dejemos que el hombre cene en paz.

—Ah, no, no, no, no. —Levanta un dedo—. Ahora no puedes jugar a ser Suiza. Estabas de acuerdo conmigo cuando hablamos de esto anoche.

Enarco una ceja.

—¿Ustedes dos hablaron de mí anoche? ¿No hay nada más interesante en su vida?

—Solo queremos que seas feliz, papá.

—¿Y qué te hace creer que no lo soy? Tengo el trabajo de mis sueños y mi hija por fin vive cerca. ¿Qué más podría querer?

—Una amiga —interrumpe Isaiah, hablando con la boca llena.

—¿Una amiga? —pregunta Kennedy, poco convencida con la palabra elegida por su marido.

—Sí. Una amiga. Una novia. Una mujercita. —Le guiña un ojo—. O solo una amiga con derechos.

Le tapo a Max las orejas con las manos.

—Qué asco. —Miller esboza una mueca.

—Vamos, Miller. Mira a este hombre. ¿Crees que tu padre tiene este aspecto y que no tiene amigas con derechos? Qué va.

—Rhodes. —Niego con la cabeza en su dirección—. Cierra la boca.

Sonríe para sí mismo antes de meterse el tenedor lleno de pasta en la boca.

—Claro, entrenador.

—Estoy feliz y demasiado ocupado como para preocuparme de cualquier otra cosa que no sea el trabajo y ustedes cuatro. —Destapo las orejas de Max—. Cinco —corrijo.

—Solo decía —murmura Miller entre dientes— que igual te toca a ti ahora.

Antes de que Miller conociera a Kai, nunca había mencionado lo de que yo tuviera citas, pero ahora no deja de hacerlo. Como si al ser tan feliz ella, quisiera lo mismo para mí. Y lo entiendo, de verdad, pero yo ya tuve mi momento.

Cierto, han pasado veinte años desde que estuve con la madre de Miller. Solo llevábamos un año juntos cuando la perdimos los dos, y me convertí de golpe en el padre de veinticinco años de una niña de guardería que acababa de perder a su madre y que no era mi hija biológica, y tenía demasiadas cosas encima como para preocuparme por algo más.

Ahora, con cuarenta y tantos, estoy centrado en mi carrera. Y feliz, si se me permite decirlo, y demasiado ocupado en el campo como para conocer a alguien.

Cuando el silencio se alarga, Miller lo deja pasar.

—¿Qué tal la reunión? —nos pregunta entonces.

—Bien —dice Kai con un suspiro—. Parece que va a haber unos cuantos cambios este año, pero Reese habló bien. Es inteligente.

—Papá, ¿te fue bien? —El tono de Miller revela preocupación.

—Estuvo bien.

No menciono el cuasimonólogo de Reese en su oficina (y sí, digo monólogo y no conversación) después de la reunión para informarme que iba a deshacerse de uno de los analistas de video. No sabría decir si es una buena decisión empresarial o no, y tampoco tiene por qué importarme. Solo sé que el salario que quiere que suprima pertenece a alguien a punto de ser padre y que lo necesita.

Kennedy esboza una sonrisa.

—Ha sido increíble escuchar la visión que tiene Reese para el equipo. Estoy encantada de que ella tome las riendas.

Y aun cuando la conversación vira hacia temas no relacionados con el trabajo, lo único que pienso durante el resto de la cena es…: «Pues yo no».

2

Reese

—Reese, ¿sigues con nosotros?

Levanto la vista al oír mi nombre y me encuentro con cinco pares de ojos devolviéndome una mirada intimidante. No tengo ni idea de lo que me perdí en esta reunión, ya que he estado centrada en la copia impresa que hay en la mesa frente a mí. La columna de números rojos ha estado acaparando toda mi atención.

Me aclaro la garganta, buscando a Phil, uno de los cinco miembros del consejo asesor que creó mi abuelo cuando todavía estaba a cargo.

—Lo siento —digo, levantando los papeles repletos de marcas rojas—. Tenemos que volver a esto. ¿Es nuestra previsión anual?

—Correcto.

—La mayoría de los departamentos están en números rojos.

Phil entrelaza las manos, las apoya en la mesa, con una expresión de indiferencia en el rostro. Como si estuviera a punto de tener que repetir sus palabras por enésima vez ante un niño incapaz de comprender un concepto básico.

Pero yo entiendo a la perfección lo que está pasando, lo que no entiendo es cómo lleva pasando tanto tiempo. O por qué los supuestos «asesores» de mi abuelo muestran tanta calma mientras que el club está perdiendo dinero por montones. Y cuando digo que el club está perdiendo dinero, en realidad me refiero a mí. Yo soy la que está perdiendo dinero por montones. Porque ahora que mi abuelo me ha entregado el legado familiar, soy la única propietaria de los Windy City Warriors, y el dinero que estamos perdiendo sale directo de mis bolsillos. Sabía que estábamos gastando demasiado, pero no me percataba de hasta qué punto.

Las Grandes Ligas de Beisbol no aplican un límite salarial a los equipos, así que este presupuesto es más bien una cifra orientativa que usamos para evitar ciertos impuestos de la liga y asegurarnos de que no gastamos dinero a lo loco. Y queda claro a juzgar por estas cifras que mi abuelo disfrutaba gastando dinero de esa manera.

—Sí, Reese —Phil lo dice despacio, como dándome más tiempo para comprender esas palabras—. Como hablamos, al ser este tu primer año como propietaria, creemos que lo mejor es que no hagas grandes cambios y, en vez de eso, te bases en la estructura que creamos cuando Arthur estaba al mando…

—Operando en números rojos —termino por él.

—Si no me equivoco, fuiste tú la que decidió despedir a un médico que llevaba años trabajando en el equipo a mitad de la temporada pasada, obligando a tu abuelo a liquidar ese contrato y al mismo tiempo a pagar a la señora Rhodes un nuevo salario.

—Doctora Rhodes —lo corrijo—. Y el doctor Fredrick es un cerdo sexista. Me niego a que se relacione a alguien así con «mi» club.

Me fijo en que durante un segundo pone los ojos en blanco y, cuando echo un vistazo al resto de la sala, me encuentro con esa misma expresión de fastidio en todo el consejo. Bueno, en todos, salvo en Ed. Ed siempre ha sido mi favorito. Es de la edad de mi padre y ha trabajado con mi abuelo desde que nací. También es el único hombre del consejo asesor que no trata de intimidarme. Que no se me malinterprete, en parte lo hace —todos lo hacen en mayor o menor medida—, pero en su caso no es algo premeditado. Yo tan solo quiero hacerlo bien en este nuevo puesto y todos ellos fueron testigos en primera fila de los cuarenta años de éxitos de mi abuelo.

—Ese incremento en el gasto salarial tan solo fue una gota en el océano —recuerda Ed al grupo—. Reese tiene razón. Arthur se relajó demasiado con el presupuesto los últimos años, pero de seguir así, va a ser un problema para ella a largo plazo. Estamos aquí para asegurarnos de que no fracase.

De nuevo, esas miraditas compartidas entre los otros cuatro, como si dijeran en silencio: «En realidad, esperamos que lo haga».

Soy del todo consciente de la controversia que provoca que yo esté al frente del Windy City Warriors. Durante mucho tiempo ha existido esa postura tan anticuada de que no haya mujeres en el beisbol y ahora, aquí estoy yo, la primera mujer propietaria de un equipo en la historia de las Grandes Ligas de Beisbol.

Hay mucha más gente ahí afuera, aparte de estos cuatro sentados a la mesa de reuniones, que desea mi fracaso. Pero me niego a fracasar. Haré todo lo que esté en mis manos para que mi trabajo aquí sea un éxito. He renunciado a demasiado como para fallar ahora.

Y sí, sé que por ser mujer lo más probable es que tenga que trabajar el doble y conseguir el doble de éxitos con el club para tener alguna oportunidad de que me vean como la persona adecuada para dirigir el equipo.

—Entonces ¿dónde hacemos los recortes? —pregunto al grupo.

Scott se reclina en la silla y entrelaza las manos por detrás de la cabeza.

—Dínoslo tú, «Stanford».

Añade el nombre de mi *alma mater* con un tonito condescendiente.

—¿Por qué no me explicas lo que quieres decir con eso, Scott?

—Te gastaste un montón de dinero en un MBA muy caro. —Se inclina hacia adelante con confianza, con las manos juntas sobre la mesa—. ¿No crees que tu tiempo sería más valioso en una oficina, concentrada en la parte empresarial? Si tanto te preocupa el estado financiero del club, ¿por qué no le dejas las operaciones deportivas a otra persona?

—¿Con «otra persona» te refieres a ti?

Sus labios esbozan una sonrisa arrogante.

—Qué gran idea, Reese. Mírate, tomando decisiones inteligentes tú sola.

Puede que Scott sea el que menos me agrada del grupo. Es el más joven de todos, casi somos de la misma edad, pero va por la vida con una arrogancia increíble, como si su cargo le diera derecho a todo.

No es del todo habitual que el propietario de un equipo se involucre demasiado en las operaciones diarias de su club de beisbol, pero no es así como dirigimos a los Windy City Warriors. Sí, mi abuelo era el propietario del equipo, pero también el presidente de operaciones deportivas, un puesto para el que los otros veintinueve equipos suelen contratar a alguien.

En los últimos años, antes de que yo estuviera lista para asumir el cargo, como a mi abuelo empezaba a costarle lidiar con todo, contrató a Scott para que se uniera al consejo asesor, pero, en realidad, era el que llevaba la mayor parte de las operaciones deportivas, aunque mi abuelo ostentara el puesto de forma oficial.

Cuando decidió que era el momento de jubilarse e informó que yo asumiría el puesto como propietaria del equipo, la mayoría esperaba que nombrara a Scott presidente de operaciones deportivas.

Pero no lo hice.

Cuatro de los cinco hombres de esta sala todavía esperan que cambie de opinión. Y, rayos, puede que todos los directivos piensen lo mismo, e incluso puede que los jugadores también quieran que lo haga. Y, por el odio que he percibido en internet, parece que la mayoría de los aficionados de Chicago están de acuerdo con que debería contratar a alguien para que ocupara ese puesto.

Pero estoy convencida de que puedo hacerlo. Conozco bien tanto el mundo de los negocios como el del beisbol, aunque no voy a negar que más de una vez me pasó por la cabeza que puede que no sea la persona adecuada para el trabajo.

Es difícil evitar que aparezcan esos pensamientos cuando la única persona que cree en mí soy yo.

Reúno un poco de valor y no permito que nadie de la sala se percate de que es algo forzado.

—Como ya he dicho, el puesto de presidente de operaciones deportivas no es objeto de debate. —Me levanto, doy unos golpecitos en la mesa con la pila de papeles para alinearlos—. No obstante, Scott, si quieres seguir formando parte de este consejo, espero oír tus ideas sobre cómo abordar este presupuesto. —Capto un leve atisbo de sonrisa en los labios de Ed cuando me agacho por el bolso—. Que tengan un buen día, chicos —digo por encima del hombro mientras salgo de la sala de reuniones.

En cuanto se cierra la puerta tras de mí, dejo que caiga la fachada.

Estoy jodida.

Ya sabía que este nuevo puesto iba a ser un proyecto inmenso con muy poco apoyo de la gente a mi alrededor. Pero ahora tengo que empezar el año haciendo todavía más recortes en el presupuesto de los que había previsto al principio, y la gente me va a odiar por ello. No debería importarme. Son negocios, al fin y al cabo. Pero ya me siento como una paria con respecto a los otros propietarios de los equipos de la liga, así que preferiría que mi propio club no me despreciara también.

Con el bolso colgado del brazo, evito mi oficina y voy directo al único lugar en el que sé que podré estar sola ahora mismo.

Las cosas no están tan mal como para que tenga que vender acciones ni nada parecido. Tenemos dinero. Pero la gente perderá su empleo si sus puestos no son necesarios. Los jugadores que no rindan se traspasarán. Cuando lleguemos a la fecha límite de traspasos este verano, quiero comprar jugadores para los playoffs, no venderlos, y para hacerlo, necesito margen en el presupuesto.

Tomo el ascensor hasta el piso de la sede del club. El entrenamiento acabó hace horas, así que no espero encontrarme con nadie aquí abajo, pero en cuanto se abren las puertas del ascensor, veo a uno de los jugadores de pie al otro lado.

Y quizá es el que peor me cae de todos. Se trata de Harrison Kaiser, uno de los jardineros que fichó mi abuelo la temporada pasada. Cobra demasiado para lo que hace por el equipo. Por no hablar de que no encaja bien con el resto. Ah, y que también es un cabrón condescendiente y que me molesta muchísimo cada vez que tengo que firmar sus pagos.

—Ey. ¿A dónde vas con tanta prisa? —dice queriendo entablar una conversación.

—Tengo que atender un pequeño asunto de negocios —respondo con una sonrisa forzada al pasar a su lado—. Buenas noches.

—¿Quieres que te ayude a encontrar el camino, encanto?

Estoy de espaldas a él, así que no puede ver cómo pongo los ojos en blanco, en parte por ese «encanto», pero sobre todo porque este tipo solo lleva aquí unos meses, la mayoría durante la offseason, mientras que yo me crie en este club. Creo que sé adónde voy.

—Me llamo Reese —le recuerdo, proyectando la voz para que me escuche mientras sigo andando por el pasillo—. O señora Remington, si lo prefieres.

Puedo oír desde aquí cómo se ríe entre dientes.

—No trabajes demasiado hoy. No queremos que se te estropee esa bonita manicura que llevas.

Espero hasta que se cierran las puertas del ascensor con él dentro antes de levantar la mano frente a mí. Mi manicura tiene buena pinta. El rosa neutro perfecto y un corte impecable en forma de almendra. Me aseguraré de que esté igual de bien el día que firme su traspaso a otro equipo.

Por suerte, no me encuentro con nadie más. No quiero que nadie sepa dónde voy. Es mi rincón secreto. Bueno, supongo que el dugout no es lo que se dice secreta, pero es el último lugar en el que me buscaría alguien del equipo directivo.

Una vez allí, en vez de ir a la izquierda para sentarme en el dugout de los jugadores, voy a la derecha. En ese lado hay un pequeño hueco con espacio para que se sienten no más de una o dos personas. Es donde se encuentra el teléfono del dugout, en el medio muro. Ese mismo medio muro que concede a esta zona un poco de privacidad y que evitará que alguien me vea si por casualidad sale aquí.

Este lugar es para los directores deportivos, aunque nunca he visto a uno capaz de sentarse durante un partido, pero siempre he considerado este rinconcito como algo propio. Cuando era pequeña y mi abuelo estaba demasiado ocupado trabajando, me escondía aquí. Era mi pequeña fortaleza. Venía a pintar o a leer a este rincón. Me escondía de mis padres si no quería irme todavía a casa.

El año pasado, cuando regresé para empezar a prepararme para hacerme cargo del equipo, me volví a encontrar en este mismo lugar. Esta vez no para esconderme de mis padres, sino para esconderme de todos los demás.

Todos los ojos han estado puestos en mí desde que volví a este equipo la temporada pasada y, de vez en cuando, necesito alejarme de ese escrutinio. Estar aquí afuera es una especie de tregua y, con el campo vacío y el estadio en silencio, es un buen recordatorio de por qué estoy haciendo esto.

Tomo asiento e inspiro lo que parece ser la primera respiración profunda de todo el día.

Es una tarde agradable en Chicago. El sol empieza a ponerse, el aire empieza a refrescar por el lago.

Había pasado tanto tiempo desde la última vez que estuve aquí que casi me había olvidado de cuánto me encanta vivir en esta ciudad. Casi me había olvidado de cuánto quiero a este equipo.

Siempre supe que regresaría, pero me tomé suficiente tiempo como para separar lo que una vez sentí por este equipo de cómo tengo que verlo ahora.

Crecí en este club, y este campo atesora algunos de mis mejores recuerdos de la infancia. Pasaba innumerables horas en la oficina de mi abuelo, escuchándolo hablar sobre todo tipo de asuntos relacionados con el beisbol. Me pasé incontables veranos quedándome despierta hasta tarde para ver los partidos en directo desde su palco de propietario, todo mientras animaba a los jugadores por sus nombres de pila, porque la niña de seis años que era los veía como parte de la familia. Quiero decir, yo casi vivía en el campo y ellos también, así que no llegaba a entender del todo que la razón de que pasáramos tanto tiempo juntos era porque jugar beisbol era su trabajo y que por ello habían sido contratados por mi abuelo.

En aquel entonces, tan solo me parecía una gran familia. Desde los directivos hasta los jugadores, pasando por los acomodadores y los empleados de los puestos de comida. Tenía esa visión ingenua de este lugar. Ahora, aunque me gustaría poder volver a mirar al equipo de esa manera, no puedo.

Ahora que estoy a cargo tengo que verlo como lo que es: un negocio.

El beisbol es un negocio.

Aparto la mirada del campo y me vuelvo a concentrar en el presupuesto que tengo en las manos. Paso las hojas hasta llegar a la que contiene los salarios de los entrenadores. Todavía aparecen tres analistas de video. El maldito Emmett Montgomery aún no ha despedido a nadie tal y como le dije que hiciera.

Todavía no puedo creer que ofreciera su propio salario para cubrir el de otra persona.

Paso a fijarme en su salario.

Ese número no está en rojo. Está impreso en tinta negra, pero bien podría estarlo en verde porque casi ganamos dinero con su contrato. El acuerdo al que llegó con mi abuelo hace años fue una ganga. En aquel entonces, Emmett llegaba por primera vez a las Grandes Ligas como director deportivo, pero este es su último año de contrato. Su valor es tan alto que, el año que viene, esa cifra se va a disparar y cualquier equipo en la liga con espacio en su presupuesto aprovechará la oportunidad para pagarlo si no lo hacemos nosotros.

La verdad es que no sé cómo nos lo vamos a poder permitir. Desde que me uní al club, he intentado convencerme de que no vale la pena renovarle el contrato, pero si ya les caigo mal a algunos, estoy segura de que el equipo entero me odiará si nos deshacemos de él. Y también toda la ciudad de Chicago.

A este tipo lo adoran por aquí, y también tenía a mi abuelo rendido a sus pies. Solo eso ya me hace querer contratar a alguien nuevo, porque de ninguna manera voy a ceder a los caprichos de Emmett Montgomery como hacía mi abuelo.

Hace un par de años, el lanzador estrella de los Warriors tuvo un bebé, y como necesitaba una niñera, Emmett convenció a mi abuelo de que el club pagara el salario de esa niñera. Ah, ¿y quién era la niñera? Sí, la hija mayor de edad de Emmett. Qué oportuno. Y, claro, el hijo del lanzador y su nueva niñera tenían que viajar con el equipo, así que mi abuelo reorganizó todo un maldito avión a petición de Emmett.

No es de extrañar que estemos en números rojos. Mi abuelo despilfarraba dinero en cualquier cosa que hiciera feliz a su mánager. Eso no va a pasar este año y, si a Emmett no le gusta, como sospecho que ocurrirá, entonces quizá debería buscarse un nuevo equipo para la temporada que viene.

Solo de pensarlo siento un hormigueo, una especie de frustración hirviendo bajo mi piel. No sé qué tiene ese tipo que me saca tanto de quicio. Puede que solo sea ese presentimiento inquietante que tengo de que no va a ser capaz de verme como a su jefa. Él es un poco más de diez años mayor que yo y se pasó los últimos siete trabajando para mi abuelo.

Además, está el hecho de que no podríamos tener enfoques más diferentes a la hora de ver el club. Emmett tiene la libertad de tratar al equipo como si fuera su familia (carajo, la mitad del equipo es su familia), mientras que yo tengo que tomar las decisiones difíciles que harán que la gente me odie. Porque esto es un negocio.

Todavía no ha echado a uno de los analistas de video, como le dije que hiciera, así que ahora voy a tener que hacerlo yo misma. A él lo seguirá queriendo todo el mundo y yo seré la poli mala. Maravilloso.

No pasa nada. ¿A quién le importa si no les agrado siempre y cuando haga bien mi trabajo? Son negocios.

Me pongo de pie, agarro mi bolso y guardo dentro el presupuesto antes de doblar la esquina para dirigirme a mi oficina. Solo doy un paso antes de chocar contra… un pecho, supongo.

Y de verdad que choco con fuerza. Lo hago con tanta fuerza que casi reboto en él.

—Carajo —suelto dando un paso atrás para recuperar el equilibrio, solo para percatarme de que lo que me mantiene estable es el brazo que me rodea la cintura. Me agarro al antebrazo para ganar más estabilidad.

Es un buen antebrazo.

—Ufff, Reese. Te tengo.

Solo espero que haya sido el golpe en la cabeza lo que me hace escuchar cosas porque, por desgracia, sin lugar a dudas, reconozco esa voz. Parpadeo un par de veces en un intento de borrar la imagen de lo que ahora mismo estoy mirando. De a quién estoy mirando.

—¿Estás bien? —pregunta Emmett.

Más parpadeos. Lo único que consigo es aclararme la vista para ver a mi «empleado» alzándose frente a mí, sosteniéndome para que no me caiga.

Emmett Montgomery es un exreceptor de las Grandes Ligas, de alrededor de uno noventa de altura, que por lo visto aún conserva su musculatura atlética. Tal vez más que cuando tenía veinte y todavía jugaba. Yo no soy para nada una mujer pequeña. Mido uno setenta y uso talla grande a extragrande, según el día, pero algo me dice que este sujeto podría dominarme sin problemas… Okey. Sin lugar a dudas, esta idea solo puede ser producto del golpe en la cabeza que me acabo de dar.

—Reese —repite, bajando la barbilla para que sus ojos estén a la altura de los míos—, ¿estás bien?

Tiene los ojos cafés. Están a la sombra de su gorra de beisbol, pero son cálidos y expresan preocupación, y esa expresión dulce que tiene ahora mismo es, lo más probable, la razón por la que siempre consigue lo que quiere.

Pero hoy, ni de broma.

Estiro la mano para quitar la suya de mi cintura y doy un buen paso atrás, dejando espacio entre los dos.

—La cabeza está bien, gracias.

—No estoy hablando de la cabeza. ¿Tú estás bien? Pareces distraída. Como si algo te inquietara.

Qué perspicaz el sujeto. Lo tendré que recordar.

Pongo la espalda recta, me coloco el cabello corto por detrás de las orejas y observo cómo recorre con la mirada el montón de aretes dorados que las adornan.

—Lo único que me inquieta —digo, haciendo que se centre en mi rostro— es que todavía no hayas echado a uno de tus analistas de video.

Se ríe con desdén.

—Veo que tus sentimientos hacia mí no se ablandaron con el golpe.

—¿Por qué no lo has hecho?

—Porque ya te dije que no voy a hacerlo.

Sacudo la cabeza, incrédula.

—Tienes hasta que termine la semana para tomar una decisión o yo lo haré por ti.

—Reese…

—No es objeto de debate, Emmett.

Nos quedamos ahí de pie, en guardia, sin ceder ninguno de los dos. Y, tal y como imaginé, parece haber olvidado que trabaja para mí. Aprieta la mandíbula, pero enseguida se pone a mascar chicle para ocultar lo tenso que está, lo enojado que está conmigo por obligarlo a despedir a alguien de su equipo.

—¿Se puede saber qué haces en mi dugout? —pregunta al fin.

Me pongo a la defensiva de inmediato. Ni de broma le voy a contar que estaba teniendo un momento emotivo en el lugar donde solía esconderme de pequeña.

—¿Tu dugout? —pregunto con una ceja arqueada—. La última vez que lo revisé aparecía mi nombre al lado de «Propietaria del equipo».

Emmett relaja el gesto y aparece un brillo en su mirada.

—¿Qué? —pregunto, sin saber cómo interpretarlo.

—No lo sé. Eres rápida. Tienes una lengua afilada.

—Bueno, disculpa que no sea más blanda contigo.

—No querría que lo fueras. Crie a una hija que siempre tiene algo que decir. No me asusta el desafío.

No me atrevo a preguntarle por qué no está con su hija en ese momento. No le pregunto por qué pasa la noche del domingo en un campo en el que todos los jugadores y empleados se han ido a casa con su familia. En vez de eso, lo rodeo para dirigirme a mi oficina y ponerme a trabajar en este presupuesto durante el resto de la noche.

—Te veo mañana en el avión.

Emmett me detiene poniéndome una mano en el bíceps, haciendo que me dé la vuelta.

—¿De qué estás hablando?

—Mañana tenemos nuestra primera serie fuera, Emmett.

—Así es. Y ese es el único motivo por el que vienes con nosotros, ¿no? Porque es la primera serie de la temporada y no porque tengas previsto viajar con nosotros en cada salida.

Entiendo por qué tiene la esperanza de que le confirme que así será. La temporada pasada no fui a todas las series que jugamos fuera mientras me preparaba para el puesto y mi abuelo dejó de viajar con el equipo hace años.

Finjo estar confundida cuando le digo con voz inocente:

—Claro que voy a ir a todos los viajes. ¿Qué clase de dueña sería si no vigilara de cerca el rendimiento del equipo? ¿O cómo lo hace el mánager?

Abre mucho los ojos, incrédulo.

—Tu abuelo no viajaba con nosotros a todos los partidos.

Me encojo de hombros, con indiferencia, me giro sobre los tacones y disfruto del claqueteo que suena con cada paso. Antes de haberme alejado demasiado por el pasillo, añado:

—Como ya te he dicho, Emmett, las cosas van a cambiar este año.

3

Emmett

—¿Crees que si bajara una talla de pantalón tendría mayor amplitud de movimiento? —Cody, nuestro primera base, se agacha para hacer un estiramiento profundo.

Isaiah se ríe.

—¿Amplitud de movimiento? ¿En serio?

La sonrisa de Cody se vuelve sugerente.

—Puede que también me haga el trasero más bonito, no lo sé.

—¿De verdad eso es lo que estás pensando justo antes de que empecemos el último partido de esta serie? —pregunto con los brazos cruzados sobre la barandilla del dugout.

—No te preocupes, entrenador. Estoy cien por ciento concentrado en el partido. He estado vigilando al número siete de allí.

Kai intenta contener la risa, pero se le acaba escapando.

—Sí, seguro que has estado haciendo eso.

Cody, nuestro primera base, y Travis, nuestro receptor, son los mejores amigos de Isaiah. Y aunque no suelo tener favoritos, Isaiah y Kai son casi de la familia, así que Cody y Trav se han convertido en una extensión de la misma. Kai y Travis siempre fueron responsables y juiciosos, mientras que Cody e Isaiah son los graciosos, siempre dispuestos a pasársela bien.

Solo lo admitiría si necesitaran oírlo, pero de verdad que los quiero. Hacen que mi trabajo sea divertido.

—¿Qué piensan de Natalie? —pregunta Travis sobre nuestra nueva preparadora física.

Los tres jugadores están en el césped, estirando, mientras que Kai y yo estamos con los antebrazos apoyados en la barandilla que separa el terreno de juego del dugout, donde estamos nosotros.

—¿En serio, Trav? —pregunto—. ¿Tú también? Faltan diez minutos para el primer lanzamiento.

—Es solo una pregunta inocente. —Levanta las manos—. Parece una chica agradable.

—Parece que hace bien su trabajo. No intentes distraerla de eso.

—Creo que no necesitamos otra situación como la de Kennedy e Isaiah —dice Kai.

—¿De qué situación estás hablando? —pregunta Kennedy, que se une a nosotros en el dugout.

—Aquí está. —Isaiah sonríe y se inclina sobre la barandilla para darle un beso a su mujer.

—La situación de «estoy obsesionado con nuestra preparadora física» —le informa Cody.

Kennedy mira a Travis.

—Déjala en paz, Trav.

—¿Que la deje en paz? —El tono de Travis está cargado de incredulidad—. Le dijimos a Isaiah que te dejara en paz durante tres años, y luego vas y te casas con él.

—Okey, de acuerdo. Échale la culpa al tequila. —Se voltea hacia su marido—. Aunque vaya error, ¿eh?

—El mejor —responde Isaiah.

—Voy a necesitar que en este club todo el mundo deje de salir y casarse con el resto —interrumpo—. Todo esto empieza a parecer un poco incestuoso.

—Dice el sujeto que permite que su hija se vaya a casar con mi hermano.

—Yo no le permito a mi hija nada. ¿No conoces a Miller? Solo hace lo que quiere desde el mismo día que la conocí.

—Eso es verdad —añade Kai.

—¿Dónde trabajas hoy, Kenny? —le pregunta Isaiah a su mujer.

—En el bullpen. Will y Natalie se ocupan de la banca.

Todas las miradas se clavan en Travis, que levanta otra vez las manos.

—Carajo. Está bien. Entiendo. La dejaré en paz.

Entonces lo oigo, el inconfundible claqueteo de un par de tacones contra la acera de cemento que hay detrás de mí. No hace falta que me gire porque ya sé que Reese viene hacia acá desde la sede del club del equipo visitante.

—Hola, Reese —saluda alegre Kennedy, confirmando mis sospechas—. ¿Dónde vas a ver el partido hoy?

Sigo con la mirada al frente, centrado en el calentamiento de mis jugadores y en cómo el estadio de Cleveland se va llenando de aficionados. Pero la siento, a unos diez metros de nosotros.

—Estaré en una de las oficinas que nos ceden, viéndolo por una pantalla. Tengo algo de trabajo, pero si necesitas algo, házmelo saber.

—Claro —dice Kennedy—. Debería ir yendo al bullpen.

—Yo también —dice Kai—. Te acompaño.

Ambos suben por las escaleras del dugout y se dirigen hacia el jardín central derecho, donde se encuentra el bullpen de Cleveland. Se les une el resto, dejándonos a Reese y a mí solos en el dugout. Isaiah besa a su mujer y abraza a su hermano cuando lo dejan atrás en el cuadro.

—Qué bien se ven juntos —dice Reese y, por un instante, me olvido de mis defensas y me permito prestarle atención.

Hoy va vestida de mujer de negocios. Unos pantalones color beige claro que hacen que sus piernas parezcan kilométricas. Junto con una camiseta de tirantes de color crema que parece cortada a la medida para su cuerpo. Un collar de oro que se apoya con gracia entre sus…

Carajo, parezco un baboso.

«Es tu jefa».

Pero a pesar de ser mi jefa, Reese Remington es una de las mujeres más guapas que he visto en mi vida. Despiadada, pero guapa.

Me vuelvo a centrar en el campo y retomo la conversación:

—Hacen buena pareja.

Vuelvo a oír el claqueteo de sus tacones y con el rabillo del ojo veo que se acerca. Clavo la mirada en el marcado ángulo que le forma el pelo justo por debajo de la mandíbula, no podría haber elegido un corte que le quedara mejor, y después continúo por la elegante curva de su hombro y el brazo hacia la mano. Y es entonces cuando me acuerdo de apartar la mirada de nuevo.

Las suaves notas de ámbar y vainilla de su perfume invaden mis sentidos en cuanto se acerca lo suficiente. Y sé que es su perfume porque es en lo único en lo que me pude concentrar durante el vuelo hasta aquí. Reese se sienta justo detrás de mí y ha sido un buen alivio temporal del hedor a hombre que por lo general reina en nuestro avión.

—Tenemos una rueda de prensa programada después del partido de esta noche.

—¿Tenemos? —pregunto con recelo—. ¿Tú y yo? ¿Por qué?

Reese se apoya en la barandilla del dugout, a mi lado, imitando mi postura, pero logra que el movimiento se vea mucho más elegante que la forma en la que se encorva mi voluminosa figura.

—Algunas de las cadenas más importantes quieren hablar sobre nuestra nueva relación.

Me giro hacia ella, arqueando la ceja.

—Nuestra ¿qué?

—Nuestra relación —repite—. Nuestra relación laboral. Ya sabes, esa en la que tú eres el mánager con años de experiencia y yo soy la nueva presidenta de operaciones deportivas.

—Bueno, supongo que va a ser una rueda de prensa cortísima, dado que no tenemos una relación laboral muy estrecha.

Aparte del vuelo, apenas he visto a Reese en este viaje. Creo que es obvio para ambos que nos hemos estado evitando.

—Podemos fingir tenerla —dice sin más.

—Sería mejor si la tuviéramos de verdad. —De pie, me volteo para mirarla—. Quiero que tengas éxito aquí, Reese. Puede que no me creas, pero es verdad. Y esta temporada sería mucho más sencilla si pudiéramos comunicarnos. Diriges las operaciones deportivas. Yo dirijo los partidos. Tenemos que trabajar juntos. Así que… sería bonito si intentáramos llevarnos bien. Entiendo que puede que nunca seamos amigos, pero yo te respeto.

—¿En serio? —Su pregunta parece ponerme a prueba por el tono con el que la dice.

—Claro que sí.

—Entonces ¿por qué no has despedido a uno de tus analistas de video tal y como te pedí? Se acabó la semana, Emmett.

Esto otra vez no.

Pongo durante un instante los ojos en blanco.

—Porque no voy a hacer eso, carajo.

—Así es como me respetas.

—Te respeto, Reese. Pero no me respetaría a mí mismo si despidiera a alguien a punto de ser padre después de darle el ascenso que necesitaba. Que su familia necesitaba.

Una fuerte tensión reina en el silencio que nos envuelve y, si solo va a saber una cosa de mí, espero que sea esto. Que no voy a hacer algo que vaya en contra de lo que creo, incluso si arriesgo mi trabajo o me trae problemas con mi jefa.

Reese pone la espalda recta y levanta la barbilla para mirarme.

—Está bien. Ya me ocupé de eso por ti.

Se me hiela la sangre de golpe.

—¿Qué?

—Nate. Lo despedí. Era el último que había llegado de los tres. Te concedí hasta que acabara la semana y no lo hiciste, así que lo hice por ti.

—¿Qué demonios, Reese?

No dice nada, no se aprecia ni una pizca de remordimiento en su expresión. Me está haciendo replantearme algunas cosas.

Sí, lo sé, Reese lo hace muy bien. Arthur estaba demasiado distraído, mientras que ella sí consigue resultados. Pero ¿a qué costo?

—¿Entiendes lo que eso supone para su familia? —pregunto con un tono cargado de desesperación—. ¿Por qué eres así de desalmada? Me estoy dando cuenta de que lo eres más de lo que pensaba.

Si le dolió el golpe, no lo demuestra. Tan solo se da la vuelta y se marcha. No se molesta. No me insulta. Solo se marcha.

Pero no antes de añadir una cosa más por encima del hombro.

—El beisbol es un negocio, Emmett. Estaría bien si empezaras a verlo de ese modo.

Se podría pensar que ganar la serie mejoraría mi humor.

No es así.

Sigo molesto. Y cuanto más pienso en que Reese despidió a uno de mis chicos, más me molesto. Y, aun así, ahora me tengo que sentar en la rueda de prensa y fingir que ella y yo tenemos algún tipo de relación laboral cordial.

Casi todas las cadenas deportivas más importantes están aquí, con ganas de cubrir la entrevista, lo que me sorprende un poco, la verdad, no solo porque es viernes por la noche en Cleveland, Ohio, y nosotros somos el equipo visitante, sino porque, además, se está acabando la temporada de la NBA y de la NHL... e incluso la Final Four de basquetbol universitario es este fin de semana, carajo. ¿Cómo es que les resultamos tan interesantes?

Está claro que es importante que el Windy City Warriors tenga un nuevo presidente de operaciones deportivas, pero nunca había visto antes que algo así fuera objeto de tanta atención.

—¿Empezamos? —pregunta Reese, sentada a mi lado, con innumerables micrófonos apuntando hacia ella.

Se levantan demasiadas manos de golpe, pero, por suerte, tenemos a alguien supervisando la rueda de prensa y llama al primer reportero.

—Sí, esta es para los dos. ¿Han tenido algún desacuerdo respecto a la forma en la que dirigen al equipo? Y, de ser así, ¿cómo lo han gestionado?

Señalo a Reese para que responda primero porque puedo garantizar que no le va a gustar mi respuesta.

Es la viva imagen de la profesionalidad: sentada recta, con las manos cruzadas sobre la mesa frente a ella. Su pelo rubio pulido le cubre estratégicamente el montón de aretes dorados que brillan a lo largo de sus orejas. Que no se me malinterprete: no creo que esos aretes perjudiquen su imagen profesional; al contrario, solo la hacen destacar un poco más entre los veintinueve viejos que dirigen los otros equipos de la liga.

—Por supuesto, hay algunos asuntillos sobre los que todavía no nos hemos puesto de acuerdo del todo, pero para eso está la comunicación. Los dos queremos lo mejor para el equipo, y cualquier decisión que tomemos será solo con ese único objetivo en mente.

Pura palabrería profesional bien presentada, pero yo no me referiría a despedir a alguien de mi plantilla como «un asuntillo».

Cuando me toca responder me inclino hacia los micrófonos.

—Este es el equipo de Reese.

Noto cómo casi todos están esperando a que desarrolle mi respuesta, ella incluida. Pero añadir «nuestra comunicación consiste en que no me escucha» o «hace lo que quiere» no es algo que quiera contar a todo el mundo, por muy enojado e infantil que me sienta.

Pero tampoco voy a mentir diciendo alguna tontería sobre que somos un equipo y que estamos haciendo esto juntos, así que apoyo de nuevo la espalda en el asiento para indicar que ya he terminado de responder.

El rostro de Reese parece esculpido en piedra, impasible ante mi respuesta.

—De acuerdo, entonces. —El coordinador elige otra mano levantada.

—Sí, esta pregunta también es para ambos. ¿Qué tal fue la transición hasta ahora? Reese, en tu caso, trabajando codo a codo con un mánager con una larga trayectoria y grandes éxitos. Y Monty, en tu caso, trabajando para alguien que no sea Arthur Remington por primera vez en toda tu carrera.

De nuevo, miro a Reese para que responda primero, y ella hace un gesto sutil con la cabeza.

—Todavía todo es muy reciente. La temporada empezó hace solo una semana, pero estoy deseando trabajar juntos este año. Todo el mundo quiere a Emmett, así que tengo ganas de descubrir por qué.

Reese me mira con una sonrisita de suficiencia en los labios.

Todos los ojos se clavan en mí. Bien, si ella quiere jugar, vamos a jugar, carajo.

—Bueno, puede que sea todo muy reciente, pero estoy aprendiendo rápido que ella es la jefa y que se hace lo que ella dice…

Hay un murmullo de risas entre los reporteros y me permito mirar a Reese. La princesa estoica muestra alguna grieta, parpadea con rapidez y traga saliva, antes de volver a su pose neutra.

Ahora soy yo el que luce una sonrisita burlona.

—Es un poco diferente que te mangonee una mujer, ¿eh? —se entromete otro reportero, y la multitud sigue con las risitas. Eso capta mi atención de inmediato.

Me centro en el grupo de reporteros, buscando al imbécil que acaba de decir eso.

Y entonces me doy cuenta de lo que pasa. Por eso están todos aquí.

Esta enorme rueda de prensa no es porque los Windy City Warriors tengan un nuevo presidente. Es porque tiene una nueva presidenta. Ni siquiera me había pasado por la cabeza que su género fuera la razón de todo este circo.

Qué cosa tan estúpida en la cual centrarse. Si Reese fuera un hombre, estaría igual de molesto por esta mierda.

—¿Quién dijo eso de «que te mangonee una mujer»? —pregunto.

Un periodista levanta la mano y lo reconozco al momento. Después de tantos años, conozco a todos estos reporteros de las diferentes coberturas de prensa y televisión. Me centro en él. Si yo le tiro una indirecta a Reese es porque sé que ella sabe defenderse y me la puede devolver, pero no voy a permitir que ninguno de estos periodistas haga que mi jefa se sienta incómoda.

—Para que quede claro —empiezo a decir con tono tajante—, la pregunta original fue que cómo era trabajar para otra persona que no fuera Arthur Remington por primera vez en toda mi carrera. No fue «¿cómo es trabajar para una mujer?». Creo que todos saben que tengo una hija, así que ni se les ocurra volver a decirme una estupidez así.

Reese me dedica la más leve, casi imperceptible, sonrisa de agradecimiento. Carajo. Puede que parezca que estemos en equipos contrarios la mayor parte del tiempo, pero, a fin de cuentas, estamos en el mismo.

La rueda de prensa continúa.

—Reese, como sabrás, no hay muchas mujeres en el mundo del beisbol y nunca ha habido una en tu posición de poder. ¿Te parece que este nuevo puesto te supera?

Todavía estoy molesto, así que me inclino hacia el micrófono para responder por ella, pero Reese se me adelanta.

—No estoy segura de que la primera frase tenga algo que ver con la pregunta —dice Reese, con toda la tranquilidad del mundo—. ¿Me parece que este nuevo puesto me supera? No. ¿Me siento preparada y tengo la experiencia y los conocimientos suficientes tanto sobre el mundo empresarial como sobre el beisbol? Sí. Siguiente pregunta.

Se le da la palabra a otro reportero.

—Sí, esta es para Reese. ¿Qué les dirías a todos los seguidores de los Warriors y, en fin, a la mayoría de la liga, que no cree que seas el hombre adecuado para este trabajo?

Pero ¿qué demonios?

De nuevo, sigue inalterable.

—Les diría que tienen razón. No soy el hombre adecuado para el trabajo. Soy la mujer adecuada. Siguiente pregunta.

No puedo contener la risa. Me quito la gorra y me paso la mano por el pelo antes de volver a ponérmela. Luego cruzo los brazos bajo el pecho y dejo que las cámaras capten la sonrisa de orgullo que luzco.

—Reese, en este momento no tienes hijos ni pareja, pero si eso cambia en el futuro, ¿te preocupa cómo podrás equilibrar tu vida familiar con tu carrera?

Maldita sea.

Me inclino hacia adelante, a punto de arremeter contra este tipo, cuando Reese me pone una mano en el muslo para detenerme. Lo hace de forma que nadie lo vea.

Uñas pintadas de rosa suave, dedos esbeltos y un sencillo anillo de oro en el meñique. Un contraste total con mi mano llena de tinta apoyada junto a la suya sobre mi muslo.

Nos miramos, me vuelvo a apoyar en el respaldo y permito que responda.

—Frank, ¿no? —pregunta al reportero, que asiente para confirmar—. Frank, ¿alguna vez le has hecho esa pregunta a alguno de los otros veintinueve dueños de un equipo? —Se queda en silencio un instante, no porque trate de recordar, sino porque sabe que lo van a poner en evidencia—. ¿Alguna vez le has hecho esa pregunta a alguno de los jugadores de la liga que sea padre y marido? ¿Te has preguntado cómo son capaces de tener hijos y seguir yendo a trabajar? Lo dudo mucho. Siguiente pregunta.

—Última pregunta —interrumpo—. Porque estas fueron demasiado predecibles.

Le toca a una reportera. Creo que se llama Kelly. Trabaja para una de las cadenas más importantes y ha cubierto varios de nuestros partidos a lo largo de los años.

—Hola, Monty. —Me sonríe—. Tengo una menos predecible para ti. Ya llevas un tiempo en Chicago y estaré allí dentro de poco para cubrir algunos partidos de los Warriors. ¿Tienes algún restaurante favorito que deba probar?

—Eh, claro, un montón. No soy un gran cocinero, así que soy un cliente habitual de los restaurantes de Chicago. Eh, le diré a alguien de nuestro equipo que te envíe algunas recomendaciones por correo electrónico.

—Y, en esos lugares que me vas a recomendar, ¿estará bien que vaya sola o es mejor si reservo para dos personas? Porque estaré sola cuando vaya.

—Cielos —murmura Reese entre dientes.

—Eh, bueno, la mayoría tiene zona de bar donde te puedes sentar. Yo suelo ir a comer solo.

Kelly asiente, aún sonriéndome.

—Bueno, puede que ya no tengas que ir solo cuando esté yo por allí.

—De acuerdo. —Reese se levanta de la silla—. Esto es todo por hoy. Espero que todos tengan un buen viaje de vuelta a casa. Gracias por su tiempo.

Yo también me levanto para ir detrás de ella, pero es rápida con esos tacones.

—Reese —la llamo, trotando para alcanzarla, y cuando lo hago, vuelvo a caminar para ir a su lado—. ¿Estás bien? Esas preguntas no fueron apropiadas...

—Desde luego que no lo fueron. En particular, la última.

La agarro del brazo para detenerla porque no tenía previsto hacer cardio corriendo por toda la sede del club. Se gira de mala gana y se toma su tiempo para levantar la vista hacia mí.

—¿La pregunta de Kelly? —pregunto—. ¿Esa es la pregunta que crees que no fue apropiada?

—Emmett, se te estaba insinuando.

«¿En serio?». Llevo tanto tiempo fuera de juego que ni siquiera me percaté de ello. Mi cara debe de reflejar eso mismo.

—¿De verdad no te diste cuenta? —pregunta Reese, poco convencida.

—Parece que te molestó muchísimo.

Suelta una risa incrédula.

—No me podría importar menos. Es solo que me gustaría que no utilizaras tu lugar de trabajo como un sitio para buscar citas.

Mi sonrisa se ensancha cuando bajo la mirada hacia ella. La pulcra princesa ahora está nerviosa.

—Deja de sonreírme así —refunfuña, alejándose mientras yo me quedo clavado en el sitio, viéndola irse—. Te veo mañana en el avión.

Mi tono rezuma satisfacción, hasta me duelen las mejillas de sonreír como un idiota.

—Que pases buena noche, Reese.

—No me digas lo que tengo que hacer —me responde.

Suelto una carcajada. Puede que esto de discutir no esté tan mal.

4

Reese

El ascensor se abre justo en la sala de estar de mi penthouse. Los ventanales que envuelven la cocina, la sala y el comedor son la única fuente de luz, gracias al brillo de los edificios de los alrededores y el bullicio de la ciudad un sábado por la noche.

Enciendo la lámpara de la mesita de la entrada y dejo las llaves en un tazón que hay al lado. Enseguida me quito los tacones, dejo el bolso y voy directo a la cocina.

Encuentro mi pinot favorito entre las botellas de tinto, lo descorcho, vierto un poco en mi copa preferida y lo pruebo antes de decidir que es lo bastante bueno y servirme más. En cuanto me toca la garganta, me apoyo en la barra y me relajo en el único lugar en el que siento que puedo bajar la guardia.

Me encanta este penthouse. Es lujoso, impecable y mío. Está amueblado con las cosas que he comprado o acumulado durante años. Decorado con las obras de arte que he elegido. Pero lo más importante: no hay ni una pizca de tensión entre estas paredes. No hay sentimientos de resentimiento flotando en el aire.

Nunca entendí cuánto valoraba mi propio espacio hasta que lo compartí con la persona equivocada. Y tener un lugar en el que puedo relajarme cuando acaba el día, ahora que trabajo bajo un escrutinio constante, es algo que para mí no tiene precio.

Desde luego que este penthouse es enorme y está pensado para más de una persona, pero no voy a intentar justificarme. Sé que soy una privilegiada por haber nacido en la familia en la que nací, pero también he trabajado mucho para llegar hasta aquí. Trabajo mucho para poder comprarme cosas bonitas. No debería tener que sacrificar lo que quiero solo porque estoy sola. Si fuera el caso, me estaría sacrificando el resto de mi vida.

Me parece bien estar sola para siempre. Ya he tenido que elegir entre mi carrera y una vida que sería del todo diferente a la que estoy viviendo ahora. Elegí mi carrera, y volvería a hacerlo otra vez. He aprendido y aceptado que a la mayoría de los hombres no les impresiona mi trabajo. Los intimida. No quieren a una mujer que trabaje doce horas al día. No quieren a alguien que viaje la mitad del año.

No, no todos los hombres. Solo todos los que he conocido.

Claro que hay momentos en los que me siento sola, pero son escasos. Crecí como hija única y aprendí a entretenerme sola. Disfruto estando conmigo. Estoy contenta conmigo misma. Y, a estas alturas, he desactivado la parte de mi cerebro que buscaba pareja de forma activa.

Cuando se me dio a elegir entre dos vidas diferentes, elegí esta, y si esto es todo lo que me espera en la vida, sigo estando contenta con la decisión que tomé.

Doy un buen trago a la copa de vino y contemplo las vistas por las que he pagado. El sol casi se ha puesto ya, dejando un leve brillo entre los innumerables rascacielos. La combinación de la puesta de sol con las luces de la ciudad es impresionante.

Hubo una época de mi vida en la que mis sábados por la noche eran un poco más animados que ahora, pero entonces cumplí treinta y comprobé que una resaca podía durar varios días o que, si duermo poco, puedo tardar toda una semana en recuperarme. Así que, si no estoy en el campo viendo un partido o en mi oficina, los sábados por la noche me tomo una sola copa de vino y me doy un baño de agua caliente.

Con la copa en la mano, me voy a mi habitación para hacer justo eso.

Esta semana de viajes y partidos ha sido agotadora, y, además, cuando aterrizamos en O'Hare esta mañana, en lugar de venir a casa, fui directo a mi oficina del estadio. Me pasé el día viendo videos de otros equipos, buscando formas de reasignar fondos y revisando cómo va nuestro sistema de Ligas Menores. Ese tipo de cosas.

El trabajo no se acaba nunca, y eso es lo que me gusta. Me mantiene ocupada. Me encanta estar ocupada, pero de vez en cuando también me gusta desconectarme.

Atenúo las luces del baño, enciendo un par de velas y pongo música mientras se llena la tina. Preparo todo el ritual, añado sales de Epsom y tomo el último libro que estoy leyendo. ¿Por qué no? Si voy a hacer algo bonito por mí, voy a hacerlo bien.

Después de echar la ropa al bote, me deslizo en la tina y dejo que el agua relaje mi cuerpo agotado.

En toda la semana no me he concedido un momento para percatarme de la tensión que tenía. Es como si hubiera estado en un estado permanente de lucha o huida. Luchando para demostrar que puedo hacer este trabajo mientras la mayoría de la gente quiere que huya y le ceda el equipo a otra persona.

Por ejemplo, la rueda de prensa de anoche. Me costó muchísimo esfuerzo no dejar que vieran lo que me afectaron esas preguntas. Sí, tengo suficiente confianza en mí misma como para gestionar cierto escrutinio, pero es algo humano querer gustar. Querer sentir que te aceptan. Que alguien te diga que estás haciendo un buen trabajo en lugar de que te critiquen al tiempo que graban tu respuesta.

Y luego estaba Emmett, sentado a mi lado en ese momento.

Es cierto, empezamos atacándonos entre nosotros, pero fue… protector, por así decirlo.

Pude notar que quería responder en mi nombre cuando me hicieron aquellas preguntas y que realmente se enojó por lo que me estaban haciendo. Supongo que reaccionó así porque es padre de una chica, pero yo no podía dejar que me defendiera. Soy una mujer trabajando en un mundo de hombres y lo último que me hace falta es que un hombre hable por mí. Tengo que hacerlo yo misma.

Pero esta noche no tengo que defenderme. Esta noche la tengo libre.

Doy otro trago al vino antes de cerrar los ojos y apoyar la cabeza en la almohada de la tina, lista para relajarme del todo.

Hasta que suena el celular.

El quejido audible que sale sin querer de mi garganta es un poco patético para una mujer de treinta y cinco años. Durante un instante me planteo no mirarlo. Pero entonces pienso que podría ser otro equipo ofreciéndome una oportunidad de traspaso increíble, y que, si no respondo, siempre se me conocerá por haber perdido un acuerdo de traspaso histórico en mi primer acto en el cargo. Dramático, sí. Pero ese es el tipo de presión a la que estoy sometida para hacerlo bien.

Con el agua resbalándome por la mano, agarro el celular. Pero no es otro club de la liga el que me escribe.

Es mi mánager.

Emmett
Es sábado por la noche, así que seguro
que estás ocupada, pero cuando tengas
un rato, ¿podemos hablar?

Planeo sobre el teclado con los pulgares, sin saber qué responder. ¿Debería responder? ¿O debería hacerle creer que tengo una vida más interesante que estar sola en casa, metida en la tina, un sábado por la noche?

Yo
¿Por qué estás trabajando
un sábado por la noche?

Emmett
Siempre estoy trabajando.
Nunca se acaba.

Yo
Ya. Te entiendo.

Emmett
¿Puedo llamarte?

¿Puede llamarme? Mi mirada baja directo a… mi pecho desnudo. A mi abdomen y muslos situados bajo la superficie del agua cristalina.

La verdad es que no es el ángulo más favorecedor para nadie, en serio.

No me parece... apropiado aceptar una llamada de teléfono de un empleado cuando estoy con el trasero al aire en la tina. Pero antes de que le pueda decir a Emmett que es un mal momento, empieza a vibrar el teléfono anunciando su llamada.

«Mierda».

Deprisa, apago la música antes de responder, intentando que mi voz suene lo más profesional posible. Porque un tono profesional indicaría que desde luego no estoy desnuda ahora mismo.

—¿Hola?

—¿Te hablo en mal momento? —pregunta Emmett.

Peor imposible, la verdad.

—Claro que no. ¿Qué pasa?

—Acabo de recibir un correo extraño de Scott pidiéndome que me una a su reunión del consejo asesor del lunes. Arthur no me pidió nunca que fuera a esas reuniones, así que no estaba seguro de si había sido idea tuya o...

Es imposible ocultar el suspiro de frustración que suelto.

—Nop. Te aseguro que no.

Scott está tratando de pasar por encima de mí para sumar otra persona que no esté de acuerdo conmigo en las reuniones. Ya me superan en número. ¿Qué más quiere?

Supongo que es fácil de responder. Quiere que el mánager más querido de la ciudad lo vea como una mejor opción para ser presidente.

—Entonces le diré que no —dice Emmett sin más—. Es tu reunión. No tengo claro por qué me pide que me involucre.

—Te lo agradecería. Y es un detalle de tu parte haberlo consultado conmigo primero.

Mírame, siendo amable.

—Desde luego. Tú mandas, Reese.

—Me encanta cuando lo recuerdas.

Se ríe entre dientes y, por increíble que parezca, me percato de que sonrío al oírlo.

—Que tengas buena noche —dice.

—No me digas lo que tengo que hacer.

Su risita es un murmullo cálido que se desvanece hasta formar un silencio al otro lado de la línea. Se queda así un instante, lo que permite ese giro hacia algo que parece más personal que profesional. No diría una amistad, pero puede que una alianza.

—¿Emmett?

—¿Sí?

—Es solo que... gracias por intentar defenderme durante la rueda de prensa de anoche. No tuve la oportunidad de agradecértelo. Así que... gracias.

—Lo hiciste tú sola, Reese. Te controlaste mucho más de lo que yo lo habría hecho si hubiera estado en tu lugar. —Se detiene un segundo—. No dejes que te avasallen, ¿okey?

—¿Solo tú puedes hacerlo?

—Sí —dice intentando seguir serio—. Solo yo puedo avasallarte.

El cambio parece aún más notorio. Como si quizá pudiéramos firmar una tregua y trabajar juntos de forma cordial. Es eso lo que me lleva a preguntar lo siguiente sin pensarlo bien.

—En realidad, Emmett, puede que igual sí debas venir a la reunión del consejo. Si quieres. Puede que necesite un aliado.

—¿Eso es lo que somos ahora? ¿Aliados?

—Podríamos serlo. Tenemos una larga temporada por delante. Estaría bien ponernos de acuerdo sobre cómo dirigimos este equipo.

Oigo su indecisión al otro lado de la línea.

—Ya sabes que a los aliados a veces se les llama amigos.

—No tientes a la suerte.

Hay un instante de silencio antes de que añada:

—Sigo enojado por lo que le hiciste a Nate.

—Lo sé.

—Pero si quieres que vaya, iré. Lo que necesites.

Es extraño. De vez en cuando, veo esa cara amable que tiene. Puede que la cara que ha criado a una hija. Puede que la cara que ven los jugadores cuando lo necesitan, la que hace que todos estén tan unidos a él. Nunca lo dirías por su aspecto, todo grandulón y taciturno, lleno de tatuajes, pero, tengo que admitirlo, podría encontrarle el atractivo a Emmett Montgomery si lo buscara.

Mientras pego el celular a una oreja, un mechón de pelo me tapa la cara por el otro lado. Saco la mano del agua para retirarlo y, sin pensar, salpico con tanta fuerza que se puede oír al otro lado de la línea.

Esto se confirma cuando me pregunta:

—¿Estás nadando?

«Sí». «Sí» sería la respuesta correcta. O dándome un chapuzón en la tina de hidromasaje. O lavando platos. En realidad, cualquier otra respuesta que no fuera:

—La verdad es que me estoy dando un baño.

Hay un silencio demasiado largo al otro lado de la línea hasta que al final dice con su voz grave:

—Vaya.

¿Por qué carajos acabo de decir eso? Ahora seguro que me está imaginando desnuda.

—Pero no me imagines desnuda ni nada de eso.

Pero ¿qué me pasa? ¿Quién le dice eso a un empleado? «No me imagines desnuda, ya sabes, por si estabas pensándolo». Espero que me diga que va a colgar para poder llamar a recursos humanos, pero en vez de eso, me encuentro con mi propia réplica:

—No me digas lo que tengo que hacer.

Ahora soy yo la que se queda muda al otro lado de la línea. Cuando parece que no soy capaz de responder nada, Emmett rompe el silencio persistente.

—Te dejo para que sigas bañándote desnuda, Reese.

—Sip. Gracias.

—Disfrútalo.

Antes de que pueda encontrar las palabras para que la conversación pueda volver de algún modo al ámbito profesional, Emmett cuelga.

5

Reese

La sala de conferencias está en silencio cuando me siento en la cabecera de la mesa y espero.

Cuatro de los cinco miembros del consejo asesor toman asiento a cada lado de la mesa rectangular mientras Emmett se sienta frente a mí. Scott no ha llegado todavía y, de algún modo, me lo tomo como algo personal. Es como si quisiera marcar territorio haciéndome esperar. Como lo de invitar al mánager a la reunión que yo he convocado: me parece una estrategia para demostrar su poder.

El tictac del reloj de la pared es el único sonido que se oye en ese silencioso espacio. Me he esforzado por no mirar frente a mí. He hecho todo lo posible por evitar a Emmett a toda costa.

«No me imagines desnuda».

«No me digas lo que tengo que hacer».

Con indecisión, dejo que mis ojos se posen en él. Por suerte, no está mirando en mi dirección, sino que está concentrado en el reloj de la pared que nos dice a todos que la reunión tenía que haber empezado hace siete minutos.

Nunca me había permitido fijarme en él hasta ahora, pero Emmett Montgomery es sexy.

Está tremendo, la verdad.

Pensaba que había desactivado esa parte de mi cerebro, la parte que podía volver a sentir atracción hacia otra persona. Pero hay algo en que esa reportera casi le pidiera una cita durante la rueda de prensa y en nuestra conversación mientras me bañaba que me ha recordado que sigo siendo una mujer y que ese hombre tiene un enorme atractivo.

Por lo visto, ahora me gustan los hombres mayores.

Me fijo en su mandíbula, en cómo la mueve mientras masca chicle, e incluso eso me parece atractivo. Tiene la mandíbula angulosa y afilada, cubierta por una barba bien recortada con algunas canas aquí y allá. Lleva la gorra inclinada hacia abajo y una camiseta de manga larga de los Warriors ajustada a sus anchos hombros y pecho, y remangada, dejando a la vista esos antebrazos cubiertos de tatuajes que se extienden hasta el dorso de las manos.

Ahora mi atención va del centro de su pecho, donde está el logo de nuestro equipo, al par de lentes de sol enganchado al cuello y luego regreso a su cara.

Solo para descubrir que me está observando.

Es difícil ver esos ojos cafés por debajo de la gorra, pero puedo vislumbrar el brillo que tienen. Sus labios esbozan una sonrisa de medio lado, con esa mirada que lo dice todo grabada en su cara bonita. Luego se recuesta en la silla, cruza las manos sobre el estómago y no rompe el contacto visual conmigo mientras continúa mascando chicle.

Lo miro con el ceño fruncido y la risita que suelta entre dientes se pierde bajo el sonido que hace la puerta al abrirse.

—Llegas tarde —le recuerda Ed a Scott cuando entra en la sala de reuniones, con una mano en el bolsillo del pantalón y la otra sujetando un café de mi cafetería favorita, que está a un par de manzanas del estadio.

—¿Ah, sí? —Le da una palmada a Emmett en el hombro antes de sentarse en la única silla vacía que queda alrededor de la mesa—. Qué bueno verte, Monty. Me alegro de que hayas podido venir.

Noto a Emmett vacilar.

—Reese me pidió que viniera.

Scott da un sorbo al café y gira la silla para mirarme.

—Reese, tú convocaste esta reunión. Adelante.

A la mayor parte del consejo asesor no parece importarle la razón de que los haya convocado de nuevo tan pronto. Como dueña de la franquicia, en teoría no tengo que consultar con nadie más una decisión antes de tomarla, y eso es lo que he hecho. He pensado que, aunque me sienta preparada y con conocimientos suficientes, sigo siendo nueva en este puesto, y como todas estas personas llevan décadas aconsejando a mi abuelo, me ha parecido un despilfarro no aprovechar esa experiencia. Es para lo que les pago, al fin y al cabo.

—Quiero ver si podemos traspasar a Harrison Kaiser —digo sin más.

La sala se queda en silencio. Un silencio inquietante. Pero luego todos y cada uno de los hombres del consejo estallan en carcajadas. Bueno, todos menos Ed. Me ofrece una sonrisa comprensiva, pero no hay nada en esa expresión que me diga que esté de acuerdo conmigo.

—Muy buena, Reese —dice Phil entre risas—. ¿Qué hacemos aquí en realidad?

No permito que su reacción me desaliente.

—Quiero ver si podemos traspasar a Harrison Kaiser.

Las risas se van desvaneciendo poco a poco cuando empiezan a percatarse de que no estoy bromeando. Observo cómo intercambian miradas entre ellos, cómo se preguntan en silencio si he perdido la cabeza.

Scott es el primero en hablar.

—No.

—Está aquí con un contrato de dos años y cobra demasiado —explico—. Podríamos utilizar esos fondos para otra cosa.

—Desde luego que no. Soy yo el que lo consiguió la temporada pasada. No lo vamos a traspasar.

—Y le ofreciste más dinero del que vale.

—¡Fue el mejor fichaje de la temporada! —Scott me levanta la voz—. Lo querían todos los equipos con opciones de playoffs y fui yo el que lo consiguió.

—Reese —interrumpe Phil—, tu primera medida como presidenta no puede ser traspasar a uno de los jugadores más solicitados meses después de haber trabajado tanto para conseguir que viniera. Serías el hazmerreír de la liga.

—¿Has pensado en que podríamos necesitarlo para aguantar una participación larga en los playoffs si logramos llegar tan lejos? —me pregunta Ed, poniendo una mano sobre la mía, en un gesto que me recuerda mucho a mi abuelo.

—Sí —responde Scott por mí.

—No —rebato con rapidez—. Tengo a otra persona en mente para hacer ese papel. Alguien de nuestro sistema de Ligas Menores.

Scott se mofa.

—¿Quién?

Hago una pausa, sin saber si quiero hablarle de mis planes a largo plazo o del jugador del que no puedo dejar de ver videos. La verdad es que no estar segura de si puedo fiarme de alguien de mi consejo asesor no es muy buena señal.

—Ya decía yo —dice Scott al ver que me he quedado en silencio—. No hay nadie en nuestro sistema de Ligas Menores que pudiera siquiera ser considerado como posible sustituto de Harrison Kaiser. ¿Has perdido la maldita cabeza?

—Ey —lo interrumpe Emmett con brusquedad—. No le hables así.

Desvío la mirada hacia él para descubrir que de nuevo tiene los ojos clavados en mí.

Y está molesto.

Con Scott, me gustaría creer. Pero nunca se sabe con Emmett cuando se trata de algo que puede afectar a sus jugadores. Está demasiado unido a ellos.

Al invitarlo a esta reunión esperaba tener a otra voz de mi lado. Sé que conseguiré que Ed entienda mi punto de vista, y que seamos tres contra cuatro es mejor que ser solo dos.

—Vamos a votar —dice Scott.

—¿Qué? —Aquí no se vota. Yo estoy al mando. Estas reuniones son solo para aconsejarme, no para obligarme a seguir un camino—. No, no es así como fun…

—Que todos los que estén en contra de traspasar a Harrison Kaiser levanten la mano.

Cuatro manos se levantan de golpe. Todos los miembros del consejo asesor.

Todos, salvo Ed.

Cuatro contra tres, como ya sabía que ocurriría, pero esta votación no significa nada. Tengo al mánager de mi lado y, también, al asesor de mayor confianza de mi abuelo. Esas cuatro manos siguen en el aire cuando, con cautela, miro hacia Emmett. Me observa desde la otra punta de la mesa, con la mandíbula en tensión y agarrando con tanta fuerza los reposabrazos de su silla que tiene blancos los nudillos de las manos.

Hasta que, despacio, él también levanta la mano.

Y esa sola mano levantada es la única que me molesta.

No sé cómo explicarlo, pero se me cae el alma a los pies. De verdad que me había permitido creer que estábamos del mismo lado.

Menos mal que era una tregua.

Mantenemos el contacto visual de punta a punta de la mesa y siento cómo mi gesto se transforma en un reflejo del suyo. Severo. Enojado. Decepcionado.

No, no somos aliados, y ni de broma somos amigos.

—Bien, pues ya está. —Scott está demasiado contento para mi estado de ánimo actual—. No traspasamos a Kaiser.

—Genial. —Me levanto de golpe, agarro el bolso por las asas, me lo cuelgo en el hombro—. Gracias por la reunión.

Empujo la puerta de la sala de reuniones cuando oigo a alguien de la mesa murmurar detrás de mí: «No está hecha para este puesto».

«Solo tienes que llegar a la oficina. Mantén la compostura hasta que puedas llegar a la oficina», me digo.

Estoy acostumbrada a que me desautoricen y ninguneen, así que no es eso lo que me ha molestado. Creía —de verdad que lo creía— que después de esa rueda de prensa Emmett y yo podríamos ponernos de acuerdo. Puede que no en privado, sé que vamos a discrepar en algunas cosas, pero en público sí esperaba que me apoyara.

Me enorgullezco de que casi nunca me altero cuando se trata de trabajo, pero así es como me siento ahora.

Me muevo con pasos largos, agradecida como siempre por ser toda una experta andando con tacones, cuando oigo que alguien viene corriendo tras de mí.

—¡Reese! —grita Emmett, con un claro tono de enojo.

No. Ni de broma. No voy a hablar con él. Y ahora mismo no le corresponde a él estar enojado.

Me dirijo hacia la entrada, paso por el mostrador de recepción vacío, entro a toda velocidad en mi oficina y cierro dando un portazo. Pero la puerta se abre de golpe un segundo después.

—¿De qué carajos se trató todo eso?

Me giro hacia él.

—¡No puedes entrar aquí así, sin permiso!

—¿Qué querías que hiciera? ¿Pedir una cita a la recepcionista? —Señala la mesa vacía.

De verdad que tengo que encontrar a alguien para la recepción.

Emmett cierra la puerta de la oficina con más fuerza de la necesaria. Me deslizo detrás de mi escritorio, quedándome de pie, mientras él se coloca al otro lado, dominándome con su altura.

Listo para la batalla.

—¿En qué estás pensando? Harrison Kaiser. ¿En serio, Reese?

—Tú ya votaste en contra de mi decisión. No tenías nada que decir en la reunión, pero ¿ahora quieres discutirlo conmigo?

—Sí, ¡por supuesto que quiero discutirlo contigo! —Se quita la gorra y se pasa con exasperación la mano por el pelo antes de volver a ponérsela—. Y no, no voy a discutir contigo delante de todos ellos. Pero, en privado, si pienso que estás cometiendo un maldito error inmenso, entonces sí, te lo voy a decir.

—¿Alguna vez perseguiste a mi abuelo para decirle que estaba cometiendo un error?

Emmett reflexiona un segundo, su voz suena un poco más tranquila ahora.

—No tengo que decirte que ahora mismo tienes más ojos sobre ti de los que tuvo tu abuelo en toda su vida. Cada decisión que tomes va a acaparar todos los titulares, Reese. Cada error que cometas se va a someter a un análisis minucioso.

—Bueno, yo no creo que traspasar a Harrison Kaiser sea un error. Creo que es la decisión correcta.

Se ríe, incrédulo.

—Claro que lo crees. Y, déjame adivinar, lo vas a hacer aunque nadie esté de acuerdo con esa decisión. La experiencia me dice que de todas formas te importa una mierda lo que yo quiera. ¿Por qué me pediste siquiera que estuviera en la reunión?

Me parece que me sentiría demasiado vulnerable si admitiera que creí que quizá él podría compartir mi punto de vista. Que me apoyaría. Que juntos podríamos hacer un buen equipo.

Así, que, en vez de eso, digo:

—Harrison ni siquiera encaja bien con los otros jugadores.

—¿Y cómo sabes eso?

—Es solo... que se nota.

Resopla con desprecio.

—Me paso todo el día, todos los días, con esos chicos. Te estás agarrando a un clavo ardiendo.

Noto que él espera que ahora yo ceda, que tal vez me siente para que podamos discutir de manera civilizada sobre el tema. Pero no lo hago. Me quedo de pie, enfrentándolo.

—Carajo, Reese... —Emmett comienza a caminar de arriba abajo por mi oficina—. ¿Ocurrió algo con Kaiser que no me estás contando?

—No. No ha ocurrido nada. Pero es caro y tengo un plan.

Sí, Harrison suele hablarme como si fuera una niña tonta que no tiene ni idea de lo que hace en un campo de beisbol, pero puedo soportarlo. No soy tan susceptible como para tomar una decisión empresarial de tal magnitud solo porque el tipo me llama «encanto».

Emmett se detiene en medio de la oficina, con el ceño fruncido, tratando de adivinar qué pienso.

—¿Por qué?

—¿Por qué qué?

—¿Por qué intentas cambiarlo todo?

¿Eso es lo que cree que estoy haciendo? Porque no es así. Hay mucha historia de esta franquicia que quiero proteger.

—Tengo un proyecto en mente para este club, y algunas de las decisiones que tomó mi abuelo se tienen que revertir para que pueda llevarlo a cabo.

Emmett permanece en silencio, observándome. Y parece desconsolado hasta la médula mientras lo hace.

—Como yo —dice al fin.

—¿Qué?

—No sé por qué siempre me sorprenden tanto tus decisiones. Para ti es tan fácil deshacerte de la gente, como si no significaran nada. Todos sabemos que yo soy el siguiente. —Sacude la cabeza y se dirige hacia la puerta—. Gracias por recordármelo, Reese. No me sorprenderé cuando llegue mi turno.

6

Emmett

—¡Qué hit! —dice Max, señalando mi computadora mientras se sienta en mi regazo.

—Fue un hit imparable —coincido—. Es Isaiah.

—Sí. Zaya.

Pasa sus deditos por la pantalla, intentando seguir a su tío mientras corre las bases en la grabación del partido que estamos viendo juntos.

Mi hija está sentada en el regazo de Kai al otro lado de mi escritorio, ambos contemplan cómo su hijo me ayuda a preparar el partido de esta noche en casa. El pequeño lleva puesta la camiseta con el antiguo número de su padre.

—¿Qué crees, bichito? ¿Debería poner a Isaiah de titular esta noche o dejarlo en la banca?

Max suelta una risita en mi regazo, como si fuera lo más divertido que ha escuchado en la vida, y Kai y Miller lo imitan.

Todos sabemos que no voy a dejar en la banca a mi short stop estrella.

—¡Ni hablar!

—¿No? —pregunto—. ¿Y si la tía Ken me pide que lo deje en la banca por molestarla con esa canción con la que siempre sale al campo?

Max lo medita.

—Mmm… Entonces sí.

Esta vez me río yo.

—Bien, eso es lo que pensaba.

—Bichito —dice Kai—, ¿vas a venir a saludarnos a Monty y a mí al dugout antes del primer lanzamiento?

—Sí. Y mami y yo vamos a ver a papi entrenar.

Max se vuelve a concentrar en la pantalla de la computadora para ver las mejores jugadas del partido de anoche, mientras yo miro a mi hija.

Ella se crio igual, yendo al campo a verme entrenar.

Me he pasado los últimos veintitantos años criando a esa niña con un único deseo: que encontrara la felicidad, sin importar cómo fuera. Entonces no sabía que iba a ser mi lanzador estrella y su hijo quienes trajeran la felicidad a su vida, pero conocer a Kai y Max la hizo echar raíces de una forma que yo solo podía soñar.

Más que ningún trabajo que haya tenido, más que mis años de jugador en la liga, más que la victoria en la Serie Mundial como mánager, de lo que más orgulloso estoy en la vida es de ella. Todo lo que he hecho es por ella.

—Max, ¿qué dices? —pregunta Miller—. ¿Quieres ir a buscar a Isaiah y a la tía Ken antes de que empiece el partido?

El niño abre de par en par sus enormes ojos azules, emocionado. Es su forma silenciosa de decir que sí.

—De acuerdo, pues vamos a hacerlo. —Miller se incorpora y deja atrás el regazo de Kai.

—¿Y los chicos? —pregunta Max mientras lo ayudo a ponerse de pie.

—Vamos a ver a todos los chicos. Apuesto a que Cody y Trav te están buscando ahora mismo.

Max estira la mano y la pone sobre la de su madre.

Miller me da un abrazo por un costado.

—Buena suerte esta noche, papá.

—Gracias, Millie. Te quiero.

—Yo también te quiero. —Se agacha para darle un beso rápido a Kai—. Buena suerte, cariño.

—Gracias, Mills. Te quiero.

En cuanto mi hija y Max salen de la oficina, miro a mi futuro yerno con el ceño fruncido.

—¿Qué? —pregunta, confundido.

—No me copies.

Kai se ríe entre dientes.

—Supéralo, viejo.

—Solo eres unos diez años más joven que yo.

—Solo oí «joven».

—Cierra el pico y hablemos de la estrategia de lanzamientos para esta noche.

Riéndose, Kai aparta su iPad y empieza a soltar datos sin parar sobre el orden al bat del otro equipo. A través de la ventana que hay tras él, un destello rubio capta mi atención. Clavo los ojos allí, esperando que vuelva, cuando, por fin, Reese pasa por la ventana con alguien que me suena un poco del Departamento de Venta de Entradas.

Se paran enfrente de mi oficina, justo junto a la ventana, mientras siguen hablando, lo que me ofrece una vista inmejorable.

Luce muy profesional, como siempre. Su cabello bien definido, tacones altísimos y una falda lápiz que se ajusta como un guante a sus curvas.

Y está sonriendo, algo que vale la pena destacar ya que no la he visto hacerlo desde hace más de una semana.

No hemos vuelto a hablar desde la reunión del consejo del lunes. Bueno, supongo que lo que quiero decir es que aún no hemos hablado desde que discutimos en su oficina después de la reunión.

Y sí, carajo, claro que me he dado cuenta.

Me he dado cuenta de que esta semana no ha venido ni una vez al dugout antes de un partido. Me he dado cuenta de que no ha aceptado ninguna de mis solicitudes para que nos reunamos. Me he dado cuenta de que no pasó mucho tiempo por la sede del club, y que, en vez de eso, se ha quedado arriba, en su oficina, durante este periodo de partidos en casa.

También me he dado cuenta de que no ha dado ningún paso para traspasar a Harrison Kaiser.

Está claro que Reese está molesta conmigo por no haberla apoyado la semana pasada, pero yo estoy igual de enojado porque sigue demostrando que tengo razón. Estoy enojado porque no tiene ningún tipo de apego hacia nada de este club de beisbol que tanto amo. Ni hacia el personal ni, claro está, hacia los jugadores.

—Monty —dice Kai, captando mi atención—. ¿Me oíste? ¿Sabes a quién quieres de relevista intermedio esta noche?

Sigo con los ojos clavados en ella, contemplando cómo sonríe y disfruta de esa conversación que está manteniendo con alguien que no soy yo.

—No. —Incluso yo noto el tono distraído en mi voz—. Lo decidiré en el partido, supongo.

Por el rabillo del ojo, veo cómo Kai sigue mi línea de visión.

—¿Tienes que ir a hablar con ella?

—Nop. —Me aclaro la garganta, intentando centrarme de nuevo en esta reunión con mi entrenador de lanzadores.

Pero me está costando apartar la vista de la ventana, y me pregunto si el motivo por el que Reese está aquí abajo, cerca de mi oficina, es porque por fin va a hablar conmigo.

Termina su conversación dedicándole una sonrisa amable a su empleada antes de mirar hacia la ventana de mi oficina. Primero mira a Kai, quien recibe una sonrisa educada y un leve movimiento de cabeza a modo de saludo. Luego me mira a mí, y es entonces cuando su expresión cambia por completo.

A nada.

Es neutra. Vacía. No recibo una sonrisa, pero tampoco esa mala cara que en cierta manera echo en falta.

Reese no parece enojada.

No. Parece tener cero interés en mí, y eso me molesta incluso más que si estuviera furiosa conmigo.

Sus ojos se encuentran con los míos durante una fracción de segundo, sin permitirles que se detengan como le he visto hacer en otras ocasiones. Casi al instante, aparta la mirada y se marcha del encuadre perfecto que tenía de ella desde mi ventana. Y apostaría dinero a que se pasará el resto de la noche en su oficina, viendo el partido desde ese lugar con vistas privilegiadas.

—Entonces, con lo de «no tengo que hablar con ella» quieres decir «ni me dirige la palabra» —Kai se ríe—. ¿Qué carajos le hiciste?

—Nada. Tuvimos una discusión la semana pasada y, de momento, ninguno de los dos ha hecho mucho por arreglar las cosas.

—Kennedy la pone por las nubes. Por lo que me ha dicho, Reese parece sensata y le cuesta perder los nervios, lo cual ha demostrado teniendo en cuenta todas las críticas que recibe en internet por ser presidenta del equipo. Así que deben de haber tenido una discusión bastante acalorada para que reaccione así.

—No fue nada. Lo acabaremos olvidando los dos.

—¿No tienen dentro de poco el congreso del comisionado?

Suelto un quejido en voz alta y echo la cabeza hacia atrás.

Qué fastidio. Se me había olvidado.

Hacia el inicio de cada temporada, el comisionado de las Grandes Ligas celebra un encuentro para todos los propietarios de los equipos, los presidentes de operaciones deportivas y los directores deportivos. Y como Arthur siempre ocupó esos dos cargos, fui a los últimos siete congresos solo con él.

Y este año voy a ir con Reese.

La ubicación nunca cambia, como tampoco lo hace el programa. El comisionado organiza varias conferencias por el día y luego una fiesta por la noche, concediendo a todos los equipos la oportunidad de reunirse sin que esté involucrada la competición. No hay forma de que nos libremos ninguno de los dos, así que Reese y yo vamos a tener que fingir ser un frente unido mientras estemos con los otros equipos.

Kai se ríe.

—Si fuera tú, me disculparía antes de ir.

—Pero yo no tengo nada por lo cual disculparme.

—Si tú lo dices…

Mi entrenador de lanzadores se vuelve a concentrar en la estrategia para el partido de esta noche, pero hay algo que me inquieta, a lo que llevo dándole vueltas toda la semana. Algo que dijo Reese durante nuestra discusión acalorada.

Me apoyo en el respaldo de la silla y cruzo las manos por detrás de la cabeza.

—As, ¿puedo preguntarte algo?

—Claro.

—¿Qué opinas de Harrison Kaiser?

Tras los lentes, arquea las cejas, sorprendido.

—¿Como jugador o como persona?

—Ya sé qué clase de jugador es.

Kai suspira, se reclina en la silla.

—No es mi favorito.

—¿Por qué?

—Solo estuvimos en el mismo equipo un par de meses, así que puede que no sea el más indicado para juzgar su forma de ser.

Pero sí que lo es. Kai es una persona equilibrada y perspicaz. Me daría lo mismo si solo conociera a Harrison Kaiser de un día, seguiría fiándome de su opinión.

Cuando ve que no lo interrumpo, Kai sigue hablando:

—Es arrogante. Y no en plan divertido como Isaiah, sino de un modo elitista. Cobra mucho y presume de ello, algo que molesta a algunos de los chicos. Le gusta hablar mal de otros jugadores, pero como ya sabes lo unido que está nuestro equipo, nadie le hace caso. No se ha apuntado a ninguna de las salidas del equipo. Nunca viene a nuestra casa cuando Miller organiza la noche de tartas para los chicos, aunque siempre lo hemos invitado.

Hace una pausa en su diatriba y baja un poco el ritmo.

—En resumen, Cody puede hacerse amigo hasta de un muro de ladrillos si se lo pides, pero incluso a él le cae bastante mal. —Kai mueve la cabeza de lado a lado—. Pero… también sé que es rápido como nadie y que puede superar a cualquiera en las bases y en el campo, así que, aunque sea un imbécil, supongo que no lo echarán del equipo ni lo traspasarán.

Me quedo sin palabras, sorprendido, congelado en la silla.

—¿Debería seguir? —pregunta Kai—. Porque puedo.

—¿Por qué no sabía nada de esto? Estoy con ustedes todos los días.

—Somos personas adultas, estamos aquí para trabajar. Nadie va a ir corriendo a tu oficina para despotricar sobre alguien que no encaja.

En fin, me siento como un idiota. Reese me lo dijo y no la escuché. Estaba tan convencido de que estaba equivocada, de que era imposible que ella conociera la dinámica de nuestro equipo mejor que yo…

«Carajo». Por lo visto, tengo que disculparme.

Mi futuro yerno me observa.

—¿Por qué lo preguntas?

Suspiro con resignación.

—Si te lo cuento, no puede salir de aquí.

—Por supuesto.

—Esa discusión que tuvimos Reese y yo fue sobre Kaiser. Acudí a la reunión del consejo asesor en la que ella propuso traspasarlo y nadie estuvo de acuerdo, yo incluido.

Kai abre los ojos de par en par, sorprendido.

—¿Quién lo sustituiría?

—No estoy seguro. No nos dio detalles, solo dijo que tenía a alguien en mente. Dijo que Kaiser no encajaba en el equipo y no le creí. Pensé que se estaba sacando algo de la manga para respaldar su idea.

—Vaya —Kai reflexiona durante un rato—. Es impresionante que se haya dado cuenta de eso. A la mayoría de los propietarios no les importa una mierda las diferentes personalidades de un equipo, y mucho menos se darían cuenta de eso ellos solos.

—Entiendo. —Suspiro, dejando caer la palma de la mano por la cara—. La he subestimado.

Como todos los demás.

7

Emmett

Espero apoyado en la pared del vestíbulo. Reese ya me ha escrito para avisarme que iba un poco tarde y que me vería en el salón de baile principal del hotel, donde colocaron una barra y algunas mesas altas, pero no me siento capaz de dejar que entre sola al coctel de esta noche.

Me sorprendió cuando su nombre apareció en la pantalla de mi celular hace treinta minutos porque ese mensaje es toda la comunicación que hemos tenido. No hemos hablado en el vuelo de esta mañana a Las Vegas. Nos sentamos juntos en el avión, pero Reese tenía los audífonos puestos y se pasó todo el trayecto trabajando.

Cuando llegamos al hotel, no dijimos ni una palabra, tan solo le dimos al recepcionista nuestras identificaciones para registrarnos. En cuanto nos entregaron las llaves de nuestras habitaciones, cada uno se fue por su lado y el programa del congreso nos mantuvo separados durante el resto del día.

Reese asistió a un par de eventos con los propietarios y yo fui a las reuniones de los directores deportivos. El comisionado habló. Nosotros escuchamos. Luego nos juntamos para charlar durante las horas libres.

Tengo varios amigos que dirigen otros equipos, y verlos es lo único que me gusta de este congreso anual. Podemos ponernos al día sin la presión de un partido inminente. También hay algunos entrenadores con los que no me llevo lo que se dice bien, por supuesto, pero todos sabemos fingir en estos encuentros.

No tiene ningún sentido que este congreso anual se celebre en Las Vegas. Ahora mismo no hay ningún equipo importante aquí y la oficina del comisionado se encuentra en Nueva York. Aun así, cada año, durante veinticuatro horas, todos nos reunimos aquí. Y a juzgar por el nivel de desenfreno que he visto alcanzar a algunos de estos tipos a lo largo de los años, creo que puede que sea el único asistente al que le moleste tener que venir hasta Nevada por una sola noche.

La verdad es que no soporto esta parte del trabajo. Lo de ser lamebotas y presumir ante otros equipos. Para cuando llega el momento del coctel de cada congreso, me queda como una hora de batería social antes de irme a mi habitación a dormir. No logro recordar un congreso al que haya asistido en el que no estuviera contando los minutos que faltaban para nuestro vuelo de vuelta o para poder volver con mi equipo.

Así que como sé que solo tengo una hora para poder hablar con Reese después de más de una semana de silencio, la espero en el vestíbulo para ir juntos a la fiesta.

Este piso del hotel de Las Vegas está reservado para el congreso, por lo que hay mucho menos ruido que en el casino. Por eso, cuando el ascensor suena al fin al llegar a este piso, capta toda mi atención. Pero aunque estuviera rodeado de cientos de personas, aunque no pudiera oír ni mis propios pensamientos, seguiría clavando mis ojos en ella en cuanto se abrieran las puertas.

Reese está sola en el ascensor, buscando algo en su diminuto bolso y sin darse cuenta de que yo estoy de pie al otro lado, sin palabras.

Casi siempre he visto a mi jefa con ropa formal de negocios. Pero esta noche lleva un vestido de color azul suave que le queda de maravilla, porque resalta cada una de sus curvas. No sé qué me gusta más, si verla con ese vestido tan jodidamente sexy o imaginármela en mi dormitorio con el vestido tirado en el suelo.

Okey. ¿Qué carajo me pasa?

Aunque no nos llevemos bien la mayor parte del tiempo, cada vez me está resultando más difícil ver a mi jefa como solo eso, mi jefa. Hacía años que no me sentía atraído por alguien de esta manera, pero desde luego no voy a hacer nada al respecto. La respeto demasiado como para arriesgar su reputación y mi propio trabajo por algo tan insignificante como la atracción física.

Además, también está el hecho de que soy mayor que ella y su empleado. Me conozco lo bastante bien como para admitir que ya sé que Reese nunca me vería de esa forma.

Sale del ascensor, aún rebuscando en el bolso hasta que al fin encuentra el *gloss*. Le quita la tapa y se lleva el aplicador a los labios cuando, a medio camino, levanta la mirada y me ve esperándola, apoyado contra la pared y con una mano en el bolsillo.

Un poquito hipnotizado.

—Ah... —dice—. Eh..., no tenías por qué esperarme.

Me acaba de hablar más ahora que en toda la semana, pero no estoy prestando mucha atención a sus palabras. Estoy obsesionado con la forma en la que sus ojos me recorren el cuerpo, en cómo sus mejillas se ruborizan un poco mientras se toma su tiempo para mirarme.

Por norma general, llevo ropa deportiva y pantalones de beisbol cuando trabajo, pero esta noche, igual que los más de noventa hombres que hay aquí, llevo traje.

Miller estuvo en mi departamento esta mañana y le pedí que me pasara un traje del armario para poder hacer la maleta. No me sorprendió del todo que eligiera el verde oscuro, ya que es su color favorito. Y, por cómo me está mirando mi jefa en este momento, tengo que agradecerle a mi hija la elección.

—Eh... —Me paso la palma de la mano por la barba—. No quería que fueras sola.

El rostro inexpresivo que ha mostrado conmigo toda la semana se suaviza de un modo que rara vez se permite.

—¡Qué considerado!

Hay un momento de silencio mientras me repito sus palabras.

—Disculpa —bromeo—, ¿eso que acabas de decir fue un cumplido?

Contemplo cómo el tic más minúsculo levanta la comisura de sus labios, pero trata de ocultarlo poniéndose el *gloss*, que deja tras de sí un suave brillo rosado.

—Culpable. No permitiré que ocurra otra vez.

Mientras habla, un poco de *gloss* le mancha el borde exterior del labio y no puedo evitarlo. Algo en el hecho de que no solo me hable, sino que también bromee de nuevo conmigo me hace apartarme de la pared, recortando la distancia entre los dos. Los ojos de Reese permanecen clavados en los míos todo el tiempo y, cuando llego donde está ella, le limpio con cuidado el poquito de *gloss* que ha quedado en la piel con la yema del pulgar.

—Te ves… —«Impresionante. Arrebatadora. Imponente»— guapa.

Reese abre los ojos sorprendida durante una fracción de segundo, y eso me basta para comprender que no era lo que debía decir.

—Bien, quería decir. Te ves bien. Normalita, como mucho…

Reese inclina la cabeza hacia un lado, procurando contener una sonrisa.

—¿Eso es lo que le decías a mi abuelo cuando venían a estas cosas juntos? ¿Que se veía guapo?

—Desde luego. Así que no des por hecho que es algo que me reservo solo para ti. Tan solo es algo que me gusta decirles a mis jefes.

—Mmm… —dice en tono cantarín—. Me alegra ver que siempre mantienes una actitud tan profesional.

Esa es mi nueva regla. Si no se lo diría a Arthur, menos a Reese.

Me aclaro la garganta.

—¿Nos vamos?

Reese me hace un leve asentimiento con la cabeza y, por instinto, estiro la mano para colocarla en la parte inferior de su espalda, como para guiarla para que camine delante de mí. Pero, por suerte, me detengo antes de tocarla. Aunque vayamos vestidos así, esto no es una puta cita. Es un evento de trabajo y lo último que necesita es entrar, en una sala repleta de colegas y con el comisionado de la liga presente, con la palma de su empleado apoyada en la parte baja de su espalda. Así que vuelvo a meter la mano en el bolsillo y rezo por ser capaz de encontrar la forma de dejar de cagarla en algún momento de la noche.

Noto esa energía nerviosa, incómoda, radiando de ella a medida que nos acercamos a las puertas del salón de baile, y esa sensación solo aumenta por cómo gira la cabeza una y otra vez para comprobar el entorno.

No estoy acostumbrado a ver a Reese nerviosa e incómoda, pero le acabo de limpiar el labio y decirle que se veía guapa, así que supongo que busca desesperada la salida más cercana y el camino más rápido para alejarse de mí. Le doy un poco más de espacio, quedándome otro paso por detrás. Pero cuando estiro la mano para abrirle la puerta, me cubre la mano con la suya con rapidez para que no la abra.

—Emmett —suspira y se gira hacia mí—, sé que tenemos ciertas diferencias ahora mismo, pero aunque sea solo por esta noche..., ¿podemos estar en el mismo equipo?

—Siempre estamos en el mismo equipo. Esa es la razón literal por la que estamos aquí. Porque estamos en el mismo equipo.

—Ya sabes lo que quiero decir. Ha sido un día duro y me da la sensación de que la noche no va a ser mucho más fácil.

Hay mucho más que decir, empezando por una disculpa mía por no escucharla cuando habló de traspasar a uno de mis jugadores. Pero esa conversación es para otro momento.

—¿Qué pasó hoy? —le pregunto.

—Nada que no me esperara. —No estoy seguro de entender a qué se refiere, pero mi instinto me dice a gritos que no me va a gustar la respuesta cuando me entere—. Así que, solo por esta noche, ¿podemos firmar una tregua? —En su tono de voz se aprecia un poco de vulnerabilidad que no estoy acostumbrado a escuchar en ella.

Asiento con la cabeza.

—Por supuesto, Reese. Lo que te haga falta.

Exhala y parece que la tensión en sus hombros se relaja un poquito.

—Gracias.

—¿Quieres hablar de ello?

—No. Soy adulta. Puedo gestionarlo. —Aparta su mano de la mía, permitiéndome abrir la puerta—. Vamos a acabar con esto de una vez.

Tiro de la manija hacia adentro.

—Ese es el espíritu.

Esa única hora que tenía previsto quedarme hoy llegó y se fue como un suspiro. Y también las otras dos. Que no se me entienda mal, no quiero estar aquí. Preferiría estar en cualquier otro lugar que no fuera este, pero desde luego que no voy a dejar a Reese sola.

Solo he trabajado para un club de beisbol de las Grandes Ligas, así que no conozco en persona a muchos de los propietarios de otros equipos, pero puedo decir sin miedo a equivocarme que son un grupo de imbéciles.

Escondido en un rincón de la barra con un bourbon en la mano, porque ya he socializado suficiente por hoy, contemplo cómo se desarrolla todo igual que en las últimas tres horas.

En teoría, Reese está con los otros propietarios en la otra parte del salón, esforzándose por establecer contactos e incluirse en las conversaciones que tienen lugar a su alrededor. Pero desde que llegamos he sido testigo de cómo todos la han ninguneado. Puede que esté de pie a su lado, pero están haciendo todo lo posible para asegurarse de que ella sepa que no está con ellos.

Es un mar de hombres canosos con trajes que no les sientan bien. El bombón rubio destaca allá donde va, pero sobre todo destaca aquí por ser la única mujer entre sus colegas, que en su totalidad son por lo menos treinta años mayores que ella.

Estoy convencido de que no creen que sean unos cretinos absolutos por excluirla y puedo garantizar que al menos la mitad de ellos desconoce el significado de la palabra «sexista», aunque son la definición andante del término. Pero sé cómo piensan algunos de estos tipos. En resumen, creen que las mujeres deberían mantenerse al margen del deporte.

Claro que contratarán a una mujer para evitar el escrutinio público, pero nunca para un cargo importante. Y de pronto aparece Reese, que está a su mismo nivel y lo ha hecho sin su permiso.

Tiene una copa de vino tinto en la mano y hace todo lo posible por escuchar y contribuir a las conversaciones que se desarrollan a su lado, y se me cae un poco el alma a los pies cuando veo que tiene que esforzarse tanto.

En un momento dado, Reese dice algo al grupo de hombres, pero, de nuevo, uno de ellos mueve un poco el hombro para sacarla de la conversación. Ella mantiene la cabeza alta y no permite que nadie se dé cuenta de que le está molestando que sus colegas la excluyan. Pero yo lo noto. He visto cómo le ha molestado toda la noche.

Eso es lo que ha debido pasarle antes, y es una mierda.

De nuevo, echa un vistazo a su alrededor, igual que ha estado haciendo el último par de horas. Esta noche tiene esa energía nerviosa que no es propia de la Reese que he ido conociendo.

Siempre muestra una gran confianza en sí misma, o al menos se le da muy bien ponerse esa máscara, pero esta noche, aunque está haciendo todo lo posible por ser la mujer segura que todos conocemos, es evidente que no le está resultando fácil.

Sus ojos repasan el salón y, cuando acaban por posarse en mí, noto que se le relajan un poco los hombros, pero su sonrisa es apagada, como si le diera un poco de vergüenza que yo haya visto cómo los otros propietarios la excluyen.

Señalo la puerta con un gesto, preguntándole en silencio si quiere que la ayude a salir de aquí, pero ella niega con discreción con la cabeza antes de centrarse en el celular que tiene en la mano. Suena mi celular y lo saco del bolsillo para leer el mensaje.

Reese

No tienes que esperar por mí.

Levanto la cabeza y la fulmino con la mirada por creer que podría ser capaz de dejarla así.

Yo

Estamos en el mismo equipo esta noche.
Y que se jodan estos tipos.

Se ríe entre dientes y levanta su copa de vino, haciendo un brindis conmigo desde el otro extremo del salón. Hago lo mismo con mi bourbon antes de llevármelo a los labios, manteniendo el contacto visual todo el rato para contemplar cómo se acaba lo que le queda de copa.

Yo

¿Qué estás bebiendo?

Pero el celular de Reese debe de estar en silencio porque no ve cómo aparece mi mensaje cuando se gira hacia el grupo de los otros veintinueve propietarios, haciendo lo que está en sus manos para participar en la conversación.

—Ey —le digo al camarero mientras se acerca hasta el extremo de la barra—. ¿Qué tinto tienes?

Echa un vistazo detrás de él a la hilera de botellas abiertas.

—Tenemos un cabernet, un zinfandel y un pinot. Ella —señala en la dirección de Reese— está bebiendo pinot.

—¿Cómo sabías que era para ella?

Agarra la botella de pinot y lo sirve en una copa.

—No le has quitado los ojos de encima en toda la noche.

—Entiendo, pero no es por lo que crees... Es mi jefa y está teniendo un día complicado; eso es todo.

Desliza la copa hacia mí.

—No estoy aquí para juzgar a nadie. He firmado un contrato de confidencialidad para trabajar en este sitio esta noche, así que mis labios están sellados. ¿Otro bourbon?

—Sí, por favor. —Por encima del hombro, vuelvo a mirar a Reese, pero no la veo por ninguna parte. Es bastante difícil no verla con su vestido azul esta noche, así que supongo que fue al baño. «Bueno, ya le daré la copa de vino cuando vuelva», pienso.

—Entonces, también debe de ser la jefa de ese... —dice el camarero—, porque él tampoco le ha quitado los ojos de encima en toda la noche.

Señala en otra dirección diferente a la que estoy mirando y sigo su dedo estirado hasta el rincón más alejado del salón. Reese está de espaldas a mí, pero se nota la tensión en su postura, tiene los hombros casi pegados a las orejas mientras habla con alguien.

El tipo se me hace vagamente conocido. Si mal no recuerdo, me lo presentaron antes como el nuevo asistente del comisionado. No podría recordar su nombre ni aunque se me fuera la vida en ello, pero es más joven que yo. Diría que debe de tener unos treinta. Para ser sinceros, no me interesa nada de ese sujeto, lo único que quiero saber es por qué Reese está tan nerviosa mientras habla con él.

—Gracias —le digo al camarero, echando un billete de veinte en el bote de propinas antes de tomar la copa de vino con una mano y mi bourbon con la otra.

Me alejo de la barra y cruzo deprisa el salón.

—¡Monty! ¡Colega! —El mánager de Seattle me pasa un brazo por el hombro, deteniéndome de golpe—. Estás… —se traba—. Ven con nosotros.

—No, Bill, no.

—Nunca vienes con nosotros. ¡Estamos en Las Vegas!

Me escabullo de su brazo y continúo mi camino.

—Eso es porque soy demasiado viejo para toda esta mierda.

—¡Yo soy más viejo que tú!

—Eso mismo —grito por encima del hombro.

Otro entrenador se para frente a mí y me bloquea el paso.

—Montgomery. Monty —dice, arrastrando mi apodo.

—¿Sí? —Mi tono es de exasperación mientras miro más allá para ver dónde está Reese. Sigue de pie en el mismo sitio. Parece tan incómoda como antes. El tipo luce una sonrisa que me gustaría borrarle de un puñetazo.

—Tengo que preguntarte algo.

Cierro los ojos, impaciente. Llevo escondido en la misma esquina de la barra las últimas horas. ¿No me lo pudo preguntar antes?

—¿Sí?

Se inclina hacia mí y baja la voz.

—La nieta de Arthur… —En cuanto esas palabras salen de su boca, siento que se me tensan todos los músculos del cuerpo, receloso de lo que vaya a añadir—. ¿Me puedes repetir su nombre?

Tenso la mandíbula cuando digo entre dientes:

—Reese.

—¡Reese! Eso es. ¿Qué sabes de ella?

—¿A qué te refieres? Es la nueva propietaria del equipo y la presidenta en funciones. Asumió el cargo de Arthur al terminar la temporada pasada.

Se ríe.

—No. Eso me da igual. ¿Está soltera?

—¿En serio? —Me marcho al instante, puede que dándole con el hombro al pasar por su lado—. Mantente alejado de ella —es lo único que respondo.

—Por Dios, Monty. Un tema delicado, supongo.

Por fin llego hasta Reese y puedo notar la tensión que irradia su cuerpo cuando me acerco desde atrás. Tomo las dos copas con una mano y coloco la otra mano a mitad de su espalda. Es un lugar adecuado que nadie aquí, en especial alguien que trabaje en la oficina del comisionado, cuestionaría.

Desde atrás, me inclino para acercarme a su oído:

—¿Estás bien?

Asiente con cierta rigidez, pero el resto de ella parece relajarse un poco.

La rodeo, le robo la copa vacía y la dejo en una mesa cercana antes de ponerle la nueva en la mano.

—Gracias —susurra.

Me suelo presentar cuando alguien está de pie a mi lado, pero, por algún motivo, que se joda este tipo.

—¿No nos vas a presentar, Reese? —pregunta.

Siento en la palma de mi mano colocada en su espalda cómo toma aire con fuerza.

—Emmett, este es Jeremy. —Levanta la mirada por encima del hombro y se encuentra con la mía, intentando decirme algo sin palabras antes de añadir—: Mi exmarido.

8

Reese

—Bueno, espero que estés cuidando a nuestra chica en Chicago —dice Jeremy.

Me cuesta muchísimo no poner los ojos en blanco. «¿Nuestra chica?». Por favor. Solo está exagerando ahora que hay otro hombre cerca.

—Se cuida muy bien solita —dice Emmett.

Y hay algo en la convicción de su tono que me recuerda que así es. Que hoy me hayan ignorado todos los propietarios de los equipos de la liga me ha hecho daño en la autoestima, así que no me importa si me la devuelve la única persona de mi club cuya aprobación ansío ganarme.

—Seguro que sí. —Jeremy me mira—. Pasó mucho tiempo, Reese. Tienes buen aspecto.

Tengo unas ganas locas de decirle que él parece agotado de haber adulado al comisionado toda la noche. Pero no lo hago. Porque soy malditamente profesional.

La frase apenas acaba de salir de la boca de Jeremy cuando noto la presión de las yemas de los dedos de Emmett sobre mi espalda.

—Discúlpanos, pero tengo que hablar con mi jefa en privado un momento.

—Desde luego. —Jeremy sigue con los ojos clavados en mí—. Espero que nos podamos poner al día pronto.

No es que fuera a decirle que sí, más bien al contrario, pero antes de que pueda abrir la boca, la palma de Emmett me presiona la espalda y me aleja de mi ex.

—¿Por qué estás actuando como un novio celoso en este momento? —le pregunto por encima del hombro, aunque no se entiende muy bien lo que digo.

Noto cierto tono de enojo en su voz mientras nos dirigimos a la puerta de salida.

—No me preguntes eso justo ahora, Reese.

Hago todo lo posible por apretar los labios y contener la risa. Pero estoy un poco alegre, así que se me escapa una carcajada. Seguimos abriéndonos paso entre la multitud cuando Emmett se inclina hacia a mí y me dice bajito para que nadie más nos oiga:

—¿Estás bien?

—Sip.

—¿Segura? —No paso por alto el tono de preocupación.

—Supersegura.

Estoy bien, pero como dijo Jeremy, hacía mucho tiempo que no nos veíamos. Y me he pasado la mayor parte del día en vilo, sabiendo que lo más probable era que me lo encontrara aquí y tendría que oírlo decir: «Te lo dije». Por suerte, mi mánager me ha salvado antes de que pudiera hacerlo.

Emmett me abre la puerta principal, dejándome pasar primero, y luego la cierra tras él, con lo que el ruido de la gente que sigue dentro de la fiesta queda amortiguado. Aunque yo sigo animada, eso seguro. No tener con quién hablar en toda la noche me ha dejado mucho tiempo para beber este vino. Y lo noto.

El silencio del vestíbulo contrasta con el bullicio del salón convertido en bar, así que la voz de Emmett se oye alta y clara cuando dice:

—Larguémonos de aquí.

—¿A dónde vamos?

—A cualquier otro sitio. No tienes que pasar más tiempo del que ya has pasado con esta gente.

Por mucho que odie admitirlo, Emmett es una presencia tranquilizadora cuando quiere. Claro que se le da muy bien discutir conmigo, pero también me estoy dando cuenta de que tiene el mismo talento para mantener la calma cuando lo requiere el momento.

También se le da muy bien diferenciar entre esas dos ocasiones, algo que supongo que ha aprendido al criar a una hija.

Mientras nos acercamos al ascensor, toma dos vasos de plástico del dispensador de agua y vierte nuestras bebidas en ellos, pasándome el vino de nuevo. Subimos dos pisos hasta el casino, y en cuanto se abren las puertas del ascensor, el humo del tabaco asfixia el ambiente.

Hay todavía más ruido que en el salón de baile, así que, cuando Emmett me pone la mano en la parte inferior de la espalda para guiarme entre el enjambre de gente, tiene que inclinarse aún más para decir:

—Afuera.

Sigue con las yemas de los dedos en mi espalda, guiándome a través de la multitud alcoholizada. Es un grupo ecléctico. Despedidas de soltera. Fiestas de cumpleaños número dieciocho. Un pobre tipo que parece que acaba de perder los ahorros de toda la vida en la mesa de *blackjack*.

Las Vegas es un lugar extraño.

Estoy borracha, pero no lo bastante como para soportar este ambiente. En ese momento, Emmett desliza el brazo por mi cintura porque hay demasiada gente por donde intentamos pasar, y es entonces cuando me doy cuenta de que sí que estoy borracha. Porque no intento apartarme de él.

El aire en el exterior no es fresco, pero es mucho mejor que el aire viciado del casino. Nuestro hotel está en plena avenida principal, así que, aunque ya sea tarde, el cielo sigue iluminado por todas las luces de Las Vegas.

—¿Te gustaría caminar?

Bajo la mirada hacia mis tacones.

—Podría correr una maratón con estos zapatos.

Ni siquiera podría terminar una maratón con zapatos deportivos, pero él no tiene por qué saber eso.

—Seguro que sí, Reese. Vamos a dar un paseo, entonces.

—¿Me vas a preguntar sobre mi exmarido cuando estemos paseando?

—Hay muchas cosas que quiero preguntarte mientras paseamos. Ni siquiera sabía que habías estado casada.

—Eso no es una pregunta. —Le doy otro trago largo al vino de mi vaso de plástico como la mujer sofisticada que soy—. Y por supuesto que no lo sabías. Hay muchísimas cosas que no sabemos el uno del otro.

Baja la mirada y enarca una ceja.

—Quizá deberíamos hacer que eso cambiara.

Demonios, qué guapo está con ese traje que se le ajusta a la perfección a su robusto cuerpo, y con esas manos tatuadas sobresaliendo por las mangas del saco... Y esos muslos fuertes que ponen a prueba la resistencia de la tela de sus pantalones con cada paso que da. Y esta noche no lleva gorra, lo que me permite contemplar su bonita cara sin que la oculte la sombra de la visera.

—¿Sabías que tu ex iba a venir? —pregunta Emmett.

—Me lo imaginaba. Había oído que tenía un puesto nuevo en la oficina del comisionado. ¡Ey, mira! Isaiah y Kennedy se casaron aquí. —Señalo una pequeña capilla blanca que recuerdo que salió en un artículo de la prensa.

Sin prestar atención, bajo de la acera para cruzar la calle y casi me caigo de bruces al hacerlo.

—Okey. —Emmett me pasa un brazo por la cintura para estabilizarme—. Ya está bien de maratones por hoy.

—No es culpa mía si estoy borracha. Nadie quería hablar conmigo. Estaba aburrida. Me puse nerviosa... ¿Y por qué te estoy contando esto?

—No tienes que contarme una mierda, Reese. Pero me gusta que me hables de nuevo.

Aún rodeándome con el brazo, me dirige hacia otro hotel. El aire no está tan viciado aquí. La multitud no hace tanto ruido. Cerca de la entrada hay un pequeño bar apartado y tranquilo. Emmett nos consigue un sitio en la parte de atrás, donde hay dos cómodos sillones enfrentados. Pide otra ronda antes de sentarse y prestarme toda su atención.

Tiene las piernas estiradas alrededor de las mías. El exterior de mis rodillas roza con el interior de las suyas de una forma que me parece demasiado íntima porque es mi empleado, así que cruzo una pierna sobre la otra para ganar un poco de espacio. Pero entonces Emmett apoya los codos en las rodillas, acercándose otra vez a mí, y no me quedan fuerzas para mentirme y fingir que no me gusta.

La verdad es que nunca me he sentido pequeña en la vida, pero la forma en la que el cuerpo de este hombre cubre el mío de manera protectora me hace pensar que, si alguna vez me permitiera sentirme frágil, este sería un lugar seguro para hacerlo.

—Entonces, cuéntame —me anima a hablar.

Esta noche tengo la lengua suelta.

—Jeremy es un poco imbécil. No da esa impresión, pero…

—Qué va, créeme, sí que da esa impresión —me interrumpe—. ¿Le conseguiste un trabajo?

—¿Te refieres al beisbol? No. Nos conocimos hace años cuando trabajaba en análisis de datos para las Grandes Ligas y vivía en San Francisco. En aquel entonces yo estaba acabando mi MBA… Pero eso puede que ya lo sepas… No sé qué es lo que sabes.

—No sé mucho, Reese. Creo que eso puede ser parte del problema entre los dos. No sé nada sobre ti. —El camarero nos trae las bebidas y Emmett empuja la copa de vino hacia mí—. Y me gustaría saber más.

Mis mejillas se encienden por la forma tan dulce y sincera en la que lo dice. O puede que sea culpa del vino. Quién lo sabe a estas alturas. Pero empiezo a entender por qué a mi abuelo le costaba tanto decirle que no a este hombre.

—Ya sé lo que estás haciendo.

—Seguir dándote alcohol para que me sigas contando cosas. ¡Oh, no…! Me atrapaste.

—Lo estás haciendo muy bien. Sigue así. —Intento ocultar una sonrisa detrás de la copa y veo otra en la boca de Emmett cuando se lleva el bourbon a los labios—. Estuvimos casados tres años —le cuento.

—¿Una separación amistosa?

Muevo la cabeza de un lado al otro.

—Una vez que asimilé lo que nuestro matrimonio significaba para él, entonces sí. Intentó quitarme el equipo. Fue sencillo alejarme después de aquello.

Tomo otro sorbo de vino.

—Crecí en el club. Sabía que sería mío algún día. Pero mi abuelo no me iba a pasar el club así sin más, sin ningún tipo de experiencia. Tenía que estudiar el MBA. Lo hice. Tenía que hacer prácticas en las Grandes Ligas, aprender la parte del beisbol. Lo hice. Empecé a trabajar en la oficina de

San Francisco para aprender todo lo relacionado con este deporte desde el punto de vista empresarial. Lo hice. Conocí a Jeremy allí. Me casé. Intentó robarme el equipo. Vaya mierda, ¿no?

—Sí, Reese. Vaya mierda.

—O sea, la gente puede cambiar de opinión. Pasa todo el tiempo. Pero las cosas que de pronto quería surgieron de la nada. Nunca había mencionado querer involucrarse en la gestión del equipo y, de repente, quería participar en todo. Dio por hecho que casarse y entrar en mi familia le daba ese derecho. Mi abuelo estaba furioso. Yo estaba furiosa. Tú también estarías furioso, ¿no?

Cruza los brazos debajo del pecho.

—Estoy furioso ahora mismo.

Dudo cuando me doy cuenta de que probablemente haya hablado demasiado.

—No quiero quedarme aquí sentada echando pestes de Jeremy.

—Qué pena. Porque yo sí.

Suelto una risita. Okey. Puede que yo también.

—Quería que el cincuenta por ciento de la propiedad del equipo estuviera legalmente a su nombre.

—Carajo. Se puede ir a la mierda si esperaba eso.

—¡Lo sé! ¿Verdad? Que se joda.

—¡Que se joda! —repite.

Me apoyo en el respaldo del sillón con un fuerte suspiro.

—Emmett, sé que crees que estoy actuando de forma imprudente con algunas de mis decisiones, pero, te lo juro, trato de hacerlo lo mejor que puedo. No sabes lo desesperada que estoy por hacerlo bien.

El rostro de mi mánager se ablanda, comprensivo.

—¿Fue culpa suya que hoy estuvieras tan nerviosa? Parecías tensa toda la noche, no parabas de mirar a todas partes.

—Santo Dios. —Suelto una risa de desprecio hacia mí—. ¿Te diste cuenta?

Se lleva el bourbon a los labios y me observa por encima del borde del vaso.

—No te he quitado el ojo en toda la noche.

Vuelvo a sentir calor en el rostro. Y aunque me gusta cómo suenan esas palabras saliendo de su boca, ambos sabemos que no es a lo que se refiere. Tan solo ha tratado de apoyarme esta noche, tal y como le pedí.

—Uno de los argumentos de Jeremy para que él tomara el mando en lugar de mí era que le preocupaba que, si yo era la cara visible del equipo, nadie me haría ni caso. Y hoy se ha demostrado que tenía razón. Su teoría ha quedado demostrada de sobra y él ha sido testigo.

—No tenía razón.

—Emmett…

—No tenía razón, Reese. —Hay tanta convicción en su forma de decirlo que casi me lo creo hasta yo—. De verdad que estoy harto de que la gente te diga que no puedes hacer este trabajo.

—Nadie cree que sepa lo que estoy haciendo, incluido tú.

Se queda un momento reflexionando y, cuando vuelve a hablar, hay un matiz de arrepentimiento en su voz.

—Tengo que disculparme…

—No tienes que hacerlo.

—Sí, sí que tengo que hacerlo. Tengo que explicarme, porque lo último que quiero es que me veas algún parecido con todos esos tipos. —Señala con la cabeza en dirección al hotel en el que nos alojamos—. No me gusta cómo te han tratado esta noche.

—Puedo con ello.

—Sí. Ya sé que puedes. Pero eso no quiere decir en absoluto que tengas que hacerlo.

Esos amables ojos cafés reflejan una disculpa que no me debe. Porque en este momento, por primera vez en todo el día, siento que no estoy sola del todo. Y eso significa mucho más de lo que tal vez crea él.

Me encojo de hombros, despreocupada.

—Me sentiré mejor cuando acabemos la temporada con mejores resultados que todos y cada uno de ellos.

Una cálida carcajada brota del pecho de Emmett y al instante me provoca una sonrisa.

—Me leíste la mente. Se supone que este congreso pone en pausa la competición, pero ver cómo se han portado los otros propietarios contigo esta noche ha conseguido que quiera vencer a todos sus equipos en el campo por ti.

—Por mí, ¿eh? Tú eres el que va a firmar un nuevo contrato esta temporada. ¿Crees que un récord de victorias te beneficiaría?

—Sí, bueno, ¿por qué no puede servir para ambos? Tú misma lo dijiste, Reese. Estamos en el mismo equipo. ¿Te acuerdas?

Descubro una sonrisa burlona y desafiante en sus labios y lo imito.

—Sí, me acuerdo.

9

Emmett

En cuanto vuelvo a la habitación después de acabar mi carrera matutina, me quito la camiseta sudada y la tiro al suelo para no olvidarme de separarla de la ropa limpia cuando acabe de hacer la maleta.

Tras esta noche en Las Vegas, Reese y yo vamos directo desde aquí a San Diego para reunirnos con el equipo para una serie de partidos como equipo visitante, así que he tenido que meter más ropa en la maleta que la que llevaría para una sola noche y no quiero que la ropa deportiva haga que apeste toda la demás que utilizaré el resto de la semana.

Por lo general, este congreso me parece una pérdida de tiempo, ya que te obliga a pasar todo un día fuera a mitad de la temporada, pero anoche aprendí mucho más de lo que jamás hubiera imaginado. No sobre beisbol ni sobre el funcionamiento interno de la liga, sino sobre Reese.

Ha sido la primera vez que me ha mostrado algún tipo de vulnerabilidad real, así que este año no me importa haber pasado un día fuera de casa por culpa del congreso; al contrario, estoy agradecido por la oportunidad que me ha proporcionado para estar a solas con Reese. Aquí ella no podía esconderse en su oficina ni yo detrás de mi equipo.

Ha sido… bonito.

Todavía sigo recuperando el aliento por el entrenamiento cuando suena el teléfono. Lo saco del cinturón en el que lo llevo si salgo a correr y veo en la pantalla una foto de mi hija y su nombre en la parte superior.

—Hola, Millie —digo con la respiración entrecortada cuando respondo al celular.

—Hola, papá. Solo llamo para ver qué tal estás. ¿Cómo estuvo el congreso?

—Estuvo... —vacilo—. No tan terrible como de costumbre.

—Me alegra oír eso. ¿Es porque tu jefa sexy estaba allí? Es más agradable a la vista que Arthur, ¿eh? Cielos. —Puedo oír la sonrisa en su voz—. ¿Por eso suenas así? Estás sin respiración. ¿Está contigo ahora mismo? ¿Qué carajo acabo de interrumpir? Dios mío, papá. ¿Seguro que estás en forma para ese tipo de actividades?

Sacudo la cabeza, aunque no pueda verme.

—Ey, Miller.

—¿Sí? —Se ríe.

—Cierra el pico.

Solo consigo que se ría aún más.

Quiero a mi hija, pero, carajo, puede llegar a decir un montón de tonterías. También sabe aguantar las bromas, lo aprendió al crecer rodeada de los chicos del equipo de beisbol.

—Madrugué y salí a correr. Acabo de volver. Así que, aunque desde luego que estoy en forma para «ese tipo de actividades», no es lo que está pasando ahora mismo. No seas malpensada, rarita.

Se ríe entre dientes al otro lado de la línea.

Voy al baño de la habitación, me pongo la gorra del revés y agarro una toalla de manos limpia para pasármela por la cara, intentando secarme el sudor.

—¿Qué estás haciendo? —pregunto.

—Maxie y yo acabamos de subir al avión. Estoy echando de menos la temporada que volábamos con el equipo desde el aeropuerto privado. El control de seguridad de hoy ha sido una pesadilla.

—Sí, seguro que Max también lo echa de menos. ¿Te acuerdas de lo bien que dormía en la cama que le prepararon en la parte de atrás del avión?

—Sí, pero te juro que con eso no tiene problemas. Llevamos unos cinco minutos sentados y ya está frito en mi regazo.

—Cuando se despierte, saluda a mi chico de mi parte y dile que tengo muchísimas ganas de verlo.

—Lo haré.

—También tengo ganas de verte a ti, Millie. Me alegra que nos vayan a acompañar en un par de partidos fuera.

Vi a mi hija ayer por la mañana, pero ahora que me he acostumbrado al lujo de vivir en la misma ciudad, aprovecho cada oportunidad para pasar tiempo con ella.

Durante los últimos veinte años, más o menos, solo hemos estado ella y yo. Miller está construyendo ahora su propia familia, pero para mí ella es toda la mía. Puede que por eso tenga una relación tan estrecha con los jugadores y las personas con las que trabajo. Cuando Miller se fue de casa con dieciocho años y yo me mudé para entrenar en las Grandes Ligas, de pronto me quedé solo y el equipo se convirtió en mi nuevo círculo familiar.

—Yo también quiero verte. Kai se la está pasando en grande, papá. Le está encantando entrenar a los chicos.

—Bueno, se le da muy bien. —Mientras cuelgo la toalla de mano de mi hombro, llaman a la puerta—. Un segundo, Millie. Creo que vienen a limpiar la habitación. No deben de saber que hacemos el registro de salida más tarde.

Cruzo la habitación, con el celular pegado a la oreja, y abro la puerta.

Pero no es el personal de limpieza lo que veo al otro lado.

Es Reese.

—Buenos días —dice con una sonrisa, pero enseguida abre la boca cuando sus ojos pasan de mi cara sudada a mi pecho desnudo, que sigue agitado mientras trato de recuperar el aliento.

—Hola —sueno tan sorprendido como ella parece estar ahora mismo.

De pie, al otro lado de la puerta, la recorro con la mirada. Si no estuviera ahora mismo frente a mí, no estoy seguro de si la reconocería. Lleva unos jeans azules bien ajustados… Nunca antes la había visto con mezclilla, pero, carajo, qué bien se ve sobre sus muslos. Ha cambiado los tacones por unos zapatos deportivos y su pelo rubio, que suele llevar liso, está cubierto con una gorra de los Warriors, de la que sobresalen las puntas ligeramente onduladas.

Contrasta muchísimo con la Barbie empresaria que suelo ver por la oficina. Hoy Reese me recuerda más a una chica común y corriente amante del beisbol, y la verdad es que ese look le sienta de maravilla.

A mí me gusta muchísimo.

—¿Papá? —La voz de mi hija al teléfono es como una ducha fría—. Es tu jefa sexy la que está en la puerta, ¿verdad?

Cierro los ojos un instante.

—Te tengo que dejar, Miller.

—Seguro que sí. Saluda a mi nueva madrastra de mi parte.

—De verdad que estás fatal, ¿lo sabes? ¿Quién demonios te ha criado?

Tanto Reese como mi hija se ríen, pero, por suerte, mi jefa no puede escuchar a Miller a través del celular.

—Te quiero, papá.

—Yo también te quiero. Que tengan un buen vuelo. Te dejo. Nos vemos esta noche.

Cuelgo el celular y pongo toda mi atención en Reese.

—Perdona —digo, usando la toalla para volver a secarme la cara.

Cuando la cuelgo en el hombro, no paso por alto el modo en el que sus mejillas se ruborizan un poco ni cómo sus ojos azules se esfuerzan por mirarme a la cara.

Se aclara la garganta.

—¿Va Miller a San Diego?

—Sí. Y Max también.

—¿Sabes una cosa? Nunca nos han presentado de manera oficial.

—¿De verdad? —Echo la cabeza hacia atrás, sorprendido—. ¡¿Cómo es eso posible?!

—La he visto por el campo contigo, Kai o Kennedy, pero no, no me la han presentado.

—Pues este fin de semana lo solucionaremos. Pero, te aviso, está loca como una cabra y lo más probable es que diga algo muy inapropiado, así que ignórala.

Esboza una sonrisa.

—Lo tendré en cuenta.

Apoyo un hombro en el marco de la puerta y veo que Reese me vuelve a repasar con la mirada. Me gusta entrenar para despejar la cabeza y fortalecer el cuerpo, pero la atención de mi jefa también será una buena motivación.

—Y bien, tú dirás…

Reese vacila.

—Quería disculparme por mi pequeña incontinencia verbal de anoche. Fue un día muy largo y ese vino se dejaba beber con sorprendente facilidad.

—No hace falta que te disculpes por nada. Estuvo bien… hablar contigo. Estuvieras borracha o no.

—Sí que estuvo bien. —Respira hondo y se balancea sobre los talones—. Estaba pensando que quizá podamos firmar una tregua que dure más que solo la noche de ayer.

Noto cómo una sonrisa quiere abrirse paso en mis labios.

—Creo que me apunto.

—Perfecto. Porque quiero llevarte a un sitio antes del vuelo.

—¿Ahora mismo? —Bajo la mirada a mi pecho para recordarle a Reese que estoy medio desnudo.

—Te puedes poner una camiseta antes.

—¿Seguro que quieres que lo haga?

Abre la boca para replicar, pero no dice nada.

—Nos vemos en el vestíbulo en cinco minutos, Montgomery.

—Montgomery, ¿eh? —Reese se encamina hacia el ascensor, sin picar el anzuelo—. ¡Montgomery es casi «Monty»! ¡Ya sabes, como me llaman mis amigos!

Tiene una sonrisita burlona en los labios cuando me mira por encima del hombro.

—¡Eso no va a pasar!

Abro el asiento plegable junto a Reese antes de sentarme. Estamos en una zona alta, en el jardín derecho. No lo llamaría exactamente grada superior, ya que la mayoría de los estadios de la Triple-A no son lo bastante grandes como para tener gradas superiores, pero es lo que más se le puede parecer aquí.

Aunque en Las Vegas no hay ningún equipo de las Grandes Ligas, sí que hay alguno en las Ligas Menores y da la casualidad de que nuestro equipo de la Triple-A está en la ciudad para jugar contra el suyo. Todavía no me creo que haya visto a Reese sacar el celular en la puerta para que le escaneen las entradas que ha comprado online. Lo ha hecho con tanta... naturalidad.

—Sabes que podías haber llamado antes para decirles que veníamos. No tenías que comprar las entradas, y estoy convencido de que te hubieran dado un asiento más cerca del campo.

Se encoge de hombros con una sonrisa en el rostro y los ojos clavados en el campo.

—Ya lo sé, pero no quería que los jugadores se pusieran nerviosos si se enteraban de que estábamos aquí. Además, ¿cuándo fue la última vez que tan solo te sentaste a disfrutar de un partido? ¿No echas de menos ver el beisbol como un mero aficionado?

Sí. Desde luego. Claro que lo echo de menos. Aparte de las jugadas más importantes, en los últimos tiempos, los únicos partidos que veo enteros son los nuestros.

Hoy no podremos ver todo el partido, quizá solo tres o cuatro entradas antes de que tengamos que marcharnos al aeropuerto para tomar nuestro vuelo, pero me acomodo en el asiento y me dispongo a disfrutarlo.

—¿Siempre te ha gustado el beisbol? —le pregunto a Reese.

—Sí. Solía rogarles a mis padres que me llevaran al campo y que me dejaran pasar el rato con mi abuelo. Me encantaba todo. La gente que trabajaba allí. Los aficionados tan acérrimos y supersticiosos. Casi vivía en el estadio en verano, me quedaba despierta hasta tarde y veía todos los partidos de casa, y la verdad es que no me puedo imaginar una infancia mejor.

Sé que hay un partido que está empezando justo frente a nosotros, pero no puedo apartar los ojos de ella. No sabía que ampliar nuestra tregua también supondría que Reese seguiría abriéndose a mí, pero me alegro de que así sea.

Se ríe de sí misma.

—Solía invitar a los jugadores a mis fiestas de cumpleaños, porque de verdad creía que eran mis amigos. No me daba cuenta de que era su trabajo pasarse todos los días en el campo. Que no estaban allí tan solo porque les gustaba, como era mi caso.

—¿Iban?

—Por supuesto. Lo más probable es porque mi abuelo era el dueño del equipo y se sentían en la obligación de hacerlo.

Pienso en mi equipo y en cómo se comportan con Max, cómo lo quieren como si fuera uno de ellos. O, cuando jugaba, cómo trataban mis compañeros a Miller de pequeña, alabándola siempre que hacía galletas caseras y las llevaba para compartirlas con ellos.

—Lo dudo. Los que formamos parte del mundo del beisbol nos sentimos como una gran familia. Quizá no lo ves de esa forma, pero así es. Apuesto a que iban a tus cumpleaños porque eras uno de ellos.

Se queda en silencio un buen rato, con la mirada en el campo hasta que alguien batea un elevado y finaliza así la parte alta de la primera.

—Ya sé que somos una gran familia —dice al fin—. Sé lo mucho que tiene el beisbol de comunidad y camaradería. Crecí en ese ambiente, Emmett. No soy una propietaria cualquiera, recién salida de la facultad de empresariales sin ningún tipo de conexión con este equipo. Este equipo es el legado de mi familia. Es mi niñez y mis mejores recuerdos. Sé que crees que llegué aquí con la intención de cambiarlo todo —continúa—. Pero te prometo que no. Quiero mejorar este equipo porque lo amo. Quiero ser capaz de que otra gente también pueda crear sus mejores recuerdos. Tanto si son los días que pasan en el campo como aficionados como si son los años que pasan con una camiseta de los Warriors como jugadores. Sé que piensas que no tengo corazón, pero cada decisión que he tomado es para conservar lo que más quiero, con la esperanza de que otras personas puedan seguir amándolo también. Y para conseguir eso, ahora mismo no me puedo permitir el lujo de ver el Windy City Warriors de otra forma que no sea un negocio.

No me salen las palabras porque es lo más sincero que le he oído decir nunca.

Y me gusta.

Esta versión de Reese…, esta versión es peligrosa para mí.

Traga saliva.

—Mira, esto tiene que quedar entre nosotros, pero mi abuelo no estuvo muy atento durante los últimos años. Gastaba demasiado y ahora nuestro presupuesto es un caos y, en parte, me siento culpable por ello.

Frunzo el ceño.

—¿Cómo va a ser culpa tuya? No estabas aquí.

—Eso mismo… Se supone que debía estar aquí. Él quería haberse retirado hace años y yo estaba preparada para asumir el cargo, pero había un problema.

Me acuerdo de todo lo que hablamos anoche.

—Seguías casada —digo, al darme cuenta.

—Mi abuelo no quería cederme el equipo hasta estar seguro de que Jeremy no tendría ningún derecho legal sobre él.

—Caramba. —Me echo hacia atrás en el asiento—. No tenía ni idea. Sabía que Arthur estaba preparado para jubilarse, pero supuse que no lo hacía porque le seguía gustando estar al mando.

—Así era, pero no le dedicaba tanto tiempo como solía. Quería estar más en casa con mi abuela, así que tomó decisiones como contratar a Scott para dirigir las operaciones deportivas y gastar más dinero solo para hacer felices a otros.

Hay algo en la forma en la que añade esa última parte que me parece dirigida a mí, pero eso no tendría sentido. Arthur nunca gastó dinero de más en mí, a menos que se refiera a lo del puesto adicional de analista de video, que todavía me sigue afectando.

Pero escucharla hablar del amor y la responsabilidad que siente hacia este equipo me hace ver las cosas desde otra perspectiva. Puede que sí tuviera que eliminar ese puesto, y darme cuenta de ello me hace sentir como un auténtico cretino por no haber sido yo quien lo hiciera.

Reese se vuelve a concentrar en el campo, aplaude cuando nuestro primer bateador se encamina hacia el plato.

—¡Vamos, Braden! —grita con las manos alrededor de la boca.

La miro, un poco confundido.

—Parece como si lo conocieras.

Ella parece igual de confundida cuando me mira.

—Es que lo conozco.

—¿Lo conoces?

—Claro que sí. A él y a toda su familia. Su madre hace una de las mejores lasañas que he probado en la vida.

—¿Has cenado con él y con su familia?

—Sí, Emmett —dice con una risita—. Los conozco a todos. Durante la offseason viajé por todo el país para presentarme y que me conocieran.

Me quedo mudo de la sorpresa, pero, de algún modo, aún soy capaz de soltar una pregunta.

—¿Por qué?

—¿No te asustaría un poco si la franquicia con la que firmaste un contrato tiene de pronto una nueva presidenta y propietaria? Quería poner caras a los nombres y disipar cualquier duda que pudieran tener. Estos chicos son nuestros futuros jugadores.

Tal vez debería centrarme en reiterar lo impresionante que es eso, que hiciera todo lo posible por conocer a esos chicos, pero me sigue costando encontrar las palabras, así que de nuevo solo pronuncio una:

—¿Nuestros?

Me mira con cara de póquer.

—Ya veremos.

—¿Y qué hay de los chicos de los Warriors?

—Conocí a la mayoría el año pasado mientras me preparaba para el puesto y ahora me van a tener encima de ellos toda la temporada. Además, ellos ya han llegado a la cima, no necesitan tanto sentirse respaldados por su presidenta.

—¿De verdad que te preocupaste por conocer a cada uno de estos chicos y a sus familias?

Asiente como si no fuera para tanto, con la atención puesta en el partido que se estaba jugando.

Nunca había conocido a un propietario o presidente que hubiera hecho algo así. Sin embargo, estoy seguro de que cuando yo empecé a jugar en las categorías inferiores, esperando estar algún día en las Grandes Ligas, me hubiera sentido muy valorado, no solo como jugador sino también como persona, si el propietario del equipo se hubiera tomado la molestia de venir a conocerme.

—Bien, Reese. Para ser alguien que solo ve el beisbol como un negocio, te has tomado muchas molestias tratando de conocer bien a los jugadores y sus familias.

Hace un leve movimiento con la cabeza, todavía incapaz de apartar sus ojos del partido. Y cuando Braden conecta un doble y Reese empieza a vitorearlo, es como si estuviera viendo su versión de «fanática del beisbol».

Me habla del segundo y el tercer bateador del lineup mientras van hacia el plato. Me cuenta a qué universidad fueron, cuánto tiempo han jugado y de dónde son. Incluso suelta algunas estadísticas de memoria. Y no hablo de estadísticas sencillas como su promedio de bateo, que se muestra en la pantalla gigante. Recita de memoria sus promedios de base ponderados y sus OPS. Y luego sigue diciendo cosas como «su hermana está en el último año de preparatoria» y «también se le da muy bien tocar la guitarra».

Juro que estoy viviendo en un universo alternativo en el que todo lo que creía saber sobre esta mujer se ha desvanecido de golpe. Sí, es muy buena en los negocios y en ese aspecto será fantástica para la franquicia, pero también sabe de beisbol. Mucho más de lo que nadie se imagina. Además, se preocupa por el bienestar de estos jugadores mucho más de lo que ella cree, pero eso es otro tema.

Esa disculpa que ya le debo es todavía más necesaria.

—Reese… —Me pongo serio cuando me giro en la silla para mirarla de frente. Ella también nota el tono, queda claro en cómo deja de sonreír—. Tengo que disculparme.

—No pasa nada, Emmett. Te lo juro.

—Sí que pasa. No debería haberte desautorizado como lo hice durante y después de la reunión del consejo. Lo siento.

Me ofrece una sonrisa comprensiva.

—Bueno, gracias por decirlo. Y yo siento no haberte avisado de que quería traspasar a uno de nuestros jugadores.

Un vendedor se acerca bajando por las escaleras, con un cartel de un hotdog estampado en el contenedor térmico que lleva encima.

—¿Quieres uno? —pregunta Reese y, aunque sé que intenta cambiar de tema, me estoy muriendo de hambre y un hotdog suena excelente.

Ella empieza a buscar en su monedero.

—Sí, pero guarda la cartera. Puedo comprarte un hotdog, caray. —Levanto dos dedos hacia el vendedor y le pago los dos hotdogs en efectivo—. Pero hasta aquí puedo llegar.

Riéndose entre dientes, abre las bolsitas de mostaza y salsa de pepinillos, dando por hecho que la conversación anterior se ha terminado, pero necesito explicarme.

—Reese —digo de nuevo, poniendo la mano sobre la suya para que deje de desenvolver la comida—. El motivo por el que estaba tan enojado después de esa reunión no era solo porque quisieras traspasar a uno de mis jugadores.

Despacio, se gira en el asiento y me dedica toda su atención.

—Este año estás haciendo historia —le recuerdo—. Y no tengo claro si eres del todo consciente del impacto que eso tiene. Y no, no creo que tengas que tomar decisiones que se vean influidas por el escrutinio al que estás sometida o por el temor a lo que otros puedan decir, pero en ese momento me pareció como si estuvieras a punto de tomar una de esas decisiones que definen toda una carrera y que no sería capaz de protegerte de las consecuencias.

Espero que me interrumpa, que diga algo tipo «puedo con ello», pero no lo hace. Tan solo me escucha.

—Y no se trata solo de protegerte a ti esta temporada —continúo—. Se trata de proteger el legado que vas a dejar a todas las mujeres que vendrán detrás de ti. Hay chicas enamoradas de este deporte como lo estás tú, que te van a admirar. Pienso en la niñita que he criado y en el mundo que no está preparado para su éxito. Pienso en lo mucho que me hubiera gustado que hubiera mujeres en puestos de poder a las que hubiera podido admirar, como es tu caso ahora. Y me daba miedo pensar en lo que iban a decir de ti en la prensa. Traspasar a Kaiser te pondría en una situación muy difícil, Reese, y temía que no entendieras del todo la importancia de eso, y tenía miedo por ti. Me desquité contigo y lo siento.

Traga saliva y sus ojos se mueven nerviosos entre los míos. Abre la boca para hablar, pero no dice una palabra, así que le insisto.

—¿Qué? —pregunto.

—Creo… —Mueve la cabeza—. Creo que empiezo a entender por qué todo el mundo habla tan bien de ti.

Suelto una carcajada y la tensión se rompe con facilidad. Voy a retirar la mano para que pueda comer, pero antes de poder hacerlo, la agarra, deteniéndome.

—Gracias —dice con dulzura—. Por estar pendiente de mí. Procuro no centrarme en la visión global de las cosas porque me abrumo y me agobio cuando pienso en ellas. Ya siento demasiada presión cada día por solo hacer mi trabajo, así que prefiero no pensar en cosas demasiado trascendentes o en las niñas a las que quiero inspirar; me temo que, si lo hiciera, me quedaría paralizada.

—Sí —digo con un suspiro—. Lo entiendo.

—Por eso, ¿qué te parece si nos centramos en la tarea que tenemos entre manos y conseguimos la mejor versión de este equipo, y si tomo una decisión que crees que pueda dañar el legado que quiero dejar tras de mí, me comunicas esa preocupación y lo hablamos? ¿Trato hecho?

—Trato hecho.

Me suelta la mano, pero no quiero retirarla.

Me gusta escucharla mientras habla. Me gusta su manera de actuar. Me gusta lo inteligente que es y su ingenio veloz. Creo que puede que solo sea que me gusta ella, lo que supone un auténtico problema si pienso en proteger su legado. Lo último que necesita es que su empleado esté enamorado de ella.

—Esto es por lo que quería traerte aquí —dice, señalando con la cabeza hacia el plato—. Ese es Milo Jones.

El nombre me resulta un poco familiar, pero no sé por qué.

—Tiene veintidós años. Es de un pueblecito pequeño de Nuevo México. Jugó de jardinero central en el centro de formación profesional donde estudiaba y es el jugador que quería como sustituto de Kaiser.

—¿Por qué apenas he oído hablar de él?

—No lo seleccionaron en el draft. Lo descubrí hace unos años porque se averió mi coche y el taller al que me remolcaron estaba al lado de su centro de formación, y dio la casualidad de que había partido. Tiene un talento inmenso, pero no creció jugando en ligas competitivas ni nada por el estilo, así que hay que pulirlo un poco. Empezó desde abajo en la liga de novatos, pero se fue abriendo camino muy rápido y acaba de empezar en la Triple-A esta temporada.

Desvío la mirada hacia la pantalla gigante, que muestra su promedio de bateo, pero no es una cifra tan significativa como para que me ilusione.

—¿OPS? —pregunto, refiriéndome a la combinación del promedio de embasado más slugging.

—Es 0.920.

—¡Impresionante!

En el tercer lanzamiento, observo cómo Milo batea de una forma del todo natural y atlética. Consigue lo que parece ser un doble y la pelota acaba cerca de nosotros en el jardín derecho, pero, con lo rápido que es, logra convertirlo en un triple, deslizándose hasta la tercera base.

Si es así de rápido en el cuadro, me muero de ganas de verlo soltarse en el jardín.

—Diablos. —Suelto una carcajada, y cuando miro a Reese con el rabillo del ojo, la veo observándome con complicidad—. ¿Crees que está listo?

—Solo hay una forma de saberlo.

Me gusta esa confianza. Me gusta que esté dispuesta a apostar por sí misma y por el jugador que ha descubierto.

—Por si no te lo ha dicho hoy nadie, eres muy buena en tu trabajo.

Sonríe con orgullo.

—Gracias.

Volvemos a los hotdogs que tenemos entre manos, echándoles un par de bolsitas de salsas. Pero no tienen cebolla y apenas hay salsa de pepinillos, así que tampoco tengo muchas expectativas. Damos un mordisco al mismo tiempo.

—Uf, qué malo está. —Lo escupe al momento en el papel de aluminio que lo envuelve.

—Terrible. —Soy capaz de tragarme ese trocito, pero envuelvo el resto para tirarlo al basurero—. Los nuestros son mucho mejores.

—Muchísimo mejores. Tenemos que volver a Chicago.

Hoy nos sentimos cómodos y cómplices entre nosotros, además de bastante sinceros, lo que me hace plantear la pregunta a la que llevo dando vueltas toda la semana. Tomo su hotdog y lo envuelvo, para tirarlo al basurero con el mío, al tiempo que trato de que mi pregunta suene lo más informal posible.

—Parecías bastante decidida sobre lo de traspasar a Kaiser y el resultado de la votación no tiene ningún valor. No te hace falta el visto bueno del consejo asesor.

—Ya sé que no me hace falta.

La miro a los ojos.

—Entonces ¿por qué no lo has hecho todavía? ¿Solo porque no querían que lo hicieras?

—No. —El tono de voz es dulce y sincero cuando admite—: No lo he hecho todavía porque tú no querías que lo hiciera.

10

Reese

Es una tarde de domingo perfecta en San Diego. El sol baña el campo y el estadio ya se está llenando de aficionados dispuestos a disfrutar del primer partido de esta serie. Así que, quizá por el tiempo que hace, y puede que por otros motivos también, salgo por el túnel de visitantes en vez de esconderme en una oficina como lo he hecho en los últimos partidos.

El dugout está casi en silencio cuando entro; todos los jugadores del equipo están calentando en el campo o en el gimnasio, preparándose con la rutina previa al partido. La única charla que se escucha es la de nuestro mánager, que, apoyado en la barrera que separa el dugout del campo, habla en voz baja con el hijo de Kai Rhodes. Max está sentado en la barandilla y Emmett está encorvado detrás de él, rodeándolo con un solo brazo para mantener al niño estable en su sitio. Con el otro brazo señala hacia los jugadores y le explica cosas al oído.

¿Al oído de su nieto?

La verdad es que no sé si él se refiere a sí mismo como abuelo, pero su hija se va a casar dentro de poco con Kai. Y aunque no es la madre biológica de Max, por todo lo que sé de su situación, diría que ella es su madre. Pero la idea de que Emmett sea el abuelo de alguien me parece del todo inconmensurable. Debe de tener tan solo unos cuarenta y pico años, por no mencionar que está como está. Tiene una edad en la que él mismo podría ser el padre de un niño pequeño, y el hecho de que su hija sea lo suficientemente mayor como para ser la madre de Max significa que tuvo que ser padre cuando era muy joven.

Me pregunto dónde está su madre. ¿Emmett también ha estado casado antes?

—¡Mamá! —Max señala a Miller, que cruza el campo hacia ellos tras pasar por el bullpen.

«Ay, debería irme». Me invade una sensación de urgencia que me empuja a marcharme. Ya me parecía como si me estuviera colando en un momento especial entre Emmett y Max, pero ahora, con su hija aquí también, está claro que sobro. Sin embargo, antes de que pueda volver al túnel e irme por donde llegué, Miller levanta la mirada hacia mí y me saluda con la mano mientras se acerca al dugout, lo que hace que Emmett se voltee hacia mí.

—Reese —dice, irguiéndose, con el brazo todavía rodeando a Max y los ojos abiertos como si lo hubieran descubierto haciendo algo que no debía—. Lo siento. Mi familia solo pasa a saludar. Ahora van a sus asientos.

De verdad que está convencido de que no me importa la parte sentimental de todo esto. Puede que haya olvidado nuestra conversación de ayer en el partido o puede que solo esté esperando ver si mis acciones respaldan mis palabras.

—No pasa nada. Se pueden quedar el tiempo que quieran. —Su gesto de preocupación se desvanece y me lanza una mirada que es a partes iguales de admiración y agradecimiento. Doy un paso adelante—. Solo estaba… —«Acechándote. Siendo una acosadora. Comprobando lo bien que te quedan esos pantalones de beisbol»—. Quise pasar a saludar antes del partido.

Su tono y su sonrisa se ablandan.

—Bueno, pues hola.

—Hola.

—¡Hola! —grita Max, saludándome con la mano.

—Muy bien, bichito. Regáñalos como te ha enseñado mamá.

—¿En serio, Millie?

Miller tan solo se encoge de hombros, toda orgullosa de sí misma por decir las cosas como son. Porque sabe tan bien como yo que no estoy aquí solo por un simple «hola». Estoy aquí porque me está empezando a costar mantenerme alejada.

—Hola. —Sonrío a Max antes de levantar la mirada hacia su madre—. Y hola. Soy Reese.

Cruzo la banca para unirme a ellos, tiendo la mano y le doy un apretón. Es formal y un poco rígido, pero también me parece la forma correcta de presentarme a la hija de mi empleado.

Porque eso es lo que Emmett es para mí.

—Miller. —Me devuelve el apretón—. No puedo creer que no nos hayan presentado antes. Últimamente solo oigo hablar de ti. Reese esto y Reese lo otro. ¿No es verdad, papá?

La mira estupefacto.

—La verdad es que no sé en lo que me equivoqué contigo.

Miller se ríe y veo cómo esa cautivadora sonrisa aparece en los labios de Emmett cuando oye ese sonido. Se nota que se adoran. Queda claro por la forma en la que se sienten seguros como para bromear un poco.

—Aunque en realidad ya nos íbamos hacia nuestros asientos. —Miller toma a Max en brazos—. Te vemos luego, papá. Y, Reese, ha sido un placer haberte conocido por fin.

—Lo mismo digo. Disfruta del partido.

Después de que Max y Miller se despidieran de Emmett, este se gira hacia mí.

—¿Te acuerdas de cuando te dije que iba a decir algo poco apropiado y que tendrías que ignorarlo?

Apoyo la cadera en la barandilla, junto a él.

—Así que hablas de mí, ¿eh?

—«Hablar» es un término ambiguo. —Se le dibuja una media sonrisa en los labios—. Más bien me quejaba de ti.

Hago todo lo que está en mis manos por reprimir una carcajada.

—Sí que es verdad que no puedes dejar de pensar en mí si te quejas de mí en tu tiempo libre.

—No tienes ni idea. ¿Intentas decirme que no te quejas de mí fuera del trabajo?

Ladeo la cabeza, fingiendo confusión.

—¿Por qué iba siquiera a pensar en ti cuando no estoy en el trabajo?

Deja escapar una risita.

—Eres terrible para el ego de un hombre, Reese.

—Gracias. Temía estar perdiendo mi toque.

Acercándose, Emmett apoya el codo en la barandilla y posa la mejilla sobre el puño. Me descubro inclinándome también hacia él.

—¿Dónde vas a ver el partido hoy? —pregunta.

—Pensaba sentarme en las gradas para variar. Verlo con los aficionados.

—Suena bien. ¿En qué sección te puedo bus…?

—¡Monty! —grita una mujer desde el campo, interrumpiendo la pregunta—. ¡Hola!

Me cuesta un segundo darme cuenta de que es la reportera aquella de la rueda de prensa que se le insinuaba a Emmett delante de mí… y de todo el mundo.

—Eh. Hola… —duda antes de decir su nombre casi como una pregunta—, Kelly. ¿Cubres el partido hoy?

—Sí. Hazme un favor y resérvame una entrevista después del partido, ¿okey? Me hará ganar puntos con mi jefe conseguir una entrevista con el mánager favorito de todo el mundo.

—Dudo que sea el favorito de todos.

Ella le pone la mano en la parte superior del brazo y noto cómo se me abren los ojos de par en par cuando veo el contacto.

—Puede que no de todos. Pero sí el mío.

Quiero que me caiga bien. Quiero apoyarla. Quiero que más mujeres tengan éxito como ella en los estadios dominados por hombres, pero, Dios, me cuesta muchísimo no poner los ojos en blanco.

¿Es que todo el mundo está tan obsesionado con este sujeto?

—De hecho, voy a cubrir toda la serie —sigue diciendo—. Y creo que me alojo en el mismo hotel que tu equipo. ¿Qué te parece hacer esa entrevista mientras cenamos?

Vaya. Admiro el valor, pero eso no cambia el hecho de que estoy deseando que la rechace. Y lo hace… más o menos.

—Por muy tentador que pueda sonar, mi hija ha venido a ver la serie, así que tengo planes para cenar. Pero gracias por la invitación.

No puedo asegurar que la esté rechazando porque quiere o si sus planes con Miller son la verdadera razón de que no pueda quedar con ella más tarde. Por lo visto, Kelly tampoco puede descifrar los motivos reales de Emmett.

—Claro, lo entiendo muy bien. La familia es lo primero. Pero estaré en el bar del hotel por si quieres tomar una copa después.

—Lo siento —interrumpo antes de pensarlo bien—. Pero el partido está a punto de empezar y tenemos que acabar de prepararnos.

El gesto de Kelly refleja un leve enojo cuando me mira, pero luego vuelve a sonreír cuando se gira hacia Emmett y dice:

—Buena suerte.

—Sip. Gracias.

Emmett se voltea despacio hacia mí, arquea una ceja y esboza una sonrisa burlona en los labios.

—¿Qué? —pregunto, con toda la inocencia.

—¿Tenemos que terminar de prepararnos para el partido?

—Sí. Tienes que centrarte.

—¿Me tengo que centrar?

—Creo que todos tenemos que centrarnos. Y, ya sabes, entablar amistad con una reportera no sería bueno para el club.

Ahora no se puede aguantar la risa.

—Haces que suene como si estuviera acostándome con ella. —Me cuesta muchísimo no preguntarle si ya lo ha hecho—. Lo que no he hecho, por cierto —añade.

—No he preguntado.

—Pero querías hacerlo. —Abro la boca para decirle que se equivoca, pero a juzgar por la estúpida sonrisita de satisfacción que tiene en la cara, sabría que estoy mintiendo—. Y no estamos entablando amistad —continúa—. Apenas la conozco.

—Te llamó Monty. Tú mismo dijiste que es así como te llaman tus amigos.

—Tú no me llamas así.

—Bueno, no somos amigos, Emmett. Yo soy tu jefa.

Se inclina aún más, mirándome desde arriba y bajando la voz para que solo lo oiga yo:

—Siempre es bueno que recuerdes eso cuando una reportera, a quien apenas conozco, te empieza a poner celosa, ¿eh? Y solo para dejarlo claro, no hay ni una sola parte de mí que quiera ser «amigo» tuyo, Reese.

Hace solo un par de semanas, esa afirmación hubiera significado algo del todo diferente. Pero ahora noto la insinuación en su tono. Es peligroso. Sea cual sea el jueguito al que estamos jugando. Y parece que no soy capaz de dejar de jugar. Lo miro fijamente.

—Yo tampoco quiero ser tu amiga.

—Bien. —Su voz tiene un timbre grave que noto cómo se abre paso a través de cada centímetro de mi piel—. Me alegro de que ambos estemos de acuerdo.

11

Emmett

Me incorporo y agarro la botella de agua de la mesita de noche, desenrosco la tapa y me la llevo a los labios para dar un trago. Pero enseguida me percato de que solo quedan unas tres gotas de agua y que no me alivian la sed en absoluto.

Vaya noche.

El sushi que cenamos me dejó seco. Y no parezco ser capaz de encontrar la temperatura adecuada para estar a gusto en la habitación. Y todo esto se suma para impedirme conciliar el sueño.

Sueno como una puta diva, pero a la mierda. Igual lo soy.

Los números verdes de neón que lucen en el reloj de la mesita me recuerdan que son pasadas las dos de la mañana y que soy demasiado viejo para seguir despierto a estas horas. Y ahora mismo en lo único en lo que me puedo concentrar es en la falta de agua en la habitación y en lo deshidratado que estoy, así que decido empezar por ahí.

Encuentro un par de shorts deportivos en la maleta y me pongo la camiseta que usé antes para bajar al vestíbulo. Me calzo los zapatos junto a la puerta, tomo la llave de la habitación y luego intento arreglar el termostato por última vez. Presiono la flecha hacia abajo, pero la pantalla muestra que está al mínimo, dieciocho, aunque seguro que está a por lo menos unos diez grados más. Toco el interruptor del ventilador, pero no cambia nada.

En el pasillo de mi piso reina el silencio y en el ascensor no hay nadie cuando lo tomo para bajar al vestíbulo, donde hay una pequeña tienda en la que, «gracias a Dios», tienen de todo. Saco la botella de agua más grande del refrigerador, desenrosco la tapa antes de pagarla y le doy un buen trago.

Qué puta maravilla.

Fría y refrescante. Quizá ahora sea capaz de dormir. Pero esa esperanza se queda en pausa de golpe cuando, con la cabeza hacia atrás, a punto de dar otro trago, oigo una voz familiar en el vestíbulo.

—Me serviría cualquier habitación —dice Reese.

—Lo lamento. —Ese debe de ser el encargado de la recepción—. Pero no nos queda ninguna habitación libre esta noche.

Doblo la esquina y me encuentro a Reese en la recepción, suplicando con la mirada al empleado del hotel. Tiene la nariz un poco sonrosada. Las mejillas también. Incluso sus labios parecen haber adquirido un color diferente al habitual mientras tiemblan con cada palabra que sale de su boca. No estoy seguro de si ha estado llorando, de si está enferma o de si solo tiene mucho frío.

Pero entonces su ropa responde la pregunta por mí.

Lleva el pelo tapado con la capucha de una sudadera. Pero encima de la sudadera lleva uno de sus sacos de trabajo. Y no de una forma estilosa. Más en el sentido de «me muero de frío y no he metido nada de abrigos en la maleta porque estoy en San Diego y no hacía falta». También puedo ver que lleva al menos dos pares de mallas de yoga con calcetines altos por encima, lo más estirados posible.

Pero lo más asombroso son quizá las pantuflas que lleva. Nunca habría creído que viviría lo suficiente como para ver a la elegante Reese Remington atrapada fuera de su habitación de hotel en pantuflas en lugar de en sus tacones.

Todo esto hace que me acerque a ella como si fuera un animal salvaje herido que solo necesita un poco de ayuda.

—Por favor —suplica—. Seguro que tienen un hotel asociado cerca al que pueden llamar y ver si tienen una habitación disponible. Solo necesito dormir un par de horas.

—Lo siento, señora. Este fin de semana se celebra un congreso muy concurrido y todos los hoteles están llenos desde hace meses.

Su expresión muestra desesperación y derrota por igual.

—Pero enviaré al de mantenimiento en cuanto llegue.

—Okey, genial. —Hay un destello de esperanza en su tono—. ¿Y cuándo será eso?

El empleado mira hacia abajo, seguro que comprobando el horario del día.

—Llegará a las nueve.

Reese suelta una especie de suspiro quejumbroso antes de dejar caer la cabeza sobre sus brazos doblados y apoyarse en el mostrador de recepción.

Doy otro paso cauteloso para acercarme.

—¿Está todo bien?

Levanta la mirada, pero luego pone los ojos en blanco y vuelve a bajar la cabeza cuando me ve.

—Llegas tarde. Tu novia reportera se acaba de ir del bar con otra persona, pero puede que la alcances si te das prisa.

Contengo la risa.

—Vaya, vaya, eres un maldito soplo de alegría a estas horas.

—Esta noche no, Emmett. No he dormido y estoy demasiado cansada como para discutir contigo.

—Bien. Puede que gane por una vez, aunque, pensándolo bien, seguro que no. —Apoyo un codo a su lado en el mostrador—. Yo tampoco he dormido.

Tiene esa mirada optimista de complicidad cuando vuelve a levantar la cabeza.

—¿En tu habitación también hace tanto frío que ya no sientes ni los dedos?

—Tengo el problema contrario. Hace demasiado calor.

—Dios, suena de maravilla.

—Por lo visto, el termostato está roto.

—Lo lamento, señor —interrumpe el recepcionista—. Como le estaba diciendo a la señora Remington, nuestro personal de mantenimiento estará aquí a las nueve y se encargará de ello. Parece que tenemos un problema a la hora de regular la temperatura de su piso. No tengo claro lo que le pasa al sistema.

—¿Y no tiene otra habitación en la que pueda dormir algo hasta entonces?

—Lo siento, pero no. Estamos llenos. —Desvía la atención hacia Reese—. Pero me aseguraré de que no se le cobre su estancia de hoy y puedo enviarle más cobijas a su habitación.

Reese le ofrece la mejor sonrisa que puede, que es bastante triste y patética, para ser sinceros.

—Claro. Gracias.

—O, si lo prefiere, puedo ver si le puedo encontrar otra habitación fuera del centro. Tendría que tomar un taxi para un trayecto de unos veinte minutos...

—Eso no va a pasar —interrumpo—. Puede quedarse en mi habitación —digo antes de que me dé tiempo de pensarlo bien.

—No. —Suelta una risita de asombro antes de volver a mirar al empleado de hotel—. Sí, por favor. No me importa hacer ese trayecto en taxi.

—No vas a irte sola en un taxi a mitad de la noche para quedarte en la habitación de un hotel cualquiera a veinte minutos de aquí, Reese. Te quedas en mi habitación.

—No me digas lo que tengo que hacer.

—No seas ridícula y no tendré que hacerlo. Puedo llamar a Kai y Miller e ir a dormir a su habitación.

—Desde luego que no. Tienen a un niño durmiendo con ellos. Lo último que necesito es que los despiertes porque tu jefa es demasiado princesita como para dormir en una habitación en la que hace un poco de frío.

Pongo el dorso de la mano en su mejilla sonrosada y me duele de lo fría que está. Es más que un poquito de frío. Ahora mismo está congelada.

—Cielos. ¿Cuántos malditos grados hay en tu habitación, Reese?

Sé que no quiere decirme la verdad, quiere decirme que son solo un par de grados por debajo de lo que sería cómodo, pero por suerte está demasiado cansada como para intentar mentirme. Eso sí, no me responde, pero eso ya basta para saber lo insoportable que debe de ser el frío en su habitación.

—Te vas a enfermar si vuelves ahí. Tendrás suerte si no te has puesto mal ya. Vas a dormir en mi habitación.

—Emmett, no puedo hacer eso.

Suena tan convencida que me hace reflexionar un segundo. No quiero que haga algo con lo que se sienta incómoda, pero tampoco le voy a permitir cruzarse media ciudad con un desconocido para ir a un hotel cualquiera, porque eso es algo que me haría sentir incómodo a mí.

Bajo la voz para que solo me oiga ella.

—¿No puedes porque te haría sentir incómoda o no puedes porque te preocupa que alguien se entere?

No responde, pero levanta la mirada hacia mí, mantiene el contacto visual y me dice en silencio la respuesta.

—Nadie se va a enterar, Reese. Todo el mundo está dormido en su habitación y te dejaré la cama. Además, si yo fuera tú, lo que de verdad me preocuparía es que alguien me viera con esa ropa.

Suelta una risita y veo cómo baja un poco la defensa.

Me volteo hacia el recepcionista.

—¿Puede enviar a mi habitación una cama plegable, por favor?

Me muestra una sonrisa avergonzada.

—Por desgracia, esta noche están todas ocupadas.

—Por supuesto.

Miro a Reese, dejando que sea ella la que tome la decisión final.

—Ya lo solucionaremos —dice, derrotada—. Tan solo vámonos. Estoy agotada.

Levanto las dos botellas de agua, una sin abrir y la otra casi vacía, para que las vea el recepcionista y las añada a la cuenta de mi habitación.

—Esas las invita la casa —dice.

—Es lo menos que pueden hacer... ¡ya que me obligan a compartir habitación con esta mujer!

Reese niega con la cabeza en mi dirección, pero veo cómo esboza una sonrisa cuando se voltea hacia el ascensor.

—Me voy a enojar muchísimo si eres de los que roncan.

12

Reese

Hice una visita rápida a mi habitación porque decidí que prefiero no dormir con el saco y me puse una pijama a juego. Y no, la pijama a juego no tiene nada que ver con el hecho de que esta noche vaya a dormir en la cama de Emmett. Todos los días duermo con una pijama a juego, tanto si me va a ver alguien como si no.

El frío en mi habitación no ha mejorado y el tejido de seda de mi pijama solo lo empeora todo, así que agarro la cobija extra de mi cama y me envuelvo con ella como si fuera una capa para recorrer la escasa distancia que me separa de la habitación de Emmett. Pero la cobija también está congelada por haber permanecido doblada en la cama justo debajo del aparato de aire acondicionado, así que no hace nada en absoluto por mitigar el frío que me cala hasta los huesos y que parece que no soy capaz de quitarme del cuerpo.

—Qué pantuflas tan bonitas —dice Emmett desde el otro extremo del pasillo, con el hombro apoyado en la puerta para mantenerla un poco entreabierta.

—Jódete.

Estalla en una carcajada que parece ser el único sonido que no odio a las tres de la mañana.

No llevo bien lo de no dormir. De hecho, soy bastante insoportable cuando no duermo. Y sí, puede que eso me convierta en una persona exigente, pero no veo el problema en ser exigente cuando soy la que se ocupa de esas exigencias.

Pago para hacerme la manicura cada dos semanas. Pago para cortarme y teñirme el pelo cada seis. Y sí, necesito dormir ocho horas cada noche. Si esas cosas me convierten en una mujer exigente, pues a la mierda. Me encanta ser exigente.

Emmett entra en su habitación cuando me acerco y sujeta la puerta abierta para que entre yo también. Una vez dentro, lo primero de lo que me doy cuenta es de la diferencia de temperatura en comparación con la mía. Hace bastante más calor, gracias a Dios. Luego me percato de la falta de luz. La habitación está en penumbra, con el único resplandor de una lámpara de noche que ilumina el camino hacia la cama. Da una sensación de... intimidad, y la verdad es que preferiría que no fuera así.

Su cama está deshecha. Los lentes para leer están en la mesita de noche. La maleta está apoyada en un soporte, con la cremallera abierta, así que puedo echar un vistazo a la ropa con la que puede que lo vea esta semana. Aunque, siendo su jefa, nunca debería saber qué tiene en la maleta. Nunca debería ver su cama deshecha o saber en qué lado prefiere dormir.

Mi abuelo, el consejo asesor y la prensa me criticarían severamente si alguien se entera de que dormí en la habitación de hotel de mi empleado.

En la cama de mi empleado.

—¿Quieres que duerma en el suelo? —pregunta Emmett, sacándome de mi ensimismamiento.

«Sí». «Sí» es la única respuesta correcta.

—No —es lo que sale de mi boca en cambio—. ¿No crees que eres un poco viejo para dormir en el suelo?

—Tienes toda la razón. Sí lo soy. —Se acerca despacio hasta su lado de la cama.

Okey. Vamos a hacerlo. Vamos a hacer esto de verdad.

No estoy segura de qué otra respuesta estaba esperando. Quizá esperaba un poco más de resistencia. Quizá había dado por hecho que él insistiría en dormir en cualquier sitio que no fuera a mi lado. Quizá esperaba que uno de los dos tuviera un poco de fuerza de voluntad.

Me quedo clavada en la entrada, todavía temblando por la fría pijama, la fría cobija y por haber entrado en mi habitación helada solo un par de minutos. Pero entonces mi piel siente la primera oleada de calor de toda la noche... porque, de pie junto a la cama, Emmett se quita la camiseta por la cabeza con un único movimiento fluido. Y, carajo, me encanta mirarlo. Alto y grande con hombros anchos y esos brazos tatuados. Tiene el pecho salpicado de vello oscuro. Su cuerpo se estrecha en la cintura, pero no está tan definido como para ver el contorno de cada uno de sus abdominales. En vez de eso, está fuerte y musculoso, incluidos esos muslos que casi parece que se comen los shorts deportivos que se ajustan a ellos.

Ya lo había visto sin camiseta, ya tengo esa imagen grabada en mi memoria, así que no es ninguna novedad. Pero nunca había visto a Emmett quitarse la camiseta justo antes de meterme en la cama con él.

—Puedes... dejártela puesta —digo con voz ronca.

Arquea una ceja en mi dirección.

—Estoy bien así, pero gracias por la sugerencia.

Emmett hace un gesto para jalar de la cintura de sus shorts como si fuera un gesto automático quitárselos antes de meterse en la cama. Lo que seguramente quiere decir que duerme desnudo o, por lo menos, solo con la ropa interior.

Lo que, de nuevo, no debería saber.

Tarda menos de un segundo en percatarse de su error, antes de ajustarse la cintura de nuevo a la cadera para dejarse los shorts puestos. Luego se acuesta en la cama, aparta las sábanas y el edredón de su cuerpo acalorado, estira sus largas piernas y dobla un brazo por debajo de la cabeza, mientras yo sigo paralizada en la entrada.

—Vamos, princesa. —Da unas palmaditas al colchón a su lado—. Quiero dormir un poco.

No suelo ponerme nerviosa, pero esto lo está consiguiendo. Él me está poniendo nerviosa. No debería tener tan buen aspecto cuando está tan cansado y yo no debería estar metiéndome en la cama a su lado.

Me quito las pantuflas, pero no la cobija-capa. Me siento en el colchón y enseguida me doy cuenta de que es una cama queen size, pero no king size por cómo puedo sentir el calor de su cuerpo en cuanto me recuesto.

Es agradable, pero él ya está demasiado cerca.

En cuanto toco la almohada con la cabeza, Emmett apaga la luz y la habitación queda sumida en la oscuridad.

No veo nada. Tampoco oigo nada que no sea el castañeo de mis dientes. Todos los músculos de mi cuerpo se están activando, esforzándose por entrar en calor. Me acuesto de lado, de espaldas a él, y subo las rodillas al pecho, tratando de conseguir el mayor calor posible.

—¿Sigues teniendo frío? —pregunta en voz baja detrás de mí.

—Estoy congelada.

—Quítate esa cobija. Solo hace que tengas más frío.

—Solo necesito un rato para entrar en calor; estaré bien.

Hay un momento de silencio. Un momento en el que creo que lo va a dejar estar, pero entonces susurra algo muy inapropiado que resuena en la habitación, que por lo demás está en silencio.

—Te puedo calentar.

Miro por encima del hombro, clavo los ojos en los suyos y ya me he acostumbrado lo suficiente a la falta de luz como para verlo recostado de lado, mirando hacia mí.

Emmett estira la mano con cautela, me coloca el pelo detrás de la oreja antes de pasarme los nudillos por las mejillas para que compruebe el calor que desprende.

Casi ronroneo al arrimarme hacia su caricia.

—Suelta la cobija, Reese, y ven aquí.

—Emmett.

—No exageres demasiado. Tan solo acércate. No voy a dormir nada si te pasas toda la noche ahí retorciéndote, intentando entrar en calor tú sola.

No puedo. No debo.

Hay demasiado en juego.

Está el club de beisbol.

Su carrera.

Mi carrera.

Mi reputación.

El hecho de que soy la primera mujer dueña de un equipo y ahora estoy acostada en la cama con mi mánager.

Pero tiene razón sobre lo de que esta cobija está demasiado fría, así que decido dejarla en el suelo, al lado del colchón y, en lugar de acercarme a él, me estiro hasta el extremo de la cama, donde están apartados su sábana y edredón y me los pongo por encima, cubriéndome hasta la barbilla.

No comenta nada ni yo tampoco.

Esto. Esto será suficiente… en algún momento.

Pasan los minutos y hago lo que puedo por entrar en calor. De hecho, casi estoy rezando para que mi cuerpo deje de temblar de forma involuntaria. Para que mis dientes dejen de castañear. Para que deje de retorcerme en el colchón a su lado.

Cuando parece que no puedo lograrlo por mí misma, Emmett mete un brazo debajo de la sábana, me rodea la cintura y desliza una mano entre el colchón y yo. Entonces me levanta con facilidad y me arrastra hacia su pecho. Y ese movimiento rápido y sin esfuerzo provoca otro montón de pensamientos inapropiados que juegan con mi imaginación. Porque como yo sospechaba, este hombre no tiene problema en dominarme con su físico, y eso que nunca antes he tenido el privilegio de que me dominen así.

Las perneras de mis pantalones y la espalda de la parte de arriba de la pijama se han subido, de forma que esa pequeña zona al aire está piel con piel. El calor de su cuerpo en el mío es casi doloroso por el rápido y brusco cambio de frío a calor. Pero ese dolor se alivia cuando Emmett retira su brazo y se separa tan solo un centímetro para que ya no nos toquemos, aunque se queda bastante cerca como para que pueda seguir robándole el calor.

Despacio, mis músculos empiezan a relajarse. Mi piel comienza a calmarse.

—¿Así está bien? —pregunta, pero sus labios están tan cerca de mi oreja que el ruido sordo de su voz hace que me recorra un escalofrío por toda la espalda.

Lo que no ayuda demasiado con lo de «entrar en calor».

Trago saliva.

—Lo más probable es que no.

—¿Por qué no? Solo nos estamos… abrazando. Abrazarse está perfectamente bien.

—Sí, solo nos estamos abrazando. En tu cama. Con mi trasero contra tu entrepierna.

—Semántica.

—Solo… mantén tu pene alejado de mí.

Puedo oír su sonrisa cuando responde.

—Haré todo lo que pueda.

El brazo de Emmett se apoya incómodo sobre la almohada donde tengo la cabeza antes de bajarlo un poco. Y, casi por instinto, levanto la mejilla para que pueda colocarlo debajo de mi cabeza antes de que vuelva a apoyarla en la parte interior de su bíceps.

Inhala con fuerza al sentir el contacto.

—Sé que estoy helada, pero te aguantas. Tú lo quisiste.

Su risa silenciosa hace retumbar la cama.

—Estoy ardiendo, así que, créeme, me sienta bien.

«Me sienta bien».

En lo único que puedo pensar es en cómo sonarían esas palabras saliendo de su boca en un contexto muy diferente. ¿Emmett Montgomery es de los que alaba a las mujeres cuando está en la cama o también desprende ese carácter gruñón y mandón en esa faceta de su vida?

¿Por qué tengo la esperanza de que sea una combinación de ambas cosas?

¿Y qué demonios me pasa?

No me ha interesado nadie en años. De hecho, casi he renunciado a los hombres desde mi divorcio y, de pronto, el único hombre que capta mi atención es uno que ahora mismo tengo en nómina.

«Muy profesional, Reese».

—¿La pasaste bien con Miller? —pregunto, porque esa es una línea de pensamiento normal. ¿Quién pasa de preguntarse cómo le gusta coger a alguien a preguntarse si esa misma persona pasó un buen rato con su hija?

No me voy a hacer ilusiones por recibir dentro de poco una de esas tazas con la inscripción «Mejor jefa del mundo».

—Sí, estuvo bien —dice en voz baja—. Me gusta verla cuando estamos fuera de casa.

—Están muy unidos.

Emmett suelta un sonidillo somnoliento.

—Claro que lo estamos. Prácticamente crecimos juntos.

—Sí. No hay una gran diferencia de edad, ¿no? Debías ser muy joven cuando te convertiste en padre.

Duda un segundo.

—Tendría unos diecinueve o veinte cuando nació.

—¿Y dónde está su madre?

Aunque el único contacto que tenemos es el de mi mejilla en su brazo, noto cómo se le tensa el cuerpo tras de mí.

¿Qué carajo me pasa?

—¿Qué? —pregunta, pero no hay desconcierto en su tono. Es sorpresa. Sorpresa porque parece como si yo tuviera algún derecho a saber la respuesta de esa pregunta, estoy segura. Supongo que había dado por hecho que, como le conté lo de mi divorcio cuando estaba borracha, él me querría contar el suyo estando sobrio.

—Lo siento —suelto con rapidez—. Esa fue una pregunta inapropiada.

—Estamos compartiendo la cama, Reese. No creo que ninguno de los dos sea el indicado para juzgar lo que es apropiado o no ahora mismo.

Su honestidad funciona como un baño de realidad para mí. Porque si él dice las cosas tal y como son, ya no me puedo mentir más a mí misma aceptando su teoría original de «solo nos abrazamos».

Me voy a mover, a crear cierta distancia entre los dos, cuando Emmett me agarra de la cadera para detenerme. Dobla las yemas de los dedos, las curva en la suavidad de mi vientre y me mantiene justo donde estoy.

—Quédate.

—No me digas lo que tengo que hacer. —Su cabeza cae sobre la mía, su barba me hace cosquillas en la parte de atrás del cuello cuando exhala una risa—. Emmett, no deberíamos estar haciendo esto.

—Quédate de todas formas.

No tengo una réplica para él, pero tampoco tengo la fuerza de voluntad para moverme. En cambio, Emmett se acerca y enrosca su cuerpo alrededor del mío. Su rodilla roza la parte de atrás de la mía. Su pie me acaricia el tobillo. Y su mano…, su mano sigue firme en mi cadera, áspera y cálida, y me perturba bastante.

El silencio dura un largo rato y funciona como prueba para ver si alguno de los dos se mueve, para ver si alguno de los dos para esto y restablece algún límite profesional.

Ninguno de los dos lo hace.

—¿De verdad no sabes nada sobre la madre de Miller? —pregunta por fin.

Niego con la cabeza contra su bíceps y noto cómo lo flexiona bajo mi mejilla, lo que explicaría por qué sus dedos se cierran en un puño antes de relajarse al final.

—La madre de Miller falleció.

Oh, mierda.

—Y me da la impresión de que si todavía no sabías eso, entonces seguro que tampoco sabes que Miller no es mi hija biológica.

«¿Qué?».

Me está llegando mucha información importante de golpe y parece que no soy capaz de procesarla con la rapidez suficiente como para darle una respuesta bien meditada.

—La madre de Miller se llamaba Claire —sigue diciendo—. Claire y yo comenzamos a salir justo después de que me llamaran de las Grandes Ligas. Miller tenía cuatro años cuando la conocí y, cuando cumplió cinco, su madre murió de cáncer.

Cualquier palabra que pudiera expresar lo mucho que lo siento se me queda atascada en la garganta.

—Yo… no sé qué decir.

—No pasa nada. Fue hace mucho tiempo.

—Adoptaste a Miller —digo al darme cuenta.

—Así es.

—¿Te pidió su madre que lo hicieras?

Emmett suspira detrás de mí.

—Sí, me lo pidió. Era una madre soltera, sin familia, y sabía que, cuando ella falleciera, Miller no tendría a nadie.

—Pero te tenía a ti.

—Sí. Y terminó por convertirse en todo mi mundo. Dejé de jugar ese año y me asenté en una pequeña localidad de Colorado para criarla. Era muy pequeña entonces y acababa de perder al único progenitor que había conocido en su vida, así que le hacía falta algo de estabilidad. ¿Sabes a lo que me refiero? No podía seguir viajando como lo hacía.

No puedo estar más agradecida por estar de espaldas a él ahora mismo mientras cierro los ojos con fuerza y se me parte el corazón por este hombre que siempre he creído que se preocupa un poco demasiado por los demás.

Gracias a Dios que lo hace.

—¿Estabas asustado?

—Aterrorizado. —Deja escapar una carcajada—. De pronto me encontré criando a aquella niña, cuando yo mismo era un niño todavía. En aquel entonces tenía veinticuatro o veinticinco años y estaba improvisando en todo lo relacionado con la paternidad, porque en realidad no tenía ni la menor idea de lo que estaba haciendo. A eso es a lo que me refiero cuando digo que Miller y yo crecimos juntos. Los dos estábamos tratando de descubrir cómo hacer cosas.

No me extraña que para Emmett la familia sea lo más importante. Ha luchado con uñas y dientes por la suya.

—Y Miller… —empiezo a decir—, ¿está bien? No me puedo imaginar lo que es perder a tu único progenitor.

—Ahora sí. Era tan pequeña cuando Claire murió que no recuerda mucho de ella, pero se sintió culpable durante muchos años. Sobre todo porque yo dejara de jugar al beisbol cuando lo hice. Y porque me quedara a entrenar en el centro de formación profesional de nuestra localidad en vez de aceptar uno de los puestos de entrenador de las Grandes Ligas que me fueron ofreciendo a lo largo de los años solo por no forzarla a cambiar de entorno. Pero creo que conocer a Max le dio una nueva perspectiva de cómo me sentí cuando la conocí a ella.

—Cielos —digo con un suspiro al percatarme de la situación.

Miller es la madre de Max del mismo modo en el que Emmett es el padre de ella.

Él sonríe y noto la curvatura de sus labios contra mi cuello.

—Una pequeña coincidencia curiosa.

—Así que en realidad eres abuelo. Puede que no biológico, pero es lo mismo.

Se ríe y todo su cuerpo retumba contra el mío.

—La verdad es que sabes cómo dar una lección de humildad a un hombre, Reese. Y sí, supongo que, desde un punto de vista técnico, lo soy. No hay parentesco de sangre entre Miller, Max y yo. Pero sí. Son mi familia. Así que, sea cual sea el título que me gano con eso, me parece bien.

Me gusta cómo me hace sonreír. El sonido de su risa me resulta cálido. Es bonito poder pasar de lo serio a lo frívolo con él sin que ninguno de los dos pierda el compás.

—Bueno, solo para que lo sepas, no pareces un abuelo.

—Mmm… —murmura, acercándome a él—. ¿No?

—Para nada.

—¿Y qué hay de las canas que tengo en la barba?

—Te quedan bien.

—¿En serio?

—Por desgracia.

Baja un poco más la cabeza y se acurruca en el hueco de mi hombro mientras se pone cómodo y noto que se está quedando dormido.

Pero no estoy lista todavía.

—Emmett —susurro.

—¿Sí…?

—¿Es por eso que tienes una relación tan estrecha con los chicos del equipo?

Inhala mientras reflexiona.

—Sí. Supongo que sí. A veces les hago falta. Ya sea como entrenador, como mentor o como amigo. Y me gusta ser lo que sea que necesiten. También me gusta cuidar de la gente, supongo. O puede que solo sea que me encanta mi trabajo.

Una sonrisa se abre paso en mis labios.

—Recuerdo cuando mi abuelo te fichó para que te unieras al equipo. Yo todavía no formaba parte de él, pero sabía que llevaba años intentando que te unieras al cuerpo técnico.

Emmett murmura un sonido somnoliento que me confirma que esta conversación va a terminarse antes de lo que me gustaría.

—No me permití aceptar trabajo en las Grandes Ligas hasta que Miller fue lo bastante mayor y ya se había ido de casa a vivir su vida. Fue la decisión correcta retirarme como jugador cuando lo hice, pero no te mentiré diciendo que no he soñado con regresar. Entrenar es como mi segunda oportunidad, en cierto modo.

Vaya… mierda.

Me está haciendo muy difícil separar mis emociones del lado empresarial de las cosas. Sí, Emmett Montgomery va a ser caro la temporada que viene, pero empiezo a creer que también podría valer la pena la inversión.

Su respiración se ralentiza y marca un ritmo constante contra mi espalda, pero me muero por saber más. Puede que nunca más tenga esta oportunidad, tan solo él y yo en una habitación tranquila, siendo honestos y vulnerables.

Como sé que lo más probable es que solo consiga una respuesta más de él, elijo la pregunta que más ganas tengo de hacer.

—¿Has conocido a alguien después de que perdieras a Claire?

Se queda en silencio un buen rato y es entonces cuando me doy cuenta de que se ha dormido. Tal vez sea lo mejor, supongo. Dudo que esa pregunta tenga una respuesta que quisiera escuchar.

Con la habitación en silencio y su cuerpo detrás del mío, dándome calor, cierro los ojos y busco el sueño. Estoy a punto de caer cuando Emmett habla al fin y me responde:

—No —dice, y apenas es un susurro—. No me veía con fuerzas para cambiar de página.

13

Reese

—Hola, Dulce Reese.

Levanto la vista del escritorio y veo a mi abuelo con una sonrisa orgullosa mirándome desde la entrada de su oficina.

De mi oficina, quiero decir.

Después de pasarme la vida entera viniendo aquí a visitarlo, se me hace raro pensar que la situación se ha invertido.

—Hola, abuelo. —Alejo el sillón del escritorio—. ¿Qué haces tú por aquí?

—Solo he venido a ver a mi nieta favorita. Ya veo que estás trabajando.

Rodeo la mesa y voy a recibirlo a la puerta, presiono la mejilla contra la suya y le planto un beso. Luego retiro la silla que tengo enfrente para que tome asiento.

Para ser un hombre de casi ochenta años, todavía se mantiene activo y ágil, pero es innegable que con el tiempo ha empezado a moverse con mayor lentitud. Se nota en que se toma su tiempo para llegar a la silla, y más aún en el cuidado con que se agacha para sentarse. Y todo eso hace que me sienta aún más culpable de que mi pésima elección de compañero de vida haya sido el motivo que lo llevara a trabajar más tiempo de lo que él pretendía.

Vuelvo a sentarme en mi sillón.

—¿A qué has venido en realidad? Porque sé que no has venido hasta el campo solo para saludarme.

Suelta una risa franca y vigorosa.

—Ed y yo hemos quedado para comer y luego nos reuniremos con Denise para concluir con los detalles de mi fiesta de jubilación. Pero pasar a saludarte siempre es un aliciente.

—¿Denise te está organizando la despedida?

—Por supuesto. Esa mujer prácticamente ha planificado mi vida durante los últimos cuarenta años. No confiaría ese cometido a nadie a más.

—¿Hay alguna posibilidad de que quiera volver de su propio retiro y empiece a planificar la mía? Necesito urgentemente una recepcionista.

—Sí que la necesitas. No debería haberme resultado tan fácil colarme en tu oficina. Pero no, Denise ha trabajado para mí demasiado tiempo. Se ha ganado su correspondiente jubilación.

—Bueno, eso no significa que yo no pueda hacer un intento desesperado cuando la vea en tu homenaje. ¿Estás nervioso?

—Sí. Y no solo porque yo sea el primero que está deseando celebrarlo, sino porque no es frecuente tener a todos los que han formado parte de tu vida reunidos en el mismo lugar. Bueno, salvo en tu propio funeral, y por desgracia, cuando eso ocurra, ya no podré disfrutar de la fiesta.

—¡Caray! —Me río—. Bueno, yo sí que estoy deseando homenajearte.

La sonrisa amable y cariñosa de mi abuelo empieza a desvanecerse, y percibo el instante en que su actitud cambia por completo y se pone en modo profesional. Se hace aún más evidente en el tono de voz cuando dice:

—Hay otro motivo por el que quería venir a verte hoy.

La energía de mi oficina se transforma de inmediato.

Me enderezo en el sillón, cruzo las manos y las apoyo sobre la mesa. Ya no soy una nieta hablando con su abuelo. Soy la nueva propietaria del equipo hablando con su predecesor.

—¿Qué pasa? —pregunto.

Él respira hondo y saca su teléfono.

—Scott encontró esto en internet. No es una noticia oficial ni nada por el estilo, y está claro que se trata de un rumor, pero hay una publicación anónima en esta página web. Read… Red… no sé qué.

—Reddit —termino por él.

—Eso. Alguien afirma que te vio salir por la mañana de la habitación de hotel de Monty cuando estaban jugando en San Diego la semana pasada.

Siento que se me hiela la sangre.

—Obviamente, no es verdad —prosigue—. Cualquiera que los conozca sabe que no se llevan precisamente bien, pero este es el tipo de chismes que la gente va a querer difundir sobre ustedes, y solo quiero que seas consciente.

Me sorprende que pueda oírlo a pesar del zumbido en mis oídos o que siga sentada derecha pese al nudo que me retuerce el estómago.

¿Cómo pude ser tan imprudente? ¿En qué demonios estaba pensando?

Intento apaciguar el temblor de mi voz cuando pregunto:

—¿Qué dicen los comentarios?

—Todo eso ya no lo sé. Scott solo me envió… ¿Cómo se dice cuando haces una foto de algo?

—Una captura de pantalla.

—Me envió una captura de pantalla de la publicación. No sé cuánta repercusión ha tenido, pero él la encontró.

Claro, no me cabe la menor duda. Me imagino que Scott tiene una alerta de Google configurada con mi nombre en busca de cualquier información que pueda usar en mi contra.

Y se la he dado. En bandeja de plata.

Yo decidí ir a la habitación de Emmett aquella noche. Yo decidí dormir en su cama. Yo me lo busqué.

Puedo hacer caso omiso de toda la basura que circula en internet cuestionando mi capacidad o mi talento para este cargo. Pero ¿esto? Esto lo hice yo solita. Esto no lo inventaron. Está claro que alguien me vio salir de aquella habitación.

—Reese —dice mi abuelo, y cuando por fin lo miro a los ojos me doy cuenta de que me está analizando—. ¿Verdad que no es más que un rumor falso?

Trago saliva con dificultad, intentando recomponerme.

—Por supuesto que lo es. Puede que tú adores a Emmett Montgomery, pero sabes que yo apenas soporto a ese tipo.

—Dale una oportunidad, Reese. Creo que puede hacerte cambiar de opinión.

Ya lo ha hecho.

—Solo quería que estuvieras al tanto de esta publicación, eso es todo —continúa—. No quiero acusarte de nada, solo recordarte que estás bajo un escrutinio mucho mayor del que yo he tenido nunca. Lo único que deseo es que triunfes. Llevas toda la vida preparándote para esto. Es más, rompiste tu matrimonio por esto.

—Yo no rompí mi matrimonio por esto. Fue Jeremy quien lo hizo al intentar arrebatármelo todo.

—Pero también fue decisión tuya no dejar que lo hiciera. Elegiste este club de beisbol porque era tu sueño, y solo quiero que recuerdes a qué has renunciado para llegar hasta aquí. No te elegí como mi sucesora solo porque fueras mi nieta. Te elegí porque creo que eres la mejor candidata para el puesto. Pero que seas la persona idónea no significa que no vayas a tener que trabajar el doble para que te tomen en serio. Y lo sabes. Lo has comprobado durante todos estos años antes de llegar aquí. No puedes darles ningún motivo para que hablen de ti, Reese. ¿Okey?

Asiento a modo de aceptación.

—No lo haré.

No volveré a cometer ese error.

—De acuerdo —dice levantándose despacio del asiento—. ¿Irás a los partidos de Detroit?

—Sí. Nuestro vuelo sale mañana por la mañana a las nueve.

—Está bien. Te quiero.

—Yo también te quiero, abuelo. Saluda a Ed y a Denise de mi parte.

En cuanto sale por la puerta, cuento hasta veinte para que se aleje lo suficiente y poder dar rienda suelta a mi ataque de nervios.

¿Qué estoy haciendo? ¿Cómo pude siquiera pensar que quedarme en la habitación de Emmett era una buena idea? ¿Desde cuándo me comporto de un modo tan insensato?

Tomo el teléfono del escritorio, pero no me atrevo a buscar esa publicación aquí en la oficina. Como me recordó mi abuelo, no tengo recepcionista que me filtre las visitas, y lo último que necesito es que alguien entre y me descubra con una crisis de ansiedad mientras leo sobre un supuesto rumor acerca de mí y mi mánager que tiene mucho de verdad.

Dejo todo lo demás, me llevo solo el teléfono y me voy directo al único sitio donde puedo esconderme a esta hora del día.

El equipo descansa hoy tras una serie de partidos como local y antes de partir mañana para otra serie como visitante. Los únicos jugadores que había en el campo esta tarde vinieron a recibir tratamiento médico, pero ya se marcharon. Así que, con el piso de la sede vacío, me dirijo al túnel que lleva al dugout y me siento en el lado derecho, en el sitio del mánager, y me oculto tras la pequeña mampara que lo protege de todas las miradas.

Tomo el celular, abro Reddit y no tardo nada en encontrar la publicación de la que hablaba mi abuelo.

Es la única entrada que ha hecho esta cuenta anónima, y detalla brevemente lo que vio cuando salí de la habitación de Emmett. La pijama que llevaba. Las pantuflas. El cabello rubio despeinado que, según dice, se debía a una actividad que rotundamente no habíamos practicado.

El paseo de la vergüenza que afirma haber presenciado consistía simplemente en el regreso a mi habitación a eso de las nueve y media de la mañana, cuando confirmaron desde recepción que ya estaba reparado el sistema de climatización de nuestro piso. Y, claro que sí, iba hecha una calamidad porque apenas había dormido unas horas.

A pesar de que estaba agotada, las últimas palabras que me dijo Emmett aquella noche fueron lo que me tuvo en vela.

«No me veía con fuerzas para cambiar de página».

¿Qué demonios estoy haciendo? Estoy arriesgando mi reputación jugando con fuego con un hombre que me confesó que no se veía con fuerzas para cambiar de página.

No lo culpo. ¿Quién puede condenar a alguien por no superar la pérdida de la persona a la que amaba? Pero lo que yo debería hacer en realidad es centrarme de una maldita vez y escuchar lo que intenta decirme.

Bajo para leer los comentarios. Hay algunos predecibles: me insultan y dicen que intento trepar acostándome con quien sea.

¿Trepar adónde? Si yo soy la dueña de este club.

Unos pocos acusan al que lo ha subido de inventárselo todo. Hay un par que insisten en lo emocionados que están por que una mujer dirija su propio equipo. Pero hay uno que acapara toda mi atención: «Dicen que estuvo casada con un tipo que solo quería ser copropietario del equipo. Quizá Monty esté buscando hacer lo mismo. Le toca renovar contrato el año que viene, así que ¿quién puede criticarlo por jugar bien sus cartas a la vez que se divierte un poco?».

Hago un esfuerzo sobrehumano por ignorar ese comentario, pero no voy a mentir: me afecta más de lo que quisiera. No puedo decir que confíe plenamente en mi capacidad para adivinar las intenciones de los demás después de lo que pasó con Jeremy.

¿Acaso Emmett finge interés en mí para que no lo deje irse a otro equipo cuando acabe la temporada? ¿Acaso miente cuando dice que quiere protegerme solo para que lo mantenga en la nómina? No quiero pensarlo. No creo que sea el caso, pero insisto, ya he estado ciega antes.

Hay un motivo por el cual renuncié a tener relaciones personales cuando acepté este empleo, y este es un claro ejemplo. Estoy dejando que lo que he conocido de Emmett me nuble el juicio empresarial.

Estoy dudando de mí misma, y no voy a perder tiempo con eso, porque bastante duda ya de mí el resto de mi entorno profesional.

Necesito volver a enfocarme. Basta de distraerse por hombres guapos con historias conmovedoras de por qué quieren tanto a sus jugadores y a su familia. Me juego demasiadas cosas como para perder de vista mi objetivo final aquí: conseguir que este equipo de beisbol sea el mejor de su historia. Lo último que necesito son titulares propagando rumores sobre mí y el mánager.

—¿Reese?

La voz de Emmett me saca de la pantalla del teléfono. Está de pie, justo delante de mi escondite. Y, aunque sí, técnicamente este es el sitio del mánager, él ahora mismo no está trabajando.

—¿Qué haces aquí abajo? —pregunta.

—Nada. —Me levanto a toda prisa, bloqueo la pantalla del celular y lo guardo en el bolsillo trasero del pantalón—. Ya me iba.

—Es la segunda vez que te encuentro en mi puesto. ¿Es que me estabas esperando?

Pone una sonrisa pícara y noto que se prepara para cualquier respuesta apresurada que se me ocurra soltar. Pero no voy a hacerlo más.

—Buenas noches, Emmett —digo, y me dispongo a marcharme.

Me agarra del brazo con suavidad para detenerme y me gira hacia él.

—Oye, ¿está todo bien?

—Sí, estoy bien. —Retiro el brazo y retrocedo hasta una distancia prudente.

—Bien. —Suena más bien a pregunta—. Te veo mañana en el avión, supongo.

Porque, claro, mañana volvemos a ir de gira. Y nos alojaremos en el mismo hotel. Y cabría la posibilidad de que se desataran más rumores. No puedo evitar viajar la temporada entera, pero puedo hacer una pausa hasta que se calme el runrún de lo que sea que esté circulando sobre nosotros en la red.

—Esta vez me quedo.

—¿Qué? —Frunce el ceño—. ¿Por qué?

—Porque puedo ver los partidos desde aquí y esta semana necesito estar en mi oficina.

Se queda callado un buen rato, claramente sorprendido por mi repentina frialdad.

—De acuerdo. Te llamaré por la noche después de los partidos para ponerte al tanto de todo lo que te hayas perdido.

—Prefiero que me informes por correo electrónico.

—Por correo electrónico. —Suelta una risita incrédula—. Creo que no te he enviado un correo en la vida.

«No, pero sí que me has llamado estando desnuda en la tina».

—Pues deberíamos empezar a comunicarnos así de ahora en adelante. No hay ninguna razón para que me llames o me escribas a mi número personal a menos que sea una emergencia.

Me busca la mirada, con el dolor grabado en sus ojos cafés, y me siento un pedazo de mierda por hacerlo sufrir así. Pero es por su bien. Es por el bien de ambos. ¿Quiere entrenar aquí el año que viene? ¿Quiere trabajar en la misma ciudad donde vive su hija? Bueno, pues eso no sucederá si empiezan a chismorrear sobre una relación inapropiada entre él y su jefa.

—¿Pasó algo? —pregunta en voz baja, dando un paso al frente.

Yo retrocedo otro.

—Claro que no. Solo estoy reajustando algunos límites de nuestra relación laboral que parecíamos haber olvidado.

Observo cómo le cambia la expresión al darse cuenta de lo que sucede.

—Claro. Nuestra relación laboral.

—Eso es. Bueno, mucha suerte a ti y al equipo esta semana. Nos vemos cuando vuelvas.

—¿Estás segura de que puedes decirme eso? ¿No será demasiado inapropiado para ti?

—Emmett…

—No, sí tienes razón, Reese. Esta conversación era necesaria y ya he captado el mensaje. Alto y claro. Gracias por recordármelo, jefa.

14

Emmett

Cuando el avión del equipo regresó a Chicago, no fui directo a mi departamento. Probablemente, debería haberlo hecho. No tengo ningún motivo para estar en la sede del club un viernes por la noche cuando todo el mundo se fue a casa con su familia. Pero supongo que también por eso estoy aquí, y ya llevo cuarenta minutos de un entrenamiento de piernas agotador.

Mi hija y mi trabajo son las dos piedras angulares de mi vida, y como una está atareada esta noche, solo me queda el trabajo. Y aunque técnicamente no haya nada que hacer al tener la noche libre sin entrenamientos ni partidos, prefiero estar aquí solo a estar solo en mi casa.

Miller me invitó a cenar, pero Kai ha estado fuera toda la semana y, a pesar de su amable oferta, sé que prefieren estar los tres a solas.

Compraré algo hecho para cenar de camino a casa, pero hasta entonces mi idea es pasar aquí todo el tiempo que pueda. El gimnasio que se comunica con la sala de entrenamiento dispone de material suficiente para tenerme entretenido unas cuantas horas y, con la frustración que arrastro esta semana, me vendrá bien como desahogo.

Con la música a todo volumen por los altavoces del gimnasio, añado un disco a cada lado de la barra de sentadillas antes de posicionarme debajo para realizar otra serie. Todavía no levanto la barra del soporte. Antes me permito parar un instante y echar un poco de humo por las orejas.

Hace un par de meses, habría agradecido pasar algo de tiempo lejos de mi jefa. Es probable que ni siquiera hubiera notado si llevaba tiempo sin verla o hablar con ella. Pero esta semana, carajo, claro que lo noté.

Noté el tufo en el avión del equipo al no tener a Reese sentada detrás. Me he acostumbrado a que su perfume me distraiga en esos vuelos. Noté su ausencia en el dugout antes del partido. Noté que sobró una llave en la recepción cuando nos registramos en el hotel. Y lo peor de todo es que no tengo ni idea de a qué se debe su distanciamiento repentino. La última vez que Reese me trató con frialdad, me lo merecía. Pero pensaba que ahora todo iba bien entre nosotros.

¿Una cosa que he aprendido esta semana? Cómo se despide Reese en sus correos.

«Saludos cordiales, Reese Remington».

Al principio no hice caso de su petición de que la contactara solo por correo electrónico y, después de nuestro primer partido fuera de casa, le envié un whatsapp para explicarle que uno de los jugadores se había lesionado y que por eso lo dejaría en la banca en el segundo partido.

No respondió.

La llamé después del segundo partido para explicarle por qué había tenido que sacar a nuestro lanzador a mitad de la cuarta entrada.

No contestó.

Y después del tercer y último partido, cedí y le mandé un correo electrónico como me había pedido que hiciera. Ese día no tenía ninguna novedad que contarle. Solo quería comprobar si pensaba responderme. Y, vía correo electrónico, lo hizo.

«Gracias por la información. Saludos cordiales, Reese Remington».

Malditos saludos cordiales.

Me siento tentado de añadir otro disco a la barra porque en parte estoy seguro de que, con la frustración que me invade, podría establecer un nuevo récord personal esta noche. Pero no hay nadie para asistirme y, aunque esté molesto y quiera desquitarme en el gimnasio, no soy idiota.

Con la barra equilibrada sobre los hombros y las manos bien aferradas, levanto la barra del soporte y completo la serie de sentadillas mientras observo mi postura en el espejo.

La música ayuda. La oscuridad del gimnasio ayuda. Pero sobre todo es la exasperante pregunta de qué he hecho mal la quc me proporciona la fuerza que necesito.

Quizá no debí hablarle a Reese de la madre de Miller. Quizá se asustó cuando le dije que no he salido con nadie en serio en veinte años. Quizá yo lo haya malinterpretado todo, y haya pensado erróneamente que todo este tiempo había coqueteo. O quizá solo me ve como su empleado y me pasé de la raya con ella.

Vuelvo a colocar la barra en el soporte antes de enderezarme por completo y respiro hondo varias veces para calmar mi corazón acelerado.

Aunque me ha sentado bien. Podría seguir así toda la noche. Llevar mi cuerpo al límite es una buena distracción.

Me quito la camiseta y me seco con ella la cara mientras les concedo a mis músculos un par de minutos de recuperación antes de la siguiente tanda. Me quedo de pie detrás del rack para sentadillas, con los brazos apoyados en la barra mientras descanso y recupero el aliento.

No debería darle tantas vueltas. Tengo muchas otras cosas en las que pensar. Mi hija. El hijo de mi hija. Mi equipo. Si voy a tener trabajo cuando acabe esta temporada...

Debería estar considerando mi futuro profesional y, en lugar de eso, me dedico a pensar si mi jefa sabe que estoy enamorado de ella y preguntándome si ella siente lo mismo. Creía que esta etapa se superaba a los veintitantos, pero aquí estoy, en plenos cuarenta y deseando poder leerle la mente a esta mujer.

«Céntrate, Emmett».

No oigo abrirse la puerta, tengo la música demasiado alta, pero la luz que despide el espejo proveniente de la rendija de la puerta capta mi atención.

A través del reflejo, veo a Reese entrando al gimnasio.

Seguramente no se ha dado cuenta de que estoy yo al tener la luz tan tenue, pero en cuanto accede y oye la música, aunque lleva puestos sus propios audífonos, mira alrededor de la sala hasta que se topa con mi mirada expectante en el espejo.

Se queda paralizada en la puerta, y yo no me muevo del rack de sentadillas.

Simplemente nos miramos a través del reflejo, sin mediar palabra, otra vez en el mismo lugar después de casi una semana.

No la había visto desde que me la encontré en el dugout, y suponía que no la vería hasta el día siguiente por la tarde durante el partido. Esta noche yo había evitado con toda la intención subir al último piso por si acaso, y no había comprobado si su coche estaba en el estacionamiento, porque ¿para qué iba a hacerlo? ¿Por qué carajo iba a estar ella aquí un viernes por la noche?

Reese abre la boca y dice algo, y entonces, como no la oigo, me doy cuenta de que tengo la música todavía a todo volumen en los altavoces de la sala. Me alejo de la barra para tomar el celular y bajo el volumen casi al mínimo antes de girarme para mirarla.

—Solo te decía que lo siento —dice, y por un momento me permito creer que se refiere a lo distante que ha estado esta semana, pero entonces señala la puerta con el pulgar por encima de su hombro—. No sabía que estabas aquí. Me voy.

Eso sería lo mejor. Solo si se va, seré capaz de concentrarme durante el resto del entrenamiento.

Me encojo de hombros con indiferencia.

—Eres la dueña. Haz lo que quieras.

Me ilusiono con la idea de escuchar alguno de sus comentarios ingeniosos del tipo: «Tienes razón; aquí mando yo» o «Me gusta que lo tengas presente».

Pero, en vez de eso, se queda callada, y eso me irrita más que cualquier comentario mordaz que me pudiera lanzar.

—Haz lo que hayas venido a hacer —continúo—. De todas formas, ya casi he terminado.

Me dedica una pequeña sonrisa, casi de lástima, y concluyo que eso también me irrita.

Reese toma un tapete de yoga y lo extiende en el suelo en una esquina del gimnasio. Lamentablemente, resulta que esa esquina está justo detrás del rack de sentadillas, y tengo una vista privilegiada de ella a través del espejo de la pared cuando vuelvo a la barra para otra serie.

Vuelve a colocarse los audífonos y empieza a estirarse, alargando los brazos hacia el cielo antes de doblarse por la mitad para tocarse los pies.

Y yo mirándola, carajo.

No sé cuánto rato pasó desde mi última serie, pero no veo la forma de apartar la vista de ella el tiempo suficiente para empezar con la siguiente.

Se ve muy guapa.

Lleva el pelo rubio semirrecogido, así que puedo ver bien su preciosa cara. Viste un conjunto deportivo a juego, claro. Es evidente que, también en el gimnasio, va siempre impecable y combinada a la perfección.

Los leggings de color morado resaltan sus fornidas piernas y el top a juego a duras penas cumple su función. Es suave la mires por donde la mires, y eso me encanta. Y me encanta que ella no intente ocultarlo. Se siente a gusto en su cuerpo. Es exactamente mi tipo de mujer.

Esta era la pizca de motivación que necesitaba para empezar mi próxima serie porque, ya lo creo, desde luego que es mi tipo. Levanto pesas por algo.

Observo mi postura en el espejo; apenas llevo tres repeticiones cuando se me van los ojos a la esquina. Tiene un brazo extendido sobre el cuerpo en otro estiramiento, pero lo hace en modo automático. En realidad, tiene la atención fija en mi reflejo, anclada a mis muslos mientras hago una sentadilla profunda.

Yo termino el movimiento y ella lo sigue atenta, hasta que por fin nuestras miradas se cruzan.

Quiero provocarla. Quiero fastidiarla un poco por estar repasándome. Pero a la vez no quiero que pare, y sugerirle que está a punto de saltarse sus nuevos límites profesionales solo la incitará a poner más.

Sin embargo, ninguno de los dos aparta la mirada del otro. Hay un instante de silencio y siento la tentación de romperlo con la pregunta que llevo haciéndome toda la semana.

¿Qué carajos pasó?

La tengo en la punta de la lengua cuando Reese desvía la mirada y hace otro estiramiento. Yo vuelvo a lo mío y hago otra sentadilla, esforzándome al máximo por concentrarme en mi postura, y solo en mi postura, cuando miro al espejo.

Eso solo me funciona durante dos repeticiones más, porque con el rabillo del ojo veo que Reese separa las piernas para una pose abierta y luego se dobla por la mitad a la altura de las caderas para apoyar las palmas de las manos en el tapete.

La luz tenue crea un resplandor misterioso sobre su cuerpo y, ¡oh, Dios!, como siga inclinándose de esa manera, sus pechos acabarán desbordándose de ese maldito top, y si eso acaba pasando, seguro que me fallarán las rodillas con la cantidad de peso que me puse en la barra.

Sin terminar la serie, dejo caer la barra en el rack con un golpe seco, en parte por la frustración, pero sobre todo porque sé que se me va a caer si no la aseguro cuanto antes.

El ruido metálico sobresalta a Reese, que me mira al instante.

—¿Estás bien?

—Sí. —Recorro el pequeño espacio alrededor de mí, con las manos en las caderas y mirando al suelo—. Todo bien.

Respiro hondo unas cuantas veces antes de volver a la barra. La levanto del rack de nuevo y me agacho en una sentadilla profunda en el momento exacto en que Reese decide estirar las pantorrillas. Con las manos y los pies en el tapete y el trasero en el aire de espaldas a mí, mirando a la pared opuesta.

¿Se está burlando de mí?

Tiene que estar burlándose.

A duras penas consigo completar una única repetición; estoy demasiado distraído y completamente desconcertado por el movimiento de su cuerpo, por el meneo de su trasero, y porque no me dirige la palabra.

Me rindo y dejo la barra en el soporte por última vez. Mientras quito los discos con brusquedad y vuelvo a colocarlos en su sitio, noto que sigo igual de frustrado que cuando empecé el entrenamiento.

—Terminé —suspiro derrotado—. La sala es toda tuya.

No sé por qué se lo digo. Supongo que con la esperanza de que me responda.

No lo hace.

Reese se ha acercado al banco de pesas, pero tampoco miro en su dirección mientras recojo mi camiseta, el teléfono y la botella de agua y me dirijo a los vestuarios. Mantengo la vista fija en la pantalla del teléfono mientras desconecto la música del equipo de sonido envolvente.

—Emmett —dice, y hace que me detenga antes de salir del gimnasio.

Noto la esperanza en mi expresión cuando me doy la vuelta para mirarla, ansioso por que me diga algo más que una escueta frase.

Hay una disculpa en su forma de mirarme desde el otro extremo de la sala. Me basta para aliviar mínimamente la frustración que me hace sentir. Porque no sé qué está pasando, pero esa mirada me da pie a pensar que quizá a una parte de ella tampoco le gustan sus nuevas reglas.

Reese abre la boca y la vuelve a cerrar. Cuando por fin habla, lo único que recibo es un mero:

—Que descanses.

Qué coraje me da esto.

—Sí —me obligo a contestar—. Lo mismo digo.

Acto seguido, doblo la esquina por el murete que separa el baño del gimnasio.

Apoyo las manos en el lavabo y hundo la cabeza.

Tengo que cambiar de página. ¿Qué más da si no recuerdo la última vez que me sentí tan atraído por una mujer? ¿Qué más da si no recuerdo la última vez que me interesó tanto cada palabra que sale de la boca de alguien?

Es mi jefa. De todos modos, nunca iba a pasar.

Abro el grifo y me echo un poco de agua en la cara. Iba a bañarme aquí antes de ir a mi departamento, pero sabiendo que Reese está al otro lado de esta pared, entrenando con ese miniatuendo tan ceñido, me parece una idea nefasta. Dejaré volar mi imaginación en la intimidad de la ducha de mi casa.

Me lavo las manos y vuelvo a ponerme la camiseta sudada cuando oigo el chirrido de la puerta del gimnasio.

¿Se fue?

En el momento en que me dispongo a salir para comprobarlo, oigo la voz de uno de mis jugadores.

—Hola, encanto —dice Harrison—. No pensé que fuera a haber nadie. ¿Qué haces aquí un viernes por la noche?

Mis sentidos se ponen en alerta máxima en cuanto aguzo el oído.

—Reese. Señora Remington. Jefa —dice ella sin rastro de humor en la voz—. Cualquiera de esos nombres serviría.

Me cuesta oír todo lo que dicen, pero lo que sí alcanzo a entender no me hace ni puta gracia. Él está siendo condescendiente tanto en el tono como en sus palabras.

Todo lo que Kai me contó sobre él me ha dado una perspectiva diferente de este tipo, y desde entonces no lo trago. He intentado mantener un trato profesional, pero creo que no se me da bien.

Ni con Reese ni, desde una perspectiva distinta, con Harrison.

Él le suelta algunos comentarios sarcásticos sobre que quizá debería levantar pesas más ligeras. Le dice que la ha echado de menos en el viaje a Detroit, y luego vuelve a preguntarle qué hace allí un viernes por la noche.

Tengo que hacer un esfuerzo titánico para no salir y hacerlo trizas por hablarle así, pero también sé que Reese detestaría que yo interviniera cuando ella puede defenderse sola. Así que continúo con la oreja puesta.

—Esto es mío —alega sin más—. Así que… ¿a qué has venido tú exactamente?

Harrison se ríe con desdén; esta conversación me está mostrando una faceta de él que nunca había presenciado.

—Dejé aquí el coche mientras estábamos de gira y me ha traído mi amigo. —Al parecer, hay dos personas con ella—. Le estaba enseñando las magníficas instalaciones que tú, como bien has dicho, posees.

No miente. Recuerdo que al llegar dejé la camioneta en el estacionamiento privado junto a su coche. No le había dado demasiada importancia hasta ahora.

—¿Hay un baño por aquí? —pregunta el acompañante de Harrison.

—Ahí dentro —contesta él—. Yo también tengo que entrar.

No es que me preocupe que sepa que estoy aquí, pero siento verdadera curiosidad por saber qué más tiene que decir cuando cree que nadie lo escucha. Así que, por ese motivo, me encierro en una cabina de ducha antes de que Harrison me vea.

—¿Esa chica es tu jefa? —le pregunta el amigo.

Él se burla.

—Sí, como lo oyes.

—Está buena.

Okey. Jódete.

—Amigo, qué vergüenza —susurra Harrison—. Juego en el único maldito equipo dirigido por una mujer. Y lo que está claro es que esta liga le queda grande.

Estoy que echo humo.

La rabia que había empezado a aplacar desde la última interacción con Reese vuelve a resurgir de golpe. Siento que me hierve la sangre, y toda la energía que había gastado durante el entrenamiento de piernas me invade de nuevo y me provoca una irrefrenable necesidad de darle un puñetazo en la cara a este tipo.

Terminan de hacer sus cosas y salen del baño, pero antes de abandonar el gimnasio Harrison vuelve a dirigirse a Reese.

—Si no tienes plan de viernes por la noche, se me ocurren varias propuestas para entretenerte.

En cuanto oigo que se cierra la puerta del gimnasio, salgo de la cabina de ducha y, al salir del baño, veo a Reese mirando en mi dirección. Como si supiera que lo oí todo y tuviera algo que decir al respecto.

—¿Te había hablado así antes?

Ella suspira.

—Emmett…

—Reese. —Hay aún más enojo y premura en mi voz la segunda vez—. ¿Te había hablado así antes?

Ella no contesta, pero su silencio me basta para saber que esta pequeña interacción no ha sido ninguna novedad.

Ya entiendo por qué no quiere confirmármelo. No quiere que piense que su idea de traspasarlo tiene algo que ver con la forma que Harrison tiene de dirigirse a ella. Pero, a estas alturas, ya sé que Reese dejaría todo eso al margen por el bien del club de beisbol. Si creyera que es el jugador idóneo para el equipo, ni siquiera contemplaría deshacerse de él solo porque sea un imbécil despreciable.

Pero yo lo mandaría a la mierda.

Niego con la cabeza, molesto por no haberme enterado antes. La miro fijamente a los ojos, me cruzo de brazos y le digo:

—Traspásalo ya.

15

Reese

—¿Qué le pasa hoy a Monty? —pregunta mi abuelo desde el asiento de al lado—. Nunca lo había visto así.

Desde el palco presidencial, observo a Emmett regresar al dugout tras pasar unos minutos en el campo encarándose con el umpire. La verdad es que el hombre se ha equivocado en muchas decisiones obvias, pero normalmente Emmett maneja estas situaciones con más templanza.

Intento no mostrar interés cuando digo:

—Ni idea.

La cuestión es que claro que me interesa, y muchísimo, todo lo relacionado con ese hombre.

Hace un calor inusual en la ciudad, y para colmo nos ha tocado jugar en las horas más calurosas de la tarde. Así que me temo que el calor nos está afectando a todos.

A Emmett.

Al umpire.

A mí.

A pesar de estar sentada en la tribuna con el aire acondicionado, siento que me arde el cuerpo mientras veo el partido.

Bueno, para ser más concretos, mientras veo al mánager.

Menos mal que mi abuelo es muy despistado y no se ha dado cuenta de que no he podido apartar la vista del dugout. Por suerte este palco está encima de las gradas a la altura de la tercera base, donde disfruto de un poco de privacidad, a menos que alguien sepa que si mira hacia arriba me encuentra.

Cualquiera que haya visto ese rumor en internet, el de que salí de la habitación de hotel de Emmett, se daría cuenta enseguida de que hay algo de verdad en ello, porque no consigo quitarle los ojos de encima.

Lo cierto es que… esta semana lo extrañé.

Una sensación que juré que jamás sentiría por Emmett Montgomery.

He extrañado hablar de tonterías, que esté ahí para apoyarme, poder desahogarme con la única persona de toda la franquicia que de verdad comprende lo difícil que es ser mujer en este negocio.

Lo he extrañado a él. Y sí, ya sé que me lo he buscado yo. Tuve que poner todo de mi parte para no responder a su whatsapp ni contestar a su llamada, pero sé que estoy haciendo lo que debo al limitar la comunicación a lo profesional y mantener una distancia prudencial por ahora.

Para él, quizá nuestros coqueteos no eran para tanto. Quizá, para él, que yo cortara la comunicación personal fue una medida drástica porque nunca ha sentido el peligro de estar a punto de cruzar la línea.

Puede que por eso esté tan enojado conmigo.

Pero, por lo que a mí respecta, me he dado cuenta de que me estoy acercando demasiado. Me he dado cuenta de que me gustan cosas de él que había jurado que jamás me gustarían.

Por supuesto, encuentro a Emmett físicamente atractivo. Basta con mirarlo un segundo para entenderlo. Pero es de su interior de lo que yo creía estar a salvo. Su personalidad era lo que yo pensaba que no soportaba. Por desgracia para mí, ahora su corazón es precisamente lo que más me atrae de él.

¿O no? Porque lo que estoy viendo en este partido es pura fantasía.

Emmett viste los pantalones de beisbol como de costumbre, pero en lugar de la camiseta del uniforme lleva una camisa blanca de tela sintética con el logo del equipo. Es prácticamente transparente por la forma de ceñirse a su enorme espalda y a los trapecios curvilíneos. Lleva en la misma posición casi toda la tarde, de pie en el extremo del dugout, con los antebrazos apoyados en la barandilla y los pantalones ajustados marcándole los muslos y las nalgas.

—¿Sabes quién ha estado preguntando por ti? —me interpela mi abuelo y, santo Dios, se me había olvidado que estaba aquí.

¿Estoy babeando? Tengo a mi maldito abuelo al lado y yo aquí babeando por mi empleado.

La viva imagen de la profesionalidad, lo juro.

—Dulce Reese —me dice, canturreando mi nombre para que vuelva en mí.

—Discúlpame. —Parpadeo y me centro en él, y no en el hombre en la banca—. ¿Quién?

—El hijo de Ed, Michael.

—¿Cómo que ha estado preguntando por mí?

Mi abuelo levanta sus pobladas cejas y pone esa sonrisa cómplice.

—Okey, casamentero —prosigo con una risita—. Sabes que no busco pareja.

—Lo sé, lo sé... Y yo no te creo.

A este dulce anciano le cuesta creer que su nieta pueda ser feliz y estar contenta sola.

—Me gusta estar soltera —le recuerdo—. Es maravilloso no tener que pensar en nadie más que en mí misma.

—Pero ¿no te gustaría tener a alguien que pensara en ti? Créeme, cariño, no te importaría tener siempre en mente a la persona adecuada. De hecho, es muy bonito. Lo que te vendría bien es conocer a gente nueva.

Mi abuelo, bendito sea, lleva insistiendo en que encuentre pareja desde que me divorcié. La verdad es que el hombre algo sabe del tema. La madre de mi padre falleció cuando yo era una bebé, y unos años después mi abuelo conoció a la mujer a la que ahora llamo abuela. Pasó algún tiempo solo, pero a día de hoy lleva casi treinta años de feliz matrimonio. Claro que no todo el mundo tiene la suerte de tener una segunda oportunidad en el amor.

Algunas personas solo tienen una. Como yo.

Llevo tanto tiempo sola que no sabría decir qué se siente tener a alguien pendiente de mí. Nadie es testigo de mi día a día ni de mis mayores logros. Solo me tengo a mí y, aunque a otros les parezca deprimente, para quien ha estado con la persona equivocada es más bien tranquilizador. Okey, puede que esté sola, pero al menos no tengo que estar dudando de las intenciones de nadie que quiera estar en mi vida.

Como si me leyera la mente, mi abuelo añade:

—No todos son como Jeremy, ¿sabes?

Puede que no. Pero ¿para qué arriesgarse?

Vuelvo a centrarme en Emmett, que está en el dugout.

Esta semana me ha costado ignorar el comentario que leí en internet. El que decía que se había acercado a mí para que le renovara el contrato a final de año. Es duro pensar que sea verdad, pero ya me he equivocado antes, y poner distancia entre nosotros no solo evita que circulen rumores, sino que además elimina esa preocupación.

Estamos en la parte baja de la séptima entrada y tenemos a Harrison Kaiser en la segunda con dos outs cuando Isaiah Rhodes se poncha en el plato. Perdemos 4 a 1 a falta de dos entradas; hoy no estamos jugando nuestro mejor partido.

Será por el calor. Será por el viaje. Hay un millón de posibilidades por las que puede salir mal un partido. Es prácticamente imposible acabar los ciento sesenta y dos partidos de la temporada invicto.

A lo que no esperaba echar la culpa es a la dinámica de los jugadores, pero hay dos que prácticamente están a punto de golpearse de camino al dugout.

Harrison está encarándose con Isaiah, diciéndole algo que supongo que tiene que ver con su turno de bateo infructuoso o tal vez con el hecho de que Harrison no haya podido anotar la carrera. Isaiah niega con la cabeza y sigue camino al dugout intentando quitárselo de encima, pero Harrison no se rinde. Sigue gritándole y dándole empujones en el hombro con el pecho.

Se está equivocando del todo al actuar así, y no porque Isaiah Rhodes vaya a reaccionar a sus provocaciones. Es un tipo pacífico que solo quiere que todo el mundo se lleve bien. Pero el mánager lo considera parte de su familia, y sé cómo reacciona Emmett cuando faltan al respeto a alguien que aprecia.

Tal y como sospechaba, el instinto protector de Emmett se desata cuando ambos jugadores llegan al dugout. Se inclina sobre la barandilla y detiene a Harrison en lo alto de las escaleras agarrándolo de la pechera del uniforme y haciendo que lo mire a él en lugar de a Isaiah.

Entonces arremete contra él.

Obviamente, no sé qué le dice, pero es evidente que surte efecto por la expresión preocupada de Harrison. Encima, Emmett le saca una cabeza.

Este momento va a salir en todos los canales deportivos esta noche, pero tengo la sensación de que a Emmett le importa un bledo.

Además, tengo la sensación de que el reclamo que le está haciendo a su jugador no es solo para proteger a Isaiah, sino que también guarda cierta relación con lo que escuchó la otra noche en el gimnasio.

Harrison asiente con la cabeza con un movimiento tenso cuando Emmett le dice una última cosa antes de soltarlo, y entonces, como lo estaba agarrando con tanta fuerza de la camiseta, el chico está a punto de caer rodando por las escaleras del dugout.

—Kaiser puede ser un problema —salta mi abuelo.

Que conste que adoro a mi abuelo, pero… ¡ya le vale! Es exactamente lo que llevo diciendo desde que estoy al mando.

—Y vaya… —suspira—. No tengo ni idea de qué le pasa a Monty. Nunca lo había visto tan alterado. Prepárate para responder sobre este incidente en las entrevistas que tengas esta semana. Piensa cómo vas a explicarlo para que no parezca que nuestro mánager tiene algún conflicto personal con uno de sus jugadores.

Pero es que lo tiene.

Con la convicción con la que me dijo la otra noche que lo traspasara, puedo asegurar que es personal.

Odio admitirlo, pero esa actitud protectora empieza a gustarme.

Y cuando digo que empieza a gustarme, me refiero a que me tiene cautivada. Me tiene absolutamente cautivada.

—Espero que esté bien —añade mi abuelo.

Suelto una risa y hago una mueca de incredulidad.

—Claro, a ti no te preocupa que a mí ahora me toque vivir un auténtico suplicio con los medios de comunicación. Emmett siempre ha sido tu niño mimado.

—No sé si yo lo diría así.

—¡Oh, vamos! Si estuviste derrochando dinero a diestra y siniestra para darle todo lo que te pidió. Creo que lo de niño mimado se queda corto.

Mi abuelo frunce el ceño confundido.

—¿De qué estás hablando?

—De Emmett. —Señalo hacia el dugout justo cuando los jugadores empiezan a ocupar sus posiciones en el infield y en el outfield—. Permitiste que el club sufragara todo lo que pedía. Cosas que no podíamos cubrir con nuestro presupuesto. Todo lo que su estrella necesitaba, él se lo conseguía. De ti.

—Basta. —Levanta la mano—. Eres tan fan de Kai Rhodes como cualquiera de nosotros.

Cierto. Pero no es ahí adonde quiero llegar.

—Cuando Emmett pidió que Kai tuviera una niñera que viajara con el equipo, tú pagaste ese sueldo. Cuando Emmett pidió que quitaran dos asientos del avión y en su lugar instalaran una cuna para Max, eso también lo pagaste tú.

Su confusión no hace más que aumentar.

—No, eso no es verdad.

—¿Quién lo hizo entonces?

—Monty.

Abro la boca para decir algo, pero no me salen las palabras.

—Esos gastos salieron de la nómina de Monty —prosigue mi abuelo, y la revelación casi me deja sin aliento—. Él no quería que nadie lo supiera, así que acordamos decirles a todos que el club asumía la totalidad de los gastos. Hace un par de años, Kai estuvo a punto de retirarse. No porque quisiera, sino porque sintió que debía hacerlo cuando nació su hijo. Monty no quiso permitirlo, así que él se hizo cargo de pagarle a la niñera. Antes que Miller, hubo muchas. Pero Monty no quería que, especialmente su hija, se enterara de que su sueldo lo pagaba él.

No, eso no puede ser verdad. No porque no le crea a mi abuelo, sino porque esta información contradice todas las creencias que formaban mi opinión sobre Emmett.

—Y lo del avión no fue tan caro como te imaginas —continúa—. Monty les dio sus dos abonos de temporada a los chicos que gestionan el hangar donde guardamos el avión a cambio de que se encargaran de todo. Así que, técnicamente, fue gratis.

Como no sé qué decir, mi abuelo rompe el silencio:

—¿No has analizado a fondo el presupuesto de ese año? Las cifras pueden parecer algo confusas por cómo están distribuidas, pero si las estudias con detenimiento verás de dónde salía ese dinero.

Claro que no he investigado la contabilidad de ese año, ni siquiera he podido llegar más allá de la temporada pasada. En vez de eso, me formé una opinión basándome en lo que me contaron en lugar de comprobarlo yo misma.

—Un día verás lo que yo veo, Reese. Ese hombre no es solo un entrenador magnífico, sino que es una persona excepcional.

Lo que él no sabe es que eso ya lo veo. Y ahí está el problema.

Lo observo de nuevo en el dugout, con la mandíbula tensa por la frustración tras el enfrentamiento con Harrison. Pero cuando Isaiah sube corriendo las escaleras con su gorra y el guante en la mano, camino de su posición en el cuadro, Emmett lo frena, lo abraza y le susurra algo al oído.

Por cómo relaja los hombros, noto que Emmett ya no está siendo el tipo protector e impulsivo de antes. Está en modo figura paternal total, y ese cambio repentino, por desgracia, resulta muy atractivo.

Isaiah asiente y, cuando ambos se separan, vuelve a tener esa sonrisa tonta en la cara. Emmett lo toma del cuello y lo zarandea con entusiasmo antes de mandarlo al campo para la parte alta de la octava entrada.

Tiene un corazón de oro.

Los jugadores lo adoran. Mi abuelo lo adora. Y creo que yo también empiezo a adorarlo.

Lo cual es jodidamente genial.

¿El hombre que me está haciendo cambiar de opinión respecto a mi soltería es justo este? Uno que no debería desear porque es mi maldito empleado.

Y, como si supiera que estoy teniendo una crisis existencial por su culpa, Emmett tiene la osadía de agarrar la botella de agua que tiene más cerca y darle un buen trago antes de derramarse el resto por la nuca para refrescarse.

Maldita sea yo.

Maldito calor. Malditas mis hormonas también.

Puede que él se esté refrescando, pero yo no recuerdo haber estado tan acalorada en mi vida. Ni haber sentido nunca una excitación tan mortificante. Es como si estuviera viendo empezar uno de esos espectáculos de *striptease* masculino sentada en primera fila.

Imperdonable no llevar dinero suelto encima.

¿En las cadenas de televisión no deberían advertir que este partido no es apto para menores?

El agua le chorrea por la espalda y hace que la camiseta, ya fina de por sí, prácticamente se funda con su piel. Se adhiere a cada curva, revelando cada línea de sus músculos.

—Bueno, es otra forma de atraer más público —dice mi abuelo riéndose junto a mí.

«Dios mío».

Necesito esconderme en mi oficina durante las siguientes dos entradas. A solas.

Emmett se gira y lanza la botella vacía al banco que tiene detrás. Y entonces, como por instinto, levanta la mirada.

Hacia mi palco. Directo a mí.

Por la forma en que lo hace deduzco que ha sabido mi ubicación exacta durante todo el partido.

Hay dureza en su mandíbula e intensidad en su mirada, pero ninguno de los dos rompe el contacto visual. Me recuerda a cómo nos miramos a través del espejo cuando lo encontré la otra noche en el gimnasio.

Pienso en cómo mirará a una mujer mientras la hace llegar al orgasmo.

Mi abuelo, con su bendita inocencia, levanta la mano para saludar al hombre con el que ahora mismo estoy teniendo todo tipo de pensamientos inapropiados. Emmett desvía la mirada hacia él y levanta dos dedos a modo de saludo informal. Luego vuelve a mirarme antes de darse la vuelta y concentrarse de nuevo en el partido.

Parece que hoy todo está que arde, y ahora mismo yo estoy jugando con fuego.

Quizá no sea Emmett el que ha activado esa parte de mí que creía haber neutralizado hace años. Quizá estoy más sola de lo que pensaba. Quizá sí quiero estar con alguien, y por eso estoy así. Y no sea por Emmett.

No puede ser por él.

Necesito a alguien, pero no a Emmett.

—El hijo de Ed… —empiezo a decir.

Mi abuelo se anima al oírlo.

—¿Michael?

—Dale mi número. Creo que tienes razón. Creo que me vendrá bien conocer a gente nueva.

16

Emmett

—Este es mi nuevo postre favorito —dice Travis, apuntando con la cuchara el *mousse* de limón que preparó Miller. Bueno, sé bien que no es un simple *mousse*. Tiene un nombre más sofisticado que no soy capaz de pronunciar.

—Pues yo digo que el de chocolate sigue siendo mejor —afirma Isaiah, y vuelve a comer una cucharada de cada *mousse* para asegurarse.

—Bien, pues tengo buenas noticias para ambos. —Mi hija se echa el trapo al hombro—. Los dos se añaden al menú.

—Este es el mejor trabajo extra que se puede pedir —dice Cody con la boca llena. A continuación, le roba a Travis su *mousse* de limón y se lo acaba antes de que alguien pueda volver a probarlo.

—Papá, ¿cuál es tu favorito?

No puedo apartar los ojos de mi primera base mientras devora el postre sin parar siquiera a respirar.

—No lo sé —digo haciendo una mueca mientras lo observo—. Creo que he perdido el apetito.

—Lo siento, entrenador. —Cody se termina el último bocado antes de inhalar hondo y recostarse en el taburete de la isla de la cocina de mi hija para estirar el estómago—. Miller es demasiado buena en esto.

Vaya que lo es.

Siempre ha sido una repostera excelente, cosa que aprendió de niña porque yo, la verdad, era un desastre en la cocina. Por suerte, mis limitaciones la animaron a experimentar y a encontrar su pasión, y después de pasar años viajando por el país creando postres dignos de una estrella Michelin, ahora tiene su propia pastelería aquí, en Chicago.

Cada cierto tiempo, cuando quiere crear platos nuevos para la carta, nos invita a una degustación. A veces solo acudimos los hermanos Rhodes y yo. Otras veces se unen Cody y Trav. Y cuando quiere renovar por completo la oferta, todo el equipo viene a su casa para probar sus creaciones.

Cocinar para los suyos la ayudó a encontrar su pasión tras un periodo profesional en el que acabó molida y, años después, sigue siendo parte de su proceso creativo.

—Pero, papá, si tuvieras que elegir uno —insiste Miller—, ¿con cuál te quedarías?

—Millie, sabes que no puedo elegir. Creo que los dos son excelentes. La gente hará fila para probarlos.

Me devuelve una sonrisa agradecida, y percibo el instante en que se da cuenta de que estoy diciendo la verdad. A veces tengo la sensación de que sigue buscando mi aprobación. Ya sea en pequeñas decisiones, como la preferencia por un postre, o en otras de mayor envergadura, como elegir su vestido de novia.

Ahora lo lleva mejor, pero durante muchos años Miller vivió su vida como si se sintiera en deuda conmigo. Como si el hecho de que yo dejara mi carrera para cuidar de ella la obligara a demostrar que tenía que triunfar a cambio.

Lo único que yo le pedía a Miller era que fuera ella misma, pero creo que nunca consideró que con eso bastara hasta que conoció a Max. Sin embargo, ahora es madre. Me alegra ver que entiende lo que siento por ella, porque ella quiere a Max de la misma manera.

Hablando de mi niño favorito de tres años, el pequeño Max entra a la cocina caminando con sus andares de pato, en pijama y con el pelo aún húmedo tras el baño, y extiende las manitas hacia mí para que lo tome en brazos.

—Hola, bichito —le digo mientras lo siento en mi regazo junto a la isla de la cocina—. ¡Qué pijama tan bonita!

—Son perritos. —Señala a un golden retriever y después a un labrador negro.

—Ya lo veo.

—Cinco minutos, Maxie —dice Kai, entrando de nuevo a la cocina. Contempla los tarros de vidrio vacíos y las cucharas usadas antes de mirar a Cody—. ¿Es en serio?

—¿Qué? —Lo dice con su tono más inocente—. Lo siento. Como no estabas aquí…

—Estaba bañando a mi hijo. ¿Estás en mi casa y no se te ocurrió guardarme un poquito del postre que hizo mi prometida?

Cody se queda pensando un instante.

—No.

Miller se ríe.

—Hice uno extra de cada uno para ti. Están en el refrigerador para cuando se te antojen. Los otros dos son para Kennedy, que viene en camino.

—A ver… —Isaiah levanta una ceja y pone una sonrisa juguetona cuando se dirige a su futura cuñada—: Ken y yo estamos casados, así que, técnicamente, lo que es suyo es mío, ¿no? Porque podría zamparme otra ronda si los sacaras del refrigerador.

—¿Por qué eres así? —le pregunta Kai a su hermano antes de volverse hacia Miller e inclinarse para darle un beso—. Gracias, Mills.

Le tapo los ojos a Max, pero él se ríe e intenta apartarme la mano.

—Esperen al menos a que se hayan casado —bromeo.

Miller pone esa expresión en la que su falta de filtro se impone y se prepara para decir algo que no quiero oír.

—Siento decírtelo, papá, pero no nos estamos reservando en absoluto para después de la boda.

—Vamos —protesto—. Hay cosas que un padre no necesita saber.

Ella se encoge de hombros.

—Ahora ya sabes cómo me siento cuando tengo que escuchar a todos mis amigos referirse a ti como mi papá sexy. O cuando los chicos del equipo hablan de que tú y Reese necesitan… liberar tensiones.

Fusilo con la mirada a mis tres jugadores, pero ninguno se molesta en intentar negarlo. De hecho, Cody está demasiado atareado lamiendo el tarro de cristal como un maldito perro.

—No pueden ir diciendo esas cosas por ahí, chicos.

—Bueno, pues lo siento, pero es la verdad. —Travis se encoge de hombros, sin que haya ni rastro de disculpa en su tono.

—Así empiezan los rumores, y Reese tiene demasiadas miradas puestas en ella ahora mismo como para que se digan esas cosas.

—Nadie dice que hayan hecho algo —aclara Isaiah—. Solo que deberían hacerlo.

—Tú, más que nadie, deberías saber lo difícil que es para una mujer triunfar en este mundo —le digo, recordándole a su esposa—. Lo último que necesita Reese es que sus jugadores vayan diciendo que tiene algún tipo de relación inapropiada con el mánager. Chicos, tienen que entender que ella, más que ningún otro propietario de equipo de la liga, debe mantener la profesionalidad.

—No, si nosotros ya lo sabemos —contesta Cody—. Pero parece que te esfuerzas demasiado por recordártelo a ti mismo.

Los chicos se ríen.

—Bueno, pues váyanse todos a... —bajo la mirada a mi regazo y me encuentro con los grandes ojos azules de Max mirándome fijamente— buscar otro tema de conversación.

—Bien salvado, abuelo —bromea Kai, y luego se voltea hacia su hermano—. Lo que me gustaría saber es qué demonios le pasaba a Harrison para que fuera por ti hoy.

—No lo sé —suspira Isaiah—. Ese tipo es una mala hierba. Fíjate en la cantidad de equipos en los que ha jugado a lo largo de su carrera. Dudo que sea casualidad que siempre esté cambiando de club. Aunque da igual. Con lo mucho que les costó a Arthur y a Scott ficharlo el año pasado, no creo que Reese vaya a deshacerse de él ahora.

—Yo no estaría tan seguro —murmuro.

Todas las miradas se clavan en mí.

—¿Qué sabes tú? —pregunta Isaiah.

Aunque Isaiah es prácticamente de la familia, sigue siendo un jugador, y no puedo permitir que el equipo conozca los entresijos de los traspasos y fichajes antes de que se produzcan. Los rumores en el vestidor no nos benefician, y no quiero que Reese se sienta presionada para tomar una decisión hasta que lo haga oficial.

Así que busco una respuesta igual de válida.

—Bueno, la imagen de un mánager y un jugador enzarzados en una discusión en pleno partido no es buena, ¿no les parece? Pero solo tengo contrato hasta final de temporada, así que, quién sabe, igual y soy yo el que se va.

—Es verdad, papá. —Miller apoya los codos en la isla de la cocina enfrente de mí—. Nunca te había visto encararte así con un jugador.

—Se lo merecía.

—Dudo que la jefa esté contenta con lo sucedido —interviene Travis.

—No sé qué opinará. No la vi después del partido.

—Por cierto, Reese me cae muy bien —dice Cody, animando el ambiente con su buen humor habitual—. Creo que está haciendo un gran trabajo.

El comentario me llama la atención.

—Ah, ¿sí?

—Sí. Y no me refiero solo a dirigir el equipo. ¿Sabes que la semana que viene es mi partido número mil con los Warriors? Ni siquiera sabía que eso se celebraba, pues ella va a traer a mis padres en avión para que estén ese día en el campo. Me parece un detalle increíble de su parte.

Después de todo lo que me contó Reese en aquel partido de ligas menores sobre lo mucho que quiere al equipo de su familia, esto no debería sorprenderme. Pero, aun así, me sorprende. No deja de predicar que el beisbol no es más que un negocio, por lo que siempre me asombra cuando demuestra que para ella no es solo eso.

Asiento con la cabeza.

—Sí, es todo un detalle. Me alegro de que tus padres vayan a estar presentes.

—Yo también —afirma con una sonrisa—. Mi madre está emocionada.

—Reese también contactó con mi familia —interrumpe Travis—. ¿Te acuerdas de que cuando estuvimos en Detroit la semana pasada vinieron mi madre y mi tía al segundo partido de la serie? Bien, pues Reese se enteró de que venían y les consiguió dos asientos justo detrás del home. —Se ríe entre dientes—. Me pasé todo el maldito partido oyéndolas gritar detrás de mí.

—Reese ni siquiera fue a ese viaje —le recuerdo, con un dejo de incredulidad en el tono.

—Exacto.

Antes de poder asimilar esta información, Kennedy aparece por la puerta principal.

—Lo siento, llego tarde —dice al entrar en cuanto ve a Isaiah—. Me atoré en el trabajo más de lo previsto. Parece que todo el mundo vino a tratarse hoy. Bueno, menos ustedes tres.

—Hoy era día de postres —alega Cody, como si eso lo explicara todo.

Isaiah le pasa un brazo por los hombros a su esposa y le da un beso en la coronilla.

—Me aseguré de guardarte un postre de cada uno. Los demás querían comérselos, pero les dije que ni hablar. Que eran para mi mujer, y que si ella quería compartirlos cuando llegara, la decisión sería suya.

Max suelta una risita en mi regazo, dándose cuenta ya a sus escasos tres años de que su tío es el guasón de la familia.

Kennedy ladea la cabeza.

—¿Por qué tengo la impresión de que no fue así?

Miller pone los ojos en blanco.

—Buen intento, Rhodes.

No escucho lo que se dice después, distraído por el teléfono que vibra y por el nombre que aparece en la pantalla.

Dudo unos segundos y miro la llamada entrante antes de levantarme con Max sujeto bajo un brazo.

—Lo siento, bichito. Tengo que contestar.

Lo dejo de pie en el suelo y enseguida se sube a la espalda de su tío.

—¿Todo bien? —pregunta Kai.

Le muestro la pantalla del celular mientras camino por el pasillo.

—Me llama Nate.

Su expresión refleja mi propia sorpresa al ver el nombre de mi antiguo analista de video. Le he llamado en varias ocasiones desde que Reese lo despidió y no me había contestado ni una sola vez.

—¿Nate? —pregunto, contestando al teléfono mientras me cuelo en el cuarto de Max. Cierro la puerta para que nadie escuche la conversación.

Presiento que estoy a punto de ser insultado o de recibir un fuerte regaño por prometerle un trabajo que no pude darle.

Lo que no me esperaba era oír su inconfundible tono alegre cuando dice:

—¡Hola, Monty!

Estoy verdaderamente confundido, y no logro disimularlo.

—¿Todo bien?

—Claro que sí, hombre. Todo genial. Mira, siento no haberte contestado. Últimamente he estado un poco ajetreado.

Suspiro.

—Nate, siento que…

—Solo te llamo para darte las gracias.

Se produce una pausa larga y mi estado de confusión vuelve a hacerse evidente.

—¿Por qué?

—Por llamar al cuerpo técnico de Seattle y recomendarme. Me contactaron un par de horas después de que los Warriors me despidieran. Me ofrecieron un puesto de analista de video de tiempo completo.

Se me atascan las palabras en la garganta, pero lo primero que me viene a la cabeza es que Seattle es el equipo local de Nate. Tanto él como su esposa son de Washington.

Y luego recuerdo que no llamé a nadie. Debería haberlo hecho, pero estaba completamente abstraído por el enojo que tenía con Reese.

—Así que, entre la mudanza al otro lado del país —continúa— y ser padre… ¡Ah, sí! ¡Notición! Soy papá. Hailey dio a luz a nuestra hija la semana pasada. Te mando una foto. Es preciosa.

Sonrío.

—Enhorabuena, hombre. Ser padre de una niña es lo mejor. ¿Están bien todos?

—Sí, todos fenomenal. Y de verdad que es una gran bendición tener a nuestros padres aquí para echarnos una mano cuando estoy fuera por trabajo. Nada de esto habría sido posible si hubiera seguido en Chicago. Total, que solo te llamo para agradecerte de corazón todas las gestiones que hiciste para conseguirme un trabajo que me ha permitido volver a casa.

No tardo en darme cuenta de quién hizo esa llamada.

La misma mujer que parecía indiferente cuando me dijo que había despedido a Nate.

La misma mujer a la que llamé insensible por hacerlo.

La misma mujer que ya le tenía un trabajo asegurado con otro equipo.

—Nate, me alegro mucho por ustedes, pero quiero que sepas que yo no hice esa llamada.

Se produce un largo silencio al teléfono.

—Entonces ¿quién fue?

—No estoy seguro, pero creo que fue Reese.

—Vaya… —suspira—. No sé qué decir. Apenas me conocía, pero se disculpó profusamente cuando me despidió, así que supongo que no me sorprende del todo. Tengo que llamarla esta semana para darle las gracias.

Asiento, aunque no me vea.

—Creo que significaría mucho para ella que lo hicieras.

—Gracias por todo, Monty. Me ha encantado formar parte de tu equipo, pero me alegro mucho de haber vuelto y de que las cosas hayan salido de este modo.

—Me alegra oír eso, Nate. Saluda a la familia de mi parte y diles que tengo muchas ganas de que nos veamos cuando nos enfrentemos este año.

Tras despedirme de él y colgar, abro el chat con Reese antes de volver a la cocina con los demás.

Hay algunos mensajes antiguos que le envié y que ella nunca contestó por culpa de nuestros nuevos límites profesionales. Pero me niego a enviarle un correo electrónico, porque quiero hablar con ella en persona —bueno, más bien lo que quiero es disculparme—, y no estoy de humor para recibir otro «Saludos cordiales» como respuesta.

Después de cómo fue esta última semana, no espero que responda, pero aun así lo intento.

Yo:

Hola. ¿Estás en el estadio?

Tengo que hablar contigo.

Espero unos minutos y, como era previsible, el mensaje se queda sin respuesta. Salgo del cuarto de Max para tomar las llaves de mi camioneta.

Me he encontrado a Reese un par de veces en el campo y estoy empezando a pensar que le gusta pasar allí su tiempo libre, como a mí. Puede que no tengamos los mismos motivos, pero es sábado por la noche y, si no estuviera en casa de mi hija, buscaría algo para entretenerme en el trabajo. Tengo el presentimiento de que está allí.

Tomo las llaves de la camioneta de la mesa del recibidor y vuelvo a la cocina para despedirme rápidamente cuando recuerdo que nuestra médico del equipo acaba de llegar del campo.

—Kennedy, ¿estaba Reese en el estadio cuando te fuiste de allí?

Lo piensa un segundo.

—Creo que no. Solo quedaba un par de coches en el estacionamiento y no vi ninguna luz encendida en las oficinas de arriba.

Mierda.

Bueno, al carajo esa idea.

Esto me parece demasiado imperioso como para dejarlo para mañana. Sí, me frustra que esté imponiendo estos límites profesionales sin venir a cuento, pero ahora mismo eso no me preocupa. Lo que me preocupa es que fui demasiado duro con ella por lo de Nate, cuando desde el primer momento se aseguró de que tuviera sus necesidades cubiertas porque no había presupuesto para seguir manteniéndolo en nómina.

Cuanto más lo pienso, más imbécil me siento.

Necesito disculparme urgentemente.

Levanto el teléfono para llamarla cuando aparece un mensaje en la pantalla. Hacía tanto tiempo que no veía un mensaje con su nombre que tengo que mirar dos veces para convencerme de que de verdad me ha respondido.

Reese:
No, no estoy en el estadio.

Yo:
¿Dónde estás?

Me despido de todos, abrazo a mi hija y miro con cariño a Max antes de salir por la puerta en busca de Reese.

Reese:
Al otro lado de la ciudad. No voy
a volver al campo esta noche.

Yo:
¿Dónde exactamente?

Reese:
En un restaurante nuevo que se llama Brass Fork.
Voy a empezar a cenar.

He oído hablar de él. Nunca he comido allí, pero sé que es bueno. Es muy probable que no me dejen entrar con camiseta, jeans y gorra de beisbol, pero no pierdo nada por intentarlo.

Yo:
Voy para allá.

Reese:
No.

Yo:
Es por trabajo. Te prometo que no voy
a infringir ninguno de tus límites.

Ya estoy dando marcha atrás con la camioneta cuando responde con un mensaje que me obliga a volver a estacionarme inmediatamente.

Reese:
Estoy con alguien.

Releo el mensaje unas cuantas veces y cada vez me agrada menos.

¿Cómo que está con alguien? ¿Acaso tiene una cita?

¿Estoy celoso? Carajo, sí, estoy celoso. Estoy celoso porque a mí apenas me habla y, sin embargo, hay un tipo que tiene el privilegio de contar con su atención toda la noche. Estoy celoso porque está en un restaurante acompañada de alguien que, a diferencia de mí, no es su empleado.

Pero no entiendo por qué piensa que el hecho de que tenga una cita me va a disuadir de ir a verla. Lo único que consigue es añadir más leña al fuego. ¿Acaso no me conoce?

Doy marcha atrás para salir del estacionamiento, y antes de incorporarme al tráfico le envío un último mensaje.

Yo:

Genial. ¿A qué hora acabas?
Te llevo a tu casa.

17

Reese

—Muchas gracias por la cena —digo, camino de la puerta con Michael.

—De nada. La pasé muy bien.

—Yo también.

—La comida estaba exquisita.

—Cierto.

No se me escapa que los dos estamos intentando llegar a la salida sin que ninguno mencione la idea de una segunda cita. Creo que ha sido bastante obvio desde el principio que entre nosotros no hay más que un sentimiento de amistad.

—Bueno… Eh… —Michael sujeta la puerta del restaurante para que salga—. Seguro que nos vemos por el campo algún día. Mi padre quiere que vayamos juntos a un partido.

—Me parece una idea estupenda. Seguro que nos vemos por allí.

Me mira con una sonrisa educada. Ni él ni yo sabemos cómo poner fin a esto, los dos plantados e incómodos en la acera frente al restaurante. De repente, desvía la mirada a la calle.

—¿Ese es…?

Miro en su misma dirección.

No puede ser.

No le creí del todo a Emmett cuando me escribió para decirme que él me llevaría a casa. Pensé que solo lo decía por decir, sin intención de cumplirlo.

Pero aquí está, apoyado en el cofre de su camioneta, con los brazos cruzados y rezumando una confianza arrolladora, esperándome para recogerme de la cita que tengo con otro.

Puedo afirmar rotundamente que no hay nada entre Michael y yo. Porque después de dos horas de conversación no he sentido ni una pizca de la necesidad que siento en este instante con solo cruzar una mirada con Emmett desde el otro lado de la calle.

Algo anda muy mal conmigo porque, a estas alturas, incluso el hecho de que haya encontrado estacionamiento un sábado por la noche me resulta atractivo. Y si a eso le añades los jeans negros, la camiseta gris con botones en el escote arremangada hasta los codos y la gorra, me derrito.

Lo cual me parece increíble, ¿sabes? El único motivo de salir con alguien después de años de soltería voluntaria era demostrarme a mí misma que era capaz de replicar la atracción que siento por Emmett.

Espóiler: no puedo.

Emmett se aparta de su camioneta y acude a nuestro encuentro a la acera.

—Siento interrumpir.

No, no lo siente.

Me mira solo a mí mientras le dice a Michael:

—Ha surgido una emergencia en el trabajo y necesito hablar con mi jefa. —Por un instante desvía la mirada a mi cita—. En privado.

—Lo entiendo perfectamente. —Michael levanta las manos antes de mirarme—. ¿Estarás bien?

—Sí, estaré bien. —Le ofrezco una sonrisa cortés—. Que tengas buena noche.

—Tú también. —Sonriendo, asiente con la cabeza a Emmett antes de marcharse caminando en dirección contraria.

Lo observo mientras se va, esperando a que esté lo bastante lejos para girarme hacia mi mánager.

—¿Qué haces aquí?

No reacciona al tono.

—Te lo dije. Voy a llevarte a tu casa. Y, además, ¿qué fue eso? Un mínimo enfrentamiento de su parte no habría estado mal. Otro tipo acaba de robarle la cita.

—Tú no le has robado nada a nadie. —Pongo los ojos en blanco porque eso me parece mucho más prudente que abalanzarme sobre él en público—. Y no necesito que me lleves —añado mientras empiezo a caminar en dirección de mi departamento—. Vivo a un paseo de aquí.

—Reese. —Emmett da un par de pasos rápidos con esas piernas largas que tiene para alcanzarme y se interpone en mi camino—. Llevas evitándome mucho tiempo y necesito hablar contigo. Deja que te lleve a casa.

Miro su camioneta.

—Prefiero ir caminando.

Contrae la tensa mandíbula y se pasa una mano por la barba con frustración.

—Está bien. —Cede con un largo suspiro y se aparta de mi camino—. De acuerdo.

Doy un par de pasos, los tacones de aguja resuenan contra el cemento. Pero él no camina conmigo, así que me doy la vuelta y lo veo inmóvil parado unos metros atrás.

—Bueno, ¿vas a acompañarme a casa o no?

—Ah. —Reacciona asintiendo varias veces—. Sí. Claro, eso puedo hacerlo.

Intento reprimir una sonrisa mientras trota para alcanzarme y reduce la velocidad cuando llega a mi lado.

—Ah, por cierto —dice bajito—. Estás absolutamente impresionante.

«Bueno, pues cógeme».

—Gracias.

—¿Tienes frío?

Debería tenerlo. Solo llevo un vestido de seda tipo coctel que me llega hasta las rodillas con una abertura en el muslo. Pero no. Hace más calor que de costumbre esta noche en Chicago, por no hablar de la quemazón que se está apoderando de mi cuerpo por el simple hecho de volver a estar cerca de este hombre.

Una parte de mí siente la tentación de decirle que tengo frío solo para comprobar si me ofrece su camiseta y sigue el resto del paseo hasta mi departamento con el pecho descubierto.

«Límites profesionales, Reese».

—Estoy bien. De hecho, tengo calor. Mucho calor. No necesito más ropa. Estoy tan caliente ahora mismo que me sobra hasta el vestido.

Para de hablar.

Lo miro a los ojos y veo que está contemplándome con esa estúpida sonrisa burlona en los labios.

—¿Estás pensando en mí desnuda ahora mismo?

Asiente lentamente, de forma muy leve.

—Sí.

—Pues no lo hagas.

—No me digas lo que tengo que hacer.

Trago saliva con dificultad y acelero el paso; tengo que llegar a casa antes de hacer alguna temeridad. Pero las largas piernas de Emmett apenas tienen que esforzarse para seguirme el ritmo.

Es como si haber estado alejada de él esta semana solo hubiera propiciado que lo deseara más. Pero este no es uno de esos casos románticos en los que la distancia aumenta el cariño. La distancia a mí solo me ha hecho más débil.

—¿Cuál es la emergencia laboral? —pregunto, girando con brusquedad a la izquierda por mi calle.

Y entonces caigo en la cuenta de que nunca he llevado a un hombre a mi departamento. De hecho, nunca he llevado absolutamente a nadie a mi casa. No digo que él vaya a entrar. Ese lugar se ha convertido en un santuario para mí desde que me divorcié y asumí mi nueva situación y nunca he dejado entrar a nadie. Ni siquiera he permitido que nadie sepa dónde vivo.

Okey. Nos despediremos en la puerta. O tal vez en la entrada. O quizá en el ascensor.

—Espero que esa urgencia a la que te refieres sea una disculpa urgente —digo, con la barbilla en alto y acelerando el paso—. Tengo la bandeja de entrada atestada de solicitudes de la prensa que quieren la exclusiva de lo que pasó hoy entre tú y Harrison.

Emmett se ríe entre dientes.

—Está bien, pero no vengo a disculparme por eso.

Nunca pensé que fuera a hacerlo.

—¿Y por qué?

—Porque no me arrepiento.

Levanto la mirada y no veo un atisbo de disculpa en su rostro.

Y, carajo, hasta eso me gusta. Me gusta que lo reconozca. Me gusta que lo que pasó en el partido de hoy haya sido en parte porque me estaba protegiendo.

—A mi parecer —prosigue—, ahora puedes echarme la culpa. Cuando traspases a Harrison, y los medios de comunicación te presionen con eso, podrás decir que es por mi culpa. Está grabado, y todo el mundo podrá ver que él y el mánager no se llevaban bien.

Me detengo en seco. Emmett se da cuenta y se gira para mirarme.

—¿Estás diciendo que lo hiciste por mí?

Se encoge de hombros.

—Mentiría si te dijera que no lo disfruté, pero…

Inclino la cabeza a un lado.

—Emmett.

Avanza hacia mí con lentitud, levanta una mano y me aparta con suavidad un mechón de cabello rubio detrás de la oreja. Lo deja ahí y me acaricia la mejilla.

—No va a ser agradable, Reese. La prensa va a ponerte contra las cuerdas. Y los seguidores también. Pero, si puedo quitarte un poco de presión, lo haré.

De verdad, tiene que parar. La barrera profesional entre nosotros se está volviendo demasiado frágil.

—Gracias —suspiro, y observo cómo posa los ojos en mis labios al hacerlo.

—¿Por qué has estado evitándome?

Sus dulces ojos cafés buscan los míos intentando hallar respuesta, y la desesperación en su pregunta me parte un poco el corazón.

Pero lo he estado evitando por su propio bien. Un magnífico recordatorio que me viene muy bien ahora mismo.

Rodeo despacio su antebrazo con la mano y le aparto la suya de mi rostro.

—Ya casi llego a casa. ¿De qué querías hablarme esta noche?

Él suspira, comprendiendo mi deseo de cambiar de tema cuando volvemos a caminar al mismo ritmo.

—Me llamó Nate.

Ah.

—Y quería darte las gracias.

Asiento deprisa, deseando que esta conversación termine cuanto antes.

—De nada.

—¿Por qué no me dijiste que le habías conseguido un trabajo?

Quizá porque no debería haberme tomado tantas molestias. No conocía a Nate, y aun así me sentí fatal por tener que despedirlo. No fui capaz de tomar una decisión tan despiadada sin darle una alternativa, aunque una empresaria más fuerte probablemente lo habría soportado.

Contesto con un hilo de voz.

—No lo sé.

—Dejaste que te llamara insensible, Reese. Apenas pestañeaste, y sin embargo ya te habías encargado de que no le faltara nada.

—Está bien, Emmett.

—No, no está bien. —Se detiene de nuevo y me agarra del brazo para que yo también lo haga—. Nunca debí hablarte así.

—Estabas enojado.

—Sí, pero eso no es excusa. Siento lo que te dije. Es evidente que aún no te conocía. No entendía tu forma de actuar. No tenía ni idea de que ibas a asegurarte de conseguirle un trabajo cerca de su familia. No era capaz de imaginar que te asegurarías de que las familias de mis jugadores estuvieran en sus partidos importantes ni que te involucrarías tanto con nuestros equipos de desarrollo. No te conocía entonces y siento haberte juzgado mal.

Aunque me gustó que no se excuse por su enfrentamiento con Harrison, esta disculpa me reconforta. Es innecesaria porque yo también hacía mis conjeturas sobre él por aquel entonces. Pero es bonito saber que ve cómo soy, aunque esa no sea la imagen que intento mostrar al resto de la gente en el trabajo.

—Gracias por decirlo —susurro—. Yo también he descubierto hace poco que me equivoqué al hacer algunas suposiciones sobre ti, así que estamos empatados.

—Ah, ¿sí? —Me mira los labios—. ¿Por ejemplo?

—Por ejemplo, no sabía que tú, y no el club, pagabas a las niñeras de Max, incluso antes de que llegara tu hija.

—Oh. —Lo comprende de repente—. Por favor, no le digas nada a nadie. No quiero que Kai ni Miller se sientan…

—Jamás diré nada. Pero tú eres consciente de que estás cobrando menos de lo que deberías por el puesto que ocupas, ¿verdad? Y eso sin contar con que además estás dando parte de ese sueldo en secreto a otra persona.

Me corta de raíz.

—Gano de sobra.

Oigo que alguien carraspea cerca, y al darme la vuelta me encuentro al portero de mi edificio. Porque ahí es donde nos hemos quedado parados todo este tiempo susurrando, disculpándonos y mirándonos fijamente los labios el uno al otro. Justo delante del portal donde vivo.

—Hola, Keith. —Levanto una mano para saludarlo—. No sabía que estabas aquí afuera.

—Buenas noches, señora Remington.

Señalo con el pulgar en su dirección.

—Sí, aquí es donde vivo —le digo a Emmett.

—Eso veo —contesta con un amago de sonrisa—. Gracias por dejarme acompañarte a casa.

Debería dejarlo así. Me está dando una salida. Pero, después de pasar una semana evitándolo, noto que ansío unos instantes más.

—Todavía no he llegado —digo, caminando despacio hacia la entrada y haciéndole un gesto con la cabeza para que me acompañe—. Aún tengo que subir al último piso.

Asiente con la cabeza y me sigue.

—No esperaba menos de ti.

No hay rastro de juicio en su tono. Lo dice como si ya supiera que había comprado el penthouse del edificio porque sabe que me gusta lo bueno. No me reprocha tener mis preferencias. Solo me deja claro que sabe que las tengo.

Le damos las gracias a Keith cuando nos abre la puerta principal y, al llegar al vestíbulo, Emmett se va directo al primer ascensor.

Entrelazo mi mano con la suya para detenerlo.

—Por aquí —le digo, señalando con la cabeza mi ascensor privado al otro lado de la sala principal.

—Tienes ascensor propio.

—Sí.

—No podía ser de otra forma.

Le suelto la mano, paso la tarjeta magnética por el sensor y se abren las puertas. Una vez dentro, la paso de nuevo, y añado esta vez la huella del pulgar antes de presionar el botón de mi piso.

Puedo acceder a cualquier piso desde este ascensor, pero como se abre directamente en mi departamento, nadie más puede utilizarlo.

Las puertas se cierran y observo de reojo a Emmett contemplando el habitáculo. Le llama la atención el mármol esmeralda que nos envuelve. El intricado diseño del suelo. Las barandillas doradas y los botones de cristal de cada piso.

No hace ningún juicio de valor sobre el exceso ni parece intimidado. Hay dos motivos por los que nunca he querido que nadie vea dónde vivo ahora: porque compré la vivienda que yo quise y porque lo último que quiero es oír algo negativo de mi espacio sagrado.

—Este sitio te representa, Reese.

De pie, hombro con hombro, con la mirada clavada en la puerta, Emmett me roza el dedo meñique con el suyo.

Es intencional. Es un roce de lo más simple, y sin embargo parece muy íntimo.

La tensión es más que palpable en este reducido espacio. La pizca de privacidad que acabamos de encontrar permite que la corriente eléctrica que fluye entre nosotros crezca y se intensifique hasta alcanzar un nivel enfermizo.

A medida que vamos subiendo pisos, siento que se me acelera el pulso, y los latidos del corazón se convierten en un aporreo cuando Emmett no solo me roza de nuevo el meñique con el suyo, sino que lo rodea por completo, aferrándose a esa pequeña parte de mí.

—Emmett…

—¿Qué tal tu cita?

Lo miro a los ojos.

—Pareces celoso.

—Lo estoy.

Doy un paso atrás para mantener la cordura, pero solo me dura hasta que él me sigue.

—Estoy celoso de que ese vestidito rojo que llevas fuera para él y no para mí.

Da un paso hacia mí, y yo retrocedo otro más. Como el ensayo de un baile que se interrumpe de repente cuando mis hombros chocan con la fría pared de mármol.

Se me corta la respiración.

—No fui a esa cita para darte celos.

—Pues lo has conseguido igualmente.

Emmett me aprisiona con su enorme cuerpo en la esquina del ascensor. Apoya las manos tatuadas en la pared a ambos lados de mi cabeza. Y, Dios, parece un completo salvaje cuando se cierne sobre mí. Como un depredador que por fin ha acorralado a su presa.

—Entonces ¿por qué has ido? —pregunta con voz ronca.

—No lo sé.

Niega con la cabeza en señal de desaprobación e inclina el cuello hasta que sus labios están a un susurro de los míos.

—¿Por qué has ido, Reese?

Centra la atención en mi boca. Quizá espera una respuesta. Quizá espera que me aproxime y reduzca la distancia entre nosotros. Quizá espera que le dé permiso. No estoy muy segura.

—Dímelo.

Trago saliva con dificultad, sin apartar la mirada.

—Para intentar olvidarte.

Hay un destello de alivio en su rostro, y casi puedo sentir que se le acelera el corazón, a pesar de la escasa distancia que aún nos separa. Frunce el ceño y clava sus ojos suplicantes en los míos.

—¿Y te ha funcionado?

—Ni un poco.

Cierra los ojos y se endereza para recomponerse. Se toma un momento, le da la vuelta a la gorra y se coloca la visera hacia atrás.

—Me alegro —exhala, se inclina de nuevo hacia mí y roza mis labios con los suyos cuando me susurra—: Dime que puedo besarte.

Es mitad desafío, mitad orden.

Y a la vez sigue siendo una súplica del todo desesperada porque ambos sabemos que, si uno de los dos tiene que dar permiso para cruzar la línea, esa tengo que ser yo.

Niego despacio con la frente contra la suya.

—No me digas lo que tengo que hacer.

—Reese.

—Emmett, trabajas para mí.

Lo piensa un segundo, pero no hay duda de su convicción ni de su desesperación en sus siguientes palabras:

—Despídeme.

18

Emmett

Parece que Reese no encuentra réplica, las palabras se le traban en la garganta.

Hay un silencio embriagador en el aire, solo se oye el pitido rítmico a medida que el ascensor va pasando por los pisos. Una especie de cuenta regresiva que me recuerda que este momento está a punto de acabar.

Que me recuerda que probablemente estemos cruzando una línea y ahora mismo me importan un bledo las consecuencias.

Dios, solo quiero que me bese. Estoy deseando que ella dé el primer paso, porque hay una dinámica de poder complicada entre nosotros, y necesito que Reese me dé luz verde.

Lamentablemente, no lo hace.

No me besa. No me habla. Solo se mantiene firme, con la espalda contra la pared.

Maldita sea.

Le acabo de pedir que me despida. Y, sí, estoy casi seguro de que eso es exactamente lo que va a pasar. No me sorprenderá que el lunes el jefe de Recursos Humanos me llame a su oficina por insinuarme a mi jefa.

Quizá en algún momento de nuestra relación laboral aprenda de una maldita vez a tener un comportamiento profesional con ella, pero está claro que hoy no es el día.

Me aparto, dándole espacio para respirar, pero no puedo evitar la derrota absoluta que se refleja en mi rostro. Mi ego no es tan frágil como para que me moleste su rechazo, pero eso no significa que no esté decepcionado.

Los pitidos resuenan a medida que vamos subiendo pisos hasta llegar al último nivel del edificio.

Reese me sostiene la mirada y, para haberme rechazado, el gesto denota audacia y seguridad. Otra cosa que me gusta de ella. Puede decirme que no sin fingir timidez ni pesar.

Pero mientras nos miramos, alarga la mano derecha hacia el panel de control y localiza el botón de parada de emergencia de la pared.

Carajo. Presiónalo. Presiona ese botón.

Lo hace.

El ascensor se detiene bruscamente a solo unos pisos del penthouse.

Nos separamos durante un segundo, yo apenas logro controlar la respiración. Es errática. Frenética. Una manifestación física de lo que siento ahora mismo.

Abre sus labios rojo cereza, y en lo único que puedo pensar es en correrle la pintura por toda la boca.

—Y bien. ¿Qué esperas, Em?

¿Acaso intenta matarme, dejando escapar ese diminutivo entre sus labios?

Antes me molestaba que no me llamara Monty, pero con este nuevo nombre espero no tener que oírla llamarme Monty cuando puede llamarme «Em».

No quiero hacer esto con prisas. Así que vuelvo a acortar la distancia y le rozo la mejilla con el dorso de la mano. Deslizo la yema del pulgar sobre sus labios pintados. Le acaricio la mandíbula antes de bajar la mano por su cuello.

—¿Qué estás pensando? —pregunta en voz baja.

Exhalo una risa, inseguro de poder articular un pensamiento coherente, aunque lo intente, y el primero que me viene a la mente es:

—Que ya era hora.

Toda esa frustración, toda esa tensión sexual reprimida, todas las semanas de discusiones llegan a su punto álgido y la presa metafórica se derrumba.

Sujeto su rostro con ambas manos y, al fin, la beso.

Se derrite contra mí al instante y un dulce suspiro de alivio se le escapa entre los labios.

Es suave toda ella. Labios suaves. Cuerpo suave.

Me detengo un instante, mi boca fusionada con la suya, sin moverme. Un recordatorio silencioso de que es su última oportunidad para evitar que las cosas vayan demasiado lejos entre nosotros.

Ella no me frena.

Al contrario. Me rodea los antebrazos con sus manos y me atrae aún más hacia ella.

Es entonces cuando la energía se transforma radicalmente.

El beso se vuelve febril. Frenético. Es la puta perfección.

La embisto con mi cuerpo, la presiono contra la pared y tomo lo que quiero de su boca. Ella empuja contra mí, intentando recuperar algo de control, ese constante tira y afloja entre nosotros se manifiesta incluso cuando nos besamos.

Descubrirá con el tiempo que aquí no va a ser igual.

Entreabre los labios y roza con su lengua mi labio inferior de una forma que me enciende todo el cuerpo. Es ese suave roce, esa lamida tentadora, y el gemido que me sube por la garganta es posiblemente el sonido más desesperado que he emitido nunca.

Maldita sea. Quizá debería dejar que ella lleve las riendas.

Pero Reese solo juega conmigo. Solo me prueba y me mordisquea.

Necesito más.

Así que levanto la barbilla e introduzco la lengua entre sus labios, rozando la de ella. La provoco. La saboreo. La torturo.

Ella emite un suspiro entre tormento y placer que va directo a mi pene. Lo presiono, ya medio erecto, contra su pelvis.

—Puede que seas mi jefa ahí afuera —le recuerdo—, pero aquí, cuando estemos así, mando yo. —Ella prácticamente ronronea ante la orden—. ¿Te gusta la idea?

—Sí —susurra mientras eleva sus caderas—. Y parece que a ti también.

Ahora mismo la timidez me ha abandonado, así que, con mi boca sobre la de suya, me froto contra ella para que sepa exactamente cómo me ha puesto.

—Dios, qué bien sabes, Em. —Sus labios acarician mi boca mientras adapta el ritmo de su cuerpo al mío.

—Llámame así otra vez.

Me dedica una sonrisa juguetona.

—No.

Bueno, me duró poco eso de tener el control.

—No estás siendo muy amable conmigo.

Ensancha su sonrisa, orgullosa de sí misma.

—De acuerdo. —Recorro su cuerpo con las manos, repasando cada curva que normalmente no tengo el placer de acariciar—. Pues entonces se me ocurren algunas formas de hacer que lo grites.

Cuando llego a la parte alta de sus muslos, la agarro de las nalgas con ambas manos y la levanto. Jadea sorprendida, como si nunca la hubieran alzado, pero no tarda en acostumbrarse. Cruza las manos por detrás de mi cuello y me rodea la cintura con las piernas, justo donde quería tenerlas.

Ahora que está a mi altura, la estudio con detalle. Es tan increíblemente bella que casi duele mirarla. Tengo la abrumadora sensación de estar jugando en una liga que me queda grande y tengo que esforzarme al máximo para que no se note.

Cabello rubio y suave, aretes de oro alineados en el lóbulo, labial rojo corrido.

Apoya la frente en la mía y me acaricia la barba con la mano, rozándome la piel con la yema de los dedos.

—¿Por qué me miras así? —pregunta.

—Porque no sé mirarte de otra forma. Y vaya que lo he intentado.

—No puedo sacarte de mi cabeza —admite.

Carajo, cómo me gusta saber que todo este tiempo ha sentido lo mismo que yo.

—Pues a mí me pasa lo mismo contigo. —Levanto una mano para apartarle un mechón de pelo que le cae continuamente sobre su precioso rostro y se lo coloco detrás de la oreja—. ¿Dónde estuviste esta semana?

La pregunta no hace que se aparte, pero tampoco contesta. Niega con la cabeza antes de acallar con otro beso cualquier protesta que pudiera salir de mi boca.

No deja de besarme cuando la empujo contra la pared, con las piernas bien abiertas y el vestido subido a la altura de las caderas, mientras froto la costura rígida de mis jeans contra ella. Agarrándola de las nalgas, lo hago una y otra vez. Y una y otra vez ella gime en mi boca.

Estoy muy duro y ella sabe deliciosa. Ha pasado tantísimo tiempo que yo, un tipo hecho y derecho, podría venirme en los pantalones esta noche.

No recuerdo haber sentido nunca esta desesperación por nadie. Ni haber deseado a nadie así. Ni haber necesitado a nadie así. Sí, claro, se podría atribuir a todo ese rollo de la erótica del poder, pero en el fondo sé que es más que eso.

No sabría decir cuándo fue la última vez que esta parte de mí cobró vida. He estado centrado en ser padre. Centrado en ser entrenador y consejero. He pasado muchos años intentando ser todo para todos, pero ahora..., ahora quiero ser un poco egoísta. Quiero disfrutar de algo que sea solo para mí.

Me concentro en cómo se aferra a mi camiseta estrujando la tela con el puño. En cómo le tiembla el cuerpo. En tener las manos siempre llenas.

Reese aprieta las piernas alrededor de mis caderas.

—Aquí.

Me inclino sobre ella de nuevo, paseo los labios por su mandíbula, mordiendo y lamiendo a mi paso hasta bajar por su hermosa garganta. Su perfume invade mis fosas nasales mientras recorro con la boca la piel del cuello y siento que me vuelvo completamente loco.

Por ella.

Ella no tiene idea del tiempo que llevo deseándola, aunque al principio solo fuera por una simple necesidad física. No se imagina lo seguro que estaba de que no querría volver a verme. Soy un hombre bastante confiado, pero tener a esta mujer imponente y exitosa en mis brazos me tiene rozando el cielo.

Deslizo los labios por su clavícula y enrosco los dedos alrededor del fino tirante rojo para apartárselo del hombro. El latido de su corazón retumba contra mis labios a medida que voy bajando, deseando poseerla con mi boca.

Con el vestido medio desabrochado, recorro con las yemas de los dedos su escote y tropiezo con el borde del brasier sin tirantes. Estoy a medio segundo de arrancárselo, a punto de llegar a su pecho con mi lengua, cuando el maldito interfón resuena en la pequeña cabina y hace que paremos en seco.

—Señora Remington —dice alguien por el altavoz de emergencias—, ¿está usted bien?

Con las manos agarrándome el cuello, Reese cierra los ojos y apoya la frente en la mía.

Labios hinchados, mejillas sonrosadas, el pelo revuelto contra la pared y un bonito vestido medio caído por el brazo.

Un aspecto descuidado para la princesa refinada que estoy acostumbrado a ver. Pero no tan desaliñado como me gustaría.

—Sí —dice con un suspiro de desesperación, en un intento nefasto de disimular qué demonios estábamos haciendo—. Lo siento. Debí presionar el botón sin querer.

—Claro —contesta el conserje con tono cómplice—. Voy a reiniciarlo, y puede que tarde un minuto o dos en volver a funcionar. Dará una pequeña sacudida cuando se ponga en marcha.

—Okey —resopla, intentando aún recuperar el aliento—. Gracias.

Suena un pitido que indica que el hombre se ha desconectado.

No puedo evitar reírme entre dientes.

—Va a pensar que cogimos aquí dentro.

—Es muy probable, y lo habríamos hecho si no nos hubiera interrumpido.

Me limpia el rojo de los labios suavemente con el pulgar.

Le busco la mirada.

—¿Estás bien?

Ella asiente y me regala una pequeña sonrisa.

Le subo con delicadeza el tirante al hombro, cubriéndola de nuevo antes de dejarla de pie en el suelo. Dejo que se baje el vestido por las caderas, y yo retrocedo un paso para poder verla bien.

Paso los dedos por su pelo corto, mi pulgar calloso roza su piel suave cuando le acaricio la mejilla.

—Quiero hacerlo otra vez.

Cierra los ojos un instante y veo que el arrepentimiento la invade.

—Emmett.

Hago una mueca con la cabeza, negándome a creer que esto va a acabar como me temo.

—Por favor, no.

—Emmett —repite, acercándose a mí y mirándome fijamente para asegurarse de que la escucho—. Deberías saber que alguien me vio salir de tu habitación cuando estuvimos en el hotel de San Diego.

Siento que palidezco.

—¿Qué?

Salió publicado en Internet. Nada oficial, solo un rumor, pero…

—Mierda —exhalo—. Carajo, Reese.

Todas sus nuevas reglas, todos sus nuevos límites. Ahora todo cobra sentido. ¡Qué aterrador debió resultar para ella enterarse de que nos habían atrapado! Quiero decir, lo que pasó aquella noche no fue en absoluto inapropiado, pero seguro que quien la vio por la mañana saliendo de mi habitación pensó que sí lo había sido.

Y aquí estoy yo, apareciendo como un maldito cavernícola para recogerla de una cita porque no soporto la idea de que esté con otro.

—Es culpa mía —le digo—. Lo siento mucho.

—Yo también decidí estar ahí.

El ascensor da un jalón al arrancar y, como por instinto, alargo la mano para sujetarla.

Y hasta ese gesto me da pie a pensar que estoy cruzando una línea, por no mencionar lo que acaba de pasar entre nosotros.

Me lanza una súplica con esos ojos azules.

—Emmett, tenemos que distanciarnos.

Detesto esa idea, pero sé que tiene razón.

Es demasiado peligroso para ella. Hay mucha gente observándola. Hay demasiados detractores que opinan que no sabe hacer su trabajo.

Si alguien descubriera que se estaba besando con su empleado en un ascensor…

—Lo sé —asiento y aborrezco el sabor de las palabras cuando las pronuncio—. Lo sé. Tienes razón. Así lo haremos.

Me dedica una sonrisa agradecida no exenta de compasión.

—Pero no como la semana pasada. Por favor, no vuelvas a evitarme así.

El ascensor se detiene en el último piso, justo frente al departamento de Reese, pero no logro prestarle atención a su casa. Estoy demasiado centrado observándola a ella, intentando leer sus pensamientos.

—Prométemelo, Reese.

—Okey, no lo haré, pero tenemos que mantener una actitud profesional. Esto —señala a nuestro alrededor— no puede volver a pasar.

—Sí —suspiro—. Lo sé. —Acepto con un tono que suena demasiado deprimente.

Y no lo digo solo para darle la razón en este momento. Entiendo perfectamente que no puede volver a pasar nada entre nosotros. Es demasiado arriesgado, y más ahora que hay un rumor circulando sobre ella.

¿En qué carajos estaba pensando? Estoy poniendo su carrera y su reputación en riesgo. Algo que le prometí proteger.

Reese sale del ascensor, entra en su departamento y se gira para mirarme.

—Gracias por acompañarme a casa.

Asiento, intentando esbozar una sonrisa.

—Gracias por dejar que te raptara de esa cita.

Me sonríe, pero es una sonrisa triste.

Nos quedamos mirándonos mientras la puerta del ascensor se cierra. Ambos sabemos que esta será la última vez que nos miremos así.

19

Reese

—¿Necesitas algo más para ti o para tu departamento? —le pregunto a Kennedy.

Sentada en la silla al otro lado de mi escritorio, hojea la libreta que tiene en la mano, donde tiene anotados todos los puntos que hemos ido repasando durante la última hora de esta reunión.

—No que yo recuerde ahora mismo.

—¿Tu equipo respeta tu puesto? ¿La transición ha ido bien?

—Sí y sí, ha sido fluida. Creo que haber aceptado el cargo de médica jefe a finales de la temporada pasada me ha ayudado a tomar el relevo oficialmente este año.

—¿Y los jugadores? ¿Son respetuosos contigo y con tu equipo?

Duda un buen rato.

—La mayoría, sí.

No hace falta que Kennedy dé explicaciones. Soy la jefa directa de Harrison, y ni siquiera es capaz de respetarme a mí. Estoy segura de que ella ha tenido que soportar sus comentarios condescendientes alguna que otra vez.

—Me estoy encargando de eso —intento tranquilizarla sin entrar en demasiados detalles de lo que planeo.

Ella asiente agradecida.

—Y Natalie, ¿se desenvuelve bien en su nuevo puesto? —pregunto, refiriéndome a la nueva preparadora física que contrató Kennedy para sustituirla—. ¿Puedo hacer algo por ella?

Esboza una sonrisa orgullosa.

—Lo está haciendo muy bien. Es muy trabajadora. Inteligente. Motivada. Y los chicos la molestan oficialmente en la sala de entrenamiento cuando vienen a sus sesiones, lo que significa que les agrada.

—Me recuerda mucho a ti.

—Bueno, creo que ambas sabemos que una mujer necesita personalidad y… carácter para trabajar en el mundo del beisbol.

—Así es. —Hay un dejo de cansancio en mi voz.

Ella ladea la cabeza, estudiándome.

—Y tú, ¿cómo vas?

—Creía que yo dirigía esta reunión, doctora Rhodes. Se supone que soy yo la que tiene que preocuparse por ti.

—Sí, pero como tú te encargas de todos los demás, ¿con quién se supone que te desahogas tú? Que seas la jefa no significa que no puedas quejarte de vez en cuando. Así que cuéntame.

Se reclina en la silla y pone esa sonrisa pícara y cómplice que me recuerda mucho a la que siempre luce su marido.

Tiene razón. Por algo se habla de «la soledad de la cima», pero es lo que asumí al elegir esta carrera. Se reciben muchas críticas simplemente por dirigir un equipo, y a eso hay que sumarle el hecho de que soy la primera mujer que lo hace. Es más, también dirijo las operaciones de beisbol de esta franquicia, lo que genera aún más odio. O, al menos, así lo siento.

Los detractores siempre hacen mucho ruido.

Pero Kennedy sigue siendo mi empleada y, aunque creo que asume que tendrá que lidiar con sentimientos similares a los míos, sigue siendo mi responsabilidad protegerla. No quiero que las críticas que recibo afecten a nadie que trabaje para mí.

—Ha sido muy… —Busco las palabras con cautela— sonado.

Titulares sensacionalistas. Titulares difamadores y escandalosos. Dudas atronadoras que me asaltan a veces.

—Lo entiendo. Veo los titulares en internet. Intenta no hacerles caso. Los únicos que saben de verdad cómo funciona este club y lo bien que lo estás haciendo son tus empleados.

Ella no asistió a las reuniones de la junta de asesores como para saber que no todos los que trabajan para mí opinan que lo estoy haciendo tan bien.

—Gracias, Kennedy. Te lo agradezco de verdad.

—Bueno, gracias a ti por la reunión. —Se levanta de la silla—. Está bien que tengamos estos encuentros cada mes.

—Claro. Pero si surge algo antes del siguiente, ya sabes dónde encontrarme.

—Gracias, Reese. ¿Te veo en la comida del próximo fin de semana? Va todo el equipo, cada uno lleva alguna cosa para comer.

—No —me apresuro a responder—. Dejaré que los jugadores se diviertan.

—Yo no soy jugadora y pienso ir. Todo mi equipo va. Deberías venir. Siempre la pasamos bien y es una buena manera de confraternizar con la gente fuera de la oficina.

Le dedico una sonrisa agradecida.

—Para mí es un poco distinto.

Es decir, nadie quiere a su jefe cerca, a la persona que te firma la nómina, a la persona que decide el futuro de tu carrera, y menos cuando solo quieres pasar un buen rato con los amigos.

—Bueno, si cambias de opinión, ya sabes que yo estaré allí —dice al salir de la oficina mientras pasa por delante del mostrador de recepción, que sigue vacío—. Que tengas un buen día, Reese.

Todavía no he tomado muchas decisiones públicas; me he dedicado principalmente a poner orden administrativo. Pero ascender a Kennedy Rhodes a médica jefe fue mi primera disposición y me alegra decir que no me he arrepentido ni una sola vez.

Solo espero tomar decisiones futuras con la misma convicción que tomé esta.

Hablando de tomar decisiones, tengo un par de entrevistas agendadas esta tarde para el puesto de recepcionista. Tomo el bolso, me lo cuelgo al hombro y salgo de mi oficina hacia la sala de reuniones del segundo piso, que resulta menos intimidante que mi oficina.

Es un día tranquilo en la oficina, así que no me cruzo con mucha gente de camino al ascensor, y se abre en mi piso inmediatamente después de presionar el botón.

En cuanto entro, me invade el recuerdo repentino del sábado pasado.

Mi espalda contra la pared.

Mis piernas rodeando la cintura de Emmett.

Sus labios sobre los míos, bajándome por el cuello, recorriéndome la clavícula. Estuvo cerca de bajarme el sujetador y comerme…

—¿Puedes retenerlo un segundo?

«Oh, Dios». Reconocería esa voz en cualquier parte.

Alargo la mano para impedir que se cierre la puerta, dándole tiempo a mi abuelo a que aparezca por la esquina.

Lo quiero muchísimo, pero lamentablemente es a la última persona a la que deseaba ver ahora mismo, cuando estaba repasando cada segundo de lo que hice con mi empleado este fin de semana.

—¡Aquí está mi chica! —exclama risueño mientras se toma su tiempo para entrar en el ascensor y ponerse a mi lado.

Me recompongo, le doy un beso en la mejilla cuando se cierran las puertas y nos quedamos a solas. Él presiona el botón del piso de abajo mientras que yo presiono el del segundo piso, justo encima de la sede del club.

—¿Te sientes bien? —pregunta mientras me toca la frente con el dorso de la mano—. Estás un poco colorada, cariño. Un poco caliente.

Si supiera el motivo…

—Estoy bien —miento—. Es solo que hace calor.

—No te preocupes. No he venido a verte. Solo pasé por la taquilla para saludar a unos viejos amigos. Pero luego se me ocurrió dar una vuelta y ver quién más había hoy por aquí.

Mi abuelo, al igual que yo, adora este lugar. Esta fue su vida durante más de cuatro décadas. Pasaba mucho tiempo aquí, como yo ahora. No puedo imaginar lo raro que debe de ser esta transición para él, a pesar de que estaba listo para dejar el cargo. Así que no me sorprende encontrarlo deambulando por los pasillos cada dos semanas.

—Sabes que siempre eres bienvenido —le digo—. Si alguna vez quieres venir y sentarte en mi oficina mientras trabajo o si necesitas que me invente una excusa para requerirte en el campo, y así la abuela no te regaña, solo tienes que decírmelo.

Él se ríe.

—Por eso eres mi favorita.

Las puertas se abren en el piso que él presionó, y justo al otro lado esperando el ascensor está la persona que más deseo ver y que más tengo que evitar.

Emmett tiene la mirada fija en su teléfono mientras las puertas se entreabren lentamente, pero levanta la vista cuando se quedan abiertas.

Hay un leve atisbo de sorpresa en su cara cuando me ve, pero esa expresión se transforma enseguida en una dulce sonrisa que enciende cada parte de mí.

Me encuentro devolviéndole una sonrisa forzada.

Apenas nos hemos visto desde aquel beso. No de modo deliberado, solo por exceso de trabajo. Y las veces que nos hemos cruzado ha sido en una sala llena de gente o en un dugout abarrotado. Con toda la intención. Ambos estamos procurando mantenernos alejados tanto como podemos. Para guardar una distancia de seguridad.

—Hola —susurra, clavándome la mirada.

¿Esa calentura por la que se preocupaba mi abuelo? Sí, ha vuelto.

Abro la boca para decir algo, pero mi abuelo se adelanta.

—¡Monty! —exclama, sacando un pie del ascensor—. Me alegro mucho de verte. ¿Cómo estás?

Emmett intenta contener la risa mientras me mira; es obvio que ambos tenemos otra cosa en mente.

—Hola, Arthur, estoy bien. ¿Y tú?, ¿qué tal va todo?

—Genial, disfrutando de la jubilación.

—¿Y por eso vienes al estadio? —bromea—. ¿Para disfrutar de tu jubilación?

—¿Qué puedo decir? Este lugar es como una droga.

Emmett extiende el brazo para mantener las puertas del ascensor abiertas, permitiendo que mi abuelo salga a su ritmo.

—Tienes razón, Arthur. Que te diviertas.

La sonrisa de mi abuelo es juvenil y refleja entusiasmo cuando saluda a las personas que extraña en su día a día.

—¡Te quiero, Dulce Reese! —grita mientras se aleja.

Emmett entra en el ascensor y se coloca junto a mí, pero no selecciona piso porque, claramente, va al mismo que yo. Las puertas se cierran y un *déjà vu* me invade de nuevo, más intenso esta vez, ahora que tengo a mi lado al protagonista de esos recuerdos.

Estamos a solas.

Por primera vez desde que nos besamos.

A través del reflejo de las puertas metálicas veo que mi cuerpo se inclina voluntariamente hacia él. Como una flor que busca el sol. Pero no soy solo yo. Él hace lo mismo. Me roza con su brazo, me acaricia el dorso de la mano con los dedos.

El silencio es abrumador. Pensar en dónde estamos ahora y dónde estábamos la última vez que estuvimos a solas crea una atmósfera sofocante.

—Bueno, esto de mantenernos alejados... —digo, intentando aliviar la tensión.

No funciona, así que lo intenta Emmett.

—Esta situación... —Mira a su alrededor—. Me resulta muy familiar.

Suelto una risita, y a través del reflejo veo la sonrisa que se dibuja en su rostro mientras me mira. Entrelaza los dedos con los míos y los deja ahí, sin más, y ese pequeño contacto me tranquiliza.

—Con que Dulce Reese, ¿eh? —Su tono es de pura burla.

—No. Ni se te ocurra.

—Bastante irónico, en mi opinión, llamarte como esos caramelos cuando en realidad dulzura no es lo que te sobra.

Intento reprimir la sonrisa.

—Gracias. Me gusta como soy.

Lo miro. Él está mirándome y dice con su voz suave:

—Y a mí me gustas como eres.

Cómo me gustaría besarlo ahora mismo...

La cuerda que nos separa está demasiado tensa, a punto de romperse en cualquier momento; por suerte, esa tensión se alivia cuando se abren las puertas en el segundo piso.

Respiro hondo, inhalo aire que no ha estado estancado en este ascensor, que no se ha impregnado de roces no tan inocentes ni de susurros.

Emmett me suelta la mano y apoya la palma en la parte baja de mi espalda, y ese contacto, aparentemente normal y apropiado, me enciende. Notar la yema de cada uno de esos cinco dedos presionándome me eriza la piel.

Con la otra mano me indica que salga primero.

—Después de ti.

Trago saliva, me recompongo y doy un paso al frente. Tengo que ir a esas entrevistas y necesito desesperadamente no parecer tan aturdida como estoy ahora mismo.

—¿Adónde vas? —me pregunta, saliendo del ascensor conmigo.

Nos detenemos los dos al otro lado de las puertas antes de separarnos.

—Tengo que hacer unas entrevistas. Por fin voy a contratar a alguien para recepción.

Me mira con cierta decepción.

—¿Qué pasa?

—Voy a extrañar poder entrar en tu oficina cuando me dé la gana; solo eso.

—Con mayor razón hay que contratar a alguien cuanto antes.

Sonríe.

Parece que hoy estamos los dos bastante risueños.

Nos quedamos un rato así, él balanceándose sobre los talones y yo cambiando el peso de una pierna a otra. Sin motivos para continuar esta conversación, y a la vez sin querer que termine.

Señalo con el pulgar hacia la sala de conferencias.

—Bueno, debería…

—¿Vendrás a la comida de equipo la semana que viene?

—No —respondo rápido por segunda vez hoy—. Es cosa del equipo.

—Exacto.

—No creo que a los chicos les agrade que la persona de la que depende su carrera acuda a su jornada de convivencia. No creo que los haga sentirse muy relajados.

—Claro que quieren que vayas. De verdad. Eres parte de este equipo, Reese, y te vendría muy bien empezar a darte cuenta de eso.

Me fijo en cómo dice que me vendría bien a mí, y no a ellos. Porque soy yo quien necesita que la convenzan.

Siento la tentación de darle un no rotundo y definitivo. Como cuando hablé con Kennedy de este mismo tema. Pero ahora que me lo pide Emmett, parece que la idea me seduce algo más.

Para mí sería mucho más sencillo mantener ciertos límites con los chicos del equipo. Intentar ver a los jugadores como piezas de un rompecabezas y no como personas. Porque eso es lo que debería hacer. Quedarme al margen. Que todo se quede en el plano profesional.

Y, claro, no se me da nada bien. Puede que sea por instinto, pero me preocupo demasiado.

Pero entonces pienso en todos los jugadores con los que crecí y en lo bien que me la pasaba con ellos. En que mis mejores recuerdos de la niñez provienen de eventos sencillos como esa comida.

—Yo... —dudo—. No sé qué llevar.

No es un no y tampoco es un sí.

A Emmett se le dibuja una leve sonrisa en los labios.

—Lo que sea. Yo soy un desastre en la cocina, así que le pediré a Miller que prepare un segundo plato por mí. Compra algo ya hecho. O ven con las manos vacías. Qué más da. Ven y ya está.

«Ven y ya está». Parece fácil.

—Lo pensaré.

—Es lo único que te pido. —Señala en dirección a la sala de reuniones—. Buena suerte con las entrevistas. Asegúrate de contratar a alguien que no me haga esperar una eternidad cuando quiera verte.

Emmett se gira hacia el ascensor y presiona el botón de llamada.

Frunzo el ceño, confundida.

—¿No venías a este piso?

—No. Iba abajo, a la zona de jugadores.

La puerta del ascensor se abre y entra.

—Entonces ¿por qué te bajaste aquí? —me río.

—Porque hacía días que no te veía. Pensé que era una buena manera de robarte un par de minutos. —Las puertas empiezan a cerrarse, pero observo cómo recorre mi cuerpo con la mirada—. Estás muy guapa hoy, jefa.

20

Emmett

El patio trasero de Isaiah y Kennedy está abarrotado. Vinieron los jugadores del equipo, todos los miembros del Departamento de Salud y Bienestar, los fotógrafos oficiales y los encargados del material y de las redes sociales. Básicamente, vino todo el personal de la franquicia involucrado en cada partido, se juegue en casa o fuera.

Todos menos una persona.

La nueva casa de los Rhodes es impresionante, y su enorme patio trasero no lo es menos. Hay muchas mesas y sillas extras y juegos de jardín esparcidos por el pasto. La temperatura es ideal, al igual que las vistas al lago cercano.

Vine a visitarlos varias veces desde que se mudaron a principios de primavera, pero me alegra verlos celebrar su primera fiesta multitudinaria. Quizá al principio parecían una pareja insólita, pero se complementan muy bien y estoy orgulloso de la vida que han construido juntos aquí.

—¿Te traigo otra? —pregunta Kai, levantando su botella de cerveza vacía.

Compruebo la que llevo en la mano.

—Estoy bien. Espero a que comamos.

—¿Qué trajiste?

Me encojo de hombros.

—No lo sé. Lo que Miller haya preparado.

Kai se ríe.

—Bueno, pues parece que contribuiste con una ensalada de sandía y queso feta, y yo con un plato a base de maíz y tomate cuyo nombre no puedo pronunciar.

—¡Qué originales somos!

Kai mira alrededor del concurrido patio trasero.

—¿Reese no viene?

Bebo la cerveza que me queda de un trago.

—Al parecer, no. La invité la semana pasada, pero esa fue también la última vez que la vi a solas para preguntarle.

He visto a Reese a diario en el campo, con esa falda lápiz impecable y su cabello rubio liso, en modo jefa total y centrada exclusivamente en su trabajo. Apenas hemos estado solos desde aquel beso. Es un juego tortuoso el de estar en el mismo lugar que ella, pero sin estar con ella.

Y luego está el recordatorio de que esto no es un juego. Su reputación está en riesgo, y eso basta para reafirmar mi decisión de mantener las distancias.

Al menos eso me digo hasta que se abre la puerta corrediza del jardín, y toda la fuerza de voluntad que he estado reuniendo desde el día que salí del departamento de mi jefa amenaza con derrumbarse.

Reese entra al patio cargada de platos.

Como tiene los dedos blancos por la tensión de sujetar tanto peso, su manicura rosa perfecta destaca aún más. He coincidido con ella fuera del trabajo unas cuantas veces y no debería sorprenderme verla con ropa informal, pero siempre consigue hacerlo.

Cambió su falda lápiz habitual por unos jeans ajustados y un suéter de punto amarillo claro con el cuello desabrochado. Informal, pero impecable. Sustituyó los tacones por unos Converse y se onduló el pelo, que lleva recogido detrás de la oreja, dejando ver esos aretes que siempre me llaman la atención.

Está jodidamente adorable, pero creo que me cortaría el pene si me oyera decirle eso.

El bullicio del patio se extingue y, al principio, pienso que es uno de esos momentos típicos de las películas en los que el chico cruza la mirada con la chica que fue a buscar y todo a su alrededor se desvanece.

Y aunque es cierto que solo tengo ojos para Reese, el sonido a mi alrededor no ha desaparecido. Lo que ocurre es que las conversaciones y las risas del jardín se han silenciado de verdad porque todo el mundo está mirando en su dirección.

Ella levanta la vista y se da cuenta de que todos la están observando fijamente, y su cara de pánico me parte el alma. Tiene las manos ocupadas, los ojos azules abiertos de par en par y nunca la he visto tan insegura como en este momento.

Quiero correr hacia ella, abrazarla, darle las gracias por venir y decirles a todos que se comporten con normalidad, carajo, que la dueña del club solo ha venido a estar un rato con nosotros. Pero no puedo, porque todos los que la están mirando trabajan para ella. Y eso me mata.

Le quito la cerveza vacía a Kai.

—Ve a ayudarla.

Apenas termino de hablar, sale corriendo hacia ella.

Dios, parece tan asustada, y yo me siento tan mal. Y tan inútil. Me siento un maldito inútil. Para ser alguien que se enorgullece de cuidar de su gente, quedarme de brazos cruzados es una tortura.

Sé que la gente la mira así solo porque les sorprende verla fuera del trabajo, pero si pudiera volver cada uno a lo que estuviera haciendo un segundo antes de que ella entrara sería magnífico.

Isaiah rompe el silencio, gracias a Dios.

—¡Bienvenida! —exclama, lo bastante alto para que todos lo oigan, pero al parecer no es suficiente, pues todos siguen mirándola perplejos.

Va a su encuentro a la puerta trasera al mismo tiempo que su hermano.

Kai le quita los platos —tres, para ser exactos— e Isaiah le indica dónde están las bebidas, el baño y la zona de comida.

El jardín sigue mudo, y estoy a un paso de soltar un gruñido malhumorado que sin duda evidenciará que estoy enamorado de esta mujer. Por suerte, Isaiah se me adelanta.

—Okey, chicos. La ven todos los días. Dejen de poner cara de pez y vuelvan a lo suyo.

Hay una bocina que todavía no se había enchufado porque ya había bastante ruido, pero Isaiah la enciende y la música alivia el incómodo vacío. Sé que no crie a esos chicos, pero aun así me llena de orgullo que resuelvan la situación como yo lo hubiera hecho.

La gente a mi alrededor retoma poco a poco las conversaciones y yo cuento hasta diez antes de ir a saludarla. Para entonces, muchos habrán encontrado ya otra cosa en que centrarse más que en la propietaria del club.

Uno.

Dos.

Cuando llego a tres, Miller sale por la puerta corrediza y ve a Reese acercarse, lenta e insegura, para unirse a la fiesta. Y mi hija, mi bella, sarcástica y me-importa-una-mierda-si-te-incomoda hija, se va directo hacia mi jefa y la abraza.

Reese está rígida como una tabla, y no puedo evitar reírme desde la otra esquina del patio. Pero así es Miller. No tiene límites, al igual que no tiene filtro. ¿Te sientes incómodo y fuera de lugar? Bueno, pues ella te va a abrazar con todas sus fuerzas hasta que te des cuenta de que eres bienvenido. Eso o hará algún chiste inapropiado a expensas tuyas que romperá el hielo rapidísimo.

Por fin veo que Reese relaja los hombros y le devuelve el abrazo a mi hija.

Siempre estoy orgulloso de mi niña, pero no podría estar más agradecido de que sea como es, de que no conozca la timidez y de que le importe un carajo haber sorprendido desprevenida a mi jefa. Porque noto que Reese ha bajado la guardia.

No sé por qué número iba contando, pero debo de haber pasado ya el diez, así que tiro las dos botellas vacías a un contenedor de reciclaje cercano y doy un paso hacia ella justo cuando Isaiah coloca la última bandeja en la mesa de la comida.

—¡La comida está lista! —anuncia con voz bien alta para que todos lo oigan.

Una multitud avanza en esa dirección, pero yo solo quiero llegar hasta Reese.

Voy virando entre los cuerpos, abriéndome paso entre la gente, intentando ir hasta ella. De vez en cuando, alcanzo a ver un destello de cabello rubio o un trozo de suéter amarillo. Pero hay tanta gente aquí que parece que estoy nadando a contracorriente y que no logro avanzar.

Hasta que lo consigo, y entonces me doy cuenta de que la pasé de largo cuando la veo a mitad de la fila para tomar comida junto con todos los demás.

Me cuelo y me pongo justo detrás de ella.

—Ey, entrenador. —Cody me da unas palmaditas en el hombro—. Te colaste.

Reese no se voltea hacia mí, pero veo que mueve el cuerpo en una risa silenciosa, así que me resulta evidente que sabe que estoy detrás de ella.

Miro por encima del hombro a mi primera base.

—Tengo que decirte la verdad, Cody: me importa un pepino.

—Sí, total. A mí también. Tampoco es que lleve todo el día esperando.

Reese luce una sonrisa radiante e intenta contener una carcajada cuando se voltea hacia nosotros.

—¿Quieres pasar delante de mí? —le ofrece—. A mí no me importa.

—Oh, no. Muy amable por tu parte, Reese, pero la verdad es que pretendo restregarle por la cara lo que acaba de hacerme durante una buena temporada. Gracias de todos modos.

Ella se voltea para seguir avanzando en la fila y Cody me mira arqueando las cejas un par de veces como un completo idiota.

«Cállate», articulo sin emitir sonido.

—Me encanta que puedas leerme la mente, entrenador. Estamos superconectados.

Avanzo un paso, manteniéndome a solo unos centímetros de Reese, con el pecho muy cerca de su espalda. Pero solo estamos aguardando en la fila para la comida, así que es una posición bastante inocente para quien pueda estar mirando.

—Bueno, ¿y qué trajiste? —le pregunto en voz baja.

Reese curva las comisuras de los labios hacia arriba manteniendo la vista al frente.

—Traje una *focaccia* rellena de *prosciutto* y arúgula. Pero como pensé que podría haber alguien vegetariano, también traje una ensalada *caprese*. Pero, claro, como lleva lácteos y hay gente intolerante a la lactosa, también preparé este plato de pepino y aguacate, por si acaso.

—¿Trajiste tres platillos distintos?

—Me preocupaba que a nadie le gustara lo que trajera. Así ahora tengo más posibilidades.

Hago un esfuerzo para no burlarme de ella, pero me duelen las mejillas de tanto aguantarme la risa. Barbie empresaria es un maldito encanto, y ella no tiene ni idea.

Me muero de ganas de tocarla, de ponerle la mano en la cadera y darle un apretón. De pasarle un brazo por delante de los hombros y asegurarle que lo está haciendo genial. Pero no puedo. Porque trabajo para esta mujer, al igual que todos los presentes en esta comida.

En vez de eso, le hablo en voz baja y cerca del oído:

—Me alegro de que estés aquí.

Ella me mira de reojo con el ceño fruncido.

—¿Seguro que está bien?

—Ni lo dudes. Tú también eres parte de este equipo.

Relaja el entrecejo y, Dios, está tan irresistible mirándome así. Con solo inclinar el cuello llegaría a besarla en los labios.

Y entonces me asalta el amargo recordatorio de que no debo volver a hacerlo.

Ya casi llegamos a las mesas de la comida, pero las hieleras con las bebidas están justo antes, así que decido entretenerme con eso.

—¿Tomo algo de beber para ti? —pregunto.

—¿Tú qué vas a tomar?

—Probablemente una cerveza.

—¿Hay soda?

—¿Algún sabor en particular?

—La que tenga buena pinta.

Tomo una que parece ser del sabor más popular, ya que es la última que queda, y agarro una Coronita para mí. Y eso me recuerda a Miller, así que tomo una también para ella. Es lo menos que puedo hacer por lo bien que recibió a mi jefa.

Le paso a Reese la lata fría, sujeto los cuellos de las cervezas entre los dedos y, cuando cierro la hielera, ya estamos frente a la mesa.

Reese toma un plato de papel del montón, pero cuando intenta llegar a los cubiertos desechables, se le resbala la soda.

—Descuida, yo me encargo. —Tomo cubiertos para los dos y un puñado de servilletas. Le cambio el plato por las cervezas que llevo en la mano.

—Dime lo que se te antoja cuando pasemos por delante.

Me mira de una forma extraña, como si me dijera sin palabras que el hecho de que yo le esté sirviendo la comida se ve un poco raro. Un poco sospechoso. Posiblemente inapropiado. Pero la ignoro.

Coloco un segundo plato en una mano, incluyendo los tenedores, cuchillos y servilletas, y con la mano libre voy sirviendo raciones para los dos. Cada vez que pasamos por delante de algo que se parece remotamente a alguno de los platos que Reese ha descrito, le pregunto si es el que ella ha preparado. Cuando señala sus tres contribuciones a esta comida, me aseguro de servirme una buena porción de cada una de ellas.

Al llegar a la última mesa donde están los postres, llevamos los platos llenos.

—Oh, vaya —exclama ella.

—Podemos volver luego.

Reese me mira con una ceja levantada.

—Me refiero a que tú puedes volver luego. Tú solita. Solita del todo.

Se ríe mientras se aleja sin prisa de la mesa de los dulces. Y esa expresión de pura decepción por no tener un hueco para el postre es otra cosa que me gusta de ella.

—Okey.

Con uno de los tenedores de plástico, revuelvo toda la comida de mi plato, mezclando los sabores de una forma que probablemente no debería. Pero así consigo un poco de espacio en el borde.

—¿Cuál te parece el mejor?

Reese vuelve tarareando a la mesa y observa todos con atención.

—Quizá… ¿ese de ahí?

—Buena elección. —Añado una porción del pastel de moras para ella en mi plato—. Lo hizo Miller. Bueno, estoy casi seguro de que preparó la mayoría.

—¿En serio? Nunca he tenido la oportunidad de probar sus postres. He oído hablar maravillas a los chicos cada vez que Kai les lleva sus galletas al campo.

—Miller es increíble. Tienes que ir a su pastelería.

—Eso me gustaría mucho.

—Te llevaré algún día.

Reese abre la boca para decir algo, pero no lo hace. Se produce un silencio incómodo y entonces me doy cuenta.

—O también puedes ir tu sola —corrijo.

Terminamos de servirnos y nos apartamos para dejar paso a los que esperan.

—Me gustaría sentarme con Miller —digo, señalando con la cabeza hacia la mesa de picnic—. Aún no he podido hablar con ella hoy.

—Me parece muy bien. —Reese me ofrece las dos botellas de cerveza a cambio de su plato de comida—. Eres un buen padre, ¿sabes?

Debería darle el plato. Debería dejar que se siente donde quiera. Debería poner un poco de distancia entre nosotros para evitar que empiecen los rumores.

Pero ella no puede decir cosas así y luego esperar que la deje en paz.

—Ven a sentarte conmigo.

Reese duda, mirando discretamente a la gente que nos rodea.

—No sé si es buena idea.

Empiezo a caminar, y como llevo su plato de comida no le queda más opción que seguirme.

—Tranquila, Reese. Vas a sentarte en la banca a mi lado, no en mi regazo. No creo que a nadie le importe que nos sentemos juntos en la misma mesa.

—Actitud profesional —murmura entre dientes, caminando a mi lado.

—¿Qué crees que voy a hacer mientras comemos con mi hija y mi entrenador de lanzadores? ¿Meterte la lengua en la garganta?

Me da una palmada en el bíceps con el dorso de la mano y le veo una sonrisita pícara en los labios.

—Ahora mismo estás pensando en mi lengua bajándote por la garganta, ¿no?

Asiente una sola vez con la cabeza.

—Sip.

—Actitud profesional, Reese.

—No me digas lo que tengo que hacer.

Nos unimos a la mesa de Kai y Miller. Pongo el plato de Reese delante de ella, luego los cubiertos, y ella deja las dos cervezas a mi lado.

Nos sentamos en la banca de enfrente. Por suerte, Reese tarda un rato en encajar las piernas debajo de la mesa y no ve a mi hija llamarme la atención.

Miller levanta una ceja con complicidad. «¿Debería llamarla mami?», dice articulando sin sonido.

Maldita sea.

—Pórtate bien —le recuerdo en voz baja.

—¿Qué? —pregunta Reese.

—Nada —contestamos rápidamente Miller y yo a la vez.

Kai se ríe despreocupado porque, por una vez, él no es el blanco de las tonterías de mi hija.

—Te traje una cerveza, pero estoy empezando a arrepentirme —le paso la Coronita por encima de la mesa de madera.

Miller duda, mira la botella y luego mira a Kai.

—¿Qué? —pregunto.

Él asiente levemente con una expresión extraña y un tanto ansiosa, y entonces Miller acepta la cerveza, pero, en lugar de llevársela a los labios para beber, me la devuelve.

A mi lado, Reese suelta un suspiro de emoción. El sonido es adorable y bastante inesperado viniendo de ella, pero no tengo la menor idea de qué habrá entendido ella y yo no.

—No puedo beber cerveza —suelta Miller.

Miro a Kai, y luego vuelvo a mirar a mi hija; ambos me observan expectantes.

—No puede ser.

Miller se ríe con un resoplido y agranda su sonrisa, esperando a confirmarme lo que acabo de deducir por mi cuenta.

—¿Estás embarazada?

Ella asiente con vehemencia.

Yo bajo la voz.

—¿De verdad?

—Sííí.

—¡Oh, Dios mío! —Me levanto del asiento al mismo tiempo que ella y la abrazo con fuerza—. ¡Cielos! ¡Felicidades, Millie!

La cabeza me da vueltas. ¿Se encuentra bien? ¿Está contenta? ¿Necesita algo de mí?

Entonces, como siempre que a Miller le sucede algo importante en la vida, se me activa el mismo proceso mental.

Ojalá Claire estuviera aquí para verlo.

Me siento muy afortunado por poder estar presente en los momentos importantes de la vida de Miller, aunque no esté su madre.

Y, por último, me gustaría tanto tener a alguien con quien compartir estos instantes…

—Chicos, les daré un poco de privacidad —dice Reese desde su asiento.

—Quédate —decimos Miller y yo a la vez, separándonos del abrazo al tiempo que vemos a Reese a medio levantarse.

Espero hasta que se sienta de nuevo y vuelvo a abrazar a mi hija.

—Me alegro mucho por ti.

—Gracias, papá.

—¿Te encuentras bien?

Asiente contra mi cuerpo.

—¿Eres feliz?

—Soy muy feliz.

—Bien. —Trago saliva—. Eso es lo único que quiero para ti.

Afloja su agarre en mi cintura, así que me separo un poco de ella y le sujeto el rostro con ambas manos. No entiendo cómo puede ser la misma niña con la que jugaba a disfrazarme o que se entretenía sola en el dugout mientras yo entrenaba.

Kai me da una palmada en el hombro; me acerco a él y también lo abrazo.

—Te quiero, Monty.

—Yo también te quiero. Me alegro mucho por ustedes.

La niña que he criado estos últimos veinte años está formando su propia familia. Me parece increíble y a la vez aterrador. Miller no me necesita como antes, pero así es como debe ser. La he educado para que viva su propia vida.

—¿Max lo sabe ya? —pregunto, volviendo a sentarme.

Miller niega con la cabeza.

—Se lo diremos esta noche.

—Se va a poner contentísimo. Me alegro mucho por ustedes tres.

Miller apoya la cabeza en el hombro de Kai y él la rodea con un brazo y le planta un beso en la coronilla. Y en ese breve instante me siento un intruso interrumpiendo un momento íntimo. Es un momento grandioso la primera vez que les dices a tus padres que también vas a ser padre o madre. Es verdad que Miller ya es madre de Max, pero lo de Max no fue una noticia sorpresa.

Así que, sí, me siento un intruso, sentado al otro lado de la mesa viendo a mi hija compartir este momento de su vida con su persona especial.

Mi atención se desvía rápidamente cuando, bajo la mesa, una mano suave me acaricia el muslo y me aprieta justo encima de la rodilla.

Reese me sonríe radiante, con los ojos azules brillantes bajo el sol de verano. Se nota que se alegra mucho por mí y por la noticia que acabo de recibir. Y entonces me doy cuenta de que, por primera vez en mucho tiempo, yo también he podido compartir un momento importante con alguien.

21

Reese

—La verdad es que me la pasé muy bien hoy —le digo a Kennedy en un extremo del jardín—. Gracias por invitarme y por su hospitalidad.

Comienza a anochecer y la gente ha empezado a irse.

—Me alegro de que hayas venido. Espero que te hayas sentido bienvenida.

—La verdad es que sí. Tenías razón. Ha sido una oportunidad estupenda para conocer a la gente fuera del trabajo.

Después de comer con Emmett y su familia, nos separamos el resto de la tarde para saludar a los demás asistentes. Pero lo atrapé observándome en un momento en que estaba centrada en la conversación con algunos miembros del equipo médico y también luego, mientras me reía de una historia graciosa que me contó uno de los jugadores.

Ha sido agradable. Tardaron un poco, pero al final pareció que todos olvidaron que yo era la jefa y me trataron como a una más del equipo.

—Me atribuiría el mérito de que hayas venido —dice Kennedy con un toque de humor—, pero tengo la impresión de que no fui yo quien te convenció.

Ladea la cabeza con disimulo y sigo su mirada para ver a Emmett acercándose a nosotras. Lleva la gorra inclinada hasta los ojos y las manos metidas en los bolsillos con aire despreocupado.

—Hola —me dice, mirándome fijamente—. ¿La estás pasando bien?

—Sí, genial.

—Voy a ayudar a Isaiah a recoger —dice Kennedy dirigiéndose al interior de la casa.

—¿Puedo echar una mano? —me ofrezco.

—No. Claro que no. Ustedes disfruten... de la fiesta.

Se marcha y nos deja solos a Emmett y a mí en ese rincón del patio. El sol de poniente le baña el rostro con un cálido resplandor, y yo agradezco que no haya nadie cerca viéndome admirarlo. De verdad, creo que no es consciente de lo guapo que es.

—¿Me acompañas a dar un paseo? —pregunta a la vez que señala con la cabeza el sendero que bordea el lago.

Dudo un instante y observo el jardín. Un paseo al atardecer con él parece una idea encantadora a la par que terrible. Pero gran parte del grupo ya se ha marchado y, bueno..., me gustaría pasar un rato con él.

—De acuerdo —respondo en voz baja.

Caminamos durante un minuto o dos en silencio, aumentando la distancia con los compañeros y guardándola entre nosotros. Nos separa al menos un metro y medio de sendero. Cosa que nos viene muy bien. Últimamente, cada vez que estamos hombro con hombro, Emmett acaba entrelazando sus dedos con los míos.

A fin de asegurarme de que eso no ocurra, cruzo los brazos para marcar aún más la distancia.

—Es hermoso este lugar —dice Emmett, rompiendo el silencio—. Esto no se ve en la ciudad. Bueno, tenemos el lago, pero no esta misma tranquilidad.

Es verdaderamente impresionante. El sol brilla en el agua y los árboles bordean el camino. Si a eso le añades a este hombre maduro y atractivo a mi lado, sí, desde luego que la vista es espectacular.

—¿Has pensado alguna vez en dejar la ciudad y mudarte a las afueras? —le pregunto.

Él sonríe.

—De momento, no. Quizá lo estoy haciendo todo al revés, pero me pasé desde los veintipocos hasta los cuarenta en las afueras. Bueno, más bien era el campo. De hecho, hay un lago con un entorno similar a este detrás de la casa donde crie a Miller en Colorado. Pero supongo que ahora quiero recuperar el tiempo perdido intentando ser un poco egoísta: tengo el trabajo que quiero y vivo en la ciudad que me gusta.

Esas últimas dos frases quizá no iban dirigidas a mí de forma intencionada, pero ambos sabemos que su futuro laboral y personal recae única y exclusivamente sobre mis hombros.

—¿Te has planteado alguna vez… —dudo un instante— vivir en otra ciudad? ¿O trabajar con otro equipo?

Me doy cuenta de que es una pregunta absurda en cuanto sale de mi boca. Por supuesto, la respuesta es no, pero es que este hombre me hizo perder el sentido la única vez que me besó, y no puedo parar de imaginarme cualquier posible escenario en el que yo no sea su jefa. Lo que también es ridículo por más de un motivo. Ya me dijo que no se veía capaz de olvidar a la mujer que amaba hace veinte años. Debería creerle.

Emmett me mira, probablemente preguntándose qué tipo de fantasía absurda estoy creando en mi cabeza, así que aparto la mirada y me dedico a observar cómo va bajando el sol.

—No imp…

—No —responde Emmett sin más—. Si me hubieras hecho esa pregunta hace unos años, probablemente te habría dado otra respuesta, pero ahora las cosas son diferentes. Mi hija está aquí, iniciando su vida adulta. Max está aquí, los hermanos Rhodes están aquí. No me iría ahora.

Claro. No sé ni por qué lo pregunté.

—Pero estaré bien, pase lo que pase a final de temporada —añade, y es entonces cuando me doy cuenta de que piensa que le hice esa pregunta porque estoy barajando la posibilidad de no renovarle el contrato y no porque estoy perdida e irresponsablemente enamorada de él—. Si no pudiera quedarme con los Warriors, tal vez volvería a entrenar a nivel universitario, pero en cualquier caso me quedaría en la ciudad.

¿Qué?

¿Es que no se da cuenta de lo que acaba de decir?

Me parte un poco el corazón oír su respuesta, porque creo que él ni siquiera lo ve. Tiene demasiado arraigado lo de cuidar de todo el mundo.

—¿No es exactamente eso lo que hiciste cuando Miller era pequeña? ¿Dejar tu carrera e irte de entrenador a la universidad?

Lo piensa un momento antes de exhalar una risa.

—Bueno, quizá en el fondo no se me da tan bien lo de ser egoísta.

Es tan bueno... Tan amable... Tan gruñón cuando tiene que serlo... Y yo solo quiero protegerlo y asegurarme de que consigue todo lo que desea en la vida. Seguir entrenando a este equipo. Seguir viviendo en esta ciudad.

Él y yo nunca seremos más que aquel único beso, pero al menos tengo el poder de asegurarme de que las dos cosas que desea en la vida sigan haciéndose realidad. Y en ese sentido, tener su futuro en mis manos no lo considero una carga, sino un privilegio.

—Y más ahora —dice Emmett—. Después de la gran noticia de hoy, no pienso irme a ninguna parte.

No puedo evitar sonreír al recordar su reacción. Lo dulce que ha sido con Miller, lo emocionado que estaba por ella y por Kai.

Le choco el brazo con mi hombro en un ademán juguetón y entonces me doy cuenta de que la distancia física que intentábamos mantener prácticamente ha desaparecido. Pero hemos avanzado tanto por el sendero que no sé si alguien todavía puede vernos desde la casa.

—¿Sabes si querían un segundo hijo? —pregunto.

—Sí, sabía que querían que Max tuviera un hermano o una hermana cercano en edad. Se casan a finales de este verano, pero Miller no es lo que se dice tradicional. Que esté embarazada en su boda es muy propio de ella.

Cuanto más oigo hablar de esa chica, mejor me cae.

—Bien por ella. Sabe lo que quiere y no le preocupa lo que piensen los demás.

—Es una máquina en eso de que le importe una mierda la opinión de otros —dice Emmett soltando una risita—. No sé si es característico de los hijos únicos o es exclusivo de Miller.

Seguimos paseando. Él acorta aún más la distancia entre nosotros y me roza el hombro con el brazo cada pocos pasos.

—¿Alguna vez te has planteado tener más hijos? —pregunto.

Lo miro y veo que está sonriendo.

—¿Qué?

Él niega con la cabeza.

—Me gusta que hayas dicho «más hijos» en lugar de «tus propios hijos». No te imaginas la de veces que me han preguntado si quería tener hijos propios.

—No entiendo cómo alguien que los conoce puede preguntar algo así. ¿Acaso no los han visto juntos?

—Eso es lo que siempre me ha molestado. Sobre todo, cuando lo dicen delante de ella. Pero, contestando a tu pregunta, no. Nunca he querido tener más hijos.

Asiento en un gesto de comprensión, y doy por terminada esta parte de la conversación.

—¿No vas a preguntarme por qué no?

—No tienes que darme explicaciones —digo sin más—. Cada vez que le digo a la gente que no me veo siendo madre les encanta presionarme con un sinfín de preguntas. Así que, a menos que quieras hablar de ello, no tienes por qué hacerlo.

Me observa con una sonrisa suave mientras sigue caminando a mi lado.

—Nunca hablé con nadie de esto, pero creo que me gustaría hacerlo contigo.

—De acuerdo, adelante.

Se ríe con timidez.

—Lo primero que quiero decir es que me encanta ser el padre de Miller. Es lo mejor que me pasó en la vida.

—Emmett, eso es obvio. No hace falta que hagas una introducción.

—Pero tuve que lanzarme de cabeza a la piscina, y a partir de ahí me pasé trece largos años ahogándome, intentando averiguar cómo demonios ser padre. Y, encima, cómo hacerlo solo. Fue agotador y aterrador, pero también gratificante. Y estoy inmensamente agradecido de que Claire me eligiera. Pero hay otra parte de mí que está deseando saber quién soy yo más allá de ser padre. Miller ahora tiene su propia familia, y no me necesita como antes, y eso me da pánico. Pero a la vez es emocionante… Bueno, sé que lo que estoy diciendo no tiene mucho sentido.

—Sí lo tiene. Sacrificaste mucho a una edad muy temprana, y lo hiciste con gusto, pero también tienes derecho a ilusionarte con vivir tu propia vida, Em.

—Sí —asiente—. Creo que es exactamente eso.

—Y que sepas que lo hiciste fenomenal a la primera. Ahogándote o no.

Me regala una de sus sonrisas ladeadas.

—Gracias por decirlo. La mitad del tiempo Miller es completamente volátil, pero uno no puede salirse siempre con la suya.

—Eso es lo que me gusta de ella. Además de… —Me tapo los ojos con las manos—. Oh, Dios mío, siento muchísimo haber estado delante cuando te lo dijo. Yo no pintaba nada ahí y era un momento muy especial entre ustedes dos, y…

—No. —Emmett se detiene, me agarra del brazo para obligarme a parar y me aparta las manos del rostro—. Pues yo me alegro de que estuvieras ahí. Fue… agradable poder compartirlo con alguien. Ha habido tantos momentos en su vida en los que deseé tener a alguien con quien celebrarlos… Me he sentido muy solo en ese aspecto, así que lo de hoy ha sido magnífico. Es muy bonito tener a alguien con quien puedes hablar de todo.

«Dios santo». Me duele en el alma oírlo decir esas palabras tan dulces. Oír la suavidad con que las dice. Se merece todo lo que desea, y me cuesta abstenerme de disfrutar de su calidez. ¿Tengo suerte de que se haya fijado en mí? Mi suerte es ser la persona con la que desea compartir sus pensamientos.

Sonríe con timidez y, a pesar del distanciamiento que supuestamente debemos mantener, o de la barrera profesional que deberíamos reconstruir, solo deseo abrazar a este hombre.

Así que… lo hago.

Sin tener en cuenta lo alejados que estamos de la casa o quién pueda estar mirando, me lanzo a su cuello y lo abrazo.

Por primera vez, me doy cuenta.

Se queda paralizado un instante, claramente sorprendido, pero acaba sacando las manos de los bolsillos y me rodea la cintura con una y me acaricia el cabello con la otra.

—Gracias por elegirme para compartir tus pensamientos —le digo en voz baja.

Hunde la cara en mi cuello y me abraza fuerte.

—Me alegro tanto de que hayas venido hoy…

—Yo también.

22

Emmett

—Esta noche voy a dejar a Travis en la banca —le digo a Reese mientras revisamos el lineup sentados en su escritorio uno frente al otro.

—¿Está bien?

—Sí, solo se trata del desgaste habitual. Ayer recibió un golpe en la careta durante el partido y necesita descansar.

—Pero ¿estás seguro de que está bien? ¿Necesita algo?

—Es el receptor. Es duro.

—Okey, pero avísame si necesita algo más que descansar un partido.

Levanto una ceja.

—Qué considerada.

—Bueno, el chico es parte del negocio.

Titubeo.

—Por supuesto.

—Déjame en paz —contesta divertida, y vuelve a concentrarse en su computadora sentándose a la izquierda del escritorio.

Se le ve bien ahí, con el campo y el estadio de fondo.

He pasado mucho tiempo en esta oficina, reuniéndome con su abuelo todos estos años. Pero a Arthur no le quedaba igual de bien. La energía de esta oficina era completamente distinta. Antes de esta temporada jamás habría soñado con despejar de un manotazo esta mesa porque pensara que la dueña se vería guapísima acostada encima.

Tampoco esperaba con tanta ilusión las reuniones previas al partido con Arthur como me ocurre este año. De hecho, se han convertido en uno de mis dos momentos favoritos los días que hay competición. El otro es la visita de Reese al dugout antes del primer lanzamiento.

Teclea sin parar con sus uñas rosa pálido y el labio inferior mordido, que va deslizando entre los dientes en un gesto de concentración mientras trabaja.

He descubierto que disfruto mucho viendo trabajar a esta mujer.

Me gusta lo centrada que está. Me gusta lo inteligente que es. Me gusta que ame a este equipo y a sus jugadores igual que yo, aunque le cueste admitir que ve esta franquicia como algo más que un simple negocio.

Ella tiene toda su atención puesta en la pantalla, y yo tengo toda la mía puesta en ella.

Entonces recuerdo que no debo mirarla así. Ni siquiera puedo cerrar la puerta de la oficina durante estas reuniones por temor a que alguien se lleve una impresión equivocada cuando estamos a solas.

Reese lee algo en la pantalla y suspira; un sonido que es en parte alivio y en parte control emocional.

—Bueno, parece que el traspaso se hará oficial mañana por la mañana.

¡Bien! Llevo semanas esperando oírla decir eso.

Me enderezo en la silla.

—¿Sí?

Revisa de nuevo el correo electrónico.

—Obviamente, nada es oficial hasta que esté firmado el papeleo, pero parece firme.

La observo un momento.

—¿Estás nerviosa?

Reese se permite ser sincera conmigo y asiente.

Disfruto viendo su vulnerabilidad. Aunque siempre es clara y directa en materia de negocios, no siempre es abierta sobre cómo la hacen sentir esas decisiones. Tiene que ponerse una máscara de profesionalidad e impasibilidad ante la prensa. Jamás les diría a los periodistas que teme las repercusiones de su primera gran resolución como presidenta del equipo. Pero a mí me lo está contando.

—Estarás bien —digo para tranquilizarla—. Te echaré una mano con los medios de comunicación. A los chicos no les va a molestar en lo más mínimo, así que no tienes que preocuparte por ellos. Y estás haciendo lo mejor para tu equipo, no lo olvides.

—Sí. —Me dedica una pequeña sonrisa—. Tienes razón. Muchas gracias.

—¿Cuándo se lo dirás?

—En cuanto tenga la documentación. Será la primera vez que le diga a alguien que ya no está en el equipo. —Deja caer la cabeza entre las manos y se masajea las sienes.

—No tienes ningún motivo para estar nerviosa por esa conversación. Da igual cómo se lo digas; es lo que se merece.

—Sigue siendo uno de tus jugadores, Emmett. ¿No prefieres que sea delicada?

Me recuesto en la silla y me cruzo de brazos.

—Casi nunca prefiero que seas delicada, Reese. De hecho, la mayoría de las cosas me gustan tirando a bruscas.

Ella capta enseguida la indirecta.

—No coquetees conmigo, Montgomery. Estamos en el trabajo y soy tu jefa.

Me río con un resoplido.

—¿Cómo olvidarlo?

Vuelvo a centrarme en el escritorio de Reese y añado el nombre y el número de nuestro receptor suplente al lineup, donde normalmente pongo a Travis.

Sigo anotando a los jugadores de esta noche cuando, justo al llegar a mi apellido, unas uñas rosas perfectamente cuidadas aterrizan en el dorso de mi mano, contrastando con la negrura de la tinta negra que repasan.

Me quedo paralizado con el lápiz en la mano, observando cómo los dedos de Reese trazan con languidez el contorno de mis tatuajes.

—El tatuaje que tu hija tiene en el brazo tiene estas mismas flores.

Siento que a mis pulmones no les entra el oxígeno; no solo porque me está tocando, sino porque lo está haciendo en el trabajo. Pero logro encontrar el aliento para decir:

—Yo me las hice antes. Miller me copió.

Reese se ríe y sigue dibujando suaves líneas con los dedos en mi mano entintada.

—No la culpo. Son muy bonitas.

—Gracias.

Las observa y ladea la cabeza.

—Quedarían muy bien de collar, ¿no crees?

La miro fijamente y veo esa sonrisita traviesa en sus labios después de dejar caer un comentario inapropiado tan en su estilo. Mi jefa acaba de decirme que mi mano quedaría muy bien alrededor de su cuello; no podría estar más de acuerdo.

—No me des ideas —le advierto—. Y no coquetees conmigo, Remington. Estamos en el trabajo y soy tu empleado.

—Es solo para recordarte que a este juego pueden jugar dos —afirma con una sonrisa de satisfacción mientras retira la mano.

Pero la alcanzo justo antes de que vuelva a colocarla sobre el teclado y entrelazo un par de dedos con los suyos, alternando mis gruesos nudillos entre sus delgadas falanges.

—¿Estás segura de que estarás bien mañana?

Ella suaviza la expresión, y yo disfruto viendo que se relaja conmigo.

—Sí, estaré bien.

—Llámame si me necesitas.

—Sabes que no puedo hacerlo, Emmett.

—Llámame de todos modos.

Inspira hondo y suelta el aire muy despacio.

—La prensa te hará todo tipo de preguntas sobre el traspaso de Harrison. Seguro que mañana te faltarán manos para todo lo que te espera.

—No me importa. Después de nuestro viajecito en ascensor, creo que ya sabes cuánto me gusta tener las manos ocupadas.

Abre la boca de repente y le brillan los ojos con picardía.

—Okey. De verdad, tenemos que parar.

—Pero es que, de verdad, no quiero.

Antes de que pueda decirme que mantengamos una actitud profesional o que suelte alguna de sus frases, alguien llama a la puerta a mi espalda.

Su expresión juguetona se transforma al instante en una aterrorizada, y yo reflejo ese terror en mi propio rostro cuando me percato de que seguimos con las manos entrelazadas sobre la mesa. Quienquiera que sea está justo detrás de mí, y solo rezo para que mi espalda oculte nuestras manos.

—Sí, estupendo. El lineup me parece bien —dice Reese, dando golpecitos al papel que tenemos ante nosotros.

—Fenomenal. —Levanto la tarjeta con el lineup haciendo un gesto demasiado obvio, con la esperanza de demostrar que estábamos centrados en ese tema y no el uno en el otro.

Reese levanta despacio la mirada por encima de mi hombro hacia la puerta.

—¡Scott, hola! —exclama—. ¿En qué puedo ayudarte?

Maldita sea. Tenía que ser él.

—Carajo con la nueva recepcionista —murmuro.

Ella me ignora.

—¿Podemos hablar un momento? —pregunta Scott—. En privado.

—Claro. —Reese vuelve a mirarme, recuperando su expresión profesional y estoica—. Gracias por la reunión. Mucha suerte esta noche, Emmett.

Mensaje recibido.

Tengo que irme, pero lo último que quiero hacer es dejarla a solas con Scott. Aunque no me queda otra. Sea cual sea el tema de conversación, seguro que sobrepasa mi categoría salarial.

Me pongo de pie, guardo la tarjeta con el lineup en la carpeta que traía y coloco la silla en su sitio.

—Scott —lo saludo cuando paso por su lado para ir hacia la puerta.

—Monty.

En cuanto cruzo el umbral, me giro para ver si Reese está bien, pero antes de poder establecer contacto visual, Scott me cierra la puerta en las narices.

Porque puede.

Porque puede estar a solas con ella.

Porque no se habla de que Reese salió de su habitación en el hotel.

¿Qué demonios estoy haciendo?

Eso estuvo cerca.

Juro que esa mujer me vuelve un insensato cuando la tengo a mi lado. Y que haya sido Scott, de entre todas las posibilidades, el que casi nos atrapa haciendo… lo que sea que estuviéramos haciendo. El tipo está deseando quitarle el puesto, y yo se lo pongo fácil solo porque quiero coquetear con Reese un rato y tomarla de la mano.

Tengo que parar. Ambos sabemos que lo nuestro no tiene futuro, y además le dije que me mantendría al margen. Por mucho que me disguste la idea, tengo que cumplir mejor mi promesa.

Me decepciona mi falta de autocontrol; lo pienso mientras me dirijo por el pasillo hacia los ascensores camino de la zona de jugadores. Al ser domingo, las oficinas están vacías, así que me sorprende ver que, cuando las puertas del ascensor se abren, alguien sale de dentro y se baja en este piso.

Y no es cualquiera. Es el tipo de la cita de Reese de hace un par de semanas.

—Hola. Eres Monty, ¿verdad? —pregunta sonriente, como si estuviera encantado de verme por aquí.

Te lo digo ahora mismo, el sentimiento no es recíproco.

Quiero recordarle que no somos amigos, así que no tiene por qué llamarme por mi diminutivo. Aunque, claro, también me he encariñado con una persona en concreto que me llama por mi nombre de pila.

—Así es —contesto, observándolo—. ¿Y tú eres…?

—Michael. —Alarga la mano para saludarme.

La estrecho, pero con reticencia, pues intento descifrar a qué ha venido al estadio y, sobre todo, por qué se ha bajado del ascensor en el piso de Reese.

La verdad es que ella no parecía muy interesada en él después de su cita. ¿O es que yo lo entendí todo al revés?

—Me alegro de verte —miento—. ¿Estás perdido?

—Para nada. He venido a ver el partido de esta noche.

Asiento despacio.

—Bueno, pues la taquilla está enfrente al salir. Puedes comprar las entradas ahí.

Se ríe, asumiendo que solo le estoy tomando el pelo.

Pero no es así. Puede irse ya.

—Reese me ha invitado. Me invitó a ver el partido de esta tarde desde el palco presidencial.

¿Qué demonios?

—¿En serio? —pregunto, con evidente tensión en la mandíbula—. Qué… generoso de su parte.

—Desde luego. Seguro que la pasaremos bien. —Me da una palmada en el hombro como si fuera su maldito colega—. Bueno, nos vemos. Me dijo que pasara a recogerla a su oficina, así que voy a…

Me rodea y es entonces cuando soy consciente de mi postura. Ocupo casi todo el pasillo, con las piernas separadas y los hombros bien erguidos, como si pudiera impedirle llegar hasta ella con solo interponerme en su camino.

Pero la realidad es que no puedo hacer nada.

No puedo detenerlo.

No puedo ser más que su empleado.

No puedo apropiarme de una mujer con la que nunca podré estar.

Ni siquiera puedo dejar que me vean en público con ella; él sí.

—Buena suerte, Monty —dice, y me dan ganas de mandarlo a la mierda. Aunque en verdad parece un buen tipo.

Lamentablemente.

Qué suerte tiene de estar aquí con ella.

Qué suerte tiene de poder dejarse ver con ella.

No sé si alguna vez en mi vida he sentido tanta envidia de alguien.

23

Reese

—Y aquí están las bebidas —le digo a Michael, mostrándole el frigobar de mi palco—. Pero si hay alguna otra cosa que quieras, podemos traértela.

—Esto es alucinante. La vista es… —Mueve la cabeza con incredulidad—. Gracias por invitarnos.

—Es un placer —le digo a Ed—. Tu padre ha visto unos cuantos partidos desde aquí arriba con mi abuelo, así que puede enseñarte todo lo que a mí se me haya pasado por alto.

Michael recorre el palco despacio, observando las pantallas de televisión y el despliegue de comida mientras que Ed permanece a mi lado.

Desde que Michael regresó a Chicago el mes pasado, Ed está en las nubes por tener a su hijo de vuelta en casa. Y cuando Michael mencionó que su padre quería llevarlo a un partido, pensé que estaría bien que disfrutaran de su día juntos desde la tribuna presidencial. Lo más probable es que yo vea el partido desde mi oficina, o puede que me escape y dé un par de vueltas de incógnito por el estadio; en cualquier caso, les dejaré el palco para ellos solos.

—Muchas gracias, Reese —me dice Ed en voz baja—. No se me ocurre mejor forma de pasar el día con mi hijo.

—Faltaría más. Son siempre bienvenidos. Después de tantos años trabajando con mi abuelo, y ahora conmigo, es lo menos que puedo hacer.

Me da un codazo.

—Michael me dijo que fueron a cenar hace un par de semanas.

Le ofrezco una sonrisa apaciguadora.

—Así es. La pasamos bien, pero creo que nos irá mejor como amigos.

Ed se ríe entre dientes.

—Sí, eso mismo dijo él, pero un padre es libre de soñar.

—Está bien. Espero que se diviertan hoy juntos.

—Seguro que sí —dice antes de salir volando junto a su hijo—. Gracias otra vez.

Antes de marcharme, observo cómo se van llenando poco a poco los asientos de aficionados. El sol ha empezado a descender, las luces del estadio acaban de encenderse, y no podría pedir una noche de domingo más perfecta para el beisbol.

Me encantan estas noches de principios de verano. Empieza a hacer más calor, pero la humedad sigue siendo baja. Todavía quedan bastantes días de lluvia, y eso hace que los días soleados resulten aún más especiales.

Quiero salir ahí afuera. Sentir el entusiasmo de los aficionados, experimentar esa energía previa al partido en el dugout. Tener un momentito a solas con el mánager antes del primer lanzamiento.

Se me va la vista al dugout y veo a Emmett en su sitio de siempre, con los codos apoyados en la barandilla que lo separa del campo. Está solo, y eso me da más ganas aún de bajar para mi nuevo ritual favorito antes de los partidos.

Me despido rápido de Ed y Michael, salgo corriendo de la tribuna y cruzo el pasillo a la carrera. Presiono el botón de llamada del ascensor demasiadas veces y, cuando me deja en la sede, me avergüenzo de lo rápido que repiquetean mis tacones contra el cemento por la prisa de salir al exterior.

—¡Hola, Reese! —grita Isaiah cuando pasa por mi lado trotando camino del campo—. ¡Adiós, Reese!

—¡Buena suerte! —le grito a su espalda con el número diecinueve bordado en la camiseta.

A lo lejos veo que Isaiah le da una palmada a Emmett cuando llega a su altura y sigue trotando escaleras arriba. Al apartarse, veo que Emmett ya no está solo en el dugout como antes, cuando lo espié desde el palco. La reportera que ha dejado claro en múltiples ocasiones que está interesada en él está ahí fuera también. Kelly, creo que se llama.

No suelo ser de las que se quedan de brazos cruzados en lugar de ir por lo que quieren. Pero, en este caso, como nunca conseguiré a quien quiero, me quedo escondida en el túnel vacío.

Emmett está de espaldas a mí, pero desde aquí veo con claridad las facciones de Kelly. Son hermosas. Ella es hermosa, al igual que esa sonrisa radiante que luce mientras habla con mi mánager. No alcanzo a oír la conversación, pero el lenguaje corporal es demasiado informal para ser una entrevista. Además, no lleva grabadora ni libreta en las manos.

Cualquiera que sea el tema, es personal. Y lo único que puedo pensar es en la suerte que tiene de poder hablar con él de forma tan distendida en público.

Kelly tiene un fulgor parpadeante en los ojos cuando lo mira, y conozco ese brillo demasiado bien.

Y odio ver que él causa ese mismo efecto en otros. Me siento un poco posesiva respecto a su atención, aunque no tenga ningún derecho a ello. Por lo que me contó en la fiesta en casa de los Rhodes, ahora está empezando a ver más por él. ¿Y si eso incluye tener citas? ¿Y si conoce a alguien con quien pueda estar en público? ¿Y si todo ello sucede mientras trabaja para mí?

En algún momento tendré que hacerme a la idea de verlo con otra persona. Pero hoy no es el día. Hoy no pienso aceptarlo. Hoy ese pensamiento me está provocando unos celos irracionales.

No recuerdo que me haya molestado nunca pensar que Jeremy reharía su vida después de estar juntos. Jeremy y yo estuvimos casados, así que ese pensamiento debería haberme dolido, mientras que Emmett solo es alguien con quien me he besado una vez. Alguien a quien no soportaba hace solo unos meses. Y es mi empleado.

Y, aun así, la idea de que esté con otra persona me revuelve las tripas. Y solo el hecho de admitirlo me aterra.

Emmett dice algo, y debe de ser lo más divertido que ha salido nunca de su boca, porque Kelly se muere tanto de risa que le roza el pecho con su larga cabellera al tomarse de su antebrazo para no caerse. Cuando la chica se endereza, le hace un gesto para que pare mientras intenta recuperar el aliento, porque simplemente no puede dejar de reírse con él.

Bueno… Pues no puede ser para tanto, yo sé que Emmett tampoco es tan gracioso.

Sin embargo, desde aquí veo que a él también le tiembla la espalda de la risa y decido que ya está bien de torturarse esta noche. Sin llegar a acercarme al dugout para la visita prepartido, doy media vuelta y me largo directo a mi oficina.

Sí, estoy celosa.

Pero no solo estoy celosa de ella.

Estoy celosa de cualquiera que no tenga que mantener límites profesionales con Emmett Montgomery, porque lo último que quiero es ser «profesional» con él.

El gimnasio está casi a oscuras, cómo no.

Hace rato que todo el mundo se fue del estadio y me quedé sola. Es la primera vez que salgo de la oficina desde que empezó el partido, y estaba deseando tener la sala para mí.

Estoy alterada. Un poco molesta, pero no con nadie en particular.

Estoy que muerdo.

Estoy que muerdo por los titulares que aún no se han escrito, pero que inevitablemente circularán por el traspaso de mañana.

Estoy que muerdo por nuestra derrota 6 a 4 esta noche. Creo.

Y estoy que muerdo con Emmett, por hacer que me guste tanto. Francamente…, que se joda.

Conecto mi música a los altavoces de sonido envolvente, subo la inclinación de la caminadora y empiezo el entrenamiento nocturno con una caminata cuesta arriba.

Apenas he llegado al primer kilómetro cuando la puerta del gimnasio se abre y, por el espejo, veo a Emmett irrumpir en la sala, respirando con dificultad y empapado en sudor. Las gotas le caen por el torso desnudo, por el abdomen y siguen el rastro de vello oscuro que va directo a su…

No. No estoy pensando en eso.

Y, por supuesto, tampoco estoy mirando en esa dirección. Porque, repito, que se joda. ¿Y por qué? Pues no lo sé exactamente, pero sea lo que sea lo que me tiene tan molesta, sin duda él parece el blanco perfecto para descargar mi ira.

El pecho le sube y le baja a toda prisa mientras intenta controlar la respiración, y no hace falta ser una lumbrera para saber que viene de correr.

En cuanto escucha la música, se quita un audífono y me ve reflejada en el espejo.

No me saluda, solo rechina los molares, dejando que se le contraiga la mandíbula, como si mi mera presencia le resultara ofensiva esta noche.

Pues lo mismo digo, compañero.

¿Qué le pasa? No he hecho nada para que me ignore. Él es el que…, el que…, bueno, tampoco es que él haya hecho nada malo, supongo, pero llevamos dos segundos en la misma sala y me está molestando.

Me molesta que no diga nada.

Me molesta que esta noche le haya prestado atención a otra mujer.

Me molesta que no pueda estar conmigo.

Me molesta especialmente que esté tan guapo después de correr.

Y que encima le guste correr.

En serio. ¿A quién demonios le gusta correr? Tiene que ser una bestia, seguro.

Emmett abre el pequeño armario que hay junto a la puerta, saca una toalla de mano para secarse la cara y veo que vuelve a ponerse el audífono. Como si estuviera esperando a que yo rompiera el silencio. Como si diera por hecho que lo voy a hacer.

Bueno, pues le salió el tiro por la culata, porque de repente esta noche estoy furiosa. Y además prefiero entrenar en silencio.

Él se coloca la toalla al hombro, se dirige a la zona de pesas y se sitúa en un banco; un banco en el que, ahora que me fijo, tiene la camiseta estirada y un par de mancuernas pesadas a cada lado. Seguramente estaba aquí mucho antes de que yo llegara y, aunque técnicamente el gimnasio es mío, de repente siento que estoy interrumpiendo su rato de soledad tal como yo pensé que él estaba interrumpiendo el mío.

Eso también me molesta. Creía que yo había llegado antes.

Diez minutos después, estamos concentrados en nuestros respectivos entrenamientos, sin que ninguno diga nada. El silencio no me molestaría tanto si pudiera evitar cruzar miradas con él en el espejo o si encontrara un mínimo de fuerza de voluntad y dejara de contemplar la facilidad con la que levanta esas mancuernas.

El cerebro me traiciona y calcula en un santiamén cuánto está levantando en repeticiones continuas. Es la mitad de mi peso corporal y hace que parezca fácil. Parece que podría levantar mucho más si quisiera.

Si él tuviera la motivación adecuada.

Es bueno saberlo. Bueno, da igual.

Las pesas aterrizan en el suelo con un golpe seco después de cada serie, y no tardo en darme cuenta de que no las suelta porque esté exhausto y no le quede energía para dejarlas con cuidado. Las suelta con estrépito porque está histérico.

¿Y por qué? ¿Yo qué hice?

¿Es porque perdimos? Nos pasa a menudo. Perder de vez en cuando es parte de una temporada interminable.

Paro la caminadora y, antes de que se detenga por completo, me bajo y me dirijo a la salida, tras decidir que volveré cuando él haya acabado y yo pueda entrenar en paz. Sin todo ese ruido. Sin tanta tensión. Sin todas las miradas fulminantes que me lanza a través del espejo.

Tengo la mano ya sobre el pomo de la puerta cuando, por fin, rompe el silencio.

—¿Se puede saber por qué estás tan enojada?

—¿Yo? —exhalo sorprendida—. Yo no soy quien está dejando caer las mancuernas como un histérico.

No levanta la mirada del teléfono. No me contesta.

—¿Es porque perdimos? —le pregunto.

—No estoy teniendo una buena noche, Reese.

—¿Sí? Okey, pues te dejo que la tengas a solas. —Acto seguido, empujo la puerta para irme.

—No has contestado a mi pregunta. —Sus palabras surten efecto y me detengo en el umbral—. Sé por qué estoy enojado yo, pero no logro entender por qué lo estás tú.

—Qué curioso. —Me giro para mirarlo—. Justo estaba pensando lo mismo.

Por fin levanta la vista de la pantalla, y esta vez no me busca en el espejo. Me mira directamente a los ojos. El gesto hace que vuelva a entrar en la sala y que cierre de nuevo la puerta, aunque me quedo con la espalda pegada a ella.

—Vi a tu reportera favorita —le suelto.

—Estás bromeando, ¿no? —contesta enarcando las cejas oscuras.

Mantengo los hombros erguidos, mostrándome firme en mi declaración, aunque no tenía intención de ser la primera en sincerarse.

—No tienes motivos para enojarte por eso —sentencia él.

—Yo puedo enojarme por lo que me dé la gana.

—Qué estupidez. —Se levanta del banco, sin camiseta, furioso y condenadamente atractivo—. No tengo ni idea de qué te pudo haber molestado de eso, pero sea cual sea el motivo, da igual. Y menos después de traer a tu maldita cita al partido.

¿A mi cita?

—¿A qué te refieres?

Camina hacia mí con paso firme.

—A Matt, o Mike, o como mierda se llame. El tipo con el que te pasaste todo el partido en tu palco. ¿Me vas a decir que ya te olvidaste de él? Como cuando lo olvidaste enseguida después de su última cena juntos, ¿eh?

Siento la imperiosa necesidad de mandarlo a la mierda, pero estoy tan confundida que necesito que siga explicándose. Pero entonces, de repente, comprendo a quién se refiere. A la cita que tuve para intentar olvidarme precisamente de él.

—¿Te refieres a Michael? —pregunto para aclararme.

—Pues claro.

¿Está molesto porque vino Michael?

Suelto una risa incrédula.

—Claro, ahora eres tú el que está bromeando, ¿no? No tienes derecho a enojarte por Michael.

Emmett tensa la mandíbula bajo la barba y da otro paso hacia mí.

—Ya lo sé. Igual que tú no tienes derecho a enojarte por la reportera. Porque tú y yo solo somos compañeros de trabajo, ¿verdad, Reese?

—Sabes que Michael es el hijo de Ed, ¿no es así? Ed, el del consejo asesor. Ed, que sabe que no me interesa su hijo. Ed, que vio todo el partido desde mi palco… con su hijo. Los dos solos.

Por la expresión de su rostro, veo cómo ahora lo entiende todo.

—Supongo que hoy no miraste hacia arriba ni una sola vez, ¿verdad?

No contesta, pero ya sé la respuesta.

—Así que no, no tienes derecho a enojarte porque Michael estuviera aquí —prosigo—. Y menos cuando estabas tan ocupado dando entrevistas personales en mi dugout.

Da unos pasos calculados más hacia mí y noto que lo invade la frustración mientras me observa.

—Los días de partido es mi dugout —dice con frialdad—. ¿Por eso no viniste a verme antes del primer lanzamiento? ¿Porque la periodista estaba allí?

—¿Por eso estabas coqueteando con ella? ¿Para vengarte de mí porque pensabas que había traído a un acompañante?

—Responde a mi pregunta.

—No me digas lo que tengo que hacer.

Da un último paso, alzándose ante mí, fuerte y furioso. El sudor le gotea por las sienes y sigue resbalando sobre el vello oscuro y espeso de su pecho. Tengo que hacer un esfuerzo considerable para no levantar la mano y tocarlo con los dedos porque discutir con él me está excitando.

—Bien —respondo—. ¿Eso es lo que quieres oír? ¿Que me has convertido en una mujer celosa y mezquina por primera vez en mi vida? ¿Eso te hace feliz, Emmett?

—Sí.

Me sobresalto, echo la cabeza hacia atrás, pero no tengo dónde ir con la puerta cerrada a mi espalda.

Se inclina hacia adelante hasta quedar a mi altura, y la forma en que me mira resulta embriagadora. Su olor. La energía palpable que irradia. Ese brillo posesivo en la mirada.

—Quiero que pierdas la cabeza como tú me la haces perder a mí. —Lo dice con un tono cargado de frustración—. Y no estaba coqueteando con esa periodista.

—Te estabas riendo con ella.

—Bueno, Reese, ¿y qué quieres que haga? ¿Gritarle a la mujer y decirle que solo se me permite reír cuando está mi jefa delante?

—Sí.

Él levanta una ceja, sorprendido.

Yo me encojo de hombros, sin el menor rubor.

—Dijiste que quieres que pierda la cabeza.

Hay un leve, casi imperceptible, movimiento en sus labios.

—No puedo ser un imbécil con una reportera. Además, últimamente tú y yo discutimos tanto que no me quedan ganas para discutir con los demás; las gasto todas contigo. —Emmett me acorrala entre sus brazos, apoya las manos en la puerta y me mira fijamente—. Tú deberías saber mejor que nadie que yo no estaba coqueteando con ella.

Pongo los ojos en blanco.

—Pues lo parecía.

Niega con la cabeza, y me acaricia los labios con su aliento cuando habla. Luego me separa los pies de una patada y desliza su fuerte muslo entre mis piernas cuando me empuja contra la puerta.

—¿Ya lo olvidaste? ¿Necesitas que te recuerde cómo me pongo cuando deseo a una mujer? Tú deberías saberlo mejor que nadie.

Tengo la prueba aquí mismo, presionándome la cadera.

Está tan cerca…, sus labios están tan cerca que me bastaría con levantar la barbilla para que mi boca se encontrara con la suya. Me bastaría con deslizar la mano por el espacio que queda entre nosotros para abrazarlo.

Inclino las caderas y me froto contra la musculatura de su muslo y, ¡Dios!, creo que nunca en mi vida he deseado nada tanto como lo deseo a él ahora mismo.

Me rodea el cuello con su mano callosa. Aprieta con suavidad. Tiene la piel cálida.

—Tenías razón.

Intento reprimir un gemido.

—¿En qué?

—Mi mano. —Me examina el cuello con atención—. Queda tremendamente bien de collar en tu cuello.

Con esa misma mano me ladea la mandíbula hacia él, se inclina y me besa.

Y vaya que me besa. Hay un profundo dolor en la fuerza con la que presiona su boca contra la mía. Hay desesperación en la forma en que me lame el labio inferior con su lengua, suplicándome que lo abra para él.

Lo hago.

Con gusto. Obediente. Completamente a su merced.

Gime con un sonido primitivo cuando le introduzco la lengua en la boca y es como una alarma. Me recuerda que estamos aquí. Me recuerda quiénes somos.

No podemos hacer esto. Otra vez no. Y menos aquí.

—Emmett… —Encuentro la fuerza para apartar la mirada, rompiendo el momento—. Sabes que no podemos.

Es agotador intentar hacer siempre lo correcto, pero las consecuencias de equivocarme en esta situación resultan demasiado graves como para ignorarlas.

Los dos intentamos recuperar el aliento durante un instante. Me escruta el rostro con sus ojos cafés, como si esperara que cambie de opinión. Pero, al no hacerlo, apoya la frente en la mía un segundo antes de apartarse de la puerta y dejarme un vacío doloroso entre las piernas.

—Por eso no estoy teniendo una buena noche. —Se da la vuelta, se marcha, y pone la distancia que tanta falta hace—. Porque no puedo ser yo.

—¿Y cómo crees que me siento yo? —le pregunto en voz alta dirigiéndome a su espalda—. Yo era perfectamente feliz dirigiendo este equipo yo sola. Estando sola. Ni siquiera había mirado a un hombre hasta que tu odiosa y cálida cara empezó a aparecer por todas partes. Con tu odioso enorme cuerpo y tu odioso gran corazón.

Me mira por encima de su hombro, con expresión un tanto sorprendida por mi repentina honestidad.

—¿Te preocupa tanto que haya otro hombre? Ojalá pudiera desear a alguien que no fueras tú. Eso me ahorraría muchos problemas, Emmett. Así que tú no eres el único que se molesta por esto. ¡Yo también estoy molesta!

—Pues genial, Reese —exclama, levantando las manos y girándose para mirarme—. ¿Sabes lo frustrante que es no poder hablar con la única persona con la que quiero hacerlo sin tener que inventarme una excusa absurda relacionada con el trabajo? ¿Te das cuenta de lo exasperante que es desear a alguien por primera vez en veinte años y que esa persona resulte ser mi jefa? Estar cerca de ti es la mayor tortura de mi vida, y la mayoría de los días apenas lo soporto. Tu presencia me irrita y, aun así, no puedo alejarme de ti. Odio que me hayas hecho desearte.

Por sí solas, algunas de esas afirmaciones deberían doler, pero no lo hacen. Ni lo más mínimo.

Resoplo.

—¡Tú me has hecho lo mismo, maldita sea! Has conseguido que te desee, así que ¿por qué demonios te enojas conmigo?

—¡Porque sí! Porque si no estoy enojado contigo… —Deja de gritar y se pasa la mano por la cara como si se quitara un filtro—. Porque, si no estoy enojado contigo, me paso todo el tiempo deseando cogerte.

Y ahí está. Lo dijo.

Nos quedamos uno frente al otro, con el pecho agitado y la respiración entrecortada. Esperando a que el otro rompa las reglas. Que acabe con la tensión. Que se rinda de una vez.

Ninguno de los dos lo hace.

Emmett exhala un suspiro de resignación.

—Y los dos sabemos que no puede ser.

Se le desploman los hombros y siento que los míos se desinflan de igual modo; ambos renunciando a seguir discutiendo. No hay mucho más que hablar. Los dos queremos lo que no podemos tener, y no podemos hacer gran cosa al respecto.

Emmett niega con la cabeza y vuelve lentamente al banco donde estaba, se sienta y se apoya en el respaldo. Se pasa los dedos por el pelo antes de entrelazarlos en la nuca y quedarse con la mirada perdida. Demasiado agotado. Demasiado derrotado.

Debería irme. Ambos necesitamos espacio para que se enfríe este momento de tensión. Pero cuando alargo la mano para abrir la puerta no tengo la voluntad de abrirla y marcharme.

Mi cabeza me grita que me aleje, pero en este preciso instante no quiero escucharla.

Jalo la manija hacia adentro para asegurarme de que está cerrada. Luego giro la cerradura.

¿Para que no entre nadie? ¿Para encerrarnos? No estoy segura. Ahora mismo no pienso con claridad.

Cruzo la sala y voy directo a él, y no me permito dudar de lo que quiero. Es culpa suya, concluyo. Por ser así. Por rebatirme así. Por desearme así.

Emmett tiene los fibrosos muslos separados a ambos lados del banco, así que lo miro de frente y le paso una pierna por encima para sentarme a horcajadas en su regazo. Hace tiempo podría haber sentido pudor por dejar caer mi peso sobre él, pero cuando cumplí treinta años dejé de preocuparme. Así que me siento y apoyo todo mi cuerpo sobre el suyo.

Ni siquiera tiene que acomodarse para sostenerme: sus piernas musculosas no tienen ningún problema para equilibrarme.

—Reese…

—Shhh… —Le sujeto la cara con ambas manos y le acaricio el pelo corto tras las orejas—. Cállate un segundo.

Entonces hago algo muy imprudente, teniendo en cuenta que estamos en nuestro lugar de trabajo: lo beso.

24

Emmett

Reese me está besando.

Otra vez.

Hubiera jurado que fue algo ocasional, pero aquí estamos de nuevo, con sus suaves labios apretados contra los míos. He soñado con esto y se lo diría si mi boca no estuviera ocupada.

Irradia seguridad cuando toma mi cara con las manos y me besa justo como quiere. Seguridad en la manera en la que se acercó a mí y se puso a horcajadas sobre mi regazo como una maldita diosa tomando su legítimo trono.

Reese se lanza por lo que quiere. Es uno de sus rasgos más sexies y, justo ahora, lo que quiere soy yo.

«Ojalá pudiera desear a alguien que no fueras tú».

Esas palabras, que parecen grabadas a fuego en mi pecho, me crean esta determinación desesperada de asegurarme de que nunca lo haga.

Estoy enojado y muy caliente. Enojado sin motivo porque un tipo cualquiera ha estado cerca de ella. Enojado con motivo porque no puede ser mía.

Pero ahora mismo está sentada en mi regazo. Besándome, así que debería decirle a mi cerebro que cierre el pico para que me pueda concentrar.

En esta ocasión el beso es dulce, del todo sincronizado, como si el único beso que nos dimos antes de esta noche nos hubiera convertido en expertos el uno en el otro.

Aparta la boca, pero sus manos todavía sostienen mi cara y sus ojos azul oscuro buscan los míos. Esperando que la detenga. Esperando que hoy yo sea el que actúe con responsabilidad.

A la mierda.

Estoy harto de ser responsable. Quiero ser egoísta. Y tengo claro que esto es lo que quiero. La quiero a ella. La discusión ya me tenía a punto de estallar y, por una vez, no quiero hacer lo correcto.

—¿Cerraste la puerta? —pregunto.

—Sí.

—¿Hay alguna cámara aquí? —No me lo había preguntado hasta ahora. Tampoco es que me haya importado nunca. Esboza una sonrisa traviesa—. ¿Por qué me miras así?

—¿No sería divertido verlo? Un poquito de porno en el gimnasio.

—Carajo —suspiro—. A la sofisticada Reese Remington le queda genial decir cosas como «porno».

—No siempre soy sofisticada, ya lo sabes. También puedo ser juguetona.

Ronroneo con solo imaginármela, mientras paso despacio la yema de los dedos por su columna vertebral.

—No puedo coger contigo en el gimnasio, Reese.

En parte porque se merece algo mejor y en parte porque me da miedo que se arrepienta mañana. No podría soportar que esta mujer me mirara con arrepentimiento. Me gusta demasiado. La respeto demasiado.

Se le desploman los hombros al instante y dibuja con los labios un pequeño puchero de niña caprichosa.

—¿Cámaras? —pregunto de nuevo.

—No.

—Bien. —Me inclino y paso la lengua por su prominente labio inferior—. No hagas pucheros. Eres demasiado jefa como para hacer pucheros porque las cosas no salen como quieres. No voy a coger contigo aquí, pero me aseguraré de aliviar un poco esa rabia que tienes.

Sus ojos recorren el espacio que nos separa, se fija en el bulto de mis shorts y mi verga le llama la atención al instante.

—Ya la tienes dura.

—Sí. Bueno, esta es la pinta que tengo cuando deseo a alguien. Espero que no lo olvides, Reese. Me paseo todo el tiempo por la sede del club con una erección constante por culpa de mi jefa, no de una reportera cualquiera.

Emite un sonido de satisfacción y apoya sus manos con la manicura perfecta sobre mis hombros. Esas uñas de color rosa claro se pasean por mi pecho, por mi abdomen, dirigiéndose al sur de una forma que hace que mi cuerpo ansíe su contacto. Dibuja un círculo tortuoso por la línea de vello que hay justo encima de los pantalones antes de seguir hacia abajo para juguetear con la cintura elástica.

—Así que ¿esto es para mí? —pregunta.

—Es por ti.

—Pero ¿es para mí? —Levanta la mirada hacia mí, inocente y tentadora al mismo tiempo—. No vas a cogerme, pero ¿puedo tocarla?

¿Si puede tocarla? Carajo, sí, por favor. Puede tocarla. Retorcerla. Lamerla. Acariciarla. Tratarla como un maldito juguete, por lo que a mí respecta.

Sin esperar respuesta, pasa la palma de la mano por la parte frontal de mis shorts y, ya es oficial, me estoy muriendo. Porque así es como tiene que ser el cielo, ¿no?

—Carajo. —Dejo caer la cabeza hacia atrás y la observo—. Sí, nena, puedes tocarla.

Por encima de los pantalones, me envuelve la verga con la mano y aprieta. Y cuando la acaricia desde la base hasta la punta, observo cómo esos ojos azules se dilatan mientras calcula mentalmente su tamaño.

No le pregunto si está segura de querer continuar ni le doy la oportunidad de pensarlo mejor, porque sé que si cualquiera de los dos tiene tiempo de pensar con claridad lo que estamos haciendo y dónde lo estamos haciendo, se acabará de golpe.

Estoy superexcitado, no pienso con lucidez y no me podría importar menos que, por esta noche, me haya rendido.

Persigo su palma con las caderas, buscando su contacto, deslizo la mano entre su suave pelo, le agarro unos mechones y empujo su boca hacia la mía. Respiro contra su boca medio abierta y me parece como si fuera la primera vez que inhalo aire fresco desde hace semanas, desde la última vez que pude hacer esto.

Ella lo es todo, me besa como si fuera suyo, me acaricia como si le perteneciera. Y, en este momento, me permito creer que podría ser así. Que en realidad así es.

Se retuerce contra mí, contoneándose con deseo. Está en mi regazo, pero no pegada a mí, y el espacio vacío entre nuestras pelvis es la peor de las torturas. Pero yo soy el afortunado al que su mano rodea mientras ella está ahí persiguiendo la nada con las caderas.

Estoy tan concentrado en su boca, en sus labios firmes a la par que suaves, que no sé decidir qué es lo que quiero tocarle en primer lugar. Parezco un niño que en la mañana de Navidad quiere jugar con todos los juguetes a la vez.

—Em —dice con voz entrecortada, apartándose para apoyar su frente en la mía. Debe notar mis puños en tensión, abriéndose y cerrándose, intentando decidir dónde poner las manos primero—. Tócame.

—Me cuesta decidir por dónde empezar a tocarte… —suelto entre risas.

Sonríe y me pasa la suave palma de su mano por la barba.

—Por todas partes sería un buen comienzo.

Me centro en sus muslos, fuertes y en equilibrio sobre los míos, con esos leggings de color azul claro que parecen una segunda piel. Luego ahí están sus tetas, jadeando con esfuerzo tras un top a juego que apenas puede contenerlas. Y no puedo evitar soñar con sentir su peso sobre mí, quizá con poner la boca alrededor de una. Su abdomen se curva sobre la cintura de sus leggings y, carajo, también quiero tocarla ahí.

Se retuerce contra mí, un pequeño manojo de temblores, y eso me recuerda justo dónde quiero tocarla primero. Dónde necesito tocarla primero.

Le acaricio los muslos con las palmas de las manos y subo despacio hacia arriba, y cuando encuentro sus caderas, las arqueo, la agarro de las nalgas y la atraigo para que pueda restregarse contra mí. Aparta la mano y la sube a mi torso desnudo. Esa pequeña fricción, cuando su cuerpo por fin se frota contra el mío, casi hace que me venga con un solo movimiento.

—Ah —gime, dejando caer las mejillas contra las mías y tomando con una mano la parte de atrás de mi cabeza mientras con la otra se sujeta al banco que hay detrás de mí. Arquea un poco más las caderas hacia adelante y todo su cuerpo tiembla cuando su clítoris se desliza sobre la punta de mi verga.

—Eso es —la incito—. Utilízame, Reese. O déjame utilizarte.

Asiente con ansia, dejándome mover su cuerpo justo como quiero, empujando y tirando de sus caderas y, demonios, creo que me voy a venir en los malditos shorts.

El tejido de sus mallas crea un roce delicioso contra mi verga, aunque no me parecería mal si lo que nos queda de ropa desapareciera. Pero entonces tendría la tentación de entrar en ella y, como he dicho, no voy a coger con ella aquí.

Sus labios me recorren el cuello mientras dejo que mis manos exploren su cuerpo. Vuelvo a apretarlas en torno a sus nalgas, jugueteando con los dedos por la costura de las mallas.

Vacila cuando deslizo la mano más abajo.

—Dime que pare.

—No. Sigue tocándome.

Y lo hago, recorro con las yemas de los dedos la costura de las mallas y le acaricio la vulva, solo para descubrir que la tela allí ya está húmeda por la excitación.

—¿Ya estás mojada para mí?

—Sí.

Rozo con los dedos su centro una vez más y entonces le aprieto las nalgas mientras la balanceo contra mí. Sigo mi camino, sucumbiendo a la insana necesidad de tocar cada centímetro de su cuerpo. Le paso ambas manos por el abdomen y las subo hacia el pecho. Con los pulgares, le doy un golpecito en los pezones que afloran bajo su top. Después también los aprieto. Reese deja escapar un gemido precioso contra mi garganta y me besa la barba incipiente.

Es la maldita perfección en mis manos, claro que lo es.

—Se siente tan bien —susurra—. Así es como me gustas. Con tus manos encima de mí. Un poco desesperado.

—¿Un poco? Carajo. —Suelto una risa de angustia—. Ahora mismo estoy fuera de control, pero ¿te sorprende? —Le agarro el hombro con la mano y la empujo hacia mí, asegurándome de que pueda sentir lo desesperado que estoy—. Tú me has hecho esto. Te paseas por mi club con esos malditos tacones y con esa maldita actitud, haciendo que te desee.

Suelta un grito ahogado cuando se levanta, creando un poco de espacio entre nuestros cuerpos para darse un descanso temporal. Solo le doy un segundo antes de volver a presionar la palma de la mano contra la parte inferior de su espalda y empujarla de nuevo contra mí.

—Mi club —dice con un jadeo.

—¿Qué dijiste?

Se dobla para acercar los labios a mi oreja y repite:

—Mi club.

El ruido sordo de mi risa se transforma de inmediato en un gemido cuando me envuelve el lóbulo con los dientes y me da un mordisco.

No sé si alguna vez en la vida he estado tan excitado. La presión de su cuerpo deslizándose sobre el mío. Su respiración entrecortada en mi oído. Saber que ella tiene que ser firme y llevar la voz cantante ahí afuera, pero que, cuando está conmigo, es tierna y dócil, y cede en gran medida el control.

Dejo que mis labios repasen su mandíbula, creando una reverente senda de besos y asegurándome de que cada uno cuente. De que cada uno se le marque en la piel y le haga recordarme después.

Se retuerce contra mí, su pecho se aprieta contra el mío y, carajo, es increíble. Tener su piel en la mía. Abrazar su cuerpo. Estoy tan en la gloria que lo único que puedo hacer es echar la cabeza hacia atrás y dejar que ella marque el ritmo durante un rato.

Verla masturbarse encima de mí es el maldito éxtasis, de verdad. Nunca en mi vida me he sentido tan feliz de que me utilicen como a un juguete. Podría poner las manos detrás de la cabeza y dejar que rebotara sobre mí hasta que se viniera. Serían las mejores vistas de mi vida.

Cuando muevo la cabeza a un lado, puedo ver nuestro reflejo en el espejo. La tenue iluminación pinta sus curvas con sombras y sigo la forma en la que bailan por su cuerpo mientras se mueve sobre mí. Un foco ilumina su cara y, ¡Dios!, no creo que pudiera estar más hermosa de lo que está ahora mismo. Es algo surrealista ver a esta mujer encima de mí. Nos vemos tan bien juntos… No es de extrañar que los chicos me hayan estado molestando tanto con mi jefa. Incluso yo puedo ver en el reflejo lo loquito que estoy por ella.

—Míranos. —Señalo el espejo con la cabeza—. Qué guapa estás montándome.

Reese sigue mi mirada y veo cómo sus ojos azules recorren nuestra imagen. Abre los labios de golpe, pero los cierra sin decir nada.

—¿Qué piensas?

Su mirada vuelve a nosotros.

Que no parece que estemos haciéndolo nada mal.

No. No lo parece.

Está fascinada con nuestro reflejo, y no la culpo, pero está tan distraída contemplándolo que sus caderas han pasado a un ritmo de una lentitud tortuosa. Paso el dorso de los dedos por su vientre y los meto en la cintura de sus mallas, lo que logra captar su atención de nuevo. La humedad se acumula alrededor de las yemas de mis dedos mientras agarro el tejido elástico y la jalo hacia mí, con lo que logro reiniciar sus movimientos.

—Te vas a venir —le digo.

No es una pregunta, más bien es una orden. Bueno, en realidad es una afirmación, porque, diga lo que diga yo, es evidente que está tan a punto de hacerlo que va a venirse de todos modos.

—Sí.

El calor se me enrosca por la espalda, hierve a fuego lento en mis caderas y ahí estoy con ella, al límite. Y eso en sí mismo es toda una batalla. Si esta va a ser la única oportunidad que tengo de verlo, me niego a perder ni un solo segundo de contemplar cómo Reese Remington se viene encima de mí tan solo por estar demasiado ocupado con mi propio orgasmo.

Con los dedos en la cintura de sus mallas, dirigiendo sus movimientos, dejo que el pulgar se deslice hacia la parte delantera. Encuentro su clítoris con la yema del pulgar y lo restriego en circulitos sobre la tela húmeda.

—Carajo, Em.

Cae hacia adelante con un estremecimiento, incapaz de mantenerse erguida, incapaz de controlar sus movimientos, pero, aun así, busca su orgasmo balanceándose contra mí. No me pide que me encargue de ello, porque es demasiado orgullosa para hacerlo, pero yo la ayudo de todas formas. Me levanto del banco, le agarro las nalgas con las manos y la llevo a una de las paredes con espejos.

Se desliza por mi cuerpo mientras la pongo de pie, y luego la giro y la empujo contra el espejo. Sus tetas chocan contra él de la forma más pecaminosa, su mejilla se apoya contra su propio reflejo, empañándolo con sus jadeos y gemidos de deseo.

—Mira. —Aparto unos centímetros su cadera de la pared, dejándome espacio para deslizar la mano hacia la parte frontal de sus mallas—. Mira cómo te hago venir.

Se impulsa hacia atrás para frotar sus nalgas contra mi entrepierna y yo me muevo con ella, me balanceo contra ella como si estuviera cogiéndola por detrás.

—¡Emmett! —grita, arqueándose hacia mí.

—Lo sé. Te tengo.

Encuentro su clítoris con la yema del dedo, lo froto haciendo círculos usando su propia excitación para que se deslice bien. Está tan mojada, y caliente, tan lista y…, carajo, la deseo. Tengo los nudillos blancos por la firmeza con la que la agarro de la cadera para mantenerla estable mientras me balanceo contra ella desde atrás. Mi verga se desliza por la costura de sus nalgas al tiempo que recorro su espalda con los labios, cubriéndole toda la columna de besos de adoración hasta su hombro, para encontrar al fin su boca.

Dejo caer mi frente sobre la suya.

—Qué gusto da sentirte.

—Me voy a venir —gime contra mis labios mientras sus dedos dejan huellas emborronadas en el espejo buscando algo a lo cual agarrarse.

Tiene los ojos clavados en el espejo que hay en la pared de nuestra izquierda y mira fijamente nuestro reflejo; yo sigo su mirada para observarnos también. No puedo dejar de pensar en lo mucho que parece que la estoy tomando por detrás. Lo dispuesta que está, empujando sus nalgas hacia atrás y moviéndose conmigo, al tiempo que persigue mis dedos con su clítoris.

—Ojalá estuvieras dentro de mí.

—Carajo. —Dejo caer la cabeza en su nuca, intentando calmarme—. No digas cosas así o puede que lo haga.

Me dedica una sonrisa tentadora antes de abrir la boca para formar una «o» y fruncir el ceño de concentración cuando mis dedos vuelven a hacer círculos.

—Justo ahí, Em…

—Demonios —gimo—. Me encanta cuando me llamas Em.

—¿Sí?

—Me encanta cuando me llamas cualquier cosa, porque entonces sé que tengo tu atención.

—Créeme… —Estira el brazo hacia atrás y desliza la mano por detrás de mi cabeza para acercar mis labios a los suyos—. Siempre tienes mi atención. Y ese es el problema.

Es el recordatorio más cruel al borde del orgasmo, del de los dos, de que esto no puede volver a suceder. De que no puede haber un nosotros.

Me gusta mucho tocarla en esta postura, pero necesito verla. Así que la giro para que quede frente a mí. Reese rodea mi cintura con sus fuertes piernas mientras la levanto y la empujo otra vez contra el espejo. Y, como si regresaran al hogar, mis caderas se encajan sin esfuerzo en el hueco de las suyas. Luego la beso, un beso largo y profundo, y dejo que mi lengua se tome su tiempo para deslizarse contra la suya. Me concentro en cada momento. Memorizo cada sonido. Ese gemido contra mis labios. La presión de sus muslos en mi cadera mientras se acerca aún más. La forma en la que sus brazos me rodean los hombros y los dedos se clavan en mi espalda mientras la muevo.

La beso de un modo que sé que quedará grabado en su memoria, y cuando su cuerpo se tensiona y nos movemos juntos con desesperación, la sujeto, dejando que disfrute de su orgasmo contra mí y asegurándome de sentirlo mientras ocurre. Incluso a través de sus mallas, puedo notar cómo palpita y eso hace que mi propio orgasmo esté más cerca.

Está deslumbrante como nunca. Agotada y exhausta. Con la piel sonrojada y el pecho jadeando. Músculos tensos y sonidos preciosos. Cada pared espejada del gimnasio me proporciona una vista diferente de ella viniéndose. No puedo apartar la mirada de ella y no sé cómo se supone que debo conformarme con ver esto solo una vez en la vida.

—¡Emmett! —grita en medio del orgasmo, y oír mi nombre me hace perderme con ella.

Con un brazo la sujeto y con el otro me apoyo en el espejo cuando todos mis músculos empiezan a contraerse. Escondo mi rostro en su cuello mientras el calor me recorre la espalda. Una luz blanca aparece detrás de mis ojos al tiempo que amortiguo mis gemidos desesperados contra ella, que me rodea con sus brazos y mantiene sus labios pegados a mi cuello, y entonces, aquí mismo, en el gimnasio, me vengo en los malditos shorts tras restregarme con la ropa puesta con mi jefa contra la pared.

Y, carajo, me gustaría volver a hacerlo.

Fue lo justo para quitarme el gusanillo, pero mi ardiente deseo por esta mujer no se ha reducido en lo más mínimo. De hecho, ahora, después de haber podido probar una muestra de lo que sería estar con ella, es mayor. Los dos nos tomamos nuestro tiempo para calmarnos; gran parte de la tensión previa se va disipando.

El precioso cuerpo de Reese se desploma en mis brazos, y aflojo la fuerza con la que la estaba levantando.

—Gracias —dice con la respiración entrecortada.

—¿Un poco menos molesta?

—Se podría decir así.

Sus ojos se clavan en la parte delantera de mis shorts y no sabría si la humedad que hay allí se debe a ella o a mí, pero tampoco podría importarme menos. Ahora mismo no queda en mí ni rastro de timidez.

—¿Qué hay de ti?

—No sé si estoy más o menos acelerado que antes —le digo con sinceridad.

Se muerde el labio mientras sigue con los ojos clavados en donde se unen nuestros cuerpos y esa mirada hambrienta parece una buena señal. Si todavía quiere seguir, es que no hay arrepentimiento poscoital.

Saco los dedos de sus mallas y me paso la punta por la boca para lamerlos y limpiarlos.

Eso hace que me mire.

—Para que conste, sabes fenomenal.

Abre la boca de golpe.

—No estás jugando limpio.

—No sé de lo que me hablas. Acabas de tener un orgasmo. —Le coloco el pelo detrás de la oreja y le acaricio el pómulo con el pulgar—. Te ves increíble cuando te vienes, por cierto.

Su sonrisa se torna vergonzosa y se ruboriza. Me estalla un poco la cabeza al ver a esta mujer tan segura de sí misma volverse tímida, pero, dadas las circunstancias, lo disfruto.

—En serio. —Cruza los brazos detrás de mi cuello, manteniéndome cerca—. Verte sin camiseta en el gimnasio es buen material para mis fantasías sexuales; lo usaré más tarde, sin duda. Así que gracias.

—Justo estaba pensando lo mismo al verte con ese atuendo tan sexy.

Sus ojos se encuentran con los míos y esboza una sonrisa dulce, aunque triste. Estoy casi seguro de que mi gesto refleja el suyo cuando nos miramos. Se inclina y me besa de una forma que parece como si lo estuviera haciendo por última vez.

Y si va a ser así, hagamos que dure.

Los besos dulces se convierten en desesperados. Las caricias suaves se transforman en manos que buscan con urgencia. Con ella inmovilizada contra el espejo, nos besuqueamos como un par de adolescentes que por fin han conseguido un ratito a solas.

En mi opinión, los besos postorgasmo están muy infravalorados, así que continúan durante varios minutos hasta que al fin Reese se aparta, con los ojos entornados y los labios hinchados.

Tan bella que duele.

Y entonces me acuerdo de lo que pasó la última vez que estuvimos a solas.

—¿Qué es lo que quería Scott cuando interrumpió antes nuestra reunión?

Pone los ojos en blanco, sus dedos aún juguetean con el pelo de mi nuca.

—El piensa que debería estar más involucrado en las operaciones deportivas.

—Se puede ir a la mierda. ¿Qué le dijiste?

—Que yo soy la presidenta y no él, y que estoy dirigiendo el equipo como yo creo conveniente.

Una sonrisa orgullosa aparece en mis labios cuando la miro.

—Esa es mi chica.

—No soy tu chica. —Arquea una ceja, retadora—. Soy tu jefa.

—Ah, sí. ¿Cómo pude olvidarlo? Quizá es la forma en la que te viniste sobre mi verga lo que me ha confundido.

Me da un golpecito en el pecho, de broma, pero la agarro de la muñeca y la atraigo hacia mí. Le paso la nariz por la mejilla y la beso con suavidad y sin prisas por la mandíbula. Pero no acerco mis labios a los suyos todavía.

—Sabes que esto no puede repetirse, ¿verdad? —me susurra.

—Sí. —Encuentro su boca y la beso una vez más—. Desde luego que no va a volver a pasar.

25

Emmett

—Esta es la sala de entrenamiento —le digo a Milo—. Y esta es la doctora Rhodes. Supervisará cualquier tratamiento que necesites.

Kennedy tiende la mano para estrechársela.

—Hola. —Milo carraspea al darse cuenta de que le salió un tono demasiado agudo, y eso hace que me pregunte cuánto debe hacer que dejó atrás la pubertad—. Encantado de conocerte.

—Bienvenido al equipo. Si necesitas algo de por aquí, no dudes en decírmelo, y si necesitas algo en el campo, mi marido Isaiah podrá ayudarte.

Abre los ojos de par en par.

—¿Isaiah Rhodes? ¿Es tu marido?

—Así es.

—Soy superfán… —Se frena—. No sé si puedo seguir diciendo eso ahora que somos compañeros de equipo.

Milo Jones es lo bastante joven como para ser grupi de sus compañeros de equipo. Entendido.

—No pasa nada. Yo también soy algo fan de él de vez en cuando. Y, oye, estoy casada con Isaiah, así que… —Se despide con la mano antes de volver al trabajo—. Felicidades por el ascenso.

Tomo a Milo del hombro para guiarlo. Noto que el pobre chico tiembla como un flan bajo mi mano. Está hecho un manojo de nervios desde que entramos en el edificio, y no se ha tranquilizado aún, aunque ya llevamos un rato recorriendo las instalaciones. La verdad es que no lo culpo. El día que te convocan desde las ligas menores es uno de los más importantes de tu vida. Es al mismo tiempo emocionante y aterrador, pero ese pavor se ha agravado sin duda en este día en particular.

Para sorpresa de nadie, la ciudad y la liga se han sumido en un estado de caos desde que Reese tomó la decisión de traspasar a Harrison Kaiser a Houston. Eso liberó algo de espacio en el presupuesto y un hueco en el personal, pero los aficionados llevan protestando desde entonces y me da la impresión de que no van a dejar de hacerlo pronto.

Es mucho peor de lo que esperaba y, aunque es cierto que se podría percibir como un traspaso discutible sacrificar a un conocido veterano antes de saber nuestras posibilidades de jugar los playoffs, los titulares se han centrado menos en el movimiento en sí y más en el hecho de que lo ha decidido una mujer.

Incluso si no conociera a Reese, me enojarían ciertas cosas que se están diciendo en internet. Pero la conozco. Conozco sus intenciones. Conozco su amor y pasión por este equipo. Que no se me malinterprete: el hecho de que los aficionados y la prensa analicen con lupa los traspasos y fichajes es parte del juego, pero lo que está ocurriendo a propósito de este traspaso es otra cosa, y todo el mundo aquí lo sabe.

Hoy no he tenido oportunidad de hablar con Reese. Ha sido una locura con los medios de comunicación, la llegada de Milo y los cambios habituales que ocurren cuando un nuevo jugador se une al equipo. Solo espero que se haya mantenido alejada de internet. Por muy dura que sea o muy segura que esté de sus decisiones empresariales, las cosas que ha estado diciendo la gente, los insultos que han utilizado... desmoronarían a cualquiera.

—¿Qué hay aquí? —pregunta Milo, señalando una serie de puertas cerradas cuando pasamos al lado.

Mientras estoy ahí de pie, fuera del gimnasio donde logré que Reese se viniera, las imágenes de la pasada noche, el recuerdo de cómo gemía mi nombre y su sabor en mis dedos se me agolpan en la cabeza. Por suerte, limpié a fondo los espejos antes de irme anoche.

—Eso, eh... —Me aclaro la garganta—. Es solo el gimnasio, pero sigamos con la visita, ¿okey?

Asiente inseguro con la cabeza y me da lástima el chico. Es joven y el escrutinio de hoy no solo recae sobre Reese, él también se lleva una buena parte. Tiene que soportar mucha más presión de la que nadie debería soportar en su primer día en las Grandes Ligas.

—¿Estás nervioso? —pregunto en voz baja.

Se encoge de hombros.

—¿Tú no lo estarías?

—Ah, yo estaba aterrorizado mi primer día en la liga. —Con el rabillo del ojo veo que levanta la mirada hacia mí—. Todo el mundo tiene un primer día. Y luego un segundo. Muy pronto perderás la cuenta de los días y acabarás olvidando por qué estabas tan nervioso al principio.

—Estoy bastante seguro de que nunca me olvidaré de por qué estaba nervioso hoy. Me han contratado para sustituir a Harrison Kaiser. Carajo.

—Sí —digo con confianza—. Así es.

—Nadie cree que esté preparado para algo así.

—Okey. ¿Tú crees que estás preparado?

Vacila antes de responder.

—No lo sé. Los aficionados están molestos.

—Deja que nosotros nos ocupemos de los aficionados. Tú céntrate en hacer tu trabajo.

Asiente, pero el miedo sigue siendo evidente, así que le pongo una mano en el hombro para que se pare en medio del pasillo y asegurarme de que me mira a los ojos.

—Esto no es una decisión improvisada. Se reflexionó mucho antes de hacerlo. No estás aquí por casualidad. Estás aquí porque Reese cree que estás preparado. Y yo también. Así que, en lugar de preocuparte por los aficionados, ¿qué tal si te centras en demostrarles que están equivocados y que nuestra jefa tiene razón?

Traga saliva.

—Sí, señor.

—Dios. —Suelto una carcajada—. Llámame Monty. Me haces sentir todo un anciano llamándome señor.

Milo se ríe, y da gusto oír por fin al chico reírse en uno de los días más importantes de su vida.

—Y esta es la sede del club —le digo al abrir una de las puertas dobles.

No puedo entrar en su cabeza, pero me imagino que ahora mismo eso le suena como si le estuviera abriendo las puertas del cielo. Abre los ojos como platos, lo que lo hace parecer todavía más joven.

Sé que estoy insistiendo con su edad, pero es algo que me tiene un poco nervioso. Pasar a jugar en las Grandes Ligas supone muchísima presión para un hombre hecho y derecho, ya no digamos para un niño que todavía está descubriendo su auténtica identidad.

Pero luego me recuerdo que parece más o menos tener la misma edad que yo tenía cuando llegué a la liga por primera vez. Y me hace pensar en Miller y en cómo me convertí en su padre poco después. Observar a Milo me ha hecho darme cuenta de lo joven que era cuando asumí ese papel y que, si yo fui capaz de convertirme en el padre soltero de una niña de cinco años, él va a poder con todo esto.

—Chicos —grito, y todos mis jugadores que andan jugueteando en el vestidor se giran para mirarme—. Les presento a Milo Jones. Milo, estos son los chicos.

Hay un instante de silencio y estoy seguro de que Milo está atrapado en su mundo ahora mismo, pensando que el equipo está molesto porque Reese traspasó a Harrison y lo trajo a él en su lugar. Pero no es así. Creo que están aliviados de haberse librado de ese tipo, aunque no puedan admitirlo en voz alta.

—Hola, amigo. —Cody es el primero en acercarse. Le estrecha la mano y le pasa el brazo para darle unas palmadas en la espalda—. Soy Cody. Primera base. Felicidades.

Milo suelta un suspiro de alivio.

—Gracias.

Puedo verlo luchar contra las ganas de decir «Ya sé quién eres», pero lo más probable es que sea mejor que no deje entrever demasiado su parte grupi.

El resto de los chicos se presenta. Sé que acogerán bien al nuevo muchacho y estoy orgulloso de que sea algo de lo que no me tengo que preocupar. Tenemos un grupo de chicos espectaculares y, aunque ahora mismo todo el equipo esté sometido a escrutinio tras la noticia del traspaso que ha salido esta mañana, ellos facilitan un poco las cosas porque sé que la dinámica del vestidor no es algo de lo que deba preocuparme.

—Isaiah —digo llamando a mi short stop—, hazme el favor de cuidarlo. Enséñale su casillero. Asegúrate de que nadie de la prensa intente que responda alguna pregunta. Ahora vuelvo. Tengo que comprobar… algo.

—¿Qué tal lo está llevando Reese? —me pregunta en bajito y con una preocupación genuina. Para ser un auténtico payaso la mayor parte del tiempo, enseguida capta en dónde tengo la cabeza.

Los chicos también han visto los titulares de hoy, así que están al tanto de las cosas que han dicho sobre Reese y de que se ha desacreditado públicamente a la dueña de su equipo más de lo que nunca se ha desacreditado a cualquier otro propietario.

Lo siento mucho por ella por muchas razones, pero sobre todo porque no me puedo imaginar lo duro que le va a resultar seguir dirigiendo este club con confianza y mantener la cabeza alta mientras recorre estos pasillos, sabiendo que todo su personal ha visto cómo la han criticado. Aun así, lo hará porque es la maldita jefa y tiene las pelotas más grandes que cualquier otro propietario de la liga. No obstante, odio que se vea obligada a pasar por todo esto.

—Voy a ir a comprobarlo —le digo a Isaiah.

Con Milo ya integrado entre los chicos, me escabullo de la sede del club y subo las escaleras hacia su oficina. El último piso está cargado de tensión. En esta tarde de lunes, las oficinas están abarrotadas.

La gente va de sala en sala y se oyen nerviosas conversaciones a media voz, lo que me hace acelerar el paso para llegar a la oficina de Reese. No obstante, de alguna forma espero que no se encuentre allí, para que no tenga que verse inmersa en este tipo de energía.

Giro hacia la zona de recepción, donde, por increíble que parezca, sigue sin haber recepcionista. Esto es algo que me preocupa, porque, con lo alterado que está todo el mundo con el tema de este traspaso, lo último que quiero es que cualquiera pueda llegar hasta ella. Bueno, aparte de mí. Yo sí quiero poder llegar hasta ella.

Abro la puerta, y cuando aparece el estadio por los inmensos ventanales que rodean su oficina, veo que la silla de Reese está vacía. No hay ni rastro de ella en su oficina, y eso me alivia y me preocupa al mismo tiempo. Me alivia que no esté rodeada del caos que hay ahora mismo en el piso, y me preocupa que, sea donde sea que esté ahora, la estén criticando todavía más por este traspaso de lo que recibiría si ahora estuviera escondida en su oficina.

De todas formas, no me cuesta mucho adivinar dónde puede estar. Suelo encontrarla en el dugout cuando los jugadores se han ido y no hay partido. Y, aunque los chicos todavía siguen por aquí, el entrenamiento de hoy se ha acabado, así que vale la pena intentarlo.

Bajo en ascensor de nuevo hasta la sede del club, procuro caminar tranquilo por el túnel para no atraer la atención de nadie y evitar que alguien quiera acompañarme afuera. Los chicos siguen charlando en el vestidor cuando paso por ahí, pero el túnel está vacío.

Y también lo está el campo cuando aparece ante mí.

Tampoco veo a nadie en el dugout.

Hasta que doblo la esquina del medio muro que separa el asiento del mánager y me encuentro a Reese sentada en la repisa que hay sobre la banca. Se ve genial en mi sitio, pero contrasta verla con sus pantalones de vestir sentada sobre la suciedad que se ha acumulado en ese lugar. Tiene las piernas cruzadas, y ha apoyado uno de sus zapatos de tacón en la vieja banca de madera que debería sustituirse pronto.

El pelo rubio le cubre el rostro, porque tiene la cabeza agachada y los ojos clavados en el celular que sostiene en las manos. No deja de desplazarse por la pantalla, pero puedo captar algunas palabras. Está demasiado concentrada para darse cuenta de que estoy de pie frente a ella.

Se me encienden todos los instintos de protección al verla ahí sentada leyendo las cosas horribles que han escrito sobre ella, pero tengo la certeza de que no voy a poder hacer mucho para solucionar esto por ella.

—Hola —digo con suavidad, estirando el brazo para taparle el celular con la mano—. No necesitas leer eso.

Por fin, Reese se da cuenta de que estoy aquí y me deja que le quite el celular. Tiene los ojos azules enrojecidos, no de llorar, sino por el agotamiento. Entre sus cejas parece haberse dibujado una línea permanente, como si llevara mucho tiempo con el ceño fruncido y su piel se ve un poco apagada. Eso sí, no se me malinterprete, sigue estando preciosa, pero es evidente que también está destrozada.

—Mierda —suelto con un suspiro, guardando su celular en mi bolsillo trasero—. ¿No has dormido?

Sacude la cabeza para decirme que no, y la parte egoísta de mí quiere asegurarse de que no ha sido por haberse pasado toda la noche arrepintiéndose de lo que hicimos. Pero en mi fuero interno sé que no es por nosotros.

—Reese —le digo, dando un paso hacia adelante antes de detenerme al recordar dónde estamos.

No puedo abrazarla. No puedo consolarla. No puedo hacer nada y me está matando verla así. No hay ni rastro de esa confianza que estoy tan acostumbrado a ver en esta mujer.

—Me odian —dice al fin, y que admita eso es lo más triste que podría salir de sus labios.

—Que se jodan.

—Em…

—No, Reese. Que se jodan. Ellos no saben lo que nosotros sabemos, ¿no?

Por fin, asiente con un leve movimiento de cabeza.

—Estoy convencido de que ahora mismo están buscando todo tipo de información sobre ese chico. —Señalo a la sede del club—. Y aunque sus estadísticas son increíbles, van a seguir convenciéndose a sí mismos de que has tomado la decisión equivocada. Pero no lo has hecho, ¿verdad?

—Espero que no.

—Sabes que no lo has hecho. Y te vas a sentir de maravilla cuando les demostremos a todos que no tenían razón.

Levanta la mirada hacia mí, sus ojos miran los míos como si buscara algo. Puede que un poco de refuerzo positivo.

—Tú y yo, ¿okey? —digo con ternura.

Sabemos lo que estamos haciendo. Sabemos cómo queremos dirigir este equipo. Juntos. Por fin asiente y me dedica un leve movimiento de labios. No es mucho, pero seguro que es lo más cercano a sonreír que ha hecho en todo el día, así que me vale.

—Ese chico tiene que hacerlo bien. —Reese se masajea las sienes con las yemas de los dedos—. Sé que es pedirle demasiado tan pronto, pero de verdad que tiene que hacerlo bien en la próxima serie fuera de casa.

—Lo sé. Yo me ocuparé de él.

Vuelve a asentir con la cabeza sin dejar de masajearse las sienes con los dedos, intentando aliviar un poco la tensión.

Mis ojos se fijan en el esmalte rosa recién aplicado.

—Te hiciste la manicura.

No creo que nadie más se haya dado cuenta. El color es un poquito más claro que el rosa que usaba ayer. Pero tengo grabada en la memoria la imagen de esas manos con manicura perfecta acariciándome la verga, así que para mí es muy fácil ver la diferencia.

—Sí. —Levanta la mano para examinarse las uñas—. Me había prometido a mí misma que hoy lucirían perfectas.

No tengo claro de a qué se refiere, pero, conociendo a Reese, seguro que tras esa promesa hay algún detalle malévolo que me encantaría conocer.

Doy un paso hacia adelante y choco contra la banca mientras estiro la mano y le coloco el pelo detrás de la oreja, para luego acariciarle la mejilla con el pulgar. Cierra los ojos e inclina su cara hacia mi mano, pero añade un tono de advertencia a mi nombre:

—Em.

—Lo sé.

Paso el pulgar por sus aretes antes de dejar caer la mano a un lado.

Sus ojos azules se entornan cuando me mira.

—Lo de anoche fue una insensatez. —Esa afirmación se queda flotando entre los dos—. Tremendamente divertido…, pero insensato.

Suelto una risita.

—Lo sé.

—Ahora hay más ojos puestos en mí que nunca. No podemos…

—Reese, no tienes que explicármelo. Lo sé. Y estoy de acuerdo.

Me dedica una sonrisa agradecida.

—No me gusta —le digo—, pero estoy de acuerdo.

—A mí tampoco me gusta.

El medio muro me tapa, así que, aunque sé que no puede pasar nada entre los dos, no me muevo de mi sitio al borde de la banca. Se me permite estar cerca de esta mujer. Solo que no se me permite besarla. Ni coger con ella. Ni llamarla mía.

—Sabía que te encontraría aquí… —digo—. Creo que es la tercera vez que te atrapo sentada en mi sitio.

Un sitio que no utilizo nunca porque me gusta ver los partidos desde mi rincón junto a las escaleras del dugout, apoyado contra la barandilla.

—Solía esconderme aquí cuando era una niña —me explica.

Durante un segundo, me sorprende su sinceridad. Había dado por hecho que se inventaría cualquier excusa o que diría que es una coincidencia, pero puede que esté demasiado cansada como para mentirme. O puede que tan solo quiera contarme la verdad.

—De pequeña, solía pasar el tiempo aquí durante los entrenamientos o venía a esconderme de mis padres cuando no quería irme a casa todavía. Siempre me ha encantado que tuviera estos medios muros rodeándolo. —Pone las manos contra las paredes que hay a ambos lados de ella—. Mi yo de seis años pensaba que era su fortaleza privada. Si no podía ver a nadie, nadie me podía ver a mí.

Carajo, qué tierno. Se me parte el corazón al imaginarla. Es evidente lo mucho que esta mujer quiere a su equipo, y es evidente que todo empezó cuando era una niña y se sentaba en este mismo lugar.

—Entonces, el año pasado, volví a usarlo cuando regresé a trabajar para el equipo. Recordé que es un buen escondite. Ahora lo utilizo como refugio cuando quiero alejarme de la oficina y de todos los ojos que siempre están puestos en mí. Es un lugar donde nadie viene a buscarme. Bueno… —me señala con la cabeza—, casi nadie.

Ahora se muestra con toda su humanidad. Dulce y vulnerable. Es un buen recordatorio de que, aunque mantenga la cabeza alta delante de todos los demás, sigue necesitando un lugar en el cual descansar. Aunque lo haga en secreto.

Puede que no sea capaz de protegerla como quiero hacerlo o de defenderla de todos esos feos titulares e insultos, pero podría ayudarla de otro modo. Ser un lugar seguro donde pueda descansar. Quizá yo también pueda ser un refugio para ella, al igual que este rincón secreto.

—Bueno, ya sabes que este es mi sitio. —Sus labios dibujan una sonrisa al oír mi tono burlón—. Pero no me importa compartirlo contigo.

26

Reese

No sé si alguna vez he caminado tan lento como en este momento, mientras voy del estacionamiento al avión del equipo por la pista del aeropuerto O'Hare, intentando retrasar lo inevitable: ver a todo el mundo a bordo.

Ya hablé con el equipo, por supuesto, y también con el personal, ya que desde que hice el traspaso no solo me han cuestionado a mí. Todas las personas de este club están siendo analizadas con lupa por mi decisión. Y ahora tengo que subirme al avión con todos los empleados a los que, sin querer, les he causado estrés.

«¿Son los jugadores que quedan lo bastante buenos para llevar al equipo a los playoffs?», «¿A los entrenadores les parece bien perder a un bateador de fuerza como Kaiser?», «¿Acaso Reese Remington va a convertirse en la propietaria más impulsiva de la historia de las Grandes Ligas?»... En realidad, creo que las palabras exactas fueron «sensible e impulsiva», si mal no recuerdo el titular. Porque por supuesto que un grupo de estúpidos hombres me tenía que etiquetar como «sensible». Al fin y al cabo, soy una mujer.

No soy una persona emocional cuando se trata de negocios, pero da la sensación de que estoy a punto de convertirme en una. Me enorgullezco de no ofenderme con facilidad, pero estos últimos días me han afectado. No estaba preparada para los titulares que me han dedicado; fueron mucho peores de lo que esperaba. Me han hecho poner en duda mi confianza y detesto permitir que los sentimientos y las ideas de otras personas me hagan dudar de mi capacidad para desempeñar mi trabajo.

Hubo mucho alboroto cuando me puse al mando del equipo, pero el odio nunca llegó a tanto. Y hay un pensamiento abrumador al que no dejo de dar vueltas desde que se hizo público el traspaso, y es que puede que mi exmarido tuviera razón. Quizá debería haber sido él la cara de este equipo. Puede que, si un hombre hubiera hecho este mismo traspaso, a estas alturas ya se hubiera dejado de hablar de ello. Tal vez todo mi personal no tendría que estar en estos momentos operando en modo de crisis porque la primera gran decisión de la primera mujer dueña de un equipo de toda la historia de la liga ha sido traspasar a un jugador veterano muy solicitado.

No estoy preparada para este vuelo, pero necesitamos que Milo debute de una vez y que, con suerte, todo el mundo cambie de página.

Le entrego la maleta a uno de los operadores que hay justo fuera del avión y subo por las escalerillas. En cuanto doblo la esquina y me quedo de pie frente al pasillo, todos los ojos se posan en mí de una forma que he estado temiendo todo el día.

Aquí estoy, expuesta ante todo mi personal, con un aspecto de mierda porque apenas pude dormir o comer, y sabiendo que han visto los titulares. Han visto los foros y los insultos. Me han visto desacreditada por cada reportero que ha cubierto la noticia. Han visto las cosas horribles que Harrison ha dicho sobre nuestro club.

Es humillante. Nadie quiere parecer débil frente a las personas a las que dirige, y yo menos que nadie, dado el puesto que ocupo, con mi edad y siendo una mujer.

Si otro propietario comete un error, se olvidará pronto. Sin embargo, si este traspaso es mi primer error empresarial, me perseguirá toda la vida. Yo, más que ninguna otra persona, tengo que ser perfecta y, en este momento, no me siento así para nada.

Un hormigueo de vergüenza me recorre la piel y noto que enrojezco mientras estoy ahí de pie para que todo el mundo me vea. Desearía poder huir. Me quiero esconder. Dejar que esto se olvide. Pedir mil disculpas por sumar estrés a todo el mundo. Pero estoy a cargo. Tomé esta decisión. Así que hago lo que puedo por mantener la cabeza alta y asumirlo mientras me acerco a mi asiento en la tercera fila. Solo que hoy mi sitio ya está ocupado. Toda la fila está ocupada. De hecho, por un hombre y una mujer que no conozco.

—Estos son los Walkers —dice alguien de mi personal—. Son los ganadores de la subasta silenciosa para recaudar fondos del evento benéfico que celebramos al principio de la temporada. Nos van a acompañar en este viaje.

«Carajo». Había olvidado por completo que íbamos a tener invitados en este viaje, y no me encuentro en condiciones como para que me vean los aficionados.

—Claro. —Busco mi sonrisa más convincente—. Bienvenidos. Espero que la pasen en grande con nosotros.

Me sonríen, me agradecen que les dejemos unirse al equipo y me comentan lo emocionados que están por ver los entresijos de un viaje de equipo.

No me atrevo a decirles que había olvidado por completo que venían, pero han donado un montón de dinero al sistema de educación pública de Chicago a cambio de este viaje, así que lo menos que puedo hacer es cederles mi asiento en el avión el resto de la semana.

Emmett se levanta de su sitio, el que está ubicado justo enfrente de donde me suelo sentar yo, y por primera vez en todo el día hago contacto visual con él.

Es asombroso lo centrada que me siento cuando él está cerca. También siento un poco más de confianza, como si tuviera un cómplice en todo esto. Sí, es solo una relación laboral, pero es bonito formar parte de un «nosotros».

No sé si alguna vez en la vida he formado parte de un «nosotros». Cada vez está más claro que mi matrimonio no fue una verdadera relación de pareja, y con Emmett… Bueno, por lo menos sé que, aunque todo Chicago me odie, él no lo hace.

—Te reservé un asiento —dice con esos ojos cafés mitad tiernos mitad preocupados—. Ventanilla, ¿no?

Asiento, agradecida por tener un sitio donde esconderme de la atención de todos.

—Gracias.

Sale al pasillo, dejándome espacio para deslizarme hasta el asiento de ventanilla junto al suyo. Meto el bolso bajo el asiento de la fila delantera y después casi suelto un suspiro de alivio cuando me hundo en el mío.

Emmett no dice nada cuando se vuelve a sentar y agradezco su silencio. No atrae miradas, pero solo tenerlo a mi lado me hace sentir como si pudiera respirar un poquito mejor. Se le da muy bien cuidar de la gente, incluso aunque no lo pretenda.

Me he tenido que contener muchísimo las últimas dos noches para no llamarlo, como me dijo que podía hacer. Sobre todo porque él es la única persona con la que quiero hablar de todo eso. Me he dado cuenta de que solo quiero saber su opinión, con la esperanza de que pueda silenciar las otras. Quizá su inquebrantable confianza en mí reactive mi propia seguridad en mí misma.

Pero tengo que cuidarme yo sola. A estas alturas, llevo años haciéndolo y él ya tiene demasiado encima por culpa de mi decisión como para preocuparse por mi pérdida de confianza en mí misma. Y, a fin de cuentas, no puedo olvidar que sigue siendo mi empleado y, aunque hemos jugado un poco con varios límites profesionales, debo mantenerme firme, incluso frente a él.

En los últimos dos días ha concedido más entrevistas que la mayoría de directores deportivos a lo largo de su carrera, y en todas ellas ha asumido la responsabilidad y la culpa, y ha contado una y otra vez lo ocurrido en el partido en el que agarró a Harrison por la camiseta. Cuando le preguntaron por el motivo del traspaso, Emmett no ha dejado de repetir que Harrison y el cuerpo técnico no lograban entenderse. Él y yo sabemos que no fue así, pero agradezco lo que intenta hacer.

Es extraño. Después de haber estado casada con alguien que quería robarme este puesto, todavía no consigo entender del todo a Emmett. Un hombre que no solo quiere que siga al frente del equipo, sino que me vaya bien. Desea protegerme todo lo posible, y lo hace porque quiere, sin ni siquiera saber si va a entrenar aquí la próxima temporada.

—¿Cuándo comiste por última vez? —me pregunta, bajando la voz e inclinándose hacia el espacio que hay entre nuestros asientos.

Me encojo de hombros como respuesta porque la verdad es que no lo sé. Quizá anoche. O puede que estuviera tan ocupada leyendo en los foros online lo mucho que me odian nuestros aficionados que se me olvidó.

—Reese…

—No… no me acuerdo.

Indecisa, dejo que mis ojos se posen en él, solo para descubrir que está irritado. Emmett tensa la mandíbula antes de levantarse con rapidez del asiento y colarse en el área de servicio del avión donde los azafatos esperan a que se cierre la puerta de embarque.

La comida es lo último que me preocupa ahora mismo. Y dormir. Es un poco complicado concentrarse en alguna de esas dos cosas cuando lo único que quiero es triunfar en mi trabajo. He estado formándome durante lo que parece toda una vida para este momento, y ahora todos me dicen que no lo estoy haciendo bien.

Lo único que se salva de los últimos días, aparte de las entrevistas de Emmett con la prensa, son las entrevistas a los jugadores. Han apoyado el traspaso, aunque puede que solo lo hayan hecho para preservar mi imagen y la del club ante los aficionados y los periodistas o porque su mánager los ha amenazado para que no dijeran nada negativo sobre mi decisión. Pero, sea cual sea el motivo, que me hayan respaldado de forma pública me hace sentir como si formara parte del equipo.

—Cómete esto —dice Emmett con una barrita de cereales en la mano mientras se vuelve a sentar a mi lado—. Servirán el almuerzo durante el vuelo.

—Estoy bien.

—Reese… —Su tono no deja lugar a discusiones—. Tienes que comer. Y después tienes que cerrar los ojos e intentar descansar. Te despertaré cuando pasen con la comida. Duerme un poco.

He aprendido que, aunque Emmett puede ser flexible con ciertas cosas, hay otras en las que cree con firmeza. Y a juzgar por cómo apunta con la barrita en mi dirección, por lo visto algo tan insignificante como que yo no haya desayunado supone un grave problema para él. Estoy convencida de que podría llegar a darme de comer él mismo si me niego a hacerlo yo.

Seguro que eso no levantaría ninguna sospecha.

Tomo la barrita.

—Gracias.

—De nada.

Giro el cuerpo hacia la ventanilla para comerme la barrita, pero con el rabillo del ojo lo veo mirándome con preocupación.

—¿Qué tal está Milo? —pregunto en voz baja, intentando desviar la atención de mí.

—No te preocupes por él, Reese. Los chicos lo están cuidando. —Asiento para mí misma—. Quizá deberíamos dejarlo en la banca los primeros partidos, darle algo de tiempo para adaptarse.

Sé que es lo correcto. Dejar que aprenda nuestro sistema y se acostumbre al ritmo de juego a este nivel, sobre todo con toda la presión que soporta ahora mismo. Y también sé lo que supondrá retrasar su primer partido.

—Pero —sigue diciendo Emmett— me preocupa que las cosas empeoren si no lo sacamos y dejamos que le calle la boca a todo el mundo.

Justo lo que pienso yo.

—No. —Niego con la cabeza—. No podemos hacerle eso. Puedo con esto un par de días más.

Suspira con fuerza.

—Estoy preocupado por ti.

—Puedo con ello.

—Sí, ya lo sé, pero no se trata de eso. No tienes que ser dura todo el tiempo, Reese. Lo que está ocurriendo ahora es terrible. La gente da asco. Lo que dicen en internet…

Fuerzo una sonrisa.

—Te lo juro, estoy bien.

—Reese…

—Tienes razón, Emmett. Debería intentar dormir un poco.

Es un vuelo de tres horas a Miami, y aunque preferiría pasarme el vuelo trabajando o leyendo los desagradables comentarios de internet, no creo que Emmett vaya a permitirme hacer ninguna de las dos cosas.

Me giro, coloco el cuerpo contra la ventana y apoyo la cabeza en ella. Noto entonces que me rozan la pierna y, cuando miro hacia abajo, veo que Emmett me está ofreciendo su sudadera del equipo.

—Toma —dice y, por suerte, ya se han encendido los motores y hacen suficiente ruido como para que podamos hablar a un volumen más normal sin que nadie nos oiga—. Úsala de almohada.

—Gracias. —Tomo la sudadera y la doblo—. ¿Cómo sabías que soy de las que prefieren que se lo den todo hecho?

Por fin se dibuja una sonrisa en los labios de Emmett. Es bonito verlo un poquito menos preocupado, aunque para conseguirlo haya tenido que forzar una broma medio picante.

—Tal para cual —dice bajito—. Estaría encantado de hacer todo el trabajo.

La piel alrededor de sus ojos se arruga. Me sienta bien estar un poco más relajada a su lado, aunque sea por un instante.

Me giro de nuevo, coloco su sudadera contra la ventanilla e intento concentrarme en lograr un par de horas de sueño. Pero en cuanto apoyo la cabeza, solo me puedo centrar en su olor. Está tejido entre las fibras de la tela y me transporta de golpe a la otra noche.

Nuestro reflejo en el espejo. Cómo apenas podía controlar su respiración cuando me miraba. Cómo notaba su cuerpo entre las piernas, de una dureza exquisita.

Todo estaba duro. Su... Sí, eso también estaba duro. Y grande.

Tampoco es que fuera una sorpresa, supongo. Con esa energía de estar bien dotado que Emmett exuda, medio esperaba que la arrastrara por el suelo. No es así, gracias a Dios, pero desde luego está... «bendecido» en ese aspecto. Cierro los ojos y procuro concentrarme en cualquier otra cosa que no sea lo jodida que estoy por el hombre que está sentado a mi lado.

Con una mano levanto un poco su sudadera y la otra la apoyo en el extremo del reposabrazos que compartimos. Mi brazo lleva allí no más de un par de segundos cuando noto que se le une el brazo de Emmett.

Una presión firme del codo a la muñeca, su piel contra la mía.

Entonces me recuerda que estoy perdida cuando su dedo meñique acaricia el mío.

Es un roce muy leve, del todo discreto, nadie se daría cuenta aunque nos mirara, pero la manera en la que desliza su dedo contra el mío me recuerda que está aquí y ese es todo el consuelo que necesito para lograr quedarme dormida al fin.

Hemos dejado a Milo en la banca dos partidos para que vaya conociendo a su nuevo equipo y la forma en la que funcionamos. Yo también tenía la esperanza de que dejar pasar un par de partidos nos daría algo de tiempo para que se fuera acallando el ruido. Tal vez para aliviar un poco la presión que este pobre niño tiene que soportar.

Por desgracia, no ha sido así.

Lo único que ha conseguido este tiempo de más es que la gente sienta más curiosidad por el chico nuevo del equipo.

¿Acaso será capaz de ocupar el puesto de Harrison? Yo desde luego espero que sí.

¿Está listo para ello? De nuevo, esperemos que sí.

¿Ha cometido Reese Remington un primer tropiezo garrafal y ha dejado a su equipo fuera de la carrera por los playoffs antes incluso de llegar a la pausa de mitad de temporada? Tal vez.

Algunas de estas preguntas por fin se responderán esta noche. Se podrían acallar ciertas críticas si Milo sale y juega un buen primer partido. Si pudiera callarles la boca por mí, sería genial.

Pienso en ese chico que descubrí hace un par de años jugando beisbol para su centro de formación profesional en Nuevo México y no podría sentirme peor de que esta sea su presentación en la liga. Nadie debería soportar ese tipo de presión por tener que demostrar tanto en su primer partido en las Grandes Ligas, pero, por desgracia, esa es la situación en la que nos encontramos ahora mismo.

Las entrevistas de esta semana con la prensa me han dejado agotada. Por norma general, estoy en plena forma, preparada para replicar con rapidez cualquier pregunta estúpida, pero ahora no, ahora tartamudeo al responder y siento la necesidad de explicarme y justificar mi decisión de traspasar a Harrison Kaiser.

Y por eso estoy escondida en una de las oficinas que nos ceden al equipo visitante para ver el tercer partido de esta serie en la televisión que hay colgada en la pared en lugar de buscarme un asiento con buenas vistas al campo.

Los nervios me recorren el cuerpo cuando Milo se aproxima al plato por primera vez en la parte alta de la segunda entrada. También puedo ver su nerviosismo a través de la pantalla. Se le ve indeciso en la forma en la que clava los spikes en la tierra y no hay fluidez en la manera en la que pone su bate en posición.

Está rígido y tenso.

Solo hacen falta tres lanzamientos para que lo ponchen. Ni siquiera llega a hacer un swing.

En la parte baja de la cuarta, un elevado se dirige hacia él en los jardines. Es una atrapada fácil. Un out seguro. El sol le da en la cara cuando mira hacia arriba en busca de la pelota y, cuando cae, no está en su guante. Está a medio metro, en la hierba, junto a sus spikes.

Vuelven a eliminarlo en los siguientes dos turnos al bate y, cuando aparece para su cuarto y lo más probable que último turno en la parte alta de la novena, tengo los ojos clavados en la pantalla. Llegados a este punto, estoy rezando para que ocurra un milagro porque, ahora mismo, por cómo está jugando, nos van a comer vivos en la rueda de prensa tras el partido.

Puede hacerlo. Tiene que hacerlo. Perdemos por una carrera en la parte alta de la novena. Tenemos un jugador en la tercera y otro en la primera con dos outs. Solo tiene que llegar a una base. Permitir que el jugador de la tercera anote. Empatar el partido y llevarnos a la parte baja de la novena.

No tiene más confianza ahora cuando sale al plato que cuando salió antes por primera vez. Es más, incluso diría que la presión añadida de este momento le está hundiendo aún más los hombros. Le ha restado fuerza a su postura.

El primer lanzamiento es un slider, pero Milo hace el swing, y me da un poquito de esperanza cuando logra tocar la pelota. Es un foul y su primer strike, pero al menos ha sincronizado bien como para tocarla y ha tenido el coraje de hacer el swing.

El segundo foul le hace recibir su segundo strike, pero, de nuevo, al menos logra tocarla.

La energía en el estadio aumenta, todos los ojos están atentos al enfrentamiento entre el chico nuevo y el veterano lanzador de Miami. Si pudiera llegar a la base. Darles a nuestros aficionados una pizca de esperanza.

Golpea otro foul, manteniendo el conteo en 0-2.

En el cuarto lanzamiento, da de lleno a la bola con un swing fuerte y firme y la envía al fondo del jardín derecho. Me levanto de mi asiento y me acerco a la pantalla de la televisión, rezando para que se quede a la izquierda, para que se quede en terreno de fair.

No lo hace. Se curva a la derecha y se convierte en su cuarto foul en este turno de bateo.

Incluso desde la oficina puedo oír el suspiro de alivio de los aficionados de Miami en el estadio. Si la hubiera mantenido en terreno bueno, hubiera sido un cuadrangular de tres carreras y nos hubiera puesto dos por delante en la parte alta de la novena.

Okey. Puede hacerlo.

La potencia de su último bateo me hace ilusionarme. De pie frente a la pantalla, apoyo las manos en las rodillas y veo cómo se coloca para el quinto lanzador.

—Vamos, Milo —murmuro a la pantalla—. Solo tráelo al home. Llega a la base.

El lanzador toma impulso y lanza una bola rápida endiablada al centro del plato.

Pasa volando a su lado. Ni siquiera hace el swing.

Milo se poncha mirando, fin del partido.

Deja caer la cabeza entre los hombros y al instante comienzo a ensayar todo lo que tendré que decir en la rueda de prensa después del partido.

Pero la única declaración a la que no dejo de darle vueltas en la cabeza es: «Todos los demás tenían razón. Creo que tomé la decisión equivocada».

27

Emmett

Debería estar dormido. Nuestro calendario de partidos actual es demasiado brutal como para permitirme perder horas de sueño y, aun así, aquí estoy, dando vueltas y vueltas en la cama del hotel.

Debería dejar el teléfono. Seguro que reducir mi exposición a la luz azul de la pantalla me ayudaría, pero soy incapaz de dejar de deslizar el dedo por ella.

El partido de hoy fue atroz, y lo siento por Milo. Sí, fue una primera actuación de mierda, pero todo se magnificó por el calibre del jugador que sustituye.

Pero sobre todo lo siento por Reese. Me preocupa.

No va a admitir que le duelen las cosas que están diciendo de ella. Está haciendo todo lo posible por actuar como si no le afectaran. Entiendo que no haya hablado conmigo de eso en público, pero esperaba que a estas alturas sí lo hubiera hecho en privado. Pero es tan terca; está decidida a no parecer débil. Incluso conmigo, supongo.

Así fueron todas mis noches de esta semana. Recostado en la cama, incapaz de dormir un poco y pensando incesantemente en cómo estará ella. También me las he pasado leyendo las publicaciones *online* y escuchando a los comentaristas hablar sobre cosas de mi jefa de las que no tienen ni puta idea. No sé por qué no puedo dejar de hacerlo, lo único que dicen son estupideces, pero hay algo en mí que me dice que tengo que estar al tanto de todo.

No es que pueda hacer algo al respecto, de todas formas.

Hago clic en un video sugerido de un presentador de un conocido pódcast de deportes, y tan solo por el titular que busca cazar clics, sé que no me va a gustar.

«Vamos a comentar el caos que se ha desatado en Chicago —empieza a decir en cuanto le doy a reproducir—. De lo único que habla todo el mundo es del traspaso de Kaiser a Houston. Cualquiera con un mínimo conocimiento de beisbol sabe que es uno de los peores movimientos que hemos visto en años. Y llevarlo a cabo con la temporada apenas recién comenzada hace que sea aún peor. Los Warriors ni siquiera saben si van a llegar a los playoffs o no y traspasan a jugadores tan importantes como Harrison Kaiser. Acaban de eliminar cualquier esperanza que pudieran tener en la ronda de playoffs y ni siquiera llegamos a la mitad de la temporada regular. Los Warriors ya perdieron a Kai Rhodes el año pasado, cuando se retiró. ¿Qué será lo próximo? ¿Qué otra decisión desastrosa puede tomar? Y cuando digo "puede", todos saben que me refiero a "ella"».

Vete a la mierda.

Sigue hablándole a ese estúpido microfonito que lleva en la mano.

«Por si hay alguien viviendo en una burbuja y todavía no lo sabe, Reese Remington es la presidenta en funciones y nieta del antiguo dueño de los Warriors, Arthur Remington. Le cedió el mando del equipo durante la offseason, y en lugar de contratar a un presidente que de verdad sepa algo sobre beisbol, decidió que era capaz de asumir el cargo ella misma».

Se echa a reír, y desearía poder meter el brazo por la pantalla y agarrarlo por el cuello.

«Me gustaría saber quién le permitió creer que era capaz de ocupar ese cargo, y también qué piensa Arthur de que su preciosa nieta esté llevando el equipo a la ruina. Si fuera un aficionado de los Warriors, estaría furioso al ver a alguien como ella, sin apenas experiencia, llevando las riendas del equipo. Está claro que no sabe de beisbol».

Sacude la cabeza y suelta un largo suspiro.

«¿Acaso no hay nadie en Chicago con las pelotas suficientes para enfrentar a esta tipa y decirle que no tiene ni idea de lo que está haciendo?».

Maldito idiota.

«Y ahora hablemos del nuevo muchacho, Milo Jones. Lo diré alto y claro. Sus estadísticas de las Ligas Menores son impresionantes. No había oído hablar de él antes de esta semana, pero queda claro por sus cifras que el propio Arthur encontró una posible joya futura en Nuevo México. Pero la clave es "futura". El partido de hoy ha demostrado que este chico no está listo para las Grandes Ligas, y traer a un jugador a las Grandes Ligas demasiado pronto puede arruinar su evolución. Estoy convencido de que cuando Arthur lo metió en su sistema de Ligas Menores, no tenía intención de ascenderlo tan pronto. Así que igual alguien quiere explicarle a Reese que no puedes sustituir a un jugador como Harrison Kaiser por un don nadie. Puede que si le prestara al equipo la misma atención que se presta a sí misma cada mañana cuando se arregla, los Warriors no estarían en la situación en la que se encuentran ahora».

Levanta las manos en señal de rendición.

«Odio tener que decirlo, pero todos pensamos lo mismo».

Veo que sea lo que sea que esté a punto de decir, está encantado de decirlo en alto.

«Esta liga te queda grande, cielo. Ah, y en el beisbol no se llora, que es algo que todos sabemos que estás haciendo ahora mismo. Así que límpiate el rímel que se te habrá corrido y pásale el equipo a alguien que sepa qué carajos hay que hacer».

El video termina ahí y tengo ganas de lanzar el celular por los aires con la esperanza de que se estrelle contra la pared para no tener que volver a escuchar la voz de ese tipo nunca más.

Aparece un avance del video que se reproducirá a continuación, pero no me siento con fuerzas de ver algo más. No me siento con fuerzas de escuchar a otro payaso opinar sobre alguien de quien no sabe una mierda. Y por «payaso» me refiero a cualquier comentarista deportivo de pacotilla que se cree que porque se ha comprado un micrófono y ha empezado a grabar ahora es experto en beisbol. Pero incluso los reporteros serios de este sector se pueden ir a la mierda por cómo han hablado sobre Reese esta semana.

No tienen ni idea de que fue ella la que descubrió a Milo, ni de lo mucho que sabe sobre el negocio del beisbol. No saben que lo más probable es que no haya llorado ni una sola vez por todo el odio que está recibiendo porque le da miedo mostrar alguna emoción por temor a que idiotas con una plataforma la llamen sensible.

Tiro el celular en la mesita de noche con un poco más de fuerza de la necesaria y en cuanto apoyo la cabeza en la almohada, escucho que llaman a la puerta.

Sorprendido, porque estamos a mitad de la noche, me quedo recostado y escucho con atención. Las paredes de los hoteles son tan finas que no estoy del todo seguro de que esa llamada sea a mi puerta.

Quizá unos diez segundos después, vuelve a sonar. Es un toque suave, y entonces es cuando me percato de que el sonido no procede de la puerta principal que da al pasillo. Están llamando a la puerta que comunica esta habitación con la de al lado.

Reese se aloja en esa habitación. No es la primera vez que compartimos pared en los hoteles. De hecho, no es la primera vez que compartimos una puerta. Y no es la primera vez que la he dejado abierta por mi lado con la esperanza de que quisiera abrirla.

Pero es la primera vez que lo intenta.

—Está abierta —digo.

Gira la manilla, pero hay una larga pausa antes de que la puerta se abra, como si se estuviera asegurando que de verdad quiere hacerlo. La última vez que estuvo en mi habitación de hotel fue un maldito desastre total, pero la situación ahora es mucho más segura, ya que no tiene que salir al pasillo para llegar hasta aquí.

Por fin, la puerta se abre lo necesario para que Reese puede asomar un poco la cabeza.

Cara limpia sin maquillaje. Ojos cansados. Sonrisa de disculpa.

—Hola —digo con amabilidad—. ¿No puedes dormir?

Niega con la cabeza.

—¿Y tú?

—Lo mismo.

Abre un poco más la puerta, y puedo ver la pijama que trae puesta. Porque, por supuesto, aunque no esté en su mejor momento, su aspecto sigue siendo siempre impecable.

—¿Podría…? —se traba al hablar, esperando que yo acabe su frase.

Sería muy sencillo para mí. Sé justo lo que quiere decir, pero también necesito que aprenda a pedir ayuda, sobre todo a mí. Así que no digo nada.

—¿Te importaría… te importaría si paso la noche aquí?

Se me parte el alma al ver lo triste que parece. Al notar la vulnerabilidad en esa pregunta. Siempre sabe cuidar de sí misma, así que su petición significa mucho más que simplemente querer dormir en mi cama.

Tengo ganas de responderle con un rápido y rotundo «sí», pero creo que se sentirá más cómoda si intento al menos bromear un poco al principio.

Me pongo el brazo por debajo de la cabeza mientras la miro plantada en la entrada.

—¿Vuelve a hacer demasiado frío en tu habitación?

Lo capta al momento y señala con el pulgar por encima del hombro.

—Puedo volver y bajar la temperatura si me hace falta una excusa.

Se me dibuja una sonrisa en los labios.

—No hace falta ninguna excusa. Ven aquí.

Levanto su lado de la cobija mientras Reese cierra la puerta que comunica las habitaciones y camina sin hacer ruido hacia la cama. Cuando se acuesta, imagino que se colocará en el extremo del colchón más alejado de mí y se quedará mirando hacia la pared.

Pero no lo hace.

En su lugar, se desliza por el colchón hacia mí y nos quedamos frente a frente. Acurruca la cabeza debajo de mi barbilla y me pasa el brazo por la cintura. Es su forma silenciosa de pedirme que la abrace. Es espontánea y dulce, y es la primera vez que me confirma lo mucho que está sufriendo, aunque no diga nada a nadie.

Trato de tranquilizarla pasándole la mano por el pelo y acunándole la cabeza contra mí. No le digo que todo está bien, porque no es cierto. No le digo que ella está bien, porque no lo está.

Sus dedos se aferran a mi espalda con desesperación, como si pudiera comenzar a sentirse mejor por el simple hecho de acercarse un poco más a mí. Me despierta una sensación tonta, irresponsable y posesiva en el pecho. Me acerco más a ella y encajo mi cuerpo en el suyo, poniéndole una pierna encima de la suya, de forma que quedamos entrelazados.

Tal vez sería poco profesional decirle cuánto la he extrañado esta semana mientras se ha estado escondiendo. Tal vez sería poco profesional decirle lo bien que me sienta abrazarla.

Llegados a este punto, creo que ambos sabemos que de todas formas hemos cruzado todos los límites profesionales que pudiera haber entre nosotros.

La rodeo con los brazos y dejo caer el rostro en la zona donde su cuello se encuentra con su hombro, empapándome de ella. Nos quedamos así recostados durante un largo rato, sin decir nada. Le acaricio la espalda dibujando círculos y ella se aferra a mí con esa firme necesidad que me da un propósito, como si de verdad pudiera hacer algo para ayudarla tras una semana sintiéndome del todo impotente.

—Lo siento —susurra contra mi pecho.

Me aparto para mirarla.

—¿Por qué?

—Por haberte complicado la vida esta semana. Por necesitarte para sentirme mejor.

—Reese. —Mi tono suena a regaño porque no puedo entender que se sienta de ese modo—. Dime la verdad. ¿En serio crees que tú puedes suponer una carga para mí?

Se queda en silencio un buen rato. Estoy seguro de que le está dando vueltas a esa pregunta en la cabeza.

—No —me susurra finalmente con sinceridad.

—No —confirmo—. Sé que estamos... Bueno, no sé qué está pasando entre nosotros, pero se siente muy bien que te necesiten. Sobre todo me hace sentir bien que tú me necesites.

Acurruca la cabeza contra mí.

—Por norma general no soy así.

—Lo sé. —Le aparto el pelo y aprieto los labios contra su sien—. Así que gracias por dejarme verlo.

—Emmett, creo que me equivoqué al tomar esa decisión.

«Mierda». Temía que el ruido acabara colándose.

—¿En serio?

Mi pregunta le da un momento para reflexionar.

—Yo… no lo sé.

—¿De verdad crees que te equivocaste o crees que Milo tuvo un mal día cuando lo que nos hacía falta era que lo hiciera bien? ¿Crees que si todo el mundo cerrara el pico por un segundo y te permitiera pensar con claridad seguirías arrepintiéndote de haber hecho el traspaso?

Se aparta de mi pecho y busca mi rostro, pero no me responde.

—Em, necesito que me digas la verdad. —Me suplica con la mirada, incluso en la oscuridad de la habitación—. Aunque no me guste. Eres la única persona en la que confío en lo que respecta al equipo. ¿Crees que tomé la decisión correcta?

No hay ninguna duda en mi respuesta. Y no tiene nada que ver con lo que siento por ella. Incluso si no estuviera loquito por esta mujer, mi respuesta seguiría siendo la misma.

—Sí.

Arquea un poco las cejas y veo cómo la atraviesa una ola de alivio.

—Sí lo crees.

—Reese, confío por completo en tu instinto. Necesito que intentes bloquear todo el ruido que te llega de fuera y recuerdes lo que es sentir confianza en ti misma.

Asimila mis palabras, el ceño fruncido se suaviza un poco y todavía un poco más cuando le paso la yema del pulgar por la arruga que forma.

Sonríe despacio.

—Espero que Milo esté bien.

Así es ella.

—Está bien —le digo, subiendo y bajando la yema de los dedos por su columna—. Isaiah, Cody y Trav se lo llevaron a tomar una cerveza después del partido.

Vuelve a fruncir el ceño.

—¿Tiene edad para beber?

—No hagamos preguntas de las que puede que no queramos saber la respuesta.

Riéndose, vuelve a dejar caer la cabeza contra mi pecho y, carajo…, no sabría cuándo fue la última vez que me sentí así. En realidad, no sé si alguna vez me he sentido así.

Desde luego que me he sentido necesitado por otras personas, pero rara vez dejo que eso sea recíproco. Me siento orgulloso de cuidar de mi gente, pero aunque sea yo el que está abrazando a Reese, consolando a Reese, creo que soy yo el que la necesita a ella. Pero es bonito pensar que quizá también ella me necesita.

Suelta un largo suspiro como si estuviera deshaciéndose de todo el abatimiento de los últimos días.

—Bueno, ¿y cómo está Miller? ¿Se encuentra bien?

Me sorprende un poco el cambio de tema, pero solo porque me doy cuenta de lo normal que me resulta estar así con ella: acostados en la cama, hablando de los problemas del día, preguntándome por mi hija... La abrazo con más fuerza.

—Está bien. Más cansada de lo habitual, algunas náuseas, pero está logrando manejarlo.

—¿Por eso no vino Kai? ¿Se quedó en casa para cuidar de ella?

—Sí, así es.

Noto cómo sonríe contra mi pecho.

—La trata bien.

—Sí. No podría imaginarme un yerno mejor.

Se aparta para mirarme.

—¿Cómo te sentiste cuando te enteraste de que uno de tus jugadores salía con tu hija?

Dejo escapar una risita.

—Bueno, es el único de mis jugadores con el que me parecería bien que saliera Miller. Entre otras cosas, porque es el único sujeto que sé que podría lidiar con ella.

Reese se ríe.

—Pero también es tu amigo, ¿no?

—Sí, es un buen amigo, aunque a veces hago de padre cuando él e Isaiah lo necesitan. Su padre ni está ni se le espera, así que... sí. Y encima también soy su entrenador. Nuestra dinámica podría parecer un poco rara, pero funciona.

—No creo que sea en absoluto rara. Creo que es bonita. Me da cierta envidia tu familia. —Se ríe nerviosa en cuanto dice la última frase—. ¿Y cómo fue lo de Kai y Miller? ¿Ella te lo contó cuando empezaron a salir o lo mantuvieron en secreto? ¿Cómo te sentiste al descubrirlo?

Es increíble pensar que Reese no estuvo aquí durante esa parte de la historia del equipo. Que no estuvo aquí durante esa parte de mi vida. Hasta ahora nadie me había preguntado nunca mi punto de vista sobre toda la historia. Me descubro deseando que hubiera estado por aquí entonces. Hubiera sido bonito tener a alguien con quien hablar.

Pero puedo hablar con ella ahora.

Me giro para acostarme boca arriba, con un brazo bajo la cabeza y el otro abrazándola por la cintura, y la arrimo hacia mí. Reese apoya la cabeza en mi pecho y espera mi respuesta. Y no puedo evitar esbozar una sonrisa estúpida cuando digo:

—Okey, déjame empezar por el principio y te lo cuento todo.

28

Reese

—¡Ahora mismo somos el hazmerreír de la liga! —grita Scott, levantándose de la silla en la mesa de reuniones.

—¿Comprendes lo que has hecho, jovencita? —Ese es Phil.

Otros dos miembros del consejo asesor añaden algo sobre estar decepcionados de mí y blablablá... Llegados a este punto, más o menos lo he superado. Yo no he convocado esta reunión y sé que cualquier cosa que me vayan a decir seguro que ya la habré oído durante esta semana.

Y la verdad es que tampoco me importa.

Claro que quiero que Milo lo haga bien. Quiero que nuestro equipo gane. Pero me he rendido con lo de intentar hacer feliz a todos. Hice el traspaso que creí mejor y me mantengo firme en ello.

Desvío la mirada hacia Ed. El dulce Ed que no ha hecho otra cosa que animarme esta semana. Me ofrece una sonrisa de disculpa por sus compañeros del consejo.

—Bien. —Me pongo de pie—. Si ya terminaron de tratarme como a una niña, ahora me tengo que ir. —Agarro el bolso y me dirijo a la puerta de la sala de reuniones—. Los veo esta noche en la fiesta de jubilación de mi abuelo, donde estoy convencida de que todos harán como si no se hubieran pasado la mañana faltándome al respeto en *mi* propio edificio al hablarme sobre el equipo que *me* pertenece.

Empujo la puerta para abrirla, pero Scott me detiene en el umbral.

—¿Cómo puedes dormir por la noche sabiendo que toda la liga piensa que estás llevando a *tu* equipo a la ruina, Reese?

Vaya, qué descaro tiene este tipo.

Reflexiono un instante sobre su pregunta.

—Por lo general, con el ventilador puesto. El termostato a veinte grados y como un maldito bebé. Gracias por preguntar.

Ed se ríe, pero tose para intentar ocultarlo, y con esa última frase, me marcho.

Ahora que ya pasó algo de tiempo y que hemos vuelto a casa, sin duda recorro el pasillo con mucha más confianza. Me preocupa menos lo que todo el mundo tenga que decir y más lo que yo pienso respecto a la situación. He adoptado esta actitud de «yo contra el mundo» y me ha estado funcionando bien, pero todavía hay más convicción detrás de ese sentimiento al saber que no solo soy yo la que cree que tomó una buena decisión. También lo cree Emmett. Y, además, los jugadores me respaldan.

Todos los que fueron entrevistados esta semana me han apoyado de forma pública. Y no, no lo han hecho, como al principio creí, porque su mánager les haya pedido que lo hicieran, ahora sé que son sinceros, que están expresando su propia opinión. Y lo sé por cómo han despedazado a los reporteros que han hecho preguntas irrespetuosas sobre mí.

Así que supongo que más bien se trata de los Warriors contra el mundo. Y no me parece nada mal estar en esa situación.

Esta noche es la fiesta de jubilación de mi abuelo y, después de haber pasado una semana dura, Emmett canceló el entrenamiento de hoy para darles descanso a los chicos, mientras que yo les di el día libre a los empleados de la oficina para que se preparen para esta noche. Todo el mundo asistirá, así que espero que un día alejado del campo y una fiesta por la noche sirvan como reinicio para todos.

Aunque nadie más trabaja hoy, yo sí tenía previsto hacerlo, pero lo que no me esperaba cuando aparecí por el estadio era que acabaría en una reunión del consejo asesor que Scott había convocado como si tuviera la autoridad para hacerlo.

No estoy dispuesta a que ninguno de esos hombres me acorrale en mi oficina, así que, como tengo el estadio para mí sola hasta que empiecen a aparecer los asistentes a la fiesta en un par de horas, he decidido esconderme en el dugout un rato. Por lo menos hasta que los miembros del consejo suban a su coche y se marchen.

La sede del club está tranquila y en silencio, un fuerte contraste con la mayoría de los días cuando es temporada. Y disfruto de ese silencio excepcional… hasta que me sorprende un demasiado alegre:

—¡Hola, Reese!

Isaiah trota para alcanzarme.

Me paro de golpe y miro en su dirección intentando entender de dónde diablos salió.

—Hola. —Mi tono muestra confusión—. ¿Qué haces aquí?

—Usar el baño.

Eso hace que se me enarquen las cejas.

—¿Cuál?

—Vamos, Reese. Ese no. —Su sonrisa se torna descarada—. Mi mujer no está aquí.

No quiero pensar en lo que habrán podido hacer o no esos dos aquí a lo largo de los años.

—Me refiero a qué haces en el campo. ¿No tenían el día libre?

—Ah. —Empezamos a caminar juntos por el túnel para salir afuera—. Monty nos pidió a algunos que le echáramos una mano un par de horas.

—¿Ayudarlo con qué? —Pero en cuanto pongo un pie en el dugout descubro la respuesta.

La jaula de bateo portátil está colocada en el campo, detrás del home. Milo lleva puesto el casco de bateador y está bateando los vertiginosos lanzamientos de Kai Rhodes. Travis, ataviado con las protecciones, ejerce de receptor de su antiguo lanzador. Mientras tanto, Cody y Emmett están inclinados detrás de la jaula, dándole consejos sobre el swing al chico nuevo.

—Bueno, supongo que en teoría estamos ayudando a Milo —explica Isaiah—. Monty nos llamó esta mañana para ver si podíamos venir. Intenta aumentar su confianza antes del próximo partido.

Carajo, bien.

Y eso que hubo un tiempo en el que me convencí a mí misma de que no me gustaba el mánager del equipo.

—¿En serio?

—El chico tiene potencial. —Isaiah me da un golpecito en el hombro con su brazo—. Creo que tomaste la decisión correcta.

—¿De verdad?

—Sí. Nos aseguraremos de que todos los demás también se enteren. No te preocupes. —Tras decirme eso con su habitual tono desenfadado, sale trotando al campo para unirse a sus compañeros. Se acerca al extremo más alejado de la jaula y se apoya contra ella al lado de Cody.

Lo más sensato de mi parte sería volver a la oficina en lugar de salir allí con ellos, porque tengo bastante claro que si me acerco demasiado soy capaz de agarrar a Emmett por la camiseta y plantarle un beso en la boca para agradecerle lo que está haciendo: convocó a los chicos en su día libre para hacer que Milo aumente su confianza, e incluso sacó a su lanzador estrella de su retiro para conseguirlo.

A la mierda. No voy a volver a la oficina.

Subo las escaleras del dugout, camino de puntitas cuando llego al campo para que mis zapatos de tacón de aguja no se hundan en la hierba. Emmett está en el lado más cercano de la jaula de bateo, así que ahí es donde voy. Como una polilla a la luz.

Mientras cruzo el campo, veo que Kai lanza un slider dificilísimo. Milo tan solo se queda mirando cuando pasa volando a su lado y llega al guante de Travis.

—¡Al menos intenta batearlo, Jones! —grita Cody desde detrás de la red.

—Es Kai Rhodes. —Milo señala con el bate hacia el montículo—. Intenta tú batear un lanzamiento suyo.

Kai se ríe.

—Gracias, chico.

—Sí —dice Cody con tono seco—. Solía hacerlo la temporada pasada.

—Ahora está viejo y retirado —se mofa Isaiah—. ¡Este sujeto ya no es nadie! ¡Haz un swing!

Kai le muestra el dedo medio a su hermano mientras Travis le devuelve la pelota.

—Milo —dice Emmett justo cuando llego a su lado—, si puedes batear un lanzamiento de Kai, puedes batear el de cualquier lanzador de esta liga. ¿Lo entiendes?

—¿Y si no puedo?

—Bueno, en realidad no tienes opción.

Apoyo los antebrazos en el marco de metal que hay detrás de la red, imitando la postura de Emmett. Me mira con una sonrisa dulce.

—Ey, hola.

—¿Qué tal va?

Milo se prepara para el siguiente lanzamiento mientras Travis hace las señales a Kai. El chico hace el swing, un swing fluido, pero la sincronización está desajustada y no toca la pelota.

—Mierda —refunfuña cuando aterriza de nuevo en el centro del guante de Travis.

—Sigue intentándolo —murmura Emmett.

No le da ningún consejo, y creo que es a propósito para ver cómo Milo gestiona su propio fallo. De inmediato, el chico vuelve a la caja de bateo y se prepara para el siguiente lanzamiento.

Cuando Kai lanza la bola, cualquiera podría ver que va a desviarse mucho hacia la izquierda, pero Milo alarga el brazo y falla.

—¡Estás yendo por bolas malas! —grita Emmett.

Milo se vuelve a colocar para el siguiente lanzamiento.

—Sal de la caja un segundo. Toma un respiro. Colócate bien los guantes. Cualquier cosa que te aleje del último lanzamiento. Fuiste por esa bola porque estabas frustrado por el lanzamiento anterior. Reiníciate antes de que se convierta en una bola de nieve.

La frustración de Milo es evidente cuando sigue el consejo de su entrenador, sale de la caja y suelta un profundo suspiro. Se concede suficiente tiempo y puedo ver cómo intenta concentrarse de nuevo.

—No estoy diciendo esto para incrementar tu ego —sigue diciendo Emmett—, pero tu técnica es perfecta.

Isaiah resopla con tono burlón.

—A mí nunca me has dicho eso, Monty.

—Exacto, porque la tuya no lo es.

Una sonrisa se abre paso en los labios de Milo.

—Es todo mental —continúa Emmett—. Estás dándole demasiadas vueltas. Cualquiera aquí puede ver que ahora mismo te sientes intimidado.

Te ves igual que durante el partido de la otra noche, pero aquí no hay nada por lo cual sentirse intimidado. Es solo un entrenamiento. Nadie está mirando. A nadie le importa si la cagas. Tienes la oportunidad de batear el lanzamiento de alguien a quien idolatras, pero no está en el equipo contrario. Así que demuéstrale lo que vales y dale con fuerza.

Milo asiente, regresa a la caja de bateo y queda claro por su postura relajada que está más calmado.

Travis hace una señal a Kai, su lanzador, y este inicia el movimiento y lanza una bola rápida al centro del plato, casi idéntica a la que cerró nuestro último partido con Milo al bate. El ruido sordo del bate es ensordecedor cuando resuena en el estadio vacío de espectadores.

—Mierda —murmura Travis desde detrás del plato, quitándose al instante la careta para ver cómo vuela la pelota y pasa por encima de la hiedra del jardín central.

Se oye un golpe seco inconfundible cuando la bola golpea el metal al aterrizar en algún punto de las gradas superiores. Todos nos quedamos en silencio mientras clavamos la mirada a lo lejos con incredulidad.

—Le acabo de hacer un cuadrangular a Kai Rhodes. —La voz de Milo está llena de asombro cuando nos mira en busca de nuestra aprobación, pero todos seguimos con la vista puesta trescientos sesenta metros más allá.

Emmett mira a su antiguo lanzador estrella.

—¿Le quitaste velocidad a ese lanzamiento?

Kai niega de inmediato con la cabeza, con las cejas enarcadas e impresionado de verdad.

—Le acabo de dar un cuadrangular a Kai Rhodes —repite Milo.

—Vaya que lo hiciste —dice Emmett. Casi puedo ver el alivio recorriendo su rostro—. Ahora, repítelo.

Milo parece mucho más ligero cuando vuelve a colocarse para otro lanzamiento.

—Así estaba el día que fuimos a verlo jugar en Las Vegas —digo en voz baja al hombre que hay a mi lado.

—Volverá a estar así. Solo tiene una crisis de confianza.

—Sé de lo que hablas, ¿verdad?

Emmett se ríe y apoya la cabeza en los brazos cruzados cuando me mira.

—Tienes buen aspecto.

—Me siento mejor.

—Bien.

Choco mi hombro contra el suyo y no consigo mover ni un ápice ese muro de ladrillo que es Emmett Montgomery.

—Por cierto, es muy bonito de tu parte hacer esto por Milo.

—Sí, bueno, mentiría si dijera que él ha sido el motivo.

Lo ha hecho por mí.

Su dulce sonrisa cuando me mira basta para que, de la forma más irresponsable, sienta mariposas en el estómago. La otra noche me dijo que confiaba en mi instinto y, ahora mismo, mi instinto me dice que me rinda de una vez. Y él me está haciendo muy difícil recordar las consecuencias de esa decisión.

—Si trataras de hacer que me gustes un poco menos, sería de gran ayuda, Em.

Me dedica una sonrisa relajada cuando me mira.

—No puedo evitarlo, supongo. Creo que ambos sabemos que haría cualquier cosa por ti.

No hay nada en mí que se cuestione si eso es verdad o los motivos por lo que lo es. Y es un descubrimiento liberador a la par que terrorífico, pues estoy bastante segura de que Emmett Montgomery es todo aquello que jamás me propuse buscar.

29

Emmett

Cuando me dejo caer en el sofá de mi oficina y noto en el cuerpo el cansancio de toda la semana, enseguida me doy cuenta de la mala idea que ha sido sentarme. No me había percatado de lo agotado que estoy, de cuánto me ha afectado preocuparme por Reese esta semana, de lo intranquilo que he estado porque Milo no jugara a su nivel. Pero ahora que presto atención a mi estrés, me resulta evidente cómo se ha instalado en mis hombros y enroscado en mi columna vertebral.

Hoy Reese tiene mejor aspecto. Más luminoso. Es más ella misma.

Puedo sentir que parte de la preocupación empieza a desvanecerse mientras me hundo en los cojines del sofá. Pero debería levantarme ya. Tengo que ir a casa a cambiarme para la fiesta de jubilación de Arthur de esta noche. Los chicos y Reese ya se han ido para hacer lo mismo. O eso creía, porque ahora mismo oigo a lo lejos el inconfundible claqueteo de sus tacones contra el suelo.

Reese entra en mi oficina como si fuera suya porque, bueno, sí..., es suya. Pero incluso, si no lo fuera, es bonito ver que ha recuperado la confianza en sí misma. Se queda frente a mí, apoyada en el borde de mi escritorio, con las piernas estiradas y cruzadas por los tobillos.

Pocas veces tengo la oportunidad de contemplar a esta mujer con detenimiento, así que aprovecho este momento excepcional para hacerlo.

Aunque hoy no haya sido día de trabajo y el edificio haya estado vacío, Reese viste, como siempre, impecable. Una falda lápiz a medida realza sus caderas y se corta a la altura de las rodillas. La camisa de seda que lleva está desabotonada por la parte de arriba y se abre un poco de la forma más provocadora posible. Y sus zapatos de tacón… son café oscuro con una tira estrecha que le rodea los tobillos y en lo único que puedo pensar es en que no me importaría arrodillarme para desatárselos con los dientes.

Me encantaría arrodillarme para esta mujer.

—Pensaba que ya te habías ido —le digo, sin dejar de admirar su cuerpo.

Me tomo mi tiempo en volver a subir la mirada. Sigo la larga línea de sus piernas hasta la curva del pecho, solo para encontrar una sonrisita de satisfacción esperándome en sus labios.

—La verdad es que me tengo que ir ya. Solo quería pasar y decir… —Vacila—. Bueno, supongo que solo quería hacerte una pregunta. Sabes que tenemos que guardar la distancia esta noche, ¿no?

—Sí, Reese. Había supuesto que, como va a venir todo el mundo que ha trabajado alguna vez para este equipo, no podría darme el lujo de restregarme de nuevo contigo en el gimnasio.

—Lo que es una pena. Ha sido por mucho la mejor sesión de ejercicio que he hecho en la vida.

Carajo, me encanta esta mujer.

Me gusta esta mujer de una forma casi irracional.

Es sincera conmigo. Es divertida conmigo. Es ella misma conmigo.

—¿Qué tienes pensado usar esta noche? —pregunto.

—Un vestido.

—¿De qué color es ese vestido?

Hay una chispa de diversión en su mirada.

—¿Por qué lo preguntas?

—No lo sé. Supongo que para tratar de prepararme. Entrenarme para controlar mi reacción cuando esta noche estemos rodeados de nuestros compañeros. Pero presiento que no importa qué vestido elijas, se me va a hacer durísimo mantenerme alejado de ti como esperas que haga.

El rubor colorea sus mejillas.

—No digas esas cosas.

—¿Por qué no?

—Porque me gusta demasiado.

Tú me gustas demasiado.

—Yo… —Vuelve a dudar—. También quería pasar para darte las gracias.

Enarco las cejas.

—¿Por qué?

Reese suelta un suspiro como si tuviera una larga lista preparada.

—Por eso. —Señala el campo con la cabeza—. Por dejarme quedarme contigo la otra noche. Por cuidar de mí toda la semana. Por las declaraciones que has hecho a la prensa. Me ha hecho sentir mucho menos sola saber que estabas de mi lado. Así que gracias.

De verdad que creo que nunca superaré que esta supermujer tan fuerte sea tan tierna conmigo.

—No tienes por qué dármelas. Estamos en el mismo equipo, Reese.

Pero ambos sabemos que hay algo más que eso. Se aparta del escritorio y recorre los pocos metros que la separan de la puerta para cerrarla.

—Cuidas de todos. —Lo dice despacio y de forma seductora, y lo enfatiza con el clic que hace el seguro de la puerta cuando lo pone—. Pero ¿quién cuida de ti?

La sangre se concentra de inmediato en mi pene al imaginarme que es ella quien lo hace. Porque su mirada me dice que eso es justo lo que me está ofreciendo.

Se acerca despacio hacia mí y se detiene entre mis piernas separadas. Entonces se inclina hacia adelante, con ambas manos a mis lados, agarradas al respaldo del sofá. Contemplo cómo se alza sobre mí, con la boca tentadora cerca de la mía, pero no lo suficiente.

—¿Te estás ofreciendo tú, Reese?

Su labio inferior se desliza entre sus dientes y asiente en silencio.

Carajo.

Estira las manos en mi dirección, hacia algún punto detrás de mí, y la seda de su camisa me acaricia la barba, su dulce aroma femenino invade mi nariz y juro que estoy a punto de perder la cabeza.

Tras de mí, Reese cierra las persianas de la ventana de mi oficina, ocultándonos por completo.

—Déjame cuidarte, Em.

Está claro que estamos a punto de cruzar la raya y parece que eso ya no me importa una mierda.

Se desliza de forma provocadora por mi cuerpo y sus labios me recorren la mandíbula y el cuello antes de llegar al pecho.

—¿Y cómo vas a cuidarme?

—Haciendo que te sientas bien. —Baja los labios por mi abdomen, y el latido en mi pecho se acelera cuanto más se acerca a mi pene—. Estás estresado. Lo veo.

—Sí. —Suspiro dejando caer la cabeza hacia el respaldo del sofá—. Así es.

—Por mi culpa.

—No.

—Sí —me replica—. Así que déjame ser yo quien lo solucione.

Reese se arrodilla entre mis piernas estiradas y me deja sin respiración.

Es jodidamente perfecta, es imponente, y quiere hacerlo. Pero también sé lo difícil que le resulta ponerse en una situación vulnerable, sobre todo aquí. Donde por norma general está al mando. Donde no quiere parecer débil.

Pero todavía tiene todo el poder, incluso de rodillas.

—Estás... —ya me cuesta hasta respirar— preciosa ahí abajo.

Se muestra complacida por el elogio y dibuja una leve sonrisa en los labios cuando los pasa por la parte delantera de mis jeans. Justo sobre mi pene.

—Carajo, Reese.

Me acaricia los muslos con las manos y creo que nunca he estado tan preparado para algo en toda mi vida. La deseo. Carajo, la necesito.

Incapaz de apartar los ojos de ella, me quito el reloj y lo dejo en el sofá a mi lado para que no se me enganche con su pelo cuando se lo agarre con las manos. Luego me hundo en el sofá, coloco los brazos sobre el respaldo y separo más las piernas.

Estoy fascinado por cómo sus dedos juguetean con mi cremallera y por esas preciosas uñas rosas que dentro de poco se van a clavar en mí. Fascinado por cómo es incapaz de apartar la mirada del bulto de mis pantalones.

—Vas a ser buena conmigo, ¿verdad?

—Sí. —Asiente con ganas y con una sonrisa descarada en los labios—. Pero no te enamores de mí después de esto.

—Mmm… No me digas lo que tengo que hacer.

Reese pasa la palma de su mano sobre la tela que cubre mi pene y luego la mete en mis calzoncillos y empieza a acariciarlo. Cierro los ojos y echo la cabeza hacia atrás, concentrándome para no venirme al notar su suave piel envolviendo mi verga.

—Qué placer… —suspiro.

—¿Crees que me cabrá?

Ah, ahora está jugando conmigo. Tiene que ser eso. Va a hacer que me venga antes de envolverme con sus labios, porque lo último en lo que estoy pensando ahora es en si mi verga cabe en su boca. Abro los ojos y la miro por encima del puente de la nariz.

Reese luce esa sonrisilla de satisfacción mientras ladea su mejilla para apoyarla en mi muslo y su mano sigue masturbándome por debajo de los calzoncillos. Es inocente y seductora al mismo tiempo. Este estira y afloja, la provocación constante entre los dos, sigue siendo evidente aquí.

Me siento hacia adelante, pongo la palma bajo su mejilla para ayudarla a incorporarse antes de sujetarle toda la mandíbula con una mano.

—Vamos a comprobarlo.

La agarro con firmeza y utilizo la otra mano para introducir dos dedos entre sus labios y pasearlos por su lengua. Reese gime mientras los muevo por su boca hasta el fondo de su garganta y cuando encuentran resistencia, ella no los rechaza. No se retira ni siente arcadas.

—Te gusta tener algo ahí atrás, ¿verdad?

Asiente con sus ojos de color azul mar inundados de deseo. Luego me chupa los dedos para proporcionarme un avance de lo que me espera, y sé que me voy a volver loco cuando sustituya los dedos por mi verga.

Meto y saco los dedos, dejándole que los lama con la lengua mientras sigue estimulándome y jugueteando con la mano.

—Me la vas a chupar muy bien… ¿Verdad?

Vuelve a asentir, con la boca demasiado ocupada como para hablar. Pero entonces me saca la mano, escupe en los dos dedos y vuelve a envolverlos despacio con sus labios.

Tengo la boca abierta de par en par.

Y dice que no me enamore de ella.

Gimo.

—No te vas a quedar solo en lo de ser buena conmigo, ¿verdad? Vas a ir más allá y ser perfecta, ¿es así?

Con la otra mano, me bajo los calzoncillos y los jeans, levantando las caderas para que pasen por debajo de mis nalgas. Mi verga se yergue orgullosa y libre en mi oficina con la mano de Reese rodeándola.

Es sucio. Un poco depravado. Pero ahora mismo no me importaría perder el trabajo por este momento.

—Eres tan perfecta. —Le paso la mano por el pelo antes de agarrar esos sedosos mechones sueltos—. Pero quiero verte salvaje.

Se inclina hacia adelante y me besa con suavidad en el glande.

Le suelto el pelo y dejo que me dé placer a su manera. Con los brazos estirados de nuevo sobre el respaldo del sofá, miro hacia abajo y la contemplo con los ojos entornados.

—Sabes cuánto te agradezco tu ayuda, ¿verdad? —dice antes de besarme de nuevo—. Eres tan bueno conmigo… —Pasa la punta de la lengua por la hendidura—. No estoy segura de que sepas cuánto te adoro.

Carajo.

Esas palabras. Dulces y sinceras.

Su boca. Caliente y pecaminosa. Y lo hace tan bien.

Me mira a través de sus pestañas.

—Pienso en ti todo el tiempo, Em. ¿Lo sabías? —dice, y desliza los labios por mi mástil y se lo mete hasta el fondo de la garganta.

No sé qué es lo que va a conseguir que me venga primero, si sus confesiones sinceras o la forma en la que su cálida y húmeda boca me la chupa con tanta maestría.

—Carajo… —Gimo y cierro los ojos con fuerza durante un instante. Pero en cuanto recobro la compostura, los abro de nuevo para poder verla mientras lo hace—. Yo pienso en ti todo el tiempo, Reese. Cuando estoy contigo. Cuando no lo estoy. Todo el maldito día.

Emite un gemido alrededor de mi miembro y mueve la cabeza despacio antes de introducírselo más adentro.

Es el maldito paraíso.

No solo me parece un sueño, es que me resulta difícil de creer que esto esté sucediendo después de todas las veces que me dijo que no pasaría. Y todavía me es más difícil creer algunas de las cosas que me dice después de cómo empezamos.

Muestra tanto deseo cuando me toma, pero también calma. Como si no existiera otro lugar en el que preferiría estar y tuviera todo el tiempo del mundo para dedicarlo a esto.

Reese gime y en ese momento casi me vengo, y entonces, al elevar mis caderas, se mete el miembro hasta el fondo de la garganta y succiona alrededor de mi glande.

—Me voy a venir… —consigo decir a duras penas con los dientes apretados, agarrándole el pelo con el puño para apartarlo.

Esa afirmación enciende sus ojos, de un azul vivo, como la parte más caliente de una llama, y aprieta aún más sus labios en torno a mí y me pasa la lengua por la punta, del todo decidida a hacerme cumplir mi promesa.

—¿Te gusta, Reese? ¿Te gusta saber que vas a conseguir que me venga en la oficina?

Emite un sonido de satisfacción que envía una vibración a través de mi verga.

—Qué buena eres —la animo—. Eres perfecta. —Con la palma en la parte de atrás de su cabeza la empujo con delicadeza mientras elevo las caderas—. Puedes tomar mi verga. —La meto y la saco de su boca, sujetando a Reese para que esté justo donde necesito que esté—. Es toda para ti…

Aflojo mi agarre un instante para dejarla respirar y la sonrisa de satisfacción que luce cuando abandona mi miembro un segundo basta para acabar conmigo. Me acaricia con la mano, todavía recuperando el aliento.

—Dame tu verga, por favor.

—Sí. ¿La quieres?

Asiente con impaciencia, besándome de nuevo el glande. Mi verga se muestra palpitante, ansiosa por estar a punto de venirse en su boca en cuanto vuelva a estar dentro de ella.

—¿Me vas a dejar venirme en tu boca? ¿Te lo vas a tragar por mí?

—¿Ahí es donde quieres venirte?

¡Maldita sea!, ¡qué mujer! ¡Me está preguntando dónde quiero acabar!

—Esta vez, sí. —Me inclino hacia ella y le levanto la barbilla para besar su virtuosa boca —. Pero quiero que sepas que, si no estuviéramos en el trabajo y no lucieras un maquillaje tan bonito hoy, te pintaría toda la cara con mi leche en lugar de tu garganta.

Abre los labios y aprovecho la oportunidad para guiar su boca hasta que me rodea de nuevo el miembro. Su forma apasionada de chupar mientras su mano retuerce la base de mi verga me envía directo al borde del orgasmo.

No tengo tiempo de avisarle, pero está claro que ya sabe que me voy a venir por cómo se aferra a mi muslo y se mantiene firme en su sitio. El placer me recorre la espalda y se enrosca por mis caderas hasta que me vengo en su garganta.

Un éxtasis grandioso con el pelo rubio de Reese entrelazado entre mis dedos y su boca envolviéndome la verga. Mis caderas buscan el clímax hasta que acabo rendido y me dejo caer en el sofá. Entonces, con los ojos entrecerrados, bajo la mirada para ver cómo se aparta de mí con la boca llena de mi esencia. Reese me mira desde abajo y, cuando se lo traga todo, emite un sonido como si fuera lo mejor que ha probado jamás.

—Dios… —suelto con la respiración entrecortada—. ¿Cómo puedes ser tan increíble?

¿Cómo puede ser que estés interesada en mí?

¿Cómo puedo hacer que seas mía?

Tan solo sonríe ante mi pregunta retórica.

—Ven aquí. —Me pongo los pantalones mientras la atraigo para que se siente en mi regazo, y la abrazo y la beso, notando mi sabor en sus labios—. ¿De verdad pretendes que permanezca alejado de ti esta noche después de esto?

—Confío en ti.

—Soy un hombre mucho más débil de lo que crees.

Acerca de nuevo su boca sonriente a la mía, esta vez para darme un beso profundo y lento. Es paciente por cómo se toma su tiempo. Es anhelante por cómo desliza su lengua sobre la mía. Hay cariño en la forma en la que me pasa los dedos por la barba. No tengo dudas de que le gusto. Sé que le gusto. Pero la cuestión es: ¿me desea como yo la deseo a ella? Porque estoy bastante seguro de que yo estaría dispuesto a arriesgarlo todo por una oportunidad real con esta mujer.

Cuando se aparta, le coloco el pelo detrás de la oreja y le paso el pulgar por los aretes.

—¿Es ahora cuando me dices que no puede volver a pasar?

Reese suelta una risita.

—Eso mismo.

—Mmm... Puede que un día te crea.

30

Reese

—De acuerdo, ustedes dos. —El fotógrafo levanta la cámara—. Necesitamos una foto. Esta será para enmarcar. El antiguo dueño y la actual dueña del equipo.

Rodeo con el brazo a mi abuelo mientras posamos juntos para que nos fotografíen. Puede que esta sea la que añada a la pared en mi propia fiesta de jubilación algún día.

El fotógrafo sonríe a la pantalla de su cámara:

—Perfecta —dice, y luego se va, abriéndose paso entre la gente, para seguir tomando fotos a los invitados de la fiesta.

Echo un vistazo de nuevo al lugar, fijándome en todo.

—Denise hizo un trabajo increíble.

Mi abuelo observa el entorno conmigo.

En el estadio tenemos un espacio para eventos y tenía todo el sentido del mundo celebrar aquí su fiesta de jubilación. Así que muchos de sus antiguos jugadores, entrenadores y personal se han acercado para acompañarlo a despedirse de esta parte de su vida, y toda esta noche está resultando ser de lo más especial.

El trabajo de toda la vida de un hombre en un solo lugar.

Hay una pista de baile en el centro y una banda en vivo en un escenario improvisado. Hay también varias barras libres colocadas alrededor del espacio y las paredes que quedan están cubiertas de composiciones de fotografías de todos los equipos anteriores y de los recuerdos que mi abuelo ha acumulado en este mismo edificio.

—Es impresionante, ¿verdad, Dulce Reese? —Su voz se torna ronca—. No puedo creer que haya venido tanta gente.

Es evidente que está emocionado, pero ¿cómo no iba a estarlo? Yo me enamoré de este deporte y de esta carrera gracias a él. Era el ejemplo viviente de «elige un trabajo que ames y no tendrás que trabajar ni un día en tu vida».

Le paso la mano por la espalda.

—Te lo mereces.

Vuelvo a echar un vistazo a la sala y reconozco muchísimas caras del pasado. Y, claro está, muchísimas del presente. Todos nuestros jugadores del equipo actual están aquí, con traje y corbata, porque, al igual que yo, mi abuelo disfruta con los placeres más exquisitos de la vida.

La iluminación es tenue, pero evocadora. Hay mesas repartidas por todo el espacio, así como cómodos sofás para charlar con la gente. La comida ha sido maravillosa y está claro que no se ha escatimado en gastos.

Ha sido especial pasar la noche junto a mi abuelo, pero mentiría si dijera que es el único motivo por el que no me aparto de su lado. Últimamente, me falta autocontrol, y no sé lo que haría si no me obligara a contenerme.

Mi atención se desvía a la pista de baile y se clava en el origen de mi falta de control. Emmett luce ese gesto dulce, casi melancólico, mientras mira a su hija. Es un momento tierno, los dos bailando juntos, y soy incapaz de apartar los ojos de él. Ese ha sido mi problema toda la noche. Hemos logrado evitarnos durante horas, pero eso no significa que no lo haya mirado.

Miller dice algo que hace que Emmett eche la cabeza hacia atrás con una carcajada y no puedo evitar sonreír ante su alegría contagiosa. Está guapo cuando está feliz. Está guapo y punto.

—¡Arthur! —Es Scott. Aparto mi atención de la pista de baile mientras él y el resto del consejo asesor se ponen en círculo en torno a mi abuelo—. ¡Qué alegría verte! Tienes un aspecto fantástico.

Mi abuelo sonríe a los cinco hombres.

—Muchas gracias a todos por venir. Significa mucho para mí.

—No nos perderíamos tu fiesta por nada del mundo —dice Phil.

—¿Qué tal todos? ¿Qué tal con mi Reese? Espero que le estén dando buenos consejos.

—Buenísimos. —Scott pone la mano en el hombro de mi abuelo de una forma amistosa, pero falsa—. Estamos esperando a que los acepte.

Miro a Ed, que hace contacto visual, diciéndome que está pensando lo mismo que yo.

Mi abuelo mira al grupo de hombres con recelo.

—¿A qué te refieres?

—Está bromeando. —Phil se ríe—. Estamos encantados de trabajar con ella. Está… haciendo las cosas a su forma. Haciendo suyo el equipo.

De nuevo, Ed y yo cruzamos la mirada, criticando en silencio esta farsa.

—Y eso es lo que tiene que hacer. —Mi abuelo sonríe con orgullo porque no capta el matiz de sus comentarios. No tiene ni idea de que a cuatro de las cinco personas que forman su antiguo consejo asesor les molesta mi forma de dirigir el equipo y creen que debería apartarme como presidenta en funciones de las operaciones deportivas.

Pero yo no voy a ir corriendo a contárselo. Me las puedo arreglar muy bien solita.

Ed me da un apretón en el brazo cuando me excuso para irme.

Por primera vez en toda la noche, estoy sola sin la red de seguridad que supone la compañía. De golpe siento el calor de la atención de Emmett, tal como lo he sentido gran parte de la noche. Miro hacia la pista de baile y veo cómo Miller y él la abandonan cuando termina la canción.

Pero, como suponía, me está mirando.

Está impresionante esta noche. Lleva un traje negro ajustado, camisa blanca con los primeros dos botones desabotonados y la barba recortada a la perfección dando paso a algunas canas a la altura de las sienes. No suelo tener la oportunidad de verlo sin la gorra de beisbol, y me gusta poder contemplar su rostro sin la sombra de la visera cubriéndolo. Y si a todo lo demás le añades los tatuajes de sus manos asomando por los puños del traje, contrastando con el resto de su atuendo, yo ya estoy perdida.

Sus labios son un poco demasiado carnosos, pero perfectos de todas formas, sobre todo cuando se esfuerzan por contener la sonrisa que no me debería estar dedicando desde el otro lado de la estancia.

Emmett se une a un grupo de sus jugadores y yo me dirijo hacia la barra.

Pedir una copa. Volver con mi abuelo. Esas son las dos únicas cosas que me permito hacer.

—Una copa de tinto, por favor —le pido al camarero y, mientras la vierte, suena mi celular en el bolso de mano.

El nombre de Emmett aparece en la pantalla con un mensaje debajo, pero cuando lo busco de reojo, está en medio de una conversación con los chicos del equipo, de pie en torno a una de las mesas. Ni rastro del celular.

Emmett
Que sepas que tú más ese vestido son la
segunda mejor cosa que elegiría poder ver hoy.

En serio, al diablo con esa sonrisa tonta y ridícula de mis labios. De verdad que algo me pasa últimamente.

Yo
¿Cuál sería la primera?

Le doy a enviar y miro con el rabillo del ojo cómo saca el celular del bolsillo y lo sostiene por debajo de la mesa para leer y responder sin que nadie lo vea.

Emmett
Tú menos ese vestido.

Este hombre de cuarenta y tantos años tiene más colmillo que cualquiera con el que haya salido antes. Es seguro de sí mismo y descarado al mismo tiempo. Y la verdad es que me gusta. Me gusta que sea dulce y tierno a la vez. Gruñón, pero un maldito seductor.

Lo vuelvo a mirar a hurtadillas y en esta ocasión veo que ya tiene los ojos clavados en mí. Se toma su tiempo en recorrerme el cuerpo despacio con la mirada, dándole un repaso al vestido mientras desliza distraído su labio inferior entre los dientes.

—¡Ay! —murmura Miller con emoción mientras ocupa el espacio que hay a mi lado en la barra.

Aparto la vista con rapidez de su padre y me centro en la copa de vino que tengo en la mano

—Intercambiando miraditas lascivas de extremo a extremo de la sala. Qué lindos. —Reflexiona un segundo sobre lo que acaba de decir antes de hacer como que tiene arcadas—. No me puedo creer que acabe de decir «miradita lasciva» hablando de mi padre.

Me río y luego le doy un sorbo a la copa.

—Siento decírtelo, Miller, pero tu padre está como para que le lancen «miraditas lascivas».

—Nooo, por favor, tú no. —La expresión de su cara es de repugnancia absoluta antes de volver a pensar lo que ha dicho—. En realidad, lo retiro. Tú eres la única persona que me parece bien que diga eso.

Señalo la barra.

—¿Te pido algo?

—Una cerveza ahora me cambiaría la vida.

—Sí. Seguro que sí. Estaré encantada de invitarte a una en cuanto des a luz a ese bebé.

—Okey. Tomaré agua. Qué aburrido.

Estamos hombro con hombro, sentadas en la abarrotada barra, de espaldas a la fiesta. Acabo de pedir agua con hielo cuando Miller dice «a mi padre le agradas» tan bajo como para que solo yo pueda oírlo.

Trago saliva.

—Sí. Y a mí me agrada él. Trabajamos bien juntos.

—No, quiero decir que le agradas de una forma que no he visto antes.

Siento grandes tentaciones de ponerme en plan colegiala con ella con un «¿De verdad lo crees?», pero me contengo. La hija de Emmett no es la primera de mi lista con la que tengo previsto hablar de esto; para mí sería mucho más seguro si pudiera volver con mi abuelo y pasar el resto de la noche tratando de fingir que mi mánager no existe.

—Nosotros… —susurro, comprobando con discreción quién anda cerca—. No puede ser.

—¿Por qué no?

¿Cómo respondo a eso?

Desde luego, como dueña de la franquicia, no hay nada que me impida de forma explícita tener una relación con alguien de mi empresa. Pero no se trata de un supuesto reglamento. Se trata de las apariencias. Soy su jefa directa.

¿Qué consecuencias tendría eso para mi reputación? Todavía estoy lidiando con el desastre en internet de la semana pasada. Ya me puedo imaginar los titulares sobre mí por ser una mujer y acostarme con alguien de mi personal. Y ni hablar de que solo han pasado unos meses desde que me hice cargo del equipo. La situación se tergiversaría por completo para ajustarse a una narrativa, y tengo la responsabilidad ante otras mujeres que tratan de entrar en este sector de no darnos mala fama.

Soy su jefa. Está a punto de firmar un nuevo contrato. ¿Quién sabe lo complicadas que podrían llegar a ser las cosas?

—Porque... —Vacilo de nuevo—. Quiero protegerlo. Y también protegerme a mí misma. Le encanta este trabajo y a mí me encanta el mío, y él te adora. Quiere quedarse en esta ciudad. Lo nuestro sería... complicado.

—Creo que lo complicado vale la pena a veces. —Medita un segundo, bebiendo un poco de agua—. Por norma general, no soy tan atrevida...

La miro mientras enarco una ceja.

—Okey —se ríe—. Me refiero a que no soy tan atrevida cuando se trata de la vida de otra gente, pero él siempre ha sido mi persona favorita, así que voy a tener que dar mi opinión sobre el tema. —Se gira para mirarme de frente, y yo entonces también le dedico toda mi atención—. Sé que se ha sentido solo. Puede que nunca lo admita porque se mantiene ocupado, pero yo lo sé. No recuerdo cómo era cuando estaba con mi madre, pero, en cualquier caso, es una persona del todo diferente a la que era entonces. Criar tú solo a un hijo que no tenías previsto tener y poner a todos por delante de ti te hace eso. Pero no parece sentirse solo cuando tú estás cerca. Como hija única que soy, eso significa mucho para mí, ¿sabes?

Siento un ardor en los ojos al que no estoy en absoluto acostumbrada. No suelo llorar, sobre todo ahora. He aprendido a compensar en exceso el ser una mujer en un mundo de hombres tratando de apartar las emociones de casi todo. Pero este discursito podría hacerme llorar.

—Y entiendo todo eso del trabajo —sigue diciendo—. No sé qué pasaría con su carrera y tu reputación. Pero yo también solía tomar un montón de decisiones según lo que creía que era mejor para él. Solía viajar un montón por trabajo, siempre de un lado para otro, porque creía que permanecer alejada era lo mejor para mi padre. Creía que le estaba dando el espacio que necesitaba para hacer lo que quisiera y vivir su propia vida después de haberlo dejado todo por mí. Y entonces me di cuenta de que lo que él quería era tenerme cerca.

Me dedica una leve sonrisa.

—Estoy bastante segura de que quiere tenerte cerca, Reese. Y si hay alguien que se merezca conseguir todo lo que quiere, ese es él.

Vaya... mierda.

Lo que acaba de decirme Miller, la persona a la que Emmett más quiere en el mundo, no podía impactarme más de lo que lo ha hecho. No puedo decirle lo mucho que me asusta que me guste su padre, ni cuánto me gusta ya (si alguna vez he de admitirlo, se lo diré al propio Emmett), y tampoco puedo hacerle saber cuánto significa para mí escuchar sus palabras. Pero lo que sí puedo decirle es:

—Tienes razón, se merece conseguir todo lo que quiere.

—¿Quién se merece conseguir todo lo que quiere?

Es una voz grave y profunda la que hace la pregunta. Una voz que reconocería en cualquier parte. Una que no escuché en toda la noche.

Mi plan de pedir una copa y volver con mi abuelo está fracasando de forma estrepitosa.

Miller y yo nos miramos, preguntándonos en silencio cómo vamos a salir de esta.

—Yo —dice, cubriéndome—. Por llevar este bebé por nueve meses. ¿Sabes la cantidad de restricciones que hay durante el embarazo? Y claro, tú te vas a beber una cerveza. —Señala la copa en la mano de Emmett—. Voy a ir a regañar a Kai. Al fin y al cabo, esto es culpa suya.

Miller se marcha fingiendo indignación y su padre le quita el sitio que hay a mi lado en la barra, con los ojos clavados en su espalda, confundido.

—¿Qué fue todo eso?

—Bueno, ya conoces a Miller.

Miller, que quiere tanto a su padre como para casi rogarme que abra los ojos y que lo vea tal y como es. Pero verlo tal y como es no es el problema. Más bien al contrario. Una parte de mí desearía poder volver a esos días en los que no era consciente del enorme corazón que tiene. Hacía que fuera mucho más fácil evitar enamorarme de él.

—Estás… —Me recorre con la mirada—. Qué adecuado que vayas de negro esta noche. Casi se me para el corazón cuando entraste y, mírate, ya estás vestida para mi funeral.

Esa confianza descarada y sin complejos otra vez.

—Eres demasiado viejo para hacer bromas con los problemas cardiacos, Emmett.

Se lleva la cerveza a sus labios sonrientes.

—Ojalá estuviera bromeando.

—¿Reese?

En ese momento oigo que alguien me llama.

—No puede ser. ¿De verdad eres tú?

Tardo un segundo en procesar quién está de pie frente a mí, hablándome como si me conociera. Con el pelo canoso y la piel acartonada de pasar demasiado tiempo al sol. Yo no tendría más de diez años la última vez que lo vi.

—¿Mick? —Lo observo un segundo para asegurarme de estar en lo correcto antes de seguir adelante y abrazar a un completo extraño. Cuando no me corrige, dejo la copa de vino en la barra y extiendo los brazos—. ¡Santo Dios! ¡Cuánto tiempo!

Me da un fuerte abrazo.

—¡Pero mírate! Eras una niña la última vez que te vi. Recuerdo cómo solías pasar el tiempo en el dugout durante los entrenamientos. ¿No celebramos uno de tus cumpleaños en esta misma sala? Asistimos todos los jugadores. ¿Cómo te llamábamos entonces? ¡Dulce Reese! ¡Eso es!

Suelto una risita.

—Ahora soy solo Reese. —Me giro para meter a Emmett en la conversación—. Emmett, este es Mick. Jugó segunda base para los Warriors durante más de una década. Formaba parte del equipo cuando empecé a venir por aquí con mi abuelo y me enamoré de este deporte. Mick, te presento a Emmett. Nuestro mánager.

Los dos hombres se dan un apretón de manos.

—Encantado de conocerte —dice Emmett con amabilidad.

—Guau. —Mick se queda de pie con las manos en la cadera, negando con la cabeza en un gesto de incredulidad—. Así que ahora diriges el equipo, ¿eh?

Vaya.

La vergüenza me enciende las mejillas. Me conoció cuando era solo una niña obsesionada con formar parte de este equipo. Me recuerda merodeando siempre por ahí y deseando que me incluyeran en lo que se hacía por aquí. Si fuera él, también daría por hecho que mi abuelo me ha cedido la franquicia como forma de complacerme.

—Así es —responde Emmett por mí cuando no contesto con suficiente rapidez—. Y está haciendo un trabajo estupendo.

—Claro que sí. —Mick me sonríe—. Siempre fuiste muy lista. Me acuerdo de eso. Sabías más de beisbol que algunos de los jugadores. Y te encantaba este lugar más que nada en el mundo. Eras parte de la familia. No tendría sentido que ninguna otra persona dirigiera este equipo.

Siento la mirada de orgullo de Emmett clavándose en mi rostro, pero no me siento capaz de volverme y disfrutar de ella. Me siento un poco expuesta al ser descrita por alguien que me conoció cuando me podía permitir el lujo de ser ingenua respecto a este negocio. Pero no voy a mentir, después de una semana recibiendo palos de la prensa, las palabras de un exjugador que entonces adoraba suponen mucho más de lo que sin duda se imagina.

—Tengo que saludar a Arthur —dice Mick—. Felicitarlo por su jubilación. Emmett, ha sido un placer conocerte. Y, Reese, es bonito ver a este equipo en manos de alguien que lo quiere tanto.

Nos despedimos y Mick se marcha, dejándonos a Emmett y a mí solos.

—Entonces —empieza a decir en tono de broma— ¿te acuerdas de aquella vez en que me dijiste que el beisbol es solo un negocio?

—Cierra el pico.

Le doy un golpecito en el brazo con el dorso de la mano, pero me agarra de la muñeca antes de poder retirarla. Está cerca. Demasiado cerca. Pecho contra pecho con sus largos dedos agarrándome, sujetándome con suavidad.

—Baila conmigo.

Es una petición muy tierna que me genera una sensación extraña y prohibida en el pecho.

—Emmett…

—Baila conmigo.

—No puedes repetir lo que acabas de decir y pretender que te responda otra cosa.

Hace lo que puede por contener una sonrisa.

Vuelvo a echar un vistazo a la sala.

Hay demasiada gente que sabe bien quiénes somos los dos. Sí, todo el mundo está ocupado con sus asuntos, pero, aun así, alguien podría empezar a sospechar al vernos bailar una canción lenta.

—Hay demasiados ojos —le digo.

—Hasta ahora he bailado con mi hija, con tu abuela y con Denise. Creo que a la gente le parecería más raro si no bailara contigo. No queremos que nadie piense que la dueña del equipo y el mánager no se llevan bien, ¿verdad?

—Creo que eso podría ser una opción más segura.

—Baila conmigo, Reese.

Sus ojos cafés son dulces, sus cejas oscuras se fruncen cuando me mira. Y cuando acaba la canción y la banda empieza a tocar la siguiente, no me siento capaz de rechazarlo de nuevo.

—De acuerdo —susurro.

—¿Ves? —Luce una sonrisa de orgullo en los labios—. Me respondiste otra cosa.

—Eres inaguantable cuando consigues lo que quieres.

Aparta mi copa de vino a un lado de su cerveza a medio terminar y luego, mientras pasamos junto a demasiadas caras familiares, coloca la mano en la parte baja de mi espalda para guiarme hasta la pista de baile, que está abarrotada. Aunque supongo que eso nos puede favorecer, así permanecemos ocultos en un mar de cuerpos.

Llamamos la atención de muchos de los actuales jugadores del equipo, pero Emmett no vacila y me lleva hasta el centro de la pista. Como si le diera igual que aquellos que tenemos más cerca se percataran de que entre nosotros está pasando algo. Su osadía me pone nerviosa. No debería haberme apartado de mi abuelo.

Kai e Isaiah están charlando en el perímetro de la pista de baile, observándonos con una sonrisita tonta en el rostro. Pero cuando se dan cuenta de que los atrapé mirando, se dan la vuelta deprisa y fingen estar interesados en otra cosa.

—Los hermanos Rhodes son incorregibles.

Emmett suelta una risita.

—Me lo dices o me lo cuentas.

Se gira para ponerse frente a mí, desliza uno de mis brazos por su cuello y mantiene el otro extendido a un lado, tomando mi mano. Luego coloca la mano libre en el centro de mi espalda y, durante un instante, me permito creer que los demás lo verán como algo totalmente profesional.

Esto podría salir bien.

Le acaricio el hombro y mantengo un tono de voz bajo:

—Estás muy guapo esta noche.

Sonríe relajado.

—Gracias.

—Y ha sido muy tierno verlos bailar a Miller y a ti en la pista.

—Qué locura pensar que la próxima vez que baile con ella será en su boda.

Imaginármelo me hace sonreír, pero la sonrisa se desvanece rápidamente cuando la mano de Emmett se desliza un centímetro hacia abajo por mi espalda.

—¿Y se puede saber de qué hablaban las dos antes?

Sería mucho más fácil mentirle. Inventar algo para no tener esta conversación, en la pista de baile, rodeados de todos los integrantes del actual personal de los Warriors y de los de años anteriores. Pero él siempre es sincero conmigo, así que no sé cómo podría no serlo yo también

—Miller cree que quieres tenerme cerca.

Vacilo al levantar la mirada hacia sus ojos, pero cuando lo hago veo que él no tiene problema en hacer contacto visual.

—Quiero tenerte cerca.

—No, me refiero…

—Sé bien a lo que te refieres. Y mi respuesta sigue siendo la misma. Quiero tenerte cerca. Todo el tiempo, la verdad. Quiero tenerte a ti, pero creo que ya lo sabes.

Parece que me cuesta hacer llegar el oxígeno a mis pulmones. No hay timidez en su afirmación. No hay duda. Es un hombre que sabe lo que quiere y, al parecer, me quiere a mí.

Echo un vistazo discreto alrededor.

—Aquí no, Em.

—Okey, pero el lugar donde lo diga no cambiará mi respuesta. Quiero estar contigo, Reese.

Lo miro a los ojos.

—¿Por qué?

La pregunta sale de mi boca antes de pensarlo bien. Antes de que tenga tiempo para recordarme a mí misma que oculte esa inseguridad. Antes de que pueda recordar dónde estamos.

Emmett frunce el ceño.

—¿Es una pregunta en serio?

Por desgracia, sí. No sabía que pudiera haber un porqué. Una vez creí que tan solo se amaba a alguien por quien era hasta que aprendí que algunas personas tienen una razón para hacerlo. Un motivo oculto.

La palma de su mano en mi espalda desciende otro centímetro y, al mismo tiempo, me acerca más a él. Su duro abdomen contra mi blando estómago. Me sujeta con firmeza y determinación y eso me reconforta de una forma que no debería con tantos ojos alrededor. Y todo mientras seguimos meciéndonos al son de la suave melodía.

—Nunca deberías tener que hacer esa pregunta, pero entiendo por qué la haces.

Una oleada de alivio me recorre. Es algo de lo que se habla poco, pero realmente es muy reconfortante sentirse comprendida sin tener la necesidad de dar explicaciones. Darme cuenta de que Emmett siempre me ha entendido hace que me relaje cuando coloca alrededor de su cuello mi otra mano, la que tenía entrelazada con la suya. Luego su palma me acaricia el brazo desnudo hasta que se detiene en la parte inferior de mi espalda.

—No tengo una razón concreta que pueda dar una respuesta a tu pregunta, Reese, pero sí puedo decirte algunos de los motivos por los que no quiero estar contigo.

Estiro el cuello para mirarlo, desesperada por escuchar lo que va a salir de su boca. Esa boca que está demasiado cerca como para que nuestra actitud se considere profesional, pero ahora mismo lo único que me importa es lo que va a decir.

—No quiero estar contigo por nada material que puedas ofrecerme —dice—. No quiero estar contigo porque busque tener seguridad en el trabajo. De hecho, ambos sabemos que justamente estar contigo puede que no me daría esa estabilidad. No quiero estar contigo porque de pronto hayas dado sentido a mi vida. Mi vida ya tenía sentido. Me encanta mi vida. Me encanta mi trabajo. Y me encanta mi familia. No quiero estar contigo por nada que puedas darme, solo quiero estar contigo por esa esperanza que he sentido desde que entraste en este edificio...

Mi corazón se acelera hasta límites peligrosos y trato de calmarlo concentrándome en los circulitos que dibuja en mi espalda con el pulgar.

—Me he pasado veinte años dando por hecho que pasaría el resto de mi vida siendo solo un padre y un entrenador, pero ahora, cuando estás cerca, tengo la esperanza de que también podría ser...

La pareja de alguien. El compañero de alguien.

No termina la frase, pero no me hace falta porque sé lo que quiere decir.

Había una gran parte de mí que deseaba escuchar justo eso, pero también hay otra parte de mí que rezaba para que nunca lo dijera en voz alta. Para que nunca tuviéramos que enfrentarnos a lo que está ocurriendo entre los dos.

Y justo aquí. Atrapados en medio de las personas que no pueden enterarse nunca de nuestra relación.

Me da miedo. Todo lo relativo a él me da miedo. Es aterradora la forma en la que su mera presencia me hace cuestionar todo lo que una vez defendí con firmeza. Su confesión nos lleva a un punto crítico y ambos lo sabemos. Y yo solo deseo que termine esta canción para poder salir de la pista de baile y evitar afrontar lo que tenemos delante.

Emmett deja caer la cabeza y sus labios rozan el lóbulo de mi oreja.

—Sé que prometí que te protegería a ti, a tu reputación y al legado que quieres dejar, y soy muy consciente de que al querer estar contigo estoy rompiendo esa promesa, pero no sé qué demonios hacer, Reese. Soy alguien que, por norma general, suele tener siempre una respuesta, pero no tengo ni idea de cómo dejar de querer estar contigo.

—Emmett… —Hay una súplica desesperada en la forma en la que pronuncio su nombre—. Aquí no, por favor.

Cuando giro la cabeza hacia él, descubro casi una necesidad descontrolada en su mirada y me da pavor lo próximo que vaya a decir.

—Creo que no me entiendes. No importa dónde lo diga. No te mentía aquel día en el ascensor cuando te dije que me despidieras. Ese es el punto en el que estoy. No quiero arriesgar tu reputación, pero estoy dispuesto a arriesgar mi trabajo para ver qué podría ser esto nuestro. Así que despídeme de una maldita vez.

—No. —Me aparto de él de una forma casi dramática, pero por suerte la canción se acaba y muchas parejas se están separando en la pista de baile, así que nadie parece percatarse—. De ninguna manera.

—Reese…

Estira el brazo hacia mí, pero doy un paso atrás para crear distancia, y luego miro alrededor para recordarle dónde estamos. Ha perdido la maldita cabeza si cree que voy a dejar que pierda su trabajo por mí. Después de todo lo que ha hecho para volver a este punto en su vida. Después de todo lo que ha sacrificado.

—De ninguna manera —digo, bajando la voz, pero de forma tajante—. No…, eso no es una opción.

¿Puede oír lo asustada que estoy? ¿Puede verlo en mi rostro?

—No vuelvas a sacar ese tema. Yo…

No valgo la pena.

Y no es la falta de autoestima la que habla por mí. Sé lo que valgo. Es el miedo a que él pierda todo lo que siempre ha querido por apostar por mí. Me niego a dejarle creer que merezco que corra ese riesgo.

—Yo… —Hago un nuevo intento de explicarme—. No voy a volver a tener esta conversación.

Luego me doy media vuelta y me marcho de la pista de baile tan rápido como puedo, tratando de no llamar la atención de nadie. Pero en cuanto salgo de la sala de eventos, me echo a correr.

31

Emmett

—¿Estás bien? —me pregunta Kai mientras me llevo el bourbon a los labios. Disfruto del ardor que me provoca al deslizarse por la garganta. Es delicioso y necesario a la vez.

Sé muy bien a dónde huyó Reese. Al fin y al cabo, estamos en el estadio. Pero no voy a ir a molestarla a su único lugar seguro aquí. Al único lugar en el que puede pensar con claridad. En vez de eso, me voy a beber esta copa y recordar lo imbécil que soy por manifestar mi firme deseo de estar con ella en medio de todos nuestros compañeros de trabajo.

No le respondo a Kai porque no tengo ganas de mentirle y tampoco es que pueda hablar de esto con él aquí y ahora. En vez de eso, apoyo los antebrazos en la mesa y le doy otro largo trago al vaso.

—Me lo tomaré como un no, que no estás bien y que no quieres hablar de ello.

Impresionado, enarco una ceja en su dirección.

—Qué bien me conoces, cielo.

Suelta una risita.

—Voy a llevar a Mills a casa. No se siente muy bien.

—¿Qué? —Me enderezo—. ¿Qué le pasa?

—No, no, tranquilo… Sí, está bien. Solo un poco más cansada de lo que pensaba que iba a estar. Llegamos con Isaiah y Ken, pero ellos no se quieren ir todavía, así que voy a llamar a un VTC.

—No. No hace falta. —Busco en el bolsillo y saco las llaves—. Llévate mi camioneta.

—¿Seguro? ¿Quieres que te acerquemos a casa antes?

Vuelvo a mirar la puerta por la que salió Reese, deseando que vuelva. Pero de momento no hay rastro de ella. Así que me acabo el bourbon que me queda. Solo he tomado esto y media cerveza. Por mucho que me tiente emborracharme un poco para poder pensar en otra cosa que no sea lo que ocurrió en la pista de baile, sé que tengo que permanecer sobrio para que cuando vuelva pueda disculparme por haber montado una escena.

—Me voy a quedar un rato —le digo a mi futuro yerno—. Tomaré un VTC más tarde, pero gracias.

Me da una palmadita en el hombro.

—Nos vemos mañana.

Durante la siguiente hora, socializo con mis compañeros y me pongo al día con algunos de mis exjugadores, pero mantengo la mirada clavada en la puerta, esperando a que vuelva Reese. Sé que se fue a esconder en el dugout, pero ya pasó más de una hora. Debería haber vuelto ya.

Es entonces cuando me doy cuenta de la triste realidad: no va a volver a la fiesta porque ya se marchó.

Pero ¿qué me pasa? ¿Por qué sentí la necesidad de decirle lo que le dije justo aquí? Ya me había pedido de forma preventiva que me mantuviera alejado esta noche. De hecho, ella se pegó como una lapa a su abuelo para asegurarse de que lo hiciera. Sin embargo, yo, en cuanto pude estar con ella, casi le rogué que estemos juntos de por vida. Hasta puse en juego mi trabajo y todo. Soy alguien que por norma general sabe leer a la perfección una situación, pero es evidente que mis sentimientos por Reese me hacen perder el control y no me dejan pensar de forma racional.

Puede que no sepa qué carajos hago cuando se trata de Reese, pero lo que sí sé es que, si ella no está aquí, yo tampoco quiero estar. Doy una última vuelta, me despido de algunos, felicito a Arthur una vez más y luego me dirijo hacia la puerta lateral para marcharme a casa.

Todavía hay algo de humedad en el aire cuando salgo a la calle y el traje que llevo no ayuda demasiado a combatir el calor. Pero no es tan horrible como llegará a serlo a medida que avance el verano. Abro la aplicación de VTC del celular, solicito un coche y me quedo de pie en la acera esperando a que llegue.

Al cabo de unos minutos un coche se detiene junto a la acera frente a mí, pero no es el que describía la aplicación. Es un pequeño Porsche rojo demasiado impecable como para que se utilice de taxi. La ventana polarizada del copiloto comienza a bajarse y, cuando agacho la cabeza para mirar dentro, me encuentro a Reese al volante. Sé que tiene un par de coches y, por lo visto, uno es un Porsche. Y, como no podía ser de otra manera, está imponente en él.

—¿Necesitas que te lleve? —pregunta.

Levanto el celular para mostrarle la pantalla.

—Acabo de pedir un coche.

El inconfundible clic de la puerta del pasajero abriéndose llena el silencio entre nosotros.

—Cancélalo. Te llevo a casa.

Esa desesperación por hablar con ella regresa junto con una oleada de esperanza que me dice que esta podría ser mi oportunidad para hacer justo eso. Por eso cancelo el coche que pedí y entro en el suyo.

No está diseñado para alguien de mi tamaño, eso seguro. Pero puedo soportar un poco de incomodidad física si eso significa que voy a poder arreglar lo que acaba de pasar entre nosotros.

Reese se aleja de la acera y se incorpora al tráfico.

—Pensé que te habías ido —digo, rompiendo el silencio.

Vacila durante un buen rato.

—Solo necesitaba un poco de tiempo para pensar.

La observo y tengo la sensación de que agradece tener los ojos puestos en el parabrisas.

—¿Estás bien?

—No lo sé, Em.

Este es el momento en el que debería disculparme por haberle soltado de golpe esa confesión para nada irrelevante, pero hay algo en la forma en la que está hundida en el asiento mientras conduce y lo agotada que parece por haber estado dando vueltas a las cosas en la última hora que me hace mantener la boca cerrada y guardarme la disculpa para otro momento.

Hacemos el trayecto en silencio. En cada semáforo en rojo en el que nos detenemos aumenta la tensión. Este coche es demasiado pequeño para que haya tanta presión.

Gira en dirección opuesta a mi departamento y es entonces cuando me percato de que no tiene ni idea de dónde vivo. Olvidé darle indicaciones, demasiado absorto por el mero hecho de estar aquí, con ella.

—En realidad… —Señalo con el pulgar por encima del hombro—. Vivo por allí.

—Okey.

Reese sigue conduciendo sin buscar un sitio donde dar la vuelta. Sin tan siquiera intentarlo.

Soy un hombre lo bastante inteligente como para no preguntarle. Esta noche no. Está tan incómoda como segura de sí misma mientras sigue conduciendo y yo no sabría decir qué es lo que pasa. Gira un par de veces más —está claro que sabe a dónde vamos—, hasta que al fin se detiene enfrente de un edificio.

Su edificio.

El valet sale para llevarse el coche, pero antes de que llegue a la puerta, me giro hacia ella.

—No es que me queje, pero creí que habías dicho que me ibas a llevar a casa.

—Eso es. Pero no dije cuándo.

Le pasa las llaves al valet y se dirige hacia la entrada principal del edificio, esperando que la siga. Y como un maldito perrito faldero, eso hago.

Enseguida la alcanzo y cruzamos juntos el vestíbulo hasta el mismo ascensor donde la besé por primera vez. De pie, uno al lado del otro, no hablamos. Lo único que suena es la música instrumental por los altavoces.

Es tranquilo y relajante, todo un contraste con la guerra que libro en mi interior. La confusión. El deseo. La esperanza de que, si no me voy todavía a casa, tendremos tiempo para hablar. Tiempo para que me disculpe.

La música tampoco cuadra con la mujer que tengo al lado. Está casi temblando de puro nerviosismo, el cual solo parece aumentar a medida que el ascensor sube. Más que ninguna otra cosa, eso es lo que capta mi atención.

—Reese, si no quieres que suba, no tengo por qué hacerlo.

—No es eso. Es solo… —Se pone recta cuando el ascensor se detiene—. Te lo explico dentro.

Suelta un largo suspiro cuando se abren las puertas y entra en su penthouse, adentrándose en el vestíbulo. Doy un solo paso para entrar, pero me quedo allí, justo al otro lado de las puertas del ascensor, porque en realidad no estoy seguro de que ella quiera que esté en su casa.

Las puertas se cierran tras de mí y nos quedamos solos. Y, por fin, Reese se gira para mirarme.

—Bueno, este es mi penthouse. —Extiende los brazos y en su voz hay un matiz de confianza forzada.

Echo un vistazo rápido. Es justo cómo me había imaginado que sería. Caro. Lujoso. Y casi grita su nombre con la paleta de colores neutros.

—Es bonito.

Apenas dije eso cuando empieza a intentar justificarse.

—Sé que es lujoso y algo excesivo, pero…

—Me gusta que te gusten las cosas bonitas, Reese. —Sus ojos azules se encuentran con los míos, con ese temor a ser juzgada tan claro en su rostro—. Y me gusta que te guste yo.

Suspira, dejando caer los hombros.

—Vaya que me gustas, Emmett.

—Lo sé.

Su gesto refleja una disculpa, como si ella fuera la que tiene que pedir perdón por haberse marchado antes cuando en realidad fui yo quien la hizo huir.

Se da media vuelta cuando el rubor le tiñe las mejillas.

—Nadie ha estado antes en este departamento. Es otro de mis espacios seguros, supongo. Otro lugar en el que puedo esconderme.

Vaya.

De pronto esa energía nerviosa cobra todo el sentido y la gravedad de lo que me cuenta recae sobre mis hombros. Que me deje ver su casa es como si me estuviera permitiendo verla a ella. Darme cuenta de esto lo cambia todo. No está tensa porque he sido demasiado sincero con ella antes, está nerviosa porque está tratando de hacer lo mismo. De pronto, el metro y medio de vestíbulo entre los dos parece demasiada distancia.

—Siento haber huido antes.

—No. —Doy un paso en su dirección—. No, Reese... No debería haberte soltado todo lo que te dije, y menos en la fiesta.

—Verás, no me puedo permitir el lujo de dejar caer mis defensas en público, Em.

—Lo sé. Sé que no debí hacer lo que hice, y lo siento.

—Así que supongo que por eso quería traerte aquí. En este lugar me siento segura para ser yo misma. —Sus ojos se encuentra con los míos—. Tú me haces sentir segura para ser yo misma.

Quiero reducir el espacio que nos separa, eliminar la distancia, pero sé por cómo vacila que está intentando expresar con palabras lo que tiene que decirme. Y quiero oír todas y cada una de ellas.

—Eres un hombre seguro, Emmett. Sé que puede que no parezca el mayor de los cumplidos, pero, te lo juro, la seguridad que desprendes es muy importante para alguien como yo.

Seguro. Puede que si fuera más joven no me hubiera encantado ese adjetivo. Pero ahora soy un hombre mayor y más sabio, así que «seguro» es la única palabra que quiero que utilice para describirme. Es de la única manera que quiero que se sienta cuando está conmigo. Su sinceridad me deja petrificado en la entrada de su departamento, incapaz de apartar los ojos de ella y rezando para que siga hablando.

—Creo que es tu superpoder —dice.

Sus ojos azules destilan ternura, pero también parece que se podrían anegar de lágrimas en cualquier momento, y tengo la sensación de que lo que sea que va a decirme podría provocar lo mismo en los míos.

—Haces que tus jugadores se sientan lo bastante seguros como para acudir a ti cuando lo necesitan. Haces que los hermanos Rhodes se sientan lo bastante seguros como para verte como un padre y un amigo. Hiciste que Miller se sintiera lo bastante segura como para saber que la ibas a querer cuando perdió a su madre. E hiciste que Claire... —Reese sonríe con tristeza—, cuando le llegó el momento de irse, se sintiera tranquila sabiendo que podía confiarte a su hija. No puedo ni imaginarme el alivio que debió experimentar al tener la certeza de que su hija estaría segura contigo.

Me cuesta respirar. No soy capaz de deshacer el nudo que tengo en la garganta. El hecho de que alguien que quieres que conozca cada parte de tu ser te vea de esta manera es más abrumador de lo que había supuesto que sería.

—Y yo, cuando estoy contigo, me siento lo bastante segura como para quitarme la armadura —continúa Reese—, aunque tenga que seguir llevándola con todos los demás. Cuando estoy contigo, puedo relajarme porque me siento segura sabiendo que todo irá bien y que no tengo que ser la que se ocupe de todo.

Traga saliva, parece que está al borde de las lágrimas, y es entonces cuando me doy cuenta de que nunca la he visto llorar. Incluso la semana pasada, cuando la estaban despedazando, no lloró.

Reese se endereza y dice con valentía:

—Mi corazón lleva mucho tiempo esperando a alguien como tú y eso me da mucho miedo.

Ahora estoy seguro de que no queda ni una gota de oxígeno en la habitación. Yo por lo menos no la encuentro.

—¿Por qué te da miedo, Reese?

—¿Por dónde empiezo? —Deja escapar una risita triste.

—Por donde quieras. Empieza por cualquier sitio. Solo cuéntamelo todo.

—Bueno… —Señala en mi dirección con frustración—. Me da miedo porque he intentado sin éxito mantenerme alejada de ti. Me da miedo lo que dirán los titulares si alguien lo descubre. Ya estoy traumatizada solo por lo de la semana pasada. Tengo miedo por tu trabajo, aunque digas que estás dispuesto a perderlo. Pero yo no estoy dispuesta a que lo pierdas. Y me da miedo que lo único que he querido en la vida, estar al frente de los Warriors, quede eclipsado por lo mucho que quiero estar contigo.

Estas tres últimas palabras se repiten en bucle en mi mente mientas doy otro paso hacia ella.

—Me da miedo no conseguir los objetivos que me había marcado como presidenta de este club antes siquiera de haber empezado de verdad a ejercer como tal, y es justo lo que siento también respecto a ti: temo perderte antes incluso de tenerte. Además, la mayoría de los días me parece como si esas dos cosas no pudieran coexistir, y eso también me da miedo.

Respira hondo, recomponiéndose.

—Pero lo que más me asusta es que me sentía segura y tranquila cuando no buscaba a alguien que se sumara a mi vida. De verdad que me parecía bien estar sola; al haber apagado el deseo de encontrar una pareja, había eliminado la posibilidad de que alguien me volviera a decepcionar, y además no tenía que preguntarme por los motivos que ese alguien tuviera para querer estar en mi vida. Así que pensar en volver a encender ese deseo es…

—Aterrador —acabo por ella, dando otro paso en su dirección.

—Terrorífico.

—No pienses que estás sola en esto. A mí me pasa lo mismo contigo, Reese. Solo he querido a otra persona en toda mi vida y la perdí. Volver a querer a alguien, abrirme a la posibilidad de perderte, es demasiado aterrador.

Ladea la cabeza, frunce el ceño.

—Emmett.

—Pero mi miedo no me impide querer estar contigo.

Traga saliva.

—A mí tampoco.

Doy otro paso en su dirección, jugándomelo todo cuando pregunto:

—Entonces ¿qué hacemos, Reese?

—No lo sé. —Deja caer la cabeza en sus manos, en señal de derrota—. Estoy librando esta lucha interna todo el tiempo. Estoy tranquila cuando estás cerca, pero también me arde cada centímetro de la piel. Eres seguro y a la vez la persona más aterradora de mi vida. Nunca me he sentido tan insegura sobre lo que tengo que hacer y al mismo tiempo me siento firme y segura con respecto a ti. No tengo ni idea de lo que estoy haciendo, pero a la vez sé muy bien lo que quiero. Y, Emmett —deja caer los hombros, rindiéndose—, quiero estar contigo.

Es abrumador lo surrealista que es escuchar a una mujer que no necesita a nadie decir que te quiere a ti.

—Repítelo.

Entorna los ojos, confundida.

—¿Qué parte?

—La última parte.

—Quiero estar contigo.

—Eso es lo único que importa.

Recorto la distancia entre los dos y me planto frente a ella. Sus ojos azules, aterrados, vulnerables y llenos de esperanza, se encuentran con los míos.

—¿Y si lo arriesgamos todo y no sale bien?

—¿Y si sí sale bien?

Las palabras flotan en el pequeño espacio vacío que queda entre los dos.

—Emmett —susurra, exhausta de darle vueltas a la cabeza toda la noche—, estoy cansada de luchar contra esto.

—Sí, cielo. Yo también. —Dejo caer la frente contra la suya—. Así que dejemos de luchar.

32

Reese

Me doy un golpe en las pantorrillas con el diván que hay al final de mi cama. Avanzo sin prestar atención al camino, aunque sé que estoy al borde de algo, a unos segundos de caerme. De forma metafórica, claro está.

Quiero caer.

Sin control. Sin temor.

Sigo con los ojos clavados en el impresionante hombre con traje que está justo en el umbral de la puerta de mi habitación. Lo observo mientras se quita el reloj de la muñeca y lo deja sin prisas en la cómoda que hay junto a la puerta para que no se le olvide mañana.

Emmett se aproxima despacio hacia mí mientras se desabrocha los puños de la camisa y yo me agacho para desatarme la hebilla de mis zapatos de tacón.

—Déjatelos puestos —dice con calma—. Quiero hacerlo yo.

Se quita el saco del traje y se arremanga las mangas de la camisa blanca, dejando a la vista sus antebrazos tatuados.

—Sabes muy bien lo que estás haciendo al enseñarme esos tatuajes, ¿verdad?

Una sonrisita cómplice se dibuja en sus labios, pero sigue centrado en su camisa, remangándola justo como quiere. No tengo claro por qué insiste tanto con lo de ponerse bien las mangas cuando debería estar quitándoselo todo ya. Pero está imponente, así que no digo nada.

Deja caer el saco en el diván y, cuando llega hasta mí con esas piernas tan largas, me toma la cara con las dos manos y lleva su boca a la mía. Seguro de sí mismo. Posesivo. En el momento en que su lengua se desliza por mis labios, tengo claro a quién pertenezco. Y me parece bien.

Me respalda en público. Me deja liderar de la forma que quiero hacerlo. Estaré encantada de cederle el control en la intimidad.

El beso se torna un poco frenético. Manos desesperadas. Bocas ansiosas. Después de una noche de tantas confesiones, sienta bien ocupar los labios en besarlo en lugar de hablar.

Me levanta en brazos, rodea la cama para dejarme en el colchón y, estando los dos aún vestidos, se sube encima de mí. Nos movemos al unísono al instante. Las caderas ansiosas buscan al otro con necesidad.

Con nuestros labios fundidos, pasa la mano por debajo de mí y me baja la cremallera, abriéndome el vestido con un único movimiento fluido. Luego lo empuja hacia mi cintura.

—Por favor, nena —dice contra mi boca, meciendo su cuerpo contra el mío—. Carajo, por favor.

—Em, ¿me estás suplicando?

Suelta una risa.

—Sí. Carajo, te necesito, Reese.

Es una confesión tierna, un marcado contraste con su cuerpo duro y con cómo se aferra con firmeza a mi cadera. Es una de las cosas que más me gustan de él. Esa combinación de dureza y ternura.

—Demuéstramelo.

Mi petición hace que se le dilaten las pupilas. Es pura determinación lo que veo grabado en su rostro.

—Te lo demostraré toda la noche —dice, y entonces me mira, medio desnuda con el vestido enrollado alrededor de mi cadera, y añade negando con la cabeza—: Pero el primero puede que sea algo rápido porque, carajo…, Reese, mírate.

Tal vez esa afirmación no debería excitarme tanto. Pero la mera idea de que este hombre impresionante, que sigue vestido, ya sepa que no va a durar mucho solo mirando mi cuerpo medio desnudo…

Sí, tengo la seguridad en mí misma por las nubes.

Sus manos acarician con cuidado mi piel desnuda. Son caricias delicadas, a las que siguen sus cálidos labios besándome con adoración. Emmett marca un sendero descendente desde mi mandíbula hasta mi cuello y luego cruza mi clavícula. Pasa la boca por mi brasier sin tirantes y, cuando sus labios rozan la tela, estira la mano y me suelta el broche de la espalda.

Me lo quita y lo tira al suelo.

—La maldita perfección absoluta.

Es un rezo susurrado contra mi pezón y la calidez de su aliento es una provocación que me vuelve loca. Y va más allá cuando los labios de Emmett me rozan con ternura el pezón. Este contacto mínimo provoca que todo mi cuerpo tiemble de deseo.

—Emmett... Boca... —Son las únicas palabras que logro pronunciar de forma incoherente y ya bajo su hechizo.

Aun así, entiende el mensaje y, aunque esperaba que me dijera «No me digas lo que tengo que hacer», envuelve mi pezón con los labios, le da un mordisquito suave y luego chupa.

—Así, cielo —dijo, arqueando la espalda hacia su boca.

Gruñe sobre mi piel, pero, por cómo sigue lamiéndome, diría que le encantó la palabra que utilicé para dirigirme a él.

—Había soñado con esto, Reese.

—Mmm... —murmuro, ya excitada hasta un nivel casi ridículo—. Así que te gustan las tetas.

—Si nos referimos a las tuyas, entonces sí. —Me da golpecitos con la lengua en el pezón—. Y también me gustan las nalgas, si nos referimos a las tuyas.

Con la boca se encarga de un pecho mientras agarra el otro con su rugosa mano y lo aprieta. Luego le da una palmadita para ver cómo rebota y una sensación repentina me hace moverme inquieta mientras la humedad se acumula entre mis piernas.

Apenas me ha empezado a tocar, pero siendo él, me basta para venirme. Hasta ese punto lo deseo. Hasta ese punto he luchado desesperada contra mí misma para mantenerme alejada de él. Me he tocado tantas veces pensando en él durante los últimos meses que tenerlo aquí de verdad, con sus manos sobre mí, su boca saboreándome...

Creo que, al igual que él, no voy a aguantar mucho.

Sus zapatos caen al suelo y entonces me baja el vestido por las caderas y las piernas y lo lanza también al montón. Se arrodilla entre mis piernas y me da besos húmedos y un poco caóticos por mi abdomen, tocándome en todos los sitios a los que puede llegar. Y, durante ese breve instante, me permito recordar la época en la que hubiera estado insegura en esta postura, acostada boca arriba mostrándome por completo y con las manos y la boca de alguien recorriendo una parte de mi cuerpo que no es precisamente la más pequeña.

Ver a Emmett aferrándose a mi piel con esa necesidad desesperada, escuchar los sonidos de deseo que salen de su garganta mientras intenta besar cada centímetro de mi piel como si necesitara marcarme, me hace preguntarme cómo he podido ser alguna vez tan tímida cuando esta visión es tan maravillosa.

Le paso los dedos por el pelo.

—Qué bien te ves. Em... Entre mis piernas... Ahí es justo donde debes estar.

Sonríe contra mi piel.

—¿Crees que me veo bien así? Pues deberías verte desde aquí.

Sus ojos brillan al encontrarse con los míos justo cuando me planta un dulce beso en la parte frontal de los calzones.

—Carajo. —Me estremezco, con la respiración entrecortada.

—Ya estás tan húmeda, Reese. ¿Cuándo empezó esto?

Trato de pronunciar una frase coherente.

—Cuando entraste en la fiesta esta noche con ese traje.

Gime.

—Así que has estado ansiosa por varias horas.

Presiona su boca con mayor firmeza, chupándome a través de la tela.

—¡Em! —grito, y lo jalo del pelo, pues necesito agarrarme a algo.

—Vamos a añadir «vulva» a la lista de cosas de las que soy fan. Porque ya soy un gran fan de la tuya.

Toma la banda elástica con sus malditos dientes y jala de ella para bajarla por mis caderas. Me levanta las piernas al aire y solo usa la boca para quitarme los calzones por completo.

Los suelta para tirarlos al suelo y añadirlos al resto de mi ropa.

Salvaje, sucio y jodidamente excitante.

Es entonces cuando me doy cuenta de que, aparte de los zapatos de tacón, estoy completamente desnuda mientras que él sigue vestido. En ese momento me separa las piernas, dejándomelas bien abiertas, y me percato de por qué se había arremangado antes. Ahora mismo este hombre tiene una misión y va a ponerse manos a la obra.

Sus ojos oscuros están clavados en la brillante humedad que hay entre mis piernas.

—¿Los zapatos? —pregunto.

No me mira, demasiado concentrado en mi vulva.

—Quise acostarte en tu escritorio muchas veces mientras los llevabas en el trabajo, así que de momento no te los voy a quitar.

Se lleva una de mis piernas a los labios y me besa con devoción en el tobillo. Sus ojos recorren despacio todo mi cuerpo hasta que llega a la cara.

—Eres preciosa.

Me siento radiante con el halago.

—Gracias.

Mueve ligeramente la cabeza, en un gesto que da a entender que le cuesta creer que me tiene desnuda ante él, mientras vuelve a recorrerme con la manos. Tengo la certeza absoluta de que Emmett cree que soy preciosa. No solo me lo dice con palabras, sino que me lo da a entender con sus caricias y con su boca, cuando me recorre la piel, salpicándome de besos agradecidos.

Me besa por todas partes.

En cada rincón al que puede llegar.

Y parece un juego cruel cuando lo hace por el interior de mi muslo. Cada vez más cerca, pero todavía no donde lo necesito.

Hasta que llega.

—Aaah. —Elevo las caderas hacia su cara cuando su boca llega al punto donde más lo ansío, pero su enorme mano enseguida presiona mi abdomen para mantenerme pegada al colchón.

Apenas me puedo mover por la fuerza con la que me está presionando, y darme cuenta de que ahora mismo no tengo el control es una sensación maravillosa. No me podría mover, aunque lo intentara.

Me derrito en la cama de solo pensarlo. Desconecto el cerebro. Siento cómo me golpea el clítoris con la lengua y disfruto de la sensación de sus labios besándome la vulva. La besa de la misma forma que me ha besado en el resto del cuerpo. Como si no pudiera saciarse. Como si estuviera más que agradecido de mi existencia.

—Tu boca… —Eso es todo lo que consigo decir porque me succiona el clítoris con los labios de una manera que me provoca que esté a punto de venirme.

Se retira para respirar, lo justo para decir:

—Qué bien sabes, Reese. Lo he pensado desde que te probé en mis dedos.

Y luego vuelve a adueñarse de mí.

Quizá debería sentir cierta timidez por estar desnuda con las piernas abiertas mientras se me escapan sonidos de auténtico deseo de la garganta, pero no es así. Nunca he deseado a nadie tanto como lo deseo a él. Nunca he deseado nada con tantas ganas como deseo venirme ahora. Me vuelvo loca con el roce de su áspero vello facial en mi piel sensible, y no me puedo ni imaginar cómo le estoy dejando la cara. Pero, por cómo me está devorando, parece que eso es justo lo que quiere.

Luego me levanta las caderas y pasa la lengua por la entrepierna hasta llegar a mis nalgas y, a continuación, lame en forma de círculo y regresa por el mismo camino hasta el clítoris.

—¡Mierda! —grito—. Hazlo otra vez…

Noto cómo sonríe sobre mi sexo, y al instante me da lo que quiero, repitiendo el movimiento.

—Haz que me venga, Em, por favor.

—¿Estás suplicando?

—Sí. Sí. Sí… He aprendido del mejor. —La verdad es que creo que no he suplicado por nada en la vida. Si quiero algo, lo hago yo misma. Pero es imposible que pudiera ser capaz de hacerme sentir tan bien como me está haciendo sentir él.

—Suena precioso viniendo de ti, pero no tienes que suplicar, Reese. Pídeme lo que quieras y lo tendrás. ¿Entendido?

—¿Harás que me venga?

No contesta, se limita a rodearme la entrada con dos dedos y a mantener un patrón rítmico con la lengua que hace que me derrita, y entonces desliza esos dedos en mi vulva, haciendo que me estremezca.

—¡Carajo! —grito, retorciéndome sobre la cama, pero incapaz de moverme por cómo me sujeta.

Desliza. Lame. Gime contra mí y me entrego al orgasmo, viniéndome en su lengua. La intensidad resulta perturbadora. Nunca había sentido algo tan fuerte. Me deja sin respiración y, por un instante, se me nubla la vista. No controlo los sonidos que emito ni cómo mi cuerpo lucha por moverse.

Es el éxtasis total.

Una vez que noto que la tensión de mis músculos se relaja y la neblina empieza a desvanecerse, me reincorporo en la cama y, al bajar la mirada entre mis piernas, me encuentro a Emmett contemplándome. Asombro y admiración grabados en su preciosa cara.

—Pensaba que solo iba a poder ver esto una vez en la vida. Gracias a Dios que no ha sido así. —Luego se lame los labios para quitarse el brillo, pero su barba sigue reluciente de mí.

Se sienta sobre las rodillas y es imposible pasar por alto el bulto de su traje. Como si oírme, observarme y probarme fueran motivos suficientes como para estar a punto de estallar tras la cremallera.

Me siento, con el cuerpo desnudo frente al suyo vestido, y le paso la mano por la parte frontal de sus pantalones.

—Qué bien se te da —le digo, besándolo con pasión en el abdomen, justo por encima de los botones de su camisa—. Gracias.

Hunde los dedos en mi pelo, gimiendo cuando me agacho para besarlo por debajo del cinturón.

—No me lo agradezcas. Creo que ha sido tan bueno para mí como para ti.

Le aprieto el miembro.

—Carajo, Reese. —Echa la cabeza hacia atrás—. Casi me vengo al mismo tiempo que tú.

—Me alegro de que no haya sido así. —Me acuesto de nuevo en la cama, mostrando todo mi cuerpo para él otra vez—. Esta vez voy a necesitar que entres en mí y no me refiero a tu boca.

La pura agonía en el rostro de este hombre podría casi describirse como divertida cuando cierra los ojos con fuerza.

—Voy a cogerte ya, porque no voy a aguantar mucho más si sigues diciéndome esas cosas…

Con las manos en mi cintura, adelanta las caderas con un impulso lánguido, y su miembro erecto toca mi zona inflamada y sensible, como si estuviera probando cómo va a ser cuando por fin me coja.

—Carajo, va a ser perfecto. —Luego me da un golpecito suave en la vulva antes de bajar de la cama.

Confianza es la única palabra que se me ocurre para describirlo.

Confianza en la manera en que sabe que puede complacerme.

Confianza en la manera en que sabe justo lo que quiere.

Confianza en cómo mantiene un contacto visual tan intenso conmigo mientras se quita el cinturón.

Lo he visto antes, lo he tenido en la boca, pero el orgullo con el que se muestra ante mí capta toda mi atención. Está orgulloso de ser el hombre con quien elijo estar. No hay arrogancia en sus movimientos, tan solo la firme certeza de saber que está justo donde debe estar.

Conmigo.

—Sé que puede que suene como un disco rayado. —Me recorre el cuerpo con la mirada mientras deja caer su camisa al suelo—. Pero he soñado con esto.

—Yo también, Em.

—¿Sí? —dice cuando se desabrocha y se baja la cremallera de los pantalones—. Muéstramelo.

Mis ojos brillan de excitación, y esta aumenta cuando deja caer los pantalones y se queda solo con los bóxer.

—Enséñame lo que haces cuando fantaseas conmigo, Reese.

Con los ojos clavados en él, me llevo la mano entre las piernas. Su sonrisa se torna juguetona al verlo.

—¿Con qué fantaseas?

—Contigo. Encima de mí. Dentro de mí.

Murmura de placer y se acerca al borde de la cama, quedándose de pie cerca de mí mientras me toco. Me acaricia el pelo y la mejilla con suavidad mientras dibujo círculos con los dedos sobre el clítoris.

—¿Con qué fantaseas tú? —pregunto.

Mis ojos se posan en su erección, tan cerca de mi cara mientras sigue ahí de pie a mi lado. Me pasa la otra mano por el estómago, despacio hasta unirse a la mano que tengo entre las piernas.

—Con hundirme aquí. Con que te sientes sobre mi verga. Con que te sientes en mi cara. En realidad, sueño con que te sientes en cualquier parte de mí…

Me rio y le paso la mano por su miembro erecto.

—Quiero sentarme aquí.

—¿Sí?

Asiento inocente antes de estirar la mano hacia sus calzoncillos y sacarle la verga.

—Puedes hacer lo que quieras con ella.

Está gruesa, tensa e inflamada alrededor de la punta. Él se me acerca más y, sin incorporarme de la cama, deslizo los labios sobre su glande y me la meto en la boca.

—Sí, Reese. —Me acaricia el pelo con ternura—. Qué bien me haces sentir.

Dejo la boca abierta y abro la garganta para que me utilice. Pero no me utiliza así. Mece sus caderas despacio. Con suavidad. Sin fuerza. Se empuja hacia el interior de mi mejilla. Rozándose lo justo. Dentro y fuera. Dentro y fuera.

Me frota el clítoris con sus dedos al ritmo de sus suaves embestidas y, ¡Dios!, verlo con ese grado de control me pone mucho más de lo que había supuesto. El dominio que tiene de sí mismo, esa forma de ponerse a prueba… Me pregunto por qué hace todo esto por mí, pero entonces me doy cuenta de que todo lo que hace Emmett es por mí.

Persigo con las caderas sus dedos, lista para volver a venirme y, como si pudiera leerme la mente, se detiene. Sale de mi boca, me rodea el cuello con la mano y se dobla para besarme con fuerza.

—Todavía no —dice contra mis labios—. Tu próximo orgasmo va a ser alrededor de mi verga. ¿Entendido?

Asiento.

—Esa es mi chica buena. —Recalca la frase con un beso más profundo—. Te vas a portar bien toda la noche.

Emmett se quita los calzoncillos y los añade a la pila de ropa que hay en el suelo antes de subir a la cama conmigo. Se sienta sobre los talones entre mis piernas abiertas, exhibiendo con orgullo su imponente cuerpo desnudo, con su miembro erecto sobresaliendo y señalando hacia mí.

Se lleva uno de mis pies a su boca, lo besa antes de desatarme el zapato de tacón y lo tira al suelo, donde se le une el otro zapato un segundo después. Trepa por mi cuerpo, besándome de nuevo allá donde puede. No hay parte de mi cuerpo que le parezca mejor besar que otra. Todas necesitan la misma atención.

Es, al mismo tiempo, tierno, posesivo y autoritario. Parece que le encanta reclamarme como suya.

Duro y tierno.

Pero ahora mismo, mientras se recuesta a mi lado, toda mi atención está centrada en su miembro duro, palpitante y grueso.

—Tomo pastillas anticonceptivas.

Hunde la cabeza en mi hombro al tiempo que gime.

—¿Me estás pidiendo que te coja sin preservativo, Reese?

—No —respondo con la respiración entrecortada—. Te lo estoy ordenando. Quiero sentirte cuando entres en mí. —Su verga late contra el hueso de mi cadera—. Por favor, Emmett. Te necesito.

Me mira y asiente con rapidez. Luego me besa con toda la ternura, recorriendo mi boca despacio, deleitándose en ello, mientras sus manos se mueven al mismo ritmo, como si tuviéramos todo el tiempo del mundo.

Pero me está quemando el deseo y abro las piernas. Se coloca entre mis muslos y me evita la mayor parte de su peso apoyando los antebrazos a ambos lados de mi cabeza, y es un maravilloso consuelo tener su magnífico cuerpo cubriendo el mío.

Agarra una almohada, invitándome a levantar la cabeza y sonriéndome mientras la acomoda debajo.

—Toma, ya sé que te gusta que lo hagan todo por ti. —Suelto una risita, que muere en cuanto la punta de su verga roza la entrada de mi vagina—. Después de esto no hay vuelta atrás —me recuerda, observando cómo reacciono a sus palabras.

—Bien. —Levanto la cabeza y presiono mis labios contra los suyos—. Solo quiero ir hacia adelante contigo.

Sus ojos cafés resplandecen, como si eso fuera lo único que necesitara escuchar.

Estiro la mano entre los dos y lo guío hacia mi entrada.

No queda nada por decir, así que, con los ojos clavados en mí, Emmett levanta la cadera y empuja. Despacio al principio. Solo la punta. Luego el glande. Lo saca y vuelve a embestir, llenándome un poco más. Sigue con ese ciclo tortuoso pero necesario.

Su fuerte cuerpo tiembla sobre el mío. Los músculos en tensión. La frente perlada de sudor. Conteniéndose para no entrar de golpe. Pero es grande. Tan grande que impresiona. Y agradezco que vaya despacio.

—Puedo con ello, Em… —Me corta la respiración con su siguiente embestida—. Dámelo todo.

Mis uñas le arañan la piel de la espalda, él gime con desesperación con ese último empujón y yo me estremezco debajo de él.

—¡Dios mío!

Su frente cae sobre mi hombro y me sujeta con firmeza.

—No te muevas, nena —dice entre dientes—. Es que, carajo, es increíble. Dame un segundo.

Agradezco la pausa. Aunque la haya pedido él, a mí también me hace falta.

Me siento llena del todo. Y me sienta de maravilla.

Emmett echa la cadera hacia atrás antes de empujar de nuevo, probándose. Probándome. Y cuando elevo mi cadera para seguirle el ritmo, noto su sonrisa en la piel de mi cuello, donde hunde la cabeza.

Luego se mueve y, poco a poco, va aumentando el tempo, hasta que encontramos juntos un ritmo. Me aferro a él con desesperación. Mece sus caderas contra las mías y compartimos jadeos, y besos, y juramentos.

Una punzada ansiosa crece en lo más profundo de mi vientre cuando nos unimos. Cuando nos movemos juntos. En la habitación hay una mezcla de sonidos jadeantes y golpes en la piel.

—Nunca me habían cogido así —suelto sin poder evitarlo. Se suponía que era algo que iba a quedarme para mí, pero me alegro de no haberlo hecho, porque Emmett gime al escuchar mi confesión y lleva la cabeza a mi esternón para darme algunos dulces besos ahí.

—Te cogeré como tú quieras, Reese. Cuando tú quieras. Tan solo permíteme hacerlo.

Le paso los dedos por el pelo.

—Así. Así es perfecto.

Sigue embistiéndome, moviendo las caderas hasta que de pronto se retira y me deja vacía.

—Vas a hacer que me venga.

—Sí.

—No. —Se desliza entre mis piernas—. Necesito que lo hagas conmigo.

Entonces me vuelve a devorar con la boca. Lame y succiona. Llevándome al límite con él.

—Okey, okey. —Con los dedos de los pies encogidos, le aprieto los muslos contra la cara—. Ya estoy, vuelve.

Me da un mordisquito en las nalgas antes de dejarme.

Tengo ganas de más y a la vez no estoy segura de poder aguantarlo. Es absorbente en el mejor de los sentidos, pero, diablos, este hombre sabe coger.

Emmett me levanta con un brazo, sus tatuajes se tensan de la forma más fascinante cuando se sienta contra la cabecera y me atrae hacia su pecho.

—Siéntate, Reese.

Y, por lo visto, así es como lo voy a hacer. El tono autoritario de su voz podría lograr que hiciera cualquier cosa ahora mismo.

—¿Quieres verlo por delante o por detrás? —pregunto.

Emmett echa la cabeza hacia atrás con un gemido.

—Diablos, mujer… —Agarra la base de su pene con firmeza y desesperación—. Me estás poniendo tan caliente que voy a acabar perdiendo el control y a hacer el ridículo.

Dejo escapar una risita mientras me levanto para alinearme con él de nuevo, decidiendo que prefiero verle la cara cuando se venga.

—No podrías hacer el ridículo ni aunque lo intentaras. Creo que estoy enamorada de tu verga.

Suelta una carcajada y me recorre el cuerpo con sus ásperas manos, acariciando con ternura cada centímetro de mi piel.

Duro y tierno.

—Quiero sentir cómo me tomas. —Su enorme mano me presiona la pelvis y solo imaginarlo es superexcitante, así que me concentro y me hundo despacio—. Maldita sea... —dice con un jadeo—. Te voy a llenar por completo.

Sé que puede notar cómo tiemblo en su regazo. Llega mucho más al fondo en esta postura. Pero me encajo en él y observo cómo desaparece por completo dentro de mí.

—Oh, Dios mío..., Emmett. De verdad que tienes un gran... —mis ojos se encuentran con los suyos y él enarca una ceja con arrogancia— corazón.

Se le marca la manzana de Adán cuando echa la cabeza hacia atrás y suelta una carcajada sincera, y puede que sea el sonido más bonito que escuché en la vida.

Emmett es magnífico. Impresionante. Y no solo físicamente.

Es bueno y amable, y tal vez incluso sea mío.

Soy una gran fan de su enorme corazón y, también, de su enorme verga.

Es evidente el cambio en el ambiente. Hacerlo estando uno frente al otro resulta algo todavía más íntimo. Hay más caricias. Más besos. Más palabras de agradecimiento susurradas a mi oído. Me dice lo contento que está de estar aquí, lo bien que se siente, que quiere hacerlo una y otra vez, y que espera que yo también lo quiera.

Este hombre tierno está tan excitado y tan sexy mientras me embiste desde abajo y me sujeta las caderas para ayudarme a encontrar el ritmo.

—Em... —susurro entre jadeos.

Cierra los ojos con fuerza.

—Lo noto. Te vas a venir, ¿no?

No me queda aire para hablar mientras mi cuerpo se retuerce, así que asiento con desesperación.

—Yo también. —Me dibuja un círculo con el pulgar en el clítoris con sorprendente precisión—. Tan solo sigue. Me encanta cómo lo haces, Reese.

Hago lo que dice, sigo mi ritmo, incluso cuando mi cuerpo se vuelve a tensar con movimientos bruscos. Pero, por él, trato de no cambiar nada.

Pero él está por todas partes.

Su mano. Su verga. Su atención.

Me cubre como una cobija, queriendo atrapar cada segundo de mi orgasmo para que pueda quedárselos de recuerdo.

Su pecho resuena frente a mí con su respiración entrecortada y clava los dedos en mis caderas con tanta fuerza que estoy segura de que mañana tendré una marca.

Me embiste una vez más, y tiemblo y jadeo descontrolada. Creo que grito su nombre. Creo que me desplomo en su pecho. Todo mi cuerpo late cuando me vengo en su verga, justo como me había dicho que iba a pasar.

Pero en lo que más me fijo es en cómo no puede apartar los ojos de mí, incluso cuando quieren cerrarse. Se obliga a tenerlos abiertos para mirarme. Está tan cerca que me inclino hacia adelante, lo beso debajo de la oreja y le suplico, no, le pido lo que quiero, sabiendo que me lo dará.

—Quiero que te vengas dentro de mí.

—Maldita sea, Reese. Carajo. Aquí tienes, aquí tienes.

Entonces hace justo lo que le pedí. Me sujeta con fuerza contra él para que no me mueva. Grita mi nombre. Me adora. Me alaba. Y luego se viene dentro de mí. Es impresionante observarlo mientras lo hace, pero todavía es mucho mejor sentir su orgasmo en mi cuerpo. Es algo tan íntimo abrazarlo mientras acaba.

Emmett es muy dulce conmigo cuando se relaja, con ese gesto de felicidad plena en su preciosa cara. Me agarra con menos fuerza en las caderas antes de acariciar con ternura mi cuerpo. Me aprieta los pechos con suavidad. Me besa pausadamente la clavícula.

—Gracias —susurra.

—No sé por qué me das las gracias cuando me acabas de hacer el amor espectacularmente.

Suelta una risita contra mi piel.

—Bueno, gracias por dejarme hacerlo.

Nos besamos y nos relajamos un rato. Al cabo de un tiempo, cuando me parece que es un buen momento, me pongo de rodillas.

—No. —Emmett me agarra de la cadera—. Quiero seguir dentro de ti. —El tono es autoritario, así que consigue que haga lo que quiere. Me vuelvo a hundir en él y suspira cuando le aprieto los muslos con la parte posterior de los míos.

—Por si nadie te lo ha dicho nunca —digo pasando mis dedos por el vello de su pecho—, coges muy bien.

Se ríe con suavidad mientras nuestras caderas se mueven en círculo a la vez.

—Contigo es muy fácil. Todo lo que haces me excita.

Es tan abierto al hablar. Tan sincero al decirme lo que siente por mí.

—Hablando de cosas que nos excitan… —Le paso la mano por el cuello y la coloco debajo de la mandíbula—. Creo que, en el trabajo, tal vez deberías dejar de usar la gorra y los pantalones de beisbol. Y también deberías correr sin camiseta.

Me dedica una sonrisa relajada.

—¿Es tu forma de decir que quieres que establezcamos ciertas reglas básicas?

De nuevo, me entiende sin tener que pedírselo.

—Sí, deberíamos hacerlo. Pero todavía estás dentro de mí, así que no sé si es el mejor momento para esa conversación.

—Estando dentro de ti es la única manera en la que quiero hablar de trabajo. En realidad, así es como quiero conversar contigo de ahora en adelante.

No puedo evitar inclinarme y plantarle un beso en los labios. Mueve las caderas sin prisa, pero hay un ritmo claro que sigo de forma sutil y constante con las mías.

—No vas a dejar el trabajo —digo con firmeza—. Y no te voy a despedir.

—Sí. Me lo imaginé.

Solo que todavía no sé qué hacer.

Me coloca el pelo por detrás de la oreja, como suele hacer.

—Pero ¿sabes que quieres esto?

Hay un brillo de súplica en sus ojos cuando busca la confirmación.

—Sé que quiero esto.

—De acuerdo. Es todo lo que me hace falta.

—Okey.

Nos rozamos distraídos, pero cuando muevo las caderas y mi clítoris sensible roza su pelvis, se me escapa un grito ahogado.

El rostro de Emmett adquiere un gesto de sorpresa cuando mira hacia el espacio por el que estamos conectados. Sus manos se apoyan con suavidad en mis caderas y me guían despacio para que me mueva con él.

Sé que también puede ver la sorpresa en mi rostro. Pensaba que habíamos terminado, pero a juzgar por cómo se calienta mi cuerpo, creo que me podría venir otra vez. Y por cómo siento que se endurece en mi interior, creo que él también.

Marca un ritmo constante, pero todavía sin prisa. Como hacer el amor una mañana de domingo. Me rodea con el brazo, me agarra las nalgas con la mano y me deja tendida en la cama boca arriba. Y cuando me cubre con su enorme cuerpo de nuevo, empieza a moverse dentro de mí hasta llevarme una vez más al borde del abismo.

Este orgasmo es una ola lenta y dulce que me recorre el cuerpo. Y menos mal, porque no creo que hubiera podido resistir otro tan intenso como los dos primeros. Me retuerzo a su paso, cabalgando esa pequeña ola. Es algo suave y me deja satisfecha del todo al pasar.

—Sí —jadea Emmett en mi oreja cuando siente cómo mi cuerpo se tensa en torno al suyo—. Podría vivir entre tus piernas, carajo.

Tiene un brazo entre el colchón y yo, y me sujeta mientras se adentra despacio en mí.

—Me voy a venir otra vez —dice con tono de incredulidad—. Me voy a...

Y lo hace, pequeños espasmos lo atraviesan mientras tiembla sobre mí.

Tal vez sea mi forma favorita de verlo. Sin esperárselo y un poco sorprendido. Asombrado y con cierta humildad. Un momento imprevisto de placer intenso y todo por lo mucho que nos deseamos.

Se deja caer sobre mí con un suspiro, ocultando el rostro contra mi cuello.

—Gracias —repite.

—No tienes que seguir dándome las gracias.

—He pasado un montón de años sin conocerte, Reese. Puedo y quiero dar las gracias porque al fin estés aquí, conmigo.

Ay, estoy tan perdida y tan loca por él. Se acurruca contra mí y con asombro en la voz pregunta:

—¿Qué diablos me estás haciendo?

No dudo al responder.

—Con suerte, haciéndote mío.

Levanta la mirada hacia mí y me la clava en los ojos.

—¿Eso es lo que quieres?

—Sí. Me gustaría poder decir que eres mío, Emmett.

—Eso está bien. —Me besa con ternura—. Eso está muy bien, Reese, porque soy tuyo desde hace ya algún tiempo. Me alegro de que por fin te hayas dado cuenta.

33

Reese

Por primera vez desde que me mudé a este departamento, no me despierto sola. El cálido sol baña mi habitación y, cuando respiro hondo por primera vez en el día, huele a verano, a sol y a Emmett. Aunque no estoy segura de que haya mucha diferencia entre esas cosas. Cálido y etéreo. La mejor época del año. Él es el mejor momento del día.

Un brazo firme y protector me envuelve, me mantiene cerca de él, y cuando empiezo a tomar conciencia, me acuerdo de dónde estoy y de con quién estoy. Con el rostro hundido en el pecho de Emmett, me preparo para el temor que se avecina. Para la preocupación y la ansiedad por haber no solo cruzado la línea, sino por haberla hecho pedazos anoche.

Pero no llega.

Recostada junto a él, lo único que siento es paz.

Incluso mientras duerme, me mantiene a su lado. Me cubre, me protege. Igual que hace con toda su gente. Lo he observado durante meses, incluso la temporada pasada cuando apenas nos conocíamos. He sido testigo de cómo cuida de todo el mundo. ¿Cómo no iba a querer que me incluyera en eso?

En cierto modo era inevitable. En lo más hondo de mi ser ya sabía que acabaríamos por despertarnos juntos. Llevamos meses con esta historia, ¿no? Líneas difusas. Límites traspasados. Enemigos. Amigos. Compañeros. Amantes.

Una maraña complicada, de hecho. Pero nunca jamás había disfrutado tanto de algo así de complicado como de esta historia.

El sol le baña la cara y aprovecho la oportunidad para contemplarlo. Para contemplarlo de verdad. Nos hemos despertado un par de veces juntos, pero nunca así. Nunca había tenido la oportunidad de mirarlo con calma, como ahora.

Emmett está guapísimo cuando duerme. Las pestañas un poco largas. La mandíbula demasiado marcada. Su enorme mano, que hace tan solo unas horas me recorría todo el cuerpo, descansa sobre su pecho. Parece del todo satisfecho consigo mismo después de dejarme hecha polvo anoche.

—¿Disfrutando de las vistas? —pregunta, con los ojos cerrados y la voz somnolienta.

Intento esconder la cara contra él, pero seguro que puede sentir mi sonrisa en la piel.

—Solo estaba comprobando una cosa. —Le paso los dedos por algunas canas que tiene en las sienes—. ¿Son nuevas? ¿Envejeciste mientras dormías? Anoche parecías más joven.

Se le mueve el pecho al reírse.

—No te oí quejarte de mi edad mientras te hacía el amor e hice que tuvieras varios orgasmos.

No, desde luego que no. Nunca había estado con un hombre mayor que yo hasta anoche y me di cuenta de que saben bien lo que se hace en la cama. Por lo menos, este hombre mayor sí lo sabe. El dolor entre mis piernas es buena prueba de ello.

Por fin, abre los ojos y se gira para mirarme.

—Buenos días, Reese.

Su voz ronca de la mañana provoca algo pecaminoso en mí. Me hace mover las piernas, frotar mi piel desnuda contra la suya.

—Buenos días, Em.

Estira la mano con la que me agarra para pasarla con dulzura entre mi pelo.

—Estás preciosa por la mañana.

—¿Te acabo de llamar viejo y tú me dices que estoy preciosa?

—Sí. Y espero que eso te haga sentirte fatal el resto del día.

Esbozo una sonrisa.

—Ya te habías despertado antes conmigo, lo sabes, ¿no?

—Sí, pero no así.

Desde luego que no así.

Me incorporo, lo beso y luego cruzo los brazos sobre su pecho y apoyo la barbilla en las manos. Emmett me mira con una dulce sonrisa en los labios y los dedos juguetean con mi pelo enmarañado. Está tan a gusto. Tan cómodo en mi cama, como si no tuviera otro lugar en el cual estar hoy, incluso aunque ambos sabemos que tenemos que ir pronto al estadio para un partido.

—¿Qué tal esa cabecita tuya? —pregunta—. ¿Dando vueltas sin parar?

—Nop. —Hay un atisbo de sorpresa en su rostro—. Solo estoy feliz.

—¿De verdad?

—Muy feliz. Te ves increíble en mi cama.

Su sonrisa se torna juvenil, todo un contraste con el hombre brusco al que estoy acostumbrada.

—Y tú te ves genial desnuda encima de mí. —Se levanta y me besa otra vez—. Pero la verdad es que tal vez deberíamos hablar sobre lo que está pasando. Sé que lo mencionamos anoche, pero quizá tenías razón. Puede que sea mejor si tenemos esta conversación cuando no estoy dentro de ti.

—Tu pene no me hipnotizó tanto como para que dijera algo que no quería, si eso es lo que te preocupa.

—Supongo que me preocupa que te quieras echar atrás. Por la de veces que lo hemos intentando antes.

—No —le digo sin más—. Estoy en esto. Contigo. Solo tengo que pensar cómo va a funcionar en el trabajo. Pero quiero esto. Te quiero a ti.

—De acuerdo. —Sonríe con ternura—. De momento vamos a guardárnoslo para nosotros. Hasta que decidamos lo que vamos a hacer.

Asiento.

—Gracias.

—¿Café?

—Sí. Suena bien. Voy a prepararlo.

Cuando me muevo para separarme de él, me sujeta con el brazo para impedir que me aleje.

—¿Qué? —pregunto confundida.

—Te pregunté si querías café, no si te ibas a levantar a prepararme una taza.

—Ya lo sé, pero puedo hacerlo.

—Bien por ti. Yo también. —Saca el brazo de debajo de mí, me gira para ponerme de espaldas y me sujeta la cabeza hasta que la coloca encima de una almohada—. Descansa. Yo lo preparo.

Emmett se levanta de la cama y exhibe orgulloso su cuerpo desnudo. Enorme, fuerte y masculino, se pasea por mi habitación sin una pizca de timidez.

—¿Cómo te gusta?

¿Que cómo me gusta el café? No sé si alguna vez me lo había preguntado alguien. No recuerdo que nadie me haya preparado nunca una taza por la mañana; es algo que me hago yo misma cada día. Aunque tengo una manera muy concreta de tomarlo, estoy a punto de decirle que me lo tomaré como él quiera preparármelo, simplemente porque me siento agradecida de que me lo haga.

—Mmm... —vacilo—. Con un chorrito de crema y un poco de azúcar morena.

No aparto los ojos de él cuando se agacha para ponerse los calzoncillos. Pero es lo único que se pone.

—De acuerdo. —Regresa y se agacha a mi lado de la cama—. Y para que quede claro, no hago cosas por ti porque crea que no las puedes hacer tú misma. Las hago porque quiero, y porque deberías saber lo que es que alguien te cuide.

Me besa otra vez antes de ir a la cocina, de la que tengo una vista perfecta desde mi cama.

Emmett abre un par de armarios hasta que encuentra las tazas. Localiza el azúcar morena y los utensilios. Abre mi refrigerador como si lo hubiera hecho un millón de veces. Y antes de salir de la cocina, lava la cuchara que utilizó para revolver mi café.

Me resulta fascinante observarlo. Se mueve por mi casa con tanta confianza como si en el fondo este fuera su sitio, como si encajara a la perfección entre estas cuatro paredes.

Acostada entre las sábanas que huelen a él, viendo cómo se mueve por mi piso como si fuera suyo, me doy cuenta de que quizá sea así. Puede que este siempre haya sido su sitio. Conmigo.

Eso pensé anoche. En cuanto salió del ascensor, tuve la sensación de que parecía que perteneciera a este lugar. Y esta mañana se confirman mis sospechas.

Este café que me trae a la cama es un gesto sencillo. Pero cuando llevas tanto tiempo sin nadie que te cuide, un detalle así adquiere todo un nuevo significado. Estoy muy agradecida. Admiro más el hombre que es. Y todo porque he pasado tanto tiempo sin él.

Emmett se vuelve a meter entre las sábanas y nos bebemos juntos el café. Nos relajamos toda la mañana, hablamos y nos tocamos, hasta que se nos viene el tiempo encima.

Tiene que cambiarse antes de ir al campo, así que, al final, lo llevo a casa, tal y como le prometí anoche. Pero cuando regreso a mi departamento, el vacío es abrumador.

Me siento muy sola.

En un lugar en el que, hasta ayer, me encantaba estar sola, incluso ansiaba esa soledad, hoy no ocurre lo mismo. Hoy quiero que él esté aquí también, y darme cuenta de que mi propia compañía ya no puede compararse con la suya es lo único que me asusta.

Tal vez no tenga ni idea de lo que voy a hacer o cómo me las voy a arreglar para seguir teniendo a Emmett en el cuerpo técnico, pero tengo una cosa clara: él es el mayor riesgo que he asumido en la vida y a la vez la decisión que con más seguridad he tomado.

Solo tengo que resolver el resto.

Mi visita al dugout antes del partido fue breve. Había demasiados jugadores rondando y sabía que no era seguro que me quedara mucho tiempo. Hoy no iba a ser capaz de mantener la cara seria cerca de Emmett ni aunque lo intentara. No cuando las imágenes de sus manos tatuadas agarrándome las caderas para ayudarme a moverme encima de él se repiten en bucle en mi cabeza. No puedo mirarlo sin acordarme de anoche. Sin oír sus jadeos. Sin ver ese gesto de agradecimiento que lucía en la cara cuando después nos acostamos uno junto al otro. Y cualquiera que tenga ojos podría ver el cambio que ha habido entre nosotros hoy. Es demasiado reciente. Demasiado obvio. Así que me escondí en mi palco privado y me quedé ahí durante todo el partido.

Nos acercamos a la parte baja de la novena con un empate y tal vez tengamos que jugar entradas adicionales. Pero la forma en la que hemos jugado hoy me tiene completamente llena de esperanza y energía, por increíble que parezca.

Sería normal que estuviera cansada. Debería estar cansada. Anoche dormí poco, pero las escasas horas que dormí fueron de un sueño reparador y profundo. El tipo de descanso que logras después de entrenarte a fondo durante todo el día. O, también, el tipo de descanso que logras después de que te hagan el amor tan bien que no estás segura de si te van a seguir funcionando las piernas.

Las cruzo y observo el partido desde mi palco situado sobre la tercera línea de base. Es el primero de la serie en casa contra Boston y necesitamos una victoria. Después de un par de semanas complicadas, todos necesitamos ganar.

Hemos jugado bien. Nuestro abridor ha aguantado muchas entradas y nuestra defensa ha estado muy acertada. Son los hits lo que nos faltan a ambos equipos, con un marcador de 1-1 en la baja de la novena.

Hace rato que se ha puesto el sol y los aficionados siguen en sus asientos, pero parecen cada vez más inquietos por la falta de carreras. Además, a pesar de la pared acristalada que nos separa, puedo sentir su frustración cuando el cerrador de Boston poncha a nuestros dos primeros bateadores de la entrada. Y esa frustración se convierte de golpe en terror colectivo cuando el público se da cuenta de que Milo es el siguiente en el orden al bat.

Veo cómo muchos miran a su alrededor, como planteándose si dar la noche por terminada, porque ya es tarde, o quedarse para los extrainnings, como si esas entradas adicionales fueran inevitables por su falta de fe en el nuevo jugador del equipo. Me descubro a mí misma pensando lo mismo durante un segundo hasta que me doy cuenta de que sé de lo que ese chico es capaz. Por eso está aquí.

El primer lanzamiento es un slider y un strike.

La multitud ruge.

Milo sale de la caja de bateo, e incluso desde aquí puedo ver el cambio en su porte desde el último partido que jugó. Está más tranquilo. Es capaz de recomponerse.

El segundo lanzamiento es una bola rápida y Milo da un buen golpe y la pelota vuela lejos. Los aficionados dan un grito ahogado. La pelota llega tan lejos como para que sea una carrera, pero en el último segundo se curva y sobrepasa el poste de foul del jardín derecho.

Dos strikes.

Milo vuelve a salir de la caja y, esta vez, se gira hacia Emmett, que está en el dugout. No puedo oír lo que le dice Emmett, pero, sea lo que sea, Milo lo entiende, asiente y se vuelve a situar sobre el plato.

No me hace falta saber lo que le ha dicho. Conozco a Emmett. Es un hombre seguro. Lo bastante seguro como para sostener a todos los que lo rodean.

La tensión habitual de un partido empatado en la parte baja de la novena no existe hoy. Parece como si todo el público ya contara con que Milo está eliminado. Pero entonces el chico decide demostrarles a todos lo equivocados que están con el tercer lanzamiento.

El sonido de la pelota al golpear con el bate es seco y contundente. Casi un grito al público para que le presten atención. La pelota vuela lejos, lejos, lejos en el jardín izquierdo. El lanzador de Boston se queda con las manos en las caderas mientras todos observamos cómo la bola supera la valla y cae en las gradas.

El estadio estalla. El asombro añadido a su euforia genera un ruido atronador en todo el edificio. El ruido es ensordecedor cuando Milo lanza su bate a un lado y empieza a correr por las bases. Porque no solo logra su primer hit en las Grandes Ligas, también es la jugada que nos da la victoria *in extremis*.

Estoy de pie, gritando y animándolo, golpeando el cristal como si estuviera tan cerca como para que me escuchara.

Los chicos salen disparados del dugout para recibirlo en el home y no se me escapa la sonrisa de alivio que Milo luce en el rostro cuando pasa por la segunda base.

No podría estar más feliz por él. Un orgullo enorme me llena el pecho cuando toca la tercera base. Mi atención se dirige entonces al dugout, algo que he intentado evitar toda la noche. Me encantaría poder estar allí abajo para celebrarlo con el mánager.

Esta victoria no es solo para el equipo o para Milo, sino también para nosotros. Después del infierno que hemos pasado con la prensa, parece un triunfo enorme. Veo una enorme sonrisa en el rostro de Emmett mientras anima a su nuevo jugador, aplaudiéndole. Casi espero que Emmett salga con su equipo a recibir a Milo cuando llegue al home, pero por lo visto va a dejarles ese momento a sus jugadores.

En vez de eso, cuando Milo se abalanza sobre sus compañeros, Emmett se pone de espaldas al campo para mirar en la dirección opuesta.

Hacia arriba. A mí.

Aplaude junto con el resto del público, pero, a diferencia de ellos, Emmett no está celebrando este momento con el equipo y los aficionados. Creo que sigue en el dugout para poder celebrar este momento conmigo.

Su sonrisa de orgullo y su guiño discreto confirman mi teoría.

El ascensor se abre en el último piso y dentro solo está Emmett. Tiene esa mirada cómplice en el rostro, como si supiera que iba a ser yo quien estaría esperando al otro lado cuando se abrieran las puertas. Como si solo hubiera subido hasta el último piso para ver si me subía con él en el ascensor.

Entro, me coloco un poco por delante de él, ambos mirando a las puertas y tratando de mantener una actitud profesional, ya que todavía queda gente aquí que ha venido a ver el partido.

—Pareces emocionada —me susurra al oído.

Sonrío al ver mi reflejo.

—Claro que lo estoy. Acabamos de ganar. Milo logró hacerle un cuadrangular a uno de los mejores cerradores de la liga. Y anoche tuve sexo. La vida es maravillosa.

Emmett se ríe entre dientes tras de mí.

—¿Seguro que lo de la emoción no es por esa rueda de prensa en la que estás a punto de entrar?

Me conoce demasiado bien.

—Puede que tenga ganas de poner a alguno de esos reporteros en su sitio después de lo de la semana pasada.

—¿Tienes alguna idea de lo que vas a decir?

—Tal vez no diga nada. Puede que solo saque los dos dedos del medio y diga que la rueda de prensa se ha terminado.

Emmett desliza una mano por mi trasero hasta la cadera y me la aprieta.

—Estás supersexy hoy.

—Gracias.

Mientras bajamos despacio hasta el piso de la sede del club, un fuerte antebrazo me rodea el pecho, tirando de mí hasta que mi espalda se pega a él.

—Estoy orgulloso de ti —dice Emmett en voz baja, y lo remarca plantándome un tierno beso en la cabeza.

Trago saliva.

—¿Por qué?

—Por haber conseguido superar lo peor. Tienes todo el derecho a entrar ahí y mandarlos a la mierda por cómo hablaron de ti.

Lo agarro del brazo con las dos manos, ansiosa por ese pequeño contacto físico.

—Los voy a aniquilar con mi amabilidad. Responderé a todas sus preguntas con educación. Actuaré de forma profesional y todo eso. Pero tendrán que hacerme sus preguntas sabiendo que yo he leído todo lo que han dicho sobre mí.

—Y por eso estoy orgulloso de ti. —Me acerca los labios al cuello para besarme de nuevo y yo no puedo evitar sonreír al sentir su caricia con la nariz.

—Buen partido hoy, entrenador.

—Gracias, nena. —Otro beso—. Buen partido, presidenta.

Cuando el ascensor se detiene en el piso de la sede del club, nos separamos sin dudar, poniendo un poco de distancia entre los dos. A través del reflejo, veo que ambos nos hemos puesto serios a la vez. Las puertas se abren y vemos un enjambre de jugadores y de personal celebrando la victoria; nadie se fija en nosotros. Aun así, procuramos no hacer ningún gesto cariñoso que nos delate cuando nos despedimos al salir del ascensor.

—Emmett —digo, y me dirijo a la sala de prensa.

—Reese —responde, y empieza a caminar justo en la dirección opuesta.

34

Emmett

—Vaya, qué gran sorpresa. —Aparto el plato vacío, incapaz de comer más.

—Solo queríamos pasar a saludar —dice Miller—. Ver cómo estás.

—¿Ah, sí?

Sé con exactitud por qué apareció toda mi familia en mi departamento para desayunar esta mañana de un día de partido. Y no es solo para saludar. Estoy con estos cinco casi a diario y hoy los veo venir de lejos.

Kai, Miller y Max han aparecido con una bolsa llena de comida para preparar el desayuno. Luego, diez minutos después, «ha dado la casualidad» de que Isaiah y Kennedy andaban por esta parte de la ciudad y querían pasar a saludar.

—Sip —continúa diciendo mi hija—. Ya sabes, pasar algo de tiempo juntos por si hubiera algo que quisieras contarnos. Por si había alguna noticia o por si pasó algo interesante en tu vida que quisieras compartir con nosotros…

—Vamos, Mills —dice Kai riéndose—. Dale al hombre un respiro.

Al otro lado de la mesa de comedor, Isaiah se inclina hacia adelante.

—Ni se te ocurra darle un respiro. Yo también quiero saber qué está pasando. A ver, creo que todos sabemos lo que está pasando, pero me gustaría escuchar que tengo razón.

—No tengo idea de lo que están hablando. —Miro a Max, que está en mi regazo—. ¿Tú sabes de lo que están hablando, bichito?

Tan solo me sonríe, lo que hace que yo también sonría.

—¡Justo de eso es de lo que estamos hablando! —Isaiah señala en mi dirección—. Esa extraña sonrisa que llevas grabada en la cara desde hace semanas. Eso no es normal, Monty.

—Tal vez esté contento de ver a mi familia.

—¡Nos ves todos los días!

—Justo por eso me pregunto por qué están todos aquí.

—Queremos que nos cuentes lo tuyo con la dueña del equipo, ¿okey? Por eso estamos aquí. Así que suéltalo de una maldita vez —dice Isaiah.

Kennedy frunce el ceño, mirando a su marido.

—Pues sí que estás interesado.

—¡Todo el equipo está interesado en lo de estos dos! Casi no se habla de otra cosa en estos días.

Eso capta mi atención.

—Espera. ¿Qué?

Mi mirada va alternando entre Kai e Isaiah.

—Sí. —Kai se frota la nuca—. Todo el equipo más o menos lo sabe.

—¿Que saben qué… exactamente?

—Que ustedes dos estuvieron co… —Kennedy le da un golpe a su marido en el brazo para que se calle, señalando a Max en mi regazo— consolidando su relación —corrige Isaiah.

Es una forma de decirlo. Reese y yo hemos estado «consolidando» un montón nuestra relación. No hemos dejado de «consolidarla» desde la fiesta de jubilación de Arthur. He pasado noches en su casa, me he despertado con ella y me he duchado con ella, salvo los dos últimos días, porque tuvo que asistir a una reunión de los dueños de los equipos en Nueva York.

Y la extraño.

La extraño tanto que me duele el alma. He pasado tantos años sin ella pero, de pronto, dos días separados me parecen toda una vida. No sabía que, a mi edad, se podía extrañar tanto a alguien. Pensaba que era una fase que se superaba. Pero, al parecer, con la persona adecuada no se supera.

No sé cómo definirlo. Me parece demasiado juvenil llamar a Reese mi novia. No nos hemos puesto ninguna etiqueta, pero esa en concreto no parece abarcar lo que siento al tenerla en mi vida.

Es mucho más que eso. Somos mucho más que eso.

Mis días son mejores por el mero hecho de que ella esté en ellos. Mis noches también son mejores, eso está clarísimo. Pero tener a alguien para mí, no sé cómo explicarlo. Después de tantos años solo en ese aspecto, me siento... agradecido por haberla conocido.

Volverá hoy a casa y la veré en el campo antes del partido. Y por eso tengo ganas de llegar allí.

—Veo que no lo niegas —dice mi hija, devolviéndome a la conversación.

—No estoy aquí para confirmar o negar nada. —Le planto un beso a Max en su pelo oscuro antes de ponerlo en el suelo. Yo también me levanto y recojo los platos sucios de la mesa—. Tengo que prepararme para ir al campo y ustedes también.

Isaiah gime.

—Me estás matando, Monty.

Mientras meto los platos en el lavavajillas, Miller entra en la cocina.

—Okey, ahora que todos los que trabajan para ella están en el comedor, dímelo. ¿Están juntos o no?

—No es que hayan disimulado mucho con lo de este desayuno familiar, por cierto.

—Papá. Por favor, dímelo. Pareces feliz.

Dejo los platos un momento en el fregadero y me apoyo en la barra para girarme hacia ella.

—Soy feliz.

—Bien. Te mereces ser feliz. Pero como tu hija favorita que soy, me lo tienes que contar. ¿Esta felicidad se debe a cierta rubia con curvas que solía volverte loco?

Suelto una risita porque, por lo visto, soy demasiado feliz.

—Siempre he sido feliz, Miller. —Inclino la cabeza de un lado a otro—. Pero sí. Podríamos decir que, de un tiempo a acá, ha habido un factor añadido.

Una sonrisa se abre paso en su rostro.

Estamos a punto de conversar de algo sobre lo que nunca habíamos hablado antes: sobre que yo me vea con alguien que no sea la madre de

Miller. Pero, bueno, no había salido con nadie desde que Claire falleció, así que tampoco es como que haya sido necesario hablar de estas cosas hasta este momento.

Me imagino lo que opina Miller sobre que esté con Reese, pero tampoco lo sé con certeza. Decido tantear el terreno y descubrirlo.

—Esto no es algo de lo que hayamos hablado antes.

—No creo que nos haya hecho falta nunca, ¿no? Por lo que sé, no has salido con nadie en muchísimo tiempo.

—Así es.

El silencio se instala entre los dos un segundo.

—Así que Reese debe ser bastante especial.

—Lo es.

Miller me observa con atención.

—Te mereces todo lo bueno que te pasa, papá. Si dudas de hablar sobre esto conmigo por mamá, no te preocupes. Sé que la querías muchísimo. Mira lo que hiciste por ella. Mira lo que hiciste por mí. Pero tienes derecho a cambiar de página.

No esperaba tener este tipo de conversación con mi hija tan pronto. Y desde luego que tampoco estaba preparado para ello. Le paso el brazo por los hombros y la acerco a mí para darle un abrazo.

—Gracias por decir eso, Millie. No es que me haga dudar que lo sepas. Es solo que no tenía claro cómo lo tomarías. Que yo conociera a alguien nuevo. Que yo estuviera con Reese.

Se echa para atrás para mirarme.

—Así que Reese y tú, ¿eh?

—Sí. —Intento contener la sonrisa, pero fracaso con rotundidad—. Reese y yo.

Suelta una risita y se apoya en la barra para mirarme.

—Mira, papá. Siempre hemos sido solo los dos y me ha encantado criarme así. Pero ahora nuestra familia está creciendo. —Señala el comedor—. Sacrificaste toda tu vida por mí, pero ya no soy una niña. Ya no tienes que criarme. Sea cual sea mi opinión, y estoy superemocionada con todo esto, por cierto, te mereces tener a alguien que se preocupe por ti igual que tú siempre te has preocupado por todos nosotros.

No parezco encontrar las palabras adecuadas para responderle, pero me siento agradecido por contar con su apoyo. Desde luego que no tenerlo no me iba a impedir vivir mi vida, pero, al mismo tiempo, es como un soplo de aire fresco escucharla decir que está feliz por lo de Reese. Es un consuelo saber que la persona que más me importa quiere que añada a otra persona importante en mi vida.

—Y creo que deberías invitarla a la boda.

Me echo hacia atrás.

—Miller, no…, no puedo hacer eso. Es su gran día. De ningún modo se trata de mí.

—También se trata de ti. Literalmente no estaría aquí si no fuera por ti. También es tu día, papá. Y te mereces, por una vez, tener a alguien que lo celebre contigo. Yo voy a tener allí a mi persona especial. Tú deberías tener a tu «persona especial».

Mi persona especial.

Tal vez Reese sea justo eso. Quizá eran las palabras que había estado buscando.

Me gustan.

—¿De verdad te parecería bien? —pregunto.

—Estaría encantada de que lo hicieras. Has sido testigo de cómo todos hemos ido encontrando a nuestra persona especial a lo largo de los años y nos has apoyado. Ha llegado el momento de que hagamos lo mismo por ti. Y me gusta lo feliz que te hace.

—A mí también me gusta lo feliz que me hace.

Alguien llama a la puerta e interrumpe nuestra conversación.

Gruñendo, me aparto de la barra.

—¿A quién más invitaron a esta emboscada?

Abro la puerta, esperando encontrar a Cody o Travis. Puede que a todo el equipo.

En cambio, veo a Reese de pie en el pasillo. Con dos cafés en la mano. Una sonrisa nerviosa en los labios.

—Hola —dice inquieta cuando me mira.

Me quedo pasmado. Qué ilusión.

—¿Qué estás haciendo aquí?

Traga saliva, visiblemente nerviosa por exponerse de esta manera.

—Te extrañaba. Espero que te parezca bien.

Carajo. Estoy loquito por ella.

Me quedé sin palabras al verla ahí, así que espero que mi rostro refleje más entusiasmo que estupor.

—¡Él también te ha extrañado, Reese! —grita Isaiah desde dentro.

Isaiah. Cabrón tonto al que, por algún motivo, considero parte de mi familia.

Reese abre sus ojos azules de par en par al darse cuenta de que no solo no estamos solos, sino de que hay jugadores del equipo.

—Cielos...

Cierro los ojos un instante, centrándome.

—Lo siento —susurro antes de abrir la puerta del todo.

Me aparto y le dejo ver quiénes están tras de mí en la mesa. Todos con una inquietante sonrisa de oreja a oreja, en serio.

—Ah... —Reese pasea la mirada por todos los miembros de mi familia. A tres de los cuales les paga el sueldo—. Solo vine... para hablar de trabajo. Es una visita profesional.

—¿Ah, sí? —pregunta Isaiah—. He oído que de un tiempo a acá hablan muchísimo de trabajo. También he oído que han estado co...

Kennedy le pone una mano en la boca para evitar que siga hablando.

—Reese, si te pido una enorme disculpa de todo corazón por mi marido, ¿me servirá para toda la vida o es algo que tendré que hacer a diario?

Apoyo un hombro en la puerta, manteniéndola abierta.

—Bueno, por lo visto todo el mundo lo sabe.

El pánico en Reese es evidente por cómo se queda rígida y alerta.

—Debería marcharme.

—No. Deberías quedarte. —Poniendo una mano en la parte baja de su espalda la invito a que entre en mi departamento y luego miro a mi familia—. Pero ustedes se tienen que ir. Ya.

Kai es el primero en levantarse de la mesa y Kennedy lo sigue, pero Isaiah y Miller parecen más indecisos.

—Millie.

—Soy tu única hija —dice en tono de broma.

—Justo por eso. Trato de no traumatizarte. Vete, por favor.

Miro a mi chico favorito cuando viene hacia mí.

—Lo siento, Maxie. —Me pongo de cuclillas para abrazarlo—. Me encantaría que te quedaras, pero tu tía, tu tío y tus padres se están comportando como chiflados.

Deja escapar una risita mientras me devuelve el abrazo.

—Chiflados.

—Muy chiflados, ¿verdad?

Por fin, los cinco salen del departamento y Kai cierra el grupo para que el resto pase por delante de él. Se para en la entrada y se gira hacia Reese.

—Si te hace sentir un poco mejor, todo el equipo está entusiasmado con lo suyo. Y yo también.

Capto el leve esbozo de sonrisa en los labios de Reese cuando mi futuro yerno cierra la puerta tras él. Pero la sonrisa desaparece en cuanto nos quedamos solos y asimila lo que Kai acaba de decir.

—Emmett. ¿Lo sabe el equipo?

—No te asustes. No van a decir ni una palabra.

—¿Estás seguro?

—Sin duda. Puede que no me creas, pero quieren protegerte tanto como yo.

Observo cómo el peso de mis palabras cae sobre sus hombros. Los chicos le han demostrado su lealtad con los medios. Seguirán demostrándosela manteniendo nuestra relación en secreto.

No dudo ni un segundo más, le quito los cafés de la mano y los coloco en la mesa para apartarlos de mi camino. Le paso ambas manos por el pelo y llevo mis labios hacia los suyos en un beso desesperado.

Suspiramos a la par.

—Hola —susurro.

—Lo siento muchísimo. Debería haber llamado antes.

—No. Me alegro de que no lo hicieras. Ha sido una sorpresa fantástica.

Me rodea el cuello con los brazos y se inclina hacia mí para besarme otra vez.

—Tengo que ir al estadio, pero quería verte.

Echo un vistazo al reloj. Yo también tengo que salir ya si quiero llegar al trabajo a tiempo, pero no quiero perderme este rato a solas con ella porque no volveremos a tenerlo en toda la noche.

—¿Me esperas? —pregunto—. Necesito cinco minutos para afeitarme deprisa y podemos ir juntos. —Le doy un beso en la boca antes de tomar el café de la mesa y darle un sorbo—. Gracias por el café, por cierto.

—De nada.

Me meto en el baño y alzo la voz para que pueda oírme.

—¿Qué tal la reunión?

Me quito la camiseta, la tiro al bote de la ropa sucia y abro el grifo.

—Estuvo bien. —En lugar de responderme desde la habitación principal, me sigue hasta el baño, y se apoya en el marco de la puerta con el café en la mano—. Creo que algunos de los dueños de los otros equipos sintieron lástima por mí por todas las críticas que recibí de los medios.

—Entonces ¿esta vez no te trataron como a una paria?

—Bueno, no diría tanto.

Me echo la espuma de afeitar, la extiendo por debajo de la mandíbula para poder recortar la barba. Siento la atención de Reese en mí todo el tiempo. En el espejo, veo cómo entra al baño, se sienta en la barra y se queda mirándome. Me encanta lo cómoda que se siente en mi departamento, a mí me pasa igual en el de ella. Es como si su lugar fuera allá donde estoy yo, y el mío allá donde está ella.

—¿Me dejas hacerlo? —pregunta, dejando su café junto al mío.

Levanto la cuchilla de afeitar, sorprendido.

Asiente para confirmar.

Es una petición tan íntima que me sorprende, pero a la cual cedo de inmediato, pasándole la cuchilla.

—Solo quiero perfilar un poco el borde.

La agarro de las caderas, la acerco a mí y me coloco entre sus piernas abiertas. Apoyo las palmas de las manos en sus muslos y echo la cabeza hacia atrás para que le resulte más fácil. Ella clava los ojos en mi mandíbula, concentrada, para decidir cómo va a afeitarme y luego pasa la cuchilla por debajo del grifo y vuelve a centrarse en mi cuello.

Se muerde el labio mientras desliza la cuchilla con cuidado y despacio, siguiendo una línea desde la garganta hasta la barba. Es dulce y metódica. Tiene cuidado de no hacerme daño. Sonríe un poco, orgullosa de sí misma cuando la primera pasada sale limpia.

—Pan comido.

Vuelve a pasar la cuchilla por debajo del grifo antes de dar la siguiente pasada.

—¿Quiénes estaban en esa reunión? —pregunto, procurando no mover demasiado el cuello.

Sus ojos azules están concentrados en la tarea que está llevando a cabo y con la otra mano me sujeta la nuca para mantenerme firme.

—El comisionado y los propietarios.

Me lo imaginaba. Por eso la reunión se había celebrado en Nueva York, porque es donde está la oficina principal del comisionado.

—¿Alguien más?

Se distrae un segundo cuando media sonrisita cómplice se le dibuja en la cara.

—¿Me estás preguntando si estaba mi exmarido?

«Sí». Eso es justo lo que estoy preguntando.

No es que crea que Reese puede llegar a volver con él, es que no me gusta ese tipo y no quiero que esté cerca de ella. Ya lo sé, no lo conozco, pero sé lo que trató de hacer cuando estaban casados y con esa información me basta. No me gusta que sea de nuestro gremio, no me gusta que trabaje para la oficina del comisionado y no me gusta que ella tenga que verlo varias veces al año en esas reuniones.

Una parte de mí odia que la conociera antes que yo, pero otra parte está feliz porque eso le mostró lo que se merece en una relación. Y todo mi ser se siente entusiasmado por ser a mí a quien le permita dárselo.

—No vino —se responde a sí misma, siguiendo con sus cuidadosos movimientos.

Por encima del puente de la nariz, sigo con los ojos clavados en ella. Está muy concentrada en la tarea. Se toma su tiempo. Me trata con cuidado. Con ternura.

Parece tan sencillo. Pero me cuida con una atención especial.

Es raro. Es inesperado. Y es muy bonito.

No sé si alguna vez han cuidado de mí. No así. Por lo general, soy yo el que cuida de los demás.

—Te he extrañado, Reese —digo en el baño, que está en silencio—. No lo dije antes, pero yo también te he extrañado.

Sonriendo, da una última pasada con cuidado y coloca la cuchilla debajo del agua para limpiarla. Luego observa su trabajo, contemplando el perfil de mi barba.

Lo miraría yo mismo en el espejo, pero sé que está perfecta. Se ha esforzado demasiado, lo ha hecho con demasiado cariño como para no estarlo.

Le paso los pulgares por el interior de sus muslos, sin dejar de sujetarla.

—Gracias por cuidarme.

—No hay de qué, Em. —Enfatiza su frase con un dulce beso en mi mandíbula recién afeitada—. Qué guapo estás.

Le paso la mano por el pelo y la abrazo por un instante antes de tener que separarnos durante el resto del día. Cuando me rodea la cintura con los brazos, respiro su aroma y ella hace lo mismo.

Mi persona especial.

Las palabras de mi hija se repiten en bucle en mi cabeza, pero esta vez no me cuestiono si es la etiqueta correcta o no, porque no tengo ninguna duda de que Reese es mi persona especial.

35

Reese

—No sé si fue algo en concreto lo que contribuyó a nuestra victoria esta noche —dice Emmett al micrófono durante la rueda de prensa posterior al partido—. Nuestro picheo ha sido excepcional a lo largo de las nueve entradas. Nuestra defensa ha sido implacable. Hemos corrido las bases con intensidad en los momentos oportunos. En general, ha sido una victoria de equipo.

Lo observo desde el fondo de la sala de prensa. Detrás de todos los periodistas, apoyada en la puerta que da al pasillo.

—Llevan una racha de cinco victorias, chicos —dice un reportero—. ¿Podemos atribuirlo en parte a la adhesión de Jones al lineup?

—Creo que la incorporación de Milo al equipo ha sido fantástica. Tiene muchas ganas de aprender. Los veteranos disfrutan de tenerlo cerca. En general, diría que últimamente todo el equipo tiene una nueva... energía.

Emmett me mira de soslayo durante una milésima de segundo y me dedica una sonrisa cómplice. Desde luego que él y yo sí tenemos una nueva energía últimamente.

—Y, por cierto —añade inclinándose para acercarse al micrófono—, nuestra actual presidenta de operaciones deportivas, Reese Remington, fue quien descubrió a Milo hace unos años. Solo quería aclararlo. Y, en mi opinión, ha sido un hallazgo increíble.

Algunas cabezas se giran para mirarme.

No tenía por qué reconocerme el mérito, pero lo hizo de todos modos.

De pie en la penumbra, levanto una mano cortés para que las miradas vuelvan al frente. Ni siquiera debería estar en esta sala, pero de un tiempo a acá me cuesta mantenerme alejada del mánager.

Cuando las cabezas vuelven a centrar la atención en la mesa de portavoces donde está sentado Emmett bajo los focos brillantes, me arriesgo a mirarlo de nuevo. Presumido y satisfecho, se recuesta en la silla y cruza los brazos sobre el pecho. Está orgulloso de sí mismo por haber dejado caer esa pequeña anécdota.

La entrevista pospartido continúa, poniendo fin al largo día, y yo debería marcharme. Llevo fuera dos noches por la gira y, en lugar de ir a mi casa esta mañana cuando aterrizamos en Chicago, me fui directo a la de Emmett.

Decido quedarme una pregunta más, solo porque disfruto escuchando el punto de vista de Emmett sobre su equipo, cuando alguien se pone a mi lado.

—Reese.

Por desgracia, reconocería esa voz en cualquier parte.

Cada músculo de mi cuerpo se tensa cuando caigo en la cuenta de quién es. Me había preparado mentalmente para encontrármelo en Nueva York, pero no aquí, en este edificio que tanto aprecio, en este lugar que alberga muchos de mis recuerdos favoritos.

—Jeremy, ¿a qué has venido? —le pregunto a mi exmarido.

Se apoya en la pared a mi lado.

—Uno de nuestros umpires metió la pata en algunas decisiones. Quería verlo en persona. Y resulta que hoy arbitraba tu partido, así que pensé que era el momento idóneo para venir.

Detesto que esté aquí. Detesto que estemos en el mismo negocio y que su trabajo implique venir a mi estadio. Y también detesto que intentara apropiárselo y que entonces a mí no me importara tanto. Me dolió, sí, pero debería haberme enojado más.

¿Cómo se atrevió?

Ahora que he llegado hasta aquí y que todo esto es mío, no puedo imaginarme perderlo. No puedo imaginarme que me lo quiten, y desde luego no puedo entender cómo alguien que creía que me amaba intentara hacerlo.

Un fuego lento empieza a arder en mis huesos. Puede que llegue algunos años tarde, pero ahora estoy furiosa.

—Vaya, vaya. Así que tú y Monty, ¿eh?

Me giro como un látigo hacia él.

—¿Qué?

Su risa es seca.

—¿En serio, Reese? Está más claro que el agua. He visto cómo lo mirabas hace un instante. Me cuesta creer que me dejaras por este trabajo y que ahora lo arriesgues todo acostándote con uno de tus empleados.

Mierda.

El miedo y la ansiedad me revuelven el estómago y noto que palidezco. ¿Cómo se dio cuenta cuando nunca pareció advertir la adoración con la que lo miraba a él? No obstante, una cosa es segura: jamás miré a Jeremy como miro a Emmett.

Él no puede ser la primera persona a la que se lo cuente. No me parece adecuado. Lo que tengo con Emmett es demasiado especial; no quiero que mi ex tenga nada que ver en ello.

Desvío la atención al frente de la sala y descubro que ha desaparecido la sonrisa de Emmett. Ahora responde a los periodistas con la mandíbula tensa y no deja de mirarnos a mí y a mi exmarido cada dos palabras.

—Tranquila —me susurra Jeremy—. No voy a decir nada.

—No sé de qué estás hablando.

—Claro que lo sabes, Reese. No olvides que estuvimos casados. Te conozco.

«¡Guau!». Que se vaya a la mierda con esto.

—Lo más descabellado de esa afirmación, Jeremy, es que, casados o no, nunca me has conocido. Eso quedó muy claro.

No como siento que me conocen ahora.

Me arriesgo a volverme de nuevo hacia Emmett, y se ve absolutamente letal sentado al frente de la sala. La tensión es evidente en su postura, sin duda está frustrado por no poder venir hasta mí ahora mismo. La rabia con la que mira a Jeremy es un reflejo de la que yo estoy acumulando en mi interior.

Empujo la puerta y me doy la vuelta para marcharme.

—Ah —añado antes de irme—, y no te dejé por este trabajo. Te dejé porque intentaste quitarme algo que me pertenecía. Tal vez si me hubieras ayudado a proteger todo esto, en lugar de intentar arrebatármelo, habría aceptado compartirlo. Pero ahora me alegro de que no lo hicieras. —Señalo el pasillo—. Y ahora me voy a *mi* oficina, que está en el último piso de este estadio que es de *mi* propiedad. Que tengas un buen viaje de vuelta, Jeremy.

En cuanto salgo de esa sala, el fuego que noto dentro de mí no se extingue lo más mínimo. Cada paso que doy para alejarme de él parece avivarlo. Es como si el dolor y la ira que ya debería haber superado estuvieran alcanzando en este preciso instante su punto álgido.

Y de repente entiendo por qué está pasando justo ahora, después de tantos años: es porque he conocido a alguien a quien jamás se le ocurriría hacerme lo que me hizo mi exmarido. Al contrario, Emmett desea tanto que conserve mi trabajo como presidenta de este club que haría lo que fuera para ayudarme. Arriesgaría su propia carrera deportiva para que yo triunfara.

Y eso me molesta.

Me molesta porque durante años Jeremy me hizo creer que la gente solo me quería por lo que yo podía ofrecer, y me molesto conmigo misma por haberle creído.

Me molesta que rompiera algo dentro de mí y me dejara tan jodida que llegué a pensar que estar sola era mi única opción.

Emmett llegó y curó la herida que me había hecho mi ex, y me molesta que tuviera que hacerlo.

Dudo al llegar al ascensor, tentada de ir a refugiarme en el dugout para poder aclarar mis ideas, como suelo hacer. Pero no quiero que ningún rincón de ese refugio se vea contaminado por mi ira hacia quien intentó usurpármelo.

En vez de eso, voy a mi oficina, como dije que iba a hacer. Paso por el mostrador de recepción vacío y me encierro dando un portazo. Estoy rabiosa. El muy idiota vino sin avisarme. De haberlo hecho, podría haberme preparado. Pero Jeremy sabía lo que hacía, trataba de tomarme desprevenida.

Rodeo mi escritorio, aparto la silla de un empujón y me apoyo en ella, con las palmas de las manos en el respaldo y la cabeza gacha.

Estaba en modo supervivencia cuando asumí este puesto. Desesperada por demostrar mi valía y, también, desesperada por demostrarle a mi exmarido que se equivocaba conmigo. No quiero volver a ese estado mental, pero siento que la ansiedad se apodera de mí. Estoy muy alterada. Necesito una válvula de escape.

Necesito… No sé lo que necesito. Necesito olvidar que una vez fui suya.

La puerta se abre de golpe.

—¿A qué carajos vino? —brama Emmett, entrando como si esto fuera suyo.

Normal que todos piensen que hay algo entre nosotros. Abre mi puerta de par en par como si tuviera derecho a hacerlo.

—¡No puedes irrumpir así en mi oficina!

—¡Pues contrata a una maldita recepcionista para que no me deje pasar!

Algo se remueve en mi interior al oír su tono airado.

Quizá esto sea lo que necesito. Quizá necesite un enfrentamiento. No solía pelearme con Jeremy porque no había nada por lo cual luchar. Pero hacerlo con Emmett me parece seguro porque sé que ambos peleamos por lo mismo.

Su voz adquiere un tono amenazador.

—¿A qué carajos vino, Reese?

—Está trabajando. ¿Qué quieres que haga?

—Échalo. No lo quiero en tu estadio.

«Tu estadio».

A menudo bromeamos sobre quién tiene derecho a qué. El dugout. La sede del club. El equipo. Pero cuando la conversación gira en torno a mi exmarido, la forma en que Emmett me da plena autoridad no pasa desapercibida.

Sigue igual de alterado que yo mientras se acerca lentamente a mi mesa.

—Para que no haya malentendidos, déjame aclararte un par de cosas. —Agacha la cabeza y me clava la mirada bajo el ceño fruncido—. Tú eres mía. La noche que por fin estuvimos juntos, cuando me dijiste que querías hacerme tuyo, eso es válido para ambas partes. Tú eres mía, Reese, y si tengo que explicárselo a él para asegurarme de que lo entiende de una maldita vez, lo haré. ¿O eres tú la que necesita que se lo recuerde?

Esto. Esto es justo lo que necesito.

Necesito sentirme suya.

Necesito que me recuerde que lo soy.

Necesito que borre los recuerdos de un tiempo en que no lo era.

Levanto la barbilla en un gesto desafiante y lo miro a los ojos.

—Demuéstralo.

Se detiene en seco y arquea las cejas.

—¿Qué acabas de decirme?

—Demuéstralo. Demuéstrame que soy tuya.

Exhala una risa inquietante y se gira para desandar el camino.

—No me digas algo así si no quieres que lo cumpla. No quieras jugar a este juego conmigo, Reese. Ahora mismo estoy demasiado molesto y no voy a andarme con delicadezas.

Me da igual que estemos en mi oficina. Me da igual que sea una mala idea. Ahora mismo estoy demasiado excitada como para preocuparme por ello.

—Que me lo demuestres.

Esas tres palabras quedan suspendidas en el espacio que nos separa.

Asiente con lentitud y se pasa la lengua por los dientes.

—Recuerda que me lo pediste tú. —La tensión se apodera de la oficina cuando cierra la puerta y pone el seguro—. Sabes que te respeto, ¿verdad?

Pongo los ojos en blanco.

—Sí, claro que lo sé.

—Bien. Pues tenlo presente. Porque va a parecer que no es así.

—¿Y eso qué sig…?

—Las manos sobre el escritorio. —Se me acerca por detrás y me recorre la columna con la palma de la mano, apretándola cuando llega al cuello—. La cara también. No voy a tener miramientos contigo.

Hago lo que dice, me doblo sobre el escritorio y aprieto los muslos ante su tono autoritario.

—Ah, no, no, no… —Me separa las piernas de una patada—. No seas tímida, nena. Tú empezaste esto.

De puntitas, gracias a los tacones, pego la mejilla a la mesa y lo miro por encima de mi hombro.

Emmett se alza sobre mí, veo su enorme cuerpo cubriendo el mío desde el cristal que tenemos a la espalda, aunque es una ventana unidireccional. Sin quitarse la gorra, se coloca la visera hacia atrás y me doy por cogida con ese pequeño gesto.

Me acaricia la parte trasera de los muslos con los dedos y juguetea con el dobladillo de mi falda lápiz.

—¿Quieres que te demuestre que eres mía, Reese?

—Por favor.

—¿Quieres que te haga olvidar a alguien más?

Exacto. Nunca entenderé cómo me conoce tan bien.

—Sí…

Me retuerzo y aprieto el trasero contra él.

Me sube la falda de un tirón por mis anchas caderas y me la deja en la cintura.

Siento la brusquedad del aire frío en las nalgas, y la del manotazo que me da en una de ellas.

—Me encantan estas vistas. Me encanta ver cómo tus nalgas rebotan contra mí.

—Em…

—Shhh… Tienes que estar calladita. Recuerda dónde estamos.

¿Cómo iba a olvidarlo? Ahora mismo tengo la cara pegada al escritorio donde me siento para firmar sus cheques.

Recorre con los dedos la costura de mis calzones, y estoy tan necesitada, tan desesperada, que gimo intentando amortiguar el sonido contra la madera.

—¿Qué te acabo de decir, Reese?

—Lo siento.

—Cállate o tendré que hacerte callar yo. —Introduce un par de dedos en mi boca para enseñarme lo que haría llegado el caso.

No me importaría en lo más mínimo.

Luego saca esos dedos húmedos y me frota la vulva con ellos. Me concentro en no hacer ningún ruido mientras impulso las caderas persiguiendo el roce.

—Estás empapada, Reese. Te gusta provocarme, ¿verdad?

Asiento con la cabeza contra la mesa sin dejar de mirarlo por encima del hombro.

—Me gusta, sí.

Suaviza la expresión.

—Bien, nena. Puedes discutir conmigo sobre lo que quieras, ¿okey?

Se aprieta contra mí, sus manos vagan por mis caderas y mi trasero y, de repente, la suavidad vuelve a desaparecer. Mantiene la mirada fija en mí mientras se desabrocha el cinturón y se baja la cremallera con una mano.

Mi atención pasa de su cara a su entrepierna para ver cómo se saca la verga, tiesa como un palo, agarrándola con el puño. Sigue con los pantalones subidos. Sigue con la camiseta puesta. Y todo en esa imagen es obsceno.

Se vuelve más depravado cuando utiliza dos dedos para apartarme la ropa interior a un lado y, en mi siguiente aliento, me llena por completo con su verga.

—Oh, carajo… —susurro.

Suspira aliviado.

—Dios, cómo te extrañaba.

Nos concede un solo segundo antes de empezar a moverse, golpeando con sus muslos la parte trasera de los míos. Es sucio y es rápido. Ambos seguimos vestidos. Esto es justo lo que necesitaba.

Se me queda la mente en blanco. Me concentro exclusivamente en notarlo dentro de mí.

Siento que es mío.

—¿Necesitas que te coja para quitarte la ira, nena?

Asiento con desesperación, busco sus embestidas.

—¿Vas a cambiar de actitud después de esto?

—¿Y tú?

Su risa es oscura.

—No me gusta ver a ese tipo contigo.

—¿Por qué?

—Porque detesto que hayas sido suya antes. Detesto que haya confundido tu mente, pero a la vez me encanta que lo haya jodido todo… porque ahora eres mía.

Gimo contra el escritorio, araño todo lo que alcanzo alrededor. Estiro la mano hacia atrás y tropiezo con su muslo, y lo sujeto fuerte para mantenerlo cerca.

—Oh, carajo… —exhala. Entonces cubre mi mano con la suya y me regala este dulce momento mientras me toma de forma impúdica.

Me pone la otra mano en el hombro para hacer palanca mientras sigue embistiéndome por detrás.

—Tu forma de adaptarte a mí, Reese… Me recibes como si fueras mía.

—Sí, Em.

—Tu forma de gritar mi nombre suena como si fueras mía.

Oh, Dios. Voy a venirme.

—Tu forma de ajustarte a mi alrededor me dice que eres mía. —Cierra las caderas—. Te siento increíble. Siempre te siento tan bien, carajo, Reese.

La confesión le sale del pecho casi como un gruñido.

Encaja la mano entre el escritorio y yo, y me frota el clítoris en círculos con las yemas de los dedos.

—Oh, Dios, justo ahí… Por favor… Por favor, sigue… —suplico.

Desliza la otra mano por debajo de mi cuerpo hasta que llega a mi garganta y la rodea con la palma mientras se dobla sobre mí. Emmett me da besos de veneración en la nuca, que contrastan con su forma tan perfecta de profanarme.

—¿Quieres ser mía, Reese?

—Ya lo soy —gimo.

Su barba me raspa la mandíbula cuando acerca la boca a mi oreja.

—¿Sabes qué más eres? Eres la maldita ama, Reese. No dejes que nadie venga aquí y te haga dudar. Todo esto es tuyo. Yo también soy tuyo. Así que recuerda quién carajos eres.

—¿Y yo de quién soy? —pregunto entre jadeos—. ¿Tuya?

Exhala una risa.

—Sí, mía.

—Emmett…

—Lo sé. Vas a demostrármelo viniéndote en mi verga, ¿verdad?

No puedo hablar, estoy demasiado abrumada por sus movimientos dentro de mí, por cómo su cuerpo se arquea sobre el mío y me inmoviliza. Así que asiento con la cabeza.

—Deberías verte, Reese. Con las nalgas levantadas, el pelo rubio desparramado por el escritorio, dejando que te coja tu mánager. Eres muy traviesa.

Gimo, meciéndome contra él.

Lo agarro de la nuca y lo atraigo hacia mí.

—¿Hasta cuándo puedo ser tuya?

Se derrite dentro de mí con un suspiro, y sigue marcando un ritmo castigador con las caderas.

—Hasta que tú quieras.

—¿Y hasta cuándo vas a ser mío tú?

—Siempre —admite con facilidad—. Es imposible que te olvide, Reese. Puede que llegue un día en que tú no quieras que lo sea, pero yo nunca podré estar con nadie más. Es imposible que te olvide, Reese.

Quiero decirle que siento lo mismo, pero me quedo sin palabras cuando me penetra una vez más. Todo mi cuerpo se tensa con una fuerza que no solo me deja sin voz, sino también sin aire.

Emmett me sigue, conteniéndose, hasta que los dos nos venimos a la vez y nos desmoronamos allí mismo, sobre la mesa de mi oficina. Respiraciones compartidas, la piel cálida. Ambos igualmente agotados.

Dejo que él se calme encima de mí mientras recobramos el aliento. El sudor le cubre las sienes, pero se ve como un dulce pecado con la gorra al revés.

—Dios, qué maldita locura —dice juguetón, apoyando la cabeza junto a la mía.

Me río con él.

—Estás loco como una cabra.

—Es culpa tuya. —Me besa el cuello.

Apenas ronroneo como respuesta, plenamente satisfecha, intentando recordar en primer lugar por qué demonios estaba tan enojada. Ahora mismo, en mi mente no hay lugar para nadie más que para este hombre que está acostado sobre mí, acariciándome los brazos, la espalda y el trasero con delicadeza.

Lo de «Sabes que te respeto, ¿verdad?» en realidad no era una pregunta, era solo para asegurarse de que lo tengo en cuenta. Me recorre el cuello y la columna con sus cálidos labios, dejando un reguero de besos suaves y devotos. Acaricia cada centímetro de mí sin prisa mientras sigo inclinada sobre el escritorio.

Emmett se separa de mí y se queda sujetando mis calzones a un lado. Lo miro de reojo y lo veo contemplando lo que sé que es su orgasmo goteando fuera de mi sexo. Lo sé por el brillo de satisfacción de sus ojos y por cómo tiene la mirada clavada entre mis piernas abiertas.

En lugar de limpiarme, me coloca los calzones en su sitio.

—Será mejor que lo retengas lo que queda de noche, Reese. Guárdatelo para acordarte de a quién perteneces por si te vuelves a encontrar a tu ex.

No puedo contener una risa sorprendida.

—Has perdido la cabeza, ¿lo sabes?

—Sí, lo sé. —Se inclina para darme un mordisquito en el trasero antes de bajarme la falda para taparlo.

Me giro para mirarlo, aún recostada. Tengo las piernas demasiado débiles todavía para caminar.

Emmett se sube los pantalones sin prisas antes de ayudarme a enderezarme. Me arregla el pelo, me ajusta la blusa y me limpia el rímel de debajo de los ojos con las yemas de los pulgares.

—¿Qué tal estoy? —pregunto.

—Tienes la pinta de acabar de coger sobre tu escritorio.

—Genial.

Sonríe, muy orgulloso de sí mismo.

Le rodeo el cuello con los brazos y él me acaricia el pelo y me besa. Ahora mucho más suaves el uno con el otro que hace unos minutos.

—Deberíamos salir —digo por fin.

Asiente, ayudándome a ponerme de pie. Emmett abre la puerta y me deja pasar primero. Al llegar junto a él, se agacha y me susurra al oído:

—Gracias por esta magnífica reunión, jefa.

36

Emmett

Cuando jugamos una serie local, Reese y yo sabemos que acabaremos pasando la noche juntos, normalmente en su casa, aunque a veces vamos a la mía. Pero es mucho más complicado poner límites cuando viajamos y no podemos permitirnos el lujo de dormir en la misma cama.

Cuando estamos de gira, salimos a cenar juntos con la excusa de que es una reunión de trabajo y prolongamos las conversaciones previas al partido sobre el orden al bat para tener algo más de tiempo a solas. Pero no nos arriesgamos a colarnos en la habitación de hotel del otro si no hay una puerta que las comunique.

Parece un poco extremo con todas las veces que hemos cogido en el estadio al volver a la ciudad, pero cuando no nos ciega la necesidad mutua, ambos somos capaces de tomar decisiones más meditadas.

Aunque no voy a mentir. Me encanta hacer locuras con esta chica.

Eso es lo malo de esta serie. La habitación de hotel de Reese está al otro lado del pasillo, así que estos días apenas hemos tenido oportunidad de estar juntos.

Pero, por otro lado, lo bueno es que estamos en Colorado. De vuelta en la ciudad donde yo jugaba. De vuelta en el lugar donde crie a Miller hasta que cumplió los dieciocho años.

Llamo a la puerta de la habitación de Reese, con un hombro apoyado en la pared esperando a que conteste. Aparece con el cabello semirrecogido, parches antiojeras y un café en la mano. Lleva una pijama de seda a juego y luce una sonrisa radiante cuando abre.

—Hola, buenos días, mundo.

Me río con las manos en los bolsillos para evitar la tentación de tocarla hasta que estemos solos.

—Anoche te extrañé. ¿Cabe la posibilidad de que estés libre esta mañana?

—Podría. ¿Qué pasa?

—Quiero llevarte a un sitio.

Le brillan los ojos ante la idea.

—¿Solos tú y yo?

—Solos tú y yo.

—Okey. Claro que me apunto. Me cambio rápido. ¿Nos vemos abajo en cinco minutos?

—Perfecto. —Me inclino para besarla, pero me detengo, medio arqueado en el umbral.

Lo nuestro ha progresado con mucha naturalidad estas últimas semanas. Los besos espontáneos y las caricias han pasado a ser un acto reflejo a estas alturas, y tengo que hacer un esfuerzo consciente para recordar nuestros roles cuando estamos trabajando.

Y es lo que me toca hacer ahora mismo.

Me enderezo, me alejo de la puerta y señalo en dirección al ascensor.

—Voy a…

Ella me sonríe.

—Te veo enseguida.

Alquilé una camioneta para esta salida, así que la conduzco hasta la entrada del hotel y espero a Reese.

Unos minutos después, ella sale con un vestido veraniego de flores en un tono rosa claro similar al color de sus uñas. Es femenino y desenfadado, muy diferente a cómo se viste en el trabajo. Está guapa lleve lo que lleve, pero no echo en falta que se vista con la misma sofisticación en sus horas libres. Va más colorida, también.

Es agradable ver que se concede tiempo para dejar de ser la jefa.

—¿Alquilaste una camioneta para esta salida? —pregunta cuando le abro la puerta del copiloto—. ¿No podríamos haber tomado un taxi?

—No. Tenemos un largo camino por delante. —En cuanto se sienta le pongo el cinturón de seguridad y se lo ajusto. No sé qué me lleva a hacerlo. Supongo que en parte es porque quiero que no le pase nada y en parte porque rara vez puedo mimarla a menos que estemos cobijados en uno de nuestros departamentos.

Con el brazo aún cruzado sobre su cuerpo y la mano en la hebilla, la miro.

—Lo siento.

Levanta la mano y me acaricia la barba.

—No te preocupes. Me gusta.

«No la beses. Aquí no».

Carraspeo, me aparto y cierro la puerta antes de volver al lado del conductor.

En cuanto me siento, encuentra lo único que hay en el vehículo: una bolsita abierta de caramelos multicolor que llevo en la consola central.

—¿Qué es esto? —pregunta con un tono juguetón mientras la levanta.

—Dulces de mantequilla de cacahuate.

—¿Desde cuándo te gustan los Reese's Pieces?

Una tímida sonrisa se asoma a mis labios.

—¿Qué puedo decir? Son mis nuevos favoritos.

Se ríe, se sirve un puñado y se los mete en la boca. Luego deja la bolsa donde la encontró.

En cuanto salimos del estacionamiento, sujeto el volante con la izquierda y deslizo la mano derecha hasta su muslo. Sin dudarlo, Reese me toma la mano y entrelazamos los dedos.

Fácil. Natural. Conectados como siempre cuando estamos a solas.

Y así seguimos durante la hora que dura el trayecto.

Cuando las carreteras se convierten en vías de un solo carril y los árboles empiezan a flanquear el camino, Reese finalmente pregunta:

—¿Me vas a decir adónde me llevas?

Le aprieto la mano.

—Pronto. Ya casi llegamos.

No insiste en obtener más respuestas. Solo se relaja en el asiento, confiando en que se lo explicaré cuando llegue el momento, mientras yo sigo conduciendo por esta carretera que conozco tan bien.

Poco después, reduzco la velocidad y me desvío por un largo sendero de grava que nos lleva a una casa estilo cabaña. Se integra con sutileza en la espesura que la rodea. Es sencilla y discreta. El lago que hay detrás es un magnífico telón de fondo de serenidad, que eso es justo lo que necesitaba cuando la compré.

Desde que Miller y yo hablamos aquella mañana en mi cocina, supe que quería traer a Reese. Esa conversación fue el permiso que necesitaba de mi hija para hacer partícipe a Reese de cada aspecto de mi vida. Incluso de las partes que sucedieron antes de que ella llegara a mi vida.

De todos modos, llamé a mi hija esta mañana para corroborar que no le molestaba que trajera a Reese aquí. Seguro que puso los ojos en blanco al otro lado de la línea, pero contestó a mi pregunta con un rápido: «En absoluto».

Apago el motor, salgo de la camioneta y le abro la puerta.

Ella disfruta contemplando el paraje mientras avanza por el sendero de grava que da acceso a la propiedad.

—Pues esta es mi casa —le digo—. Desde hace unos años se renta como vivienda vacacional, pero sigue siendo mía.

—¿En serio? —Recorre el tejado con la mirada—. ¿Esta era tu casa cuando jugabas aquí?

—No exactamente. Cuando jugaba aquí, compartía departamento en Denver con algunos compañeros de equipo. Pero compré esta propiedad cuando dejé la liga. —Señalo la casa—. Aquí es donde crie a Miller.

Entonces lo comprende.

—Emmett.

Me hace una caricia en el brazo antes de tomarme la mano y luego vuelve a centrar su atención en la casa, que contempla con detenimiento, fijándose en los detalles. Se toma su tiempo para interiorizar el significado y la importancia que tiene para mí este pequeño rincón.

La rodeo por detrás con los brazos y la miramos juntos.

—Quería que la vieras. No tuve a nadie con quien compartir esa parte de mi vida, así que esperaba poder hacerlo contigo ahora.

—Me encanta, Em. Gracias por traerme aquí. Pero ¿Miller está de acuerdo?

Se me encoge el pecho ante su pregunta.

Me emociona la frecuencia con la que piensa en mi hija. Mayor de edad o no, Miller sigue siendo mi niña. Cada vez que Reese la toma en cuenta, reafirma lo que ya sé: que ella es lo que me faltaba en la vida, que es mi persona especial.

Le rozo el pelo con los labios.

—Claro que sí. Miller y yo tuvimos una conversación agradable. Está más que conforme con… todo.

Veo la sonrisa que se le dibuja en los labios.

—Me alegra oír eso.

—Vamos. Déjame que te la enseñe.

No administro la propiedad personalmente, pero tengo acceso al calendario de rentas, así que sabía que hoy estaría vacía.

Con mi llave, abro la puerta y dejo que ella entre primero.

Han cambiado todos los muebles. Los colores de las paredes también. Pero la estructura sigue igual.

—Cuando me hice cargo de Miller —empiezo, cerrando la puerta detrás de nosotros—, no era muy consciente de lo que hacía, pero sabía que la niña necesitaba estabilidad, así que compré esta casa para nosotros.

Primero la llevo al salón.

—Aquí veía los videos de los partidos del equipo universitario que entrenaba. Los primeros años que vivimos en esta casa, no solo intentaba aprender a ser padre, sino también a ser entrenador. Hasta ese momento, solo había sido jugador, y no era mucho mayor que algunos de los chicos que entrenaba. Teníamos una mesa de centro aquí mismo, donde Miller se sentaba a pintar mientras yo trabajaba.

Reese esboza una sonrisa y me toma la mano para seguirme en el recorrido.

La llevo a la diminuta cocina y le explico que, aunque no es gran cosa, es donde mi pequeña aprendió a cocinar, que fue aquí, en esta pequeña cabaña junto al lago, donde descubrió su pasión por los fogones.

Le señalo dónde se ubicaba la mesa del comedor, que era donde me sentaba para ayudar a mi hija con los deberes y donde cenábamos juntos, casi siempre lo que ella preparaba porque cocinaba mucho mejor que yo.

Al llegar al final del pasillo, le enseño la primera de las dos habitaciones. Le cuento que Miller pintó la habitación de verde oscuro cuando era preadolescente, y que le monté estanterías y las atornillé a las paredes para que pudiera exhibir sus trofeos de softbol.

Luego la llevo a mi antigua habitación, en la cual, cuando nos mudamos, pasaba las noches despierto intentando averiguar qué demonios estaba haciendo, y luego, más tarde, cuando gané confianza como padre, seguía quedándome despierto intentando averiguar cómo ser mejor padre.

Le explico que los años que pasé en esta casa fueron los más duros de mi vida, pero que también viví algunos de los mejores. Y que, aunque no fueron fáciles, no cambiaría los trece años que pasamos aquí solos Miller y yo por nada del mundo.

—Y junto al lago —dice Reese, señalando las ventanas de la puerta trasera de mi antigua habitación—. Esto es precioso, Emmett. Lo hiciste muy bien. Con Miller, pero también contigo.

Le recojo el pelo detrás de las orejas y le paso el pulgar por los aretes.

—Gracias por decirlo.

—Lo digo en serio. —Se acerca a mí y apoya la cabeza en mi pecho. Yo la atraigo más hacia mí con un abrazo—. Miller tiene suerte de tenerte. Y yo también. Gracias por traerme aquí. Ver este lugar es verdaderamente especial.

Ella nunca había dejado entrar a nadie en su departamento, y yo nunca había dejado entrar a nadie en esta parte de mi vida.

Sí que es especial. Ambos lo percibimos.

—También es especial para mí, Reese.

—¿Me enseñas los alrededores?

—Claro. Por supuesto.

Abro la puerta trasera, sigo a Reese por el porche y la guío hasta el muelle que nos lleva al lago.

Es un día de verano perfecto. El sol se refleja en el agua, pero estamos rodeados de árboles que nos protegen con su sombra del calor. El aire es más fresco que en Chicago. Pero eso no significa que Chicago no tenga su propio encanto. Esa ciudad ha sido un contrapunto necesario a los años de soledad que pasé aquí.

Paseamos juntos por el muelle y, al llegar al final, Reese se quita una sandalia de un puntapié y mete un dedo en el agua para probarla.

—Qué buena está.

Se ve tan hermosa, de pie junto al lago, rodeada de árboles. Si no tuviéramos partido esta noche, me encantaría quedarme a pasar el día aquí con ella.

Pero aún nos quedan un par de horas libres, así que me quito los zapatos y lanzo los calcetines a un lado antes de sentarme en el borde del embarcadero de madera.

—Siéntate conmigo.

Introduzco los pies en el agua e invito a Reese a que haga lo mismo. Ella se quita la otra sandalia y la acomodo entre mis piernas de espaldas a mí.

Nos quedamos en silencio un buen rato, con el sonido de la naturaleza de fondo. El sol le ilumina el rostro cuando apoya la cabeza en mi hombro y cierra los ojos.

Se ve feliz y en paz estando conmigo, solo conmigo.

Aparentemente, no parece que yo tenga mucho que ofrecerle. No puedo mantenerla económicamente, ya que, aunque gano más dinero del que necesito, ella siempre va a ganar más que yo. En lo material, no puedo darle nada que ella no pueda conseguir por sí misma.

Pero puedo proporcionarle todo lo demás y cuidarla. Puedo hacer que se sienta parte de mi poco convencional familia, a la que tanto quiero. Puedo escucharla cuando tenga un día difícil y estar ahí cuando necesite desahogarse. Puedo ser su paño de lágrimas siempre que quiera.

Quiero pasar muchos días más haciéndola reír, bromeando con ella, animándola y retándola, como hace ella conmigo.

Quiero ser su mejor amigo porque siento que es mía.

No sé si lo sabe.

—Reese —susurro.

Con los ojos cerrados y el sol dándole en la cara, responde con un suave ronroneo.

—Sé que te dije que lo que quería no era ser amigo tuyo, sin embargo, creo que tú eres ahora mi mejor amiga.

Una sonrisa curva sus labios.

—Qué bien, Em. Porque estaba pensando que me gustaría pasar muchos años contigo, y eso sería un poco complicado si no somos amigos.

Se me parte el alma con la naturalidad con la que me lo dice.

—Conque muchos años, ¿eh?

—Muchísimos años.

La abrazo con fuerza.

Hay algo diferente en enamorarme ahora y cuando lo hice con veintitantos años. De joven, encontrar el amor parecía un rito iniciático. Una confirmación. Una parte de la vida por la que todos tenemos que pasar y que simplemente era mi momento.

Pero ahora, al tener esta oportunidad con Reese, siento mayor gratitud por haberlo encontrado. Hay más interés en mantenerlo. Más desesperación por conservarlo. Siento que el amor esta vez es casi sagrado, porque no creí que tuviera la oportunidad de experimentarlo de nuevo.

Estoy a punto de decírselo, pero decido guardarme esta reflexión para otro día.

—¿Puedo preguntarte algo? —dice en voz baja.

—Por supuesto. Lo que sea.

Se queda callada un instante. Traga saliva con fuerza y arruga el entrecejo. Parece que esta pregunta lleva tiempo rondándole por la cabeza.

—¿Crees que estás preparado para cambiar de página?

¿Sin ella? En absoluto.

—No entiendo.

Se remueve entre mis piernas, saca los pies del agua para girarse y me mira.

—No hay una respuesta incorrecta, Em. Solo intento saber a qué atenerme. La primera noche que dormí en tu habitación. La noche que me hablaste de Miller y de su madre. Dijiste que no estabas preparado para cambiar de página. Solo me pregunto si eso ha cambiado para ti.

Se queda mirándome mientras espera mi respuesta, pero el contacto visual se vuelve demasiado intenso y aparta la mirada. Yo, sin embargo, sigo sentado, devanándome los sesos para intentar adivinar de qué demonios está hablando. Repaso aquella conversación en mi mente hasta que llego a la parte a la que se refiere. Cuando me preguntó si había superado lo de Claire.

Yo me estaba quedando dormido y no tenía fuerzas para explicarlo del todo. Pensé que lo había entendido, pero es evidente que se aferró a mis palabras desde aquella noche.

—Reese… —Le tomo la cara entre las manos, buscando su mirada—. Me malinterpretaste, cariño.

—¿Cómo?

—Cuando dije que no tenía fuerzas para cambiar de página, no me refería a nivel emocional. Ni a que mi corazón siguiera ocupado. Quería decir que físicamente no tenía fuerzas para seguir adelante. Era padre soltero. Estaba agotado todo el tiempo. No tenía tiempo para dedicarme a nadie que no fuera mi hija. Estaba demasiado ocupado intentando averiguar cómo hacer de padre lo mejor posible. Y cuando Miller tuvo la edad suficiente para ser independiente, yo también me había hecho mayor y pensaba que había perdido la oportunidad de encontrar pareja.

Arquea las cejas sorprendida.

—Oh.

Me río.

—Sí, oh.

—Bueno, eso tiene mucho sentido.

Me dedica una sonrisa tímida antes de volver a colocarse mirando al agua y me apoya la cabeza en el hombro.

Pero hay algo más que debería saber. Algo que no le he dicho a nadie porque no ha importado hasta ahora. Hasta que llegó ella. Y ella, más que nadie, tiene que entenderlo.

—Yo quería a Claire.

Reese asiente contra mi hombro.

Lo sé.

—Pero estuvimos un año juntos, y han pasado más de veinte desde entonces. Después de pasar los primeros años de duelo, por mí, pero sobre todo por Miller, he aprendido a transformar ese dolor en gratitud. Lo que más quiero de Claire hoy es a su hija. Doy gracias a Dios cada día por haberla conocido entonces, porque Miller me necesitaba. Ella es lo mejor de mi vida y siempre estaré agradecido con su madre por confiar en mí para criarla. Pero ya no estoy enamorado de nadie más.

«Estoy enamorado de ti».

Y de nuevo, me guardo las palabras. Quiero pronunciarlas en un momento que no pueda malinterpretarse con la necesidad de demostrar algo.

Todo lo que dije caló en Reese y, mientras se funde en mi pecho, siento que el peso de las palabras alivia un poco la presión. Cuando me inclino para mirarla, su nariz tiene un ligero tono rosado que no estoy acostumbrado a ver.

—Qué visión tan hermosa, Emmett. —Su voz suena ronca—. Solo necesitaba saber cuáles eran tus expectativas de futuro, para tener claras las mías.

—Mi pensamiento está aquí, Reese. Mi corazón también. Lo tienes todo.

Se gira para mirarme y me acaricia la mandíbula.

—Solo quiero que sepas que puedes hablar de ella conmigo cuando quieras. No me incomoda. Me alegro de que tuvieras a alguien en el pasado que te amara. De no ser así, se te habría hecho muy largo.

Dejo caer mi frente sobre la suya.

—¿Me estás llamando viejo?

Exhala una risa, y eso la ayuda a digerir algunos sentimientos.

—Miller debería saber cosas de ella. Y Max también. Así que no sientas que no puedes hablar de Claire delante de mí.

—Te lo agradezco.

Me da un beso rápido en los labios y vuelve a recostar la cabeza en mi hombro, dejando que el sol bañe de nuevo su rostro.

No sé si alguna vez podré llegar a conocerla del todo, si llegaré a tenerla en mi vida y a compartir con ella todo lo que forma parte de mi existencia, esta casa, conversaciones, momentos importantes...

Me viene a la cabeza otro momento significativo que quiero compartir con ella.

—La boda de Kai y Miller está cerca.

—Ah, sí. Va a ser una novia preciosa.

—Seguro. —Sonrío al imaginarlo—. ¿Quieres acompañarme?

Reese se incorpora despacio y se gira para mirarme.

—¿A la boda de tu hija?

Asiento.

—Yo… —Cierra la boca, intentando encontrar las palabras—. Eso es un gran acontecimiento, Em.

—Sí que lo es. ¿Quieres acompañarme?

—Pero Miller…

—Fue idea suya. —La interrumpo antes de que intente decirme que quizá Miller no quiera que vaya—. Lo propuso ella.

—¿De verdad?

—Creo que sus palabras fueron algo así como «Nuestra familia está creciendo y te mereces tener a tu persona especial».

La sonrisa de Reese se abre lentamente.

—Tu persona especial, ¿eh?

—Sí. Te guste o no, eres mi persona especial, Reese. Y me encantaría que estuvieras a mi lado ese día. La lista de invitados es corta. Solo el equipo y algunos amigos. Es en medio de la nada. Los únicos que nos verán juntos serán los que nos apoyan. Será seguro.

Lo piensa un momento antes de darme una respuesta.

—De acuerdo. —Se inclina y me besa con labios sonrientes—. Iré contigo.

—¿Sí?

—Sí. Me encantaría.

La beso una vez más antes de que la energía que me fluye por el cuerpo me desborde. Me siento eufórico. Lleno de vida. Siento un vértigo enorme con esta mujer.

Me aparto de debajo de ella, me pongo de pie, me quito la camiseta y la tiro al muelle.

—¿Qué haces? —La enorme alegría de su tono coincide con lo que siento.

—Voy a darme un chapuzón. Y tú vienes conmigo.

Suelta una carcajada de asombro.

—De eso nada. No tengo traje de baño.

Me bajo los pantalones y los aparto de una patada.

—No lo necesitas. No hay nadie a kilómetros a la redonda.

—No voy a nadar desnuda contigo, Emmett.

—¿Y por qué no?

—Porque no somos unos niños.

—Entonces ¿por qué me siento como si lo fuera?

Esa declaración acaba con cualquier objeción que pudiera poner.

Sí, me siento como un niño a su lado. Emocionado por lo que la vida me ofrece. Emocionado por compartirla con ella.

Reese se pone de pie y se une a mí con una sonrisa entusiasmada en los labios.

—Vamos, nena. Quítate ese vestido y ven a divertirte conmigo.

Y lo hace. Deja el vestido tirado sobre las tablas de madera y me toma de la mano para saltar al agua conmigo.

37

Reese

Dudo cuando levanto el puño para tocar la puerta.

No puedo hacerlo. Llevo aquí fuera unos cuantos minutos, asándome de calor, ya que estamos en pleno verano, pero no me atrevo a llamar.

En cuanto aterrizamos en el aeropuerto de Chicago, me subí al coche y vine conduciendo hasta aquí. Mis abuelos viven a unos cuarenta minutos de la ciudad, y estoy en su puerta. ¿Por qué no me atrevo a llamar?

Porque todo está a punto de cambiar, por eso.

Cierro los ojos, como si eso sirviera de algo, y golpeo la madera con los nudillos. Vuelvo a llamar un poco más fuerte un par de veces más. La espera posterior es la peor parte. Ya no puedo volver corriendo al coche e irme, fingiendo que no he venido. Tengo que entrar. Debo tener esta conversación.

Una conversación que me aterra.

—¿Reese? —pregunta mi abuela muy sonriente cuando abre la puerta—. ¿Qué haces aquí, cariño?

Me recibe con un abrazo enorme antes de explicarle el motivo de mi visita.

Quiero mucho a mis abuelos. Son amables y dulces, justo como uno espera que sean sus abuelos. Es verdad que mi abuelo se convirtió en mi mentor empresarial al volverme adulta, pero cuando no estamos en el estadio, es simplemente mi abuelo.

Supongo que por eso quería tener esta conversación aquí, en su casa, donde he celebrado casi todas las navidades y unos cuantos cumpleaños a lo largo de mi vida. Como si estar en territorio familiar fuera a suavizar el impacto de la noticia que tengo que darle.

Abrazo a mi abuela y acto seguido me pone las manos sobre los hombros para examinarme.

—¿Estás bien?

Mintiendo, asiento.

—Quería hablar con el abuelo.

—¿Es mi Dulce Reese? —oigo gritar a mi abuelo.

La abuela se aparta para que pueda verme.

—¡Sí! —le contesta, y a mí me dice—: ¡Pasa! ¡Qué sorpresa tan agradable!

Entro en la casa y cierro la puerta.

—Quiere hablar contigo, Arthur. —El tono de mi abuela claramente intenta transmitirle que vengo por algún motivo que puede ser importante.

—Ah... —Su anterior alegría ha desaparecido—. Claro. Parece un asunto serio. ¿Hablamos en mi estudio?

Miro las puertas francesas de su estudio, y me recuerdo que hay un motivo por el que he venido aquí en lugar de tener esta conversación en mi oficina. Una parte de mí espera que hoy sea mi abuelo más que mi mentor empresarial.

—¿Te importa si hablamos en la sala?

—Me parece una idea estupenda. —Mi abuela me da una palmadita en la espalda—. Ustedes hablen mientras yo les preparo un té.

Mi abuelo me mira con cautela y con cierta resignación por la postura que adoptan sus hombros. Como si supiera que no le va a gustar lo que tengo que decirle.

Nos dirigimos en silencio a la sala, que es menos formal que su comedor, con todos esos muebles antiguos y rígidos, y mucho más acogedora, que es lo que hoy necesito imperiosamente.

Mi abuelo se sienta, como de costumbre, en su sillón reclinable de cuero desgastado. Pero yo ni siquiera puedo pensar en relajarme, así que, en lugar de sentarme en el sillón de mi abuela, opto por hacerlo en el sofá de enfrente.

Así la distancia me dará un respiro de su inevitable decepción.

Un silencio incómodo domina la estancia. No sé por dónde empezar esta conversación, y está claro que él no quiere tenerla. Como si no tener que escuchar lo que voy a decir, me diera la oportunidad de arreglarlo. De cambiarlo todo.

Pero no hay manera de cambiarlo. Aunque quisiera.

Las fotos familiares cubren las paredes de la sala. Hay algunas de la madre de mi padre, pero en todas las que salgo yo cuando ya no soy un bebé aparece la mujer a la que ahora llamo mi abuela. En cada foto solo hay cinco Remington. Mis abuelos, mis padres y yo. Como hija única que jamás se imaginó teniendo hijos, asumí que probablemente nunca tendría una familia más grande que la que tengo, pensaba que mi familia siempre serían solo estas pocas personas. Pero aquí estoy, con treinta y cinco años, a punto de formar parte de una gran familia; algo que nunca imaginé.

—Reese, ¿qué pasa? —Mi abuelo usa su tono de voz profesional.

Lo miro con atención, intentando grabar en mi memoria este momento. Porque es muy probable que esta sea la última vez que me vea como una empresaria respetable, o como la niña que deseaba seguir sus pasos, o la chica de la que él estaba tan orgulloso.

—¿Vas a renunciar? —pregunta por fin, incapaz de soportar más el silencio—. ¿Es eso?

—¿Qué? No. No, eso es lo último que querría hacer.

Su alivio es evidente.

—Entonces ¿qué pasa? Me estás asustando.

—Es Emmett.

—¿Monty? —Se endereza en el sillón—. ¿Está bien? ¿Le ocurrió algo?

—Está bien, sí.

—¿Es por su contrato? No entiendo por qué no le has hecho firmar una prórroga todavía. El tiempo apremia, Reese.

Esto no va a ser nada fácil.

—No sé si puedo ofrecerle una prórroga —admito.

Mi abuelo retrocede.

—¿Por qué no? Es el mejor para el puesto.

—Lo sé. Estoy completamente de acuerdo. Es solo que él y yo…

Rezo para que con eso baste, para que no me obligue a acabar la frase.

—Él y tú, ¿qué?

Vaya, por lo visto no basta.

—¿Qué? —pregunta de nuevo—. ¿Siguen sin llevarse bien? Reese, tienes que superarlo. Por el bien de tu equipo. Tienes que pensar en el futuro del club…

—Abuelo —lo interrumpo—. Nos llevamos bien. Eso es lo que intento decirte. Nos llevamos demasiado bien.

Sus pobladas cejas grises se fruncen, confundido.

Adoro a este hombre, pero odio que no esté atando cabos.

—Arthur —dice mi abuela al volver de la cocina. Se planta detrás del sillón reclinable de mi abuelo, con dos vasos de té helado en la mano y me mira con ojos de adoración desde el otro extremo de la salita—. Lo que intenta decirte es que ella y Monty están juntos, que tienen una relación sentimental.

Ahí está. Dicho con claridad.

Le ofrezco a mi abuela una sonrisa de agradecimiento. Ella señala con un gesto hacia la cocina, diciéndome sin palabras que nos deja hablar en privado.

Miro hacia todos lados. La pared. La alfombra. Mi regazo. Al final, vuelvo a mirar con ojos vacilantes a mi abuelo.

—Reese —dice mi nombre con frialdad—, por favor, dime que no es cierto.

La insatisfacción en su voz. El dolor en su rostro. Empiezan a escocerme los ojos. Lo último que quería era decepcionarlo, pero después de nuestro viaje a Colorado, de darme cuenta de lo que siento por Emmett, tenía que decírselo. Había llegado el momento.

—No puedo seguir mintiéndote.

—Ay, Reese… —suspira hondo—. Te dije que no les dieras motivos para hablar. La prensa te va a devorar cuando se entere. —Guarda silencio un buen rato hasta que acaba por preguntar—: ¿Cuánto tiempo llevan juntos?

—Bastante.

Cierra los ojos y echa la cabeza hacia atrás asimilando la información.

—Lo siento. Lo siento mucho. Yo no quería…

—¿Qué no querías?

—No quería enamorarme de él.

Su rostro refleja cierta comprensión.

—Ay, Reese.

—Lo siento —digo con voz ahogada—. No quería que pasara.

Tarda un buen rato en recomponerse y, cuando lo hace, me tranquiliza un poco diciendo:

—No puedes disculparte por amar a alguien, cariño.

Pero aun así lo siento. Sé que confiaste en mí para llevar esta franquicia. Y después de todo lo que pasó con Jeremy, seguro que piensas que no tengo capacidad para tomar decisiones. Y ahora aquí estoy, diciéndote que me he enamorado del mánager del equipo…

Se endereza en su sillón reclinable.

—Dejemos una cosa clara. No creo que no tengas capacidad para tomar decisiones, así que quítate eso de la cabeza. Nunca te habría cedido este equipo si no confiara en tu instinto, si no confiara en ti. Y Jeremy nos engañó a todos, Reese. No fue culpa tuya. Monty, en cambio… —Se recuesta, negando con la cabeza—. Monty y Jeremy no son iguales, ¿okey?

No. No lo son.

—Pensaba que se llevaban mal.

—Bueno, al parecer ya no.

Se ríe, pero me mira con lástima, como si supiera que lo que viene a continuación me obligará a tomar una decisión difícil.

—No podrías haber elegido a un hombre mejor, Reese. Sobre todo, ten eso en cuenta.

Sin ninguna duda, eso ya lo sé.

Asiento, intentando tragarme el nudo de la garganta. Hoy no puedo contener las emociones. Siento que me pesa el corazón. Esta conversación llevaba tiempo atormentándome. Estar enamorada de quien no deberías es bastante intimidante.

—Ahora me toca quitarme el sombrero de abuelo —dice— porque tenemos que hablar de negocios.

Me imagino lo que va a decir. Ambos sabemos que las cosas no pueden seguir igual. Ambos sabemos que por eso al final recurro a él.

—Abuelo, te juro que no pretendo hundir la franquicia.

—Pues no lo hagas. —Me clava los ojos con fiereza—. No puedes permitirte el lujo de hacer lo que te dé la gana, Reese. Renunciaste a hacerlo al aceptar el puesto que ahora ocupas. Tienes una responsabilidad muy grande. No puedes ser egoísta ni puedes elegir. ¿Lo entiendes?

Asiento.

—Sí.

—Esto es un negocio, Reese.

—Lo sé.

—Bien. Entonces también sabes exactamente lo que tienes que hacer, te guste o no.

38

Emmett

Reese tenía razón. Miller se ve preciosa de novia.

¿Que si lloré un poco cuando la vi por primera vez con su vestido esta tarde? Sí.

¿Que si se me salieron las lágrimas cuando la acompañé al altar y luego durante sus votos? También sí.

Hoy ha sido especial por muchas razones. Kai y Miller me pidieron que oficiara la ceremonia, así que estuve en el altar con ellos dirigiendo el evento. Isaiah y Kennedy fueron los únicos miembros del cortejo nupcial, uno a cada lado de los novios.

Y, por supuesto, Max también estuvo con nosotros, con una camisa abotonada que se negaba a permanecer metida en sus pantalones. Se pasó todo el día con un anillo de algo en la boca, diría que era de una botella de chocolate con leche, y apenas se quedó quieto mientras escuchaba a sus padres pronunciar sus votos.

Fue perfecto.

Y, de vez en cuando, en los momentos oportunos, miraba a la multitud y cruzaba la mirada con Reese. Sentada en la penúltima fila, con un bonito vestido lila y una dulce sonrisa en el rostro.

Me gusta verla disfrutar. Desde que volvimos de Colorado ha estado un poco desconectada, absorbida por el trabajo. Cuando le pregunté si podía ayudarla en algo, me aseguró que lo tenía todo bajo control, lo que sea que eso signifique.

Pero está claro que hoy lo dejó todo en segundo plano y ha estado completamente presente y viviendo el momento conmigo. Ha sido más especial tenerla aquí de lo que podría haber imaginado.

Cuando Kai y Miller abrieron el baile, me senté a su lado para verlos bailar. Tenía su mano en mi regazo, y estuvo haciéndome suaves caricias en el muslo todo el tiempo. Cuando Isaiah dio su discurso de padrino, estiré el brazo en el respaldo de su silla y, cada vez que se reía, se apoyaba en mi hombro. Después del baile padre-hija, volví directo a su lado.

Vivir todo esto con Reese, compartir este día, poder hablar con ella, sentarme a su lado, tomarnos fotos y bailar juntos significa más de lo que ella puede llegar a imaginar.

Sé que tenía dudas con lo de dejarse ver en público conmigo por primera vez, ya que, aunque el equipo ha aceptado sin problema nuestra relación, nunca nos habían visto juntos así, ni había habido una confirmación de nuestra relación, pero eso ha cambiado hoy.

Al principio estaba nerviosa y no dejaba de mirar a su alrededor cada vez que la tomaba de la mano, pero se tranquilizó enseguida.

Sí, los chicos nos molestaron en algún momento, pero todo fue con buena intención, así que resultó agradable mostrarnos juntos en público por primera vez.

Pero, por suerte, aparte de los invitados a la boda, nadie más está al tanto de nuestra relación.

Esta es una reunión íntima de las personas más cercanas a Kai y Miller. Seremos menos de cincuenta. Está todo el equipo, algunos deportistas de Chicago —dos jugadores de hockey y uno de basquetbol— y un par de amigos más.

La boda se celebró en un lugar apartado. Estamos a un par de horas de la ciudad, pero parece que estamos en medio de la nada, en el mejor sentido de la palabra. Aquí todo es vegetación y naturaleza. Los robles nos rodean, lo que aumenta la privacidad. Hay dos mesas largas y una pista de baile improvisada bajo guirnaldas de luces.

Y justo al otro lado de las mesas, hay carpas estilo yurta repartidas por la propiedad para que los invitados se queden a pasar la noche tras la fiesta. El ambiente de camping les sienta de maravilla. Al fin y al cabo, Miller vivía en su furgoneta cuando viajaba por el país antes de establecerse en Chicago.

—Es un poco molesto que seamos tan felices, ¿eh? —dice mi hija sentada a mi lado.

Rodeo su silla con un brazo.

—Sí, me duele la cara de tanto sonreír. Un poco menos de felicidad también estaría bien.

Me apoya la cabeza en el hombro mientras miramos la pista de baile.

Isaiah me robó a Reese para bailar y Kai se llevó a Kennedy. Max está frito, dormido en el regazo de su madre, exhausto por la fiesta, así que yo también me quedé fuera.

—Es una buena incorporación —dice Miller, señalando con la cabeza hacia la pista de baile.

Centro la atención en Reese, que se ríe de algo que le dice Isaiah.

Sonrío con la misma sonrisa que llevo puesta todo el día.

—Sí. Lo es.

—¿Qué van a hacer con el trabajo? No pueden mantener su relación en secreto para siempre.

—No lo sé, Millie. O a ella la difaman por salir con su empleado, y ambos sabemos que eso manchará su reputación para siempre, o yo dejo mi puesto de mánager. Solo me conformo con una de esas dos opciones.

—Pero tú adoras tu trabajo.

—Sí, pero a ella la a… —Me detengo.

—Oh, mierda. —Me da un golpe en el pecho con el dorso de la mano—. ¡Estás enamorado de ella! ¡Claro que sí!

No sirve de nada negarlo, pero tampoco lo confirmo. Debería decírselo a Reese antes que a nadie.

—¿Ya se lo dijiste?

—Todavía no.

—¡Guau! —Miller deja caer la cabeza sobre mi brazo—. Va a ser mi nueva mamá, ¿verdad?

—No la asustemos con cosas raras, por favor. Es la primera vez que está así con toda la familia desde que estamos juntos, y ya tengo a Isaiah diciéndole quién sabe qué.

Pero no puedo evitar que una sonrisa se me dibuje en los labios al ver a esos cuatro en la pista de baile. Reese manejándose a la perfección con Isaiah, diciéndole algo que hace que él eche la cabeza hacia atrás muerto de la risa, y Kai bromeando con su cuñada en cuanto acaban su baile juntos.

La música se desvanece cuando termina la canción.

La fiesta está a punto de terminar. Algunos invitados ya se han retirado a las tiendas para pasar la noche. Pero presiento que los chicos del equipo estarán de juerga hasta que amanezca.

Supongo que es la ventaja de que Kai y Miller se casen un lunes cualquiera de verano. No empezamos la siguiente serie hasta el miércoles, así que todos tienen el día libre mañana y podrán recuperarse.

Los cuatro vuelven a acercarse a nuestra mesa. Isaiah toma asiento y Kennedy se sienta en su regazo. Kai le da un beso en la coronilla a Miller antes de tomar a su hijo dormido en brazos para que ella descanse. Y Reese se queda de pie detrás de mi silla, desliza sus manos sobre mis hombros y las cruza sobre mi pecho.

Me había convencido de que no me importaba ser el único en mi familia que no tenía pareja. Pero ahora que Reese está aquí, sé que me autoengañaba. Me gusta esto. Me gusta que estemos los siete, pronto ocho. Aunque seamos una familia poco convencional.

Levanto la mano, tomo la muñeca de Reese y la acerco a mí.

De camino a la barra, Cody y Travis se detienen cerca de nuestra mesa.

Cody mira a Reese y luego a mí, y lo hace un par de veces.

—No sé si alguno de los otros chicos del equipo se lo va a decir, así que se lo digo yo. Son una pareja ardiente.

—¡Por Dios, Cody! —Travis niega con la cabeza.

—¿Qué? En el sentido de superpareja.

—En el sentido de que «él puede superdejarte en la banca y ella puede supertraspasarte».

—Exacto. Una pareja superpoderosa. Pero eso que dijiste nunca lo harían. —Cody nos mira—. ¿Verdad que no? Me quieren demasiado. Pero una cosa, solo por curiosidad, díganos, aquí, delante de estas tres parejas felices, ¿cuántos encuentros casuales han tenido en el estadio?

—Tienen que perdonarlo. —Travis empuja a Cody para que siga caminando y no se detiene hasta que lo aleja lo suficiente de nuestra mesa.

—¡No estoy aquí para juzgar! ¡Pueden decírmelo! —nos grita Cody por encima del hombro.

Noto a Reese temblar de risa en silencio detrás de mí.

—¿Qué? —Kai se ríe—. Mills y yo nunca lo hemos hecho en el trabajo. Bueno, si no contamos las series del verano en que hacía de niñera con Max.

—Sí, desde luego —añade Kennedy—. Nosotros igual. ¿Qué es eso de hacerlo en el trabajo? Definitivamente, no.

Isaiah se rasca la nuca.

—Bueno, pues… les diría que no usaran el baño de mujeres de la zona de jugadores.

—¡Lo sabía! —estalla Reese—. Se veían con cara de culpa cuando los atrapé allí el año pasado.

—¿En serio, chicos? —pregunto—. ¿En el baño?

—Claro, seguro que no tenían otro sitio para hablar. —Isaiah levanta una ceja acusadora—. ¿Por qué no nos dicen qué espacios deberíamos evitar los demás en el trabajo?

Reese guarda silencio.

—¿Y qué tal si no lo hacemos? —respondo por los dos.

—Por favor, no. —Miller hace una mueca visible—. Nunca podré ir al estadio a ver otro partido si esta conversación continúa. Por el amor de Dios, ¿podemos hablar de algo que no sea la vida sexual de mi padre?

Se tapa los ojos con la mano izquierda para esconderse.

—Oh, Miller —suspira Reese detrás de mí—. Todavía no he visto tu anillo de bodas.

La conversación cambia de tema cuando mi hija, emocionada, extiende la mano izquierda para enseñárselo. Reese la toma entre las suyas y examina el anillo de diamantes junto al anillo de compromiso de Miller.

—Es precioso —dice—. Combina a la perfección con el anillo de tu madre. Me encantan juntos.

Miller sonríe radiante, observando su propia mano.

—A mí también.

Me llevo la mano de Reese a los labios y le doy un beso en el dorso. No dudó ni un segundo cuando le expliqué el significado del anillo de compromiso de Miller, que es un motivo más por el que la quiero.

—Deberíamos acostar a este niño pronto —dice Kai con la mejilla de Max pegada a su hombro.

Miller estira el cuello hacia atrás para mirarlo.

—¿Un baile más los tres y nos vamos a dormir?

Él la mira con una dulce sonrisa.

—Suena perfecto, Mills.

—¿Tú qué dices, mujercita? —le pregunta Isaiah a Kennedy—. Tenemos una segunda boda próximamente. Quizá deberíamos ir a practicar.

—Esta música es un poco diferente a la que imaginaba para el día de mi boda.

Isaiah se ríe, y se pone de pie para llevarla a la pista de baile, siguiendo el ejemplo de su hermano.

Con su mano en la mía, Reese se aparta de la mesa y me insta a levantarme y seguirla.

—Vamos, Em. No puedo dejar que mi último baile sea con Isaiah.

—¡Oye! —interrumpe Isaiah—. Soy un bailarín excelente, Reese. ¿Verdad, Kenny?

Kennedy duda.

—Digamos que me parece bien que tengamos tiempo para practicar antes de que nos toque casarnos a nosotros.

Reese me guía para que me una a los demás, caminando hacia atrás y mirándome, con mi mano entre las suyas.

Es tan diferente a la última vez que bailamos juntos. Prácticamente tuve que arrastrarla a la pista de baile en la fiesta de jubilación de su abuelo. Ahora, aquí está, a la vista de todo nuestro equipo, obligándome a seguirla.

No tiene por qué obligarme, ni mucho menos. La seguiría a cualquier parte.

Llevo sus brazos alrededor de mi cuello y yo tengo las manos en la parte baja de su espalda. Pecho contra pecho. Mejilla contra mejilla. La canción es lenta y nos movemos al mismo ritmo.

—Gracias por estar aquí hoy —le digo en voz baja—. Significa muchísimo poder compartir este día contigo.

—No me lo hubiera perdido por nada del mundo.

—¿Todo está bien? Pareces estresada en el trabajo desde que volvimos de la última serie.

Reese guarda silencio un momento antes de decir:

—Todo está bien.

—¿Puedo hacer algo por ti?

Me sonríe, con las manos a ambos lados de la cara.

—No nos preocupemos por el trabajo ahora. Esta noche no. Todo puede esperar hasta mañana.

La observo, intentando comprender qué le preocupa. Pero tiene razón. Esta noche nada importa. Le doy un beso en el pelo antes de que vuelva a recostarse en mi hombro, y seguimos bailando mientras la fiesta va llegando a su fin.

Sus dedos juguetean con mi pelo.

—Lo hiciste fenomenal como maestro de ceremonias.

—¿Tú crees?

—Fue perfecto. Fue muy especial oírte hablar de ellos. Las historias sonaron muy personales, y los consejos que les diste los transmitiste con mucha fe en su futuro.

—Es que tengo mucha fe en su futuro. —«Y también tengo mucha fe en el nuestro»—. Aunque estaba un poco nervioso. Era la primera vez que hacía algo así.

—Sí, no sabía que oficiabas bodas. —Se aparta, ladeando la cabeza mientras me mira—. ¿Alguna vez has considerado hacer de novio?

Suelto una carcajada.

—No me tientes, Remington.

Llevo tiempo dándole vueltas a esa pregunta, y estar al frente durante la ceremonia de hoy no hizo más que ponerla en primer plano. No se me ocurre mejor momento para hacerla.

—Reese, no hay respuesta incorrecta. ¿Te ves casándote de nuevo?

Arquea las cejas sorprendida ante mi pregunta tan directa. Pero no me contesta ni sí ni no. En cambio, dice:

—¿Acaso tú querrías?

—Nunca he tenido la oportunidad de casarme. Creo que me gustaría.

Suaviza la sonrisa.

—Si pudiera, me casaría contigo, Emmett. Si es eso lo que me estás preguntando.

Le coloco el pelo rizado detrás de la oreja y le paso el pulgar por los aretes.

—Bueno, quizá algún día sea exactamente eso lo que te pregunte.

39

Reese

Estoy en el séptimo cielo.

Bueno, nunca he estado en el séptimo cielo, pero debe parecerse mucho a como me siento hoy.

Quizá no debería permitirme andar tan despreocupada esta mañana, pero no puedo evitarlo. Los recuerdos de anoche me llevan flotando por el pasillo camino de mi oficina.

Me encantó estar con Emmett en la boda y pasar tiempo con su familia. Ojalá todos los días pudieran ser así. Si nos hubiéramos conocido en otras circunstancias, si no fuera mi empleado…

Pero no podía ser otro, ¿verdad?

Siempre iba a ser Emmett. Éramos dos personas más solitarias de lo que pensábamos y nos encontramos porque compartíamos escondite.

Solo tiene sentido que me haya enamorado del entrenador porque pasa tanto tiempo en el campo como yo. Porque ama al equipo tanto como yo, aunque al principio yo no quisiera admitirlo.

Los jugadores descansan hoy, deben de estar recuperándose de la boda. Pero yo tengo demasiadas reuniones por delante y no puedo hacer lo mismo. El piso superior está a tope. Todo el personal de las oficinas trabaja hoy. Les sonrío y los saludo con la mano al pasar frente a sus despachos acristalados, camino del mío.

Si me viera a mí misma pavoneándome como voy por el pasillo, caminando con tanto brío, lo encontraría un poco irritante. Pero no puedo evitarlo. La vida es maravillosa.

Al pasar por el área del café, me sirvo una taza, añado un chorrito de crema y luego saco un terrón de azúcar morena del pequeño tarro de vidrio y lo echo en la bebida. Los terrones de azúcar morena son una incorporación que me encontré aquí una mañana, unos días después de la fiesta de jubilación de mi abuelo. Sin duda obra de Emmett.

Con la taza en la mano, me dirijo a mi oficina y me encuentro de frente con el mostrador de recepción vacío justo delante de mi puerta.

Las entrevistas que hice para buscar nueva recepcionista fueron prometedoras. Había buenas candidatas. Algunas incluso excelentes. Pero no quería contratar a nadie. Sé que debería. Sé que a nivel técnico necesito cubrir ese puesto, pero esta temporada he disfrutado de tener la puerta abierta.

Me gusta que los jugadores acudan a mí si necesitan algo.

Me gusta que el personal acuda directamente a mí con cualquier inquietud.

Y me encanta que Emmett pueda venir a verme cuando quiera.

No sé. Quizá no contrate a nadie. Quizá la puerta permanezca abierta todo el tiempo que esté aquí.

Pero esa idea se desvanece por completo cuando entro en mi oficina y encuentro a Scott sentado en una silla frente a mi escritorio, de espaldas a mí, mirando por mi ventanal.

Por supuesto, tengo un montón de reuniones programadas para hoy, pero ninguna es con él.

—¿Scott? —pregunto, rodeando mi escritorio y dejando la taza en el posavasos que tengo junto a la computadora.

—Reese.

—No te tengo en la agenda y hoy no me queda ningún rato libre.

—Si yo fuera tú, haría un hueco para esta conversación.

Mis sentidos se ponen en alerta máxima y siento un hormigueo incómodo en la piel.

—¿En qué puedo ayudarte? —pregunto.

«¿Y por qué estás en mi oficina sin que esté yo?».

Sin mirarlo, enciendo la computadora y me concentro en unos correos que tengo que responder. Hago todo lo posible para que su presencia no me descontrole.

Con el rabillo del ojo veo al muy cabrón reclinarse en la silla, estirar las piernas y cruzar las manos sobre el estómago.

—Puedes ayudarme incluyéndome en el equipo, como llevo pidiéndote todo el año.

Pongo los ojos en blanco, pero siguen fijos en la pantalla.

—Ya hablamos de eso, Scott. Estás incluido en el consejo asesor, pero yo me encargo de las operaciones deportivas del club. Me alegro de que ayudaras a mi abuelo cuando lo requirió, pero lo cierto es que yo no necesito esa misma ayuda.

La verdad es que no ayudó a mi abuelo. Más bien llevó a cabo gestiones turbias que nos endeudaron, sabiendo que mi abuelo estaba demasiado cansado como para darse cuenta. Pero no tengo fuerzas para aclarar todo eso hoy. De todas formas, no le debo ninguna explicación.

Scott, al igual que el resto de hombres que conforman el consejo asesor, recibe una buena compensación por su asesoramiento. Aunque este sea malintencionado y se ofrezca de forma irrespetuosa. Los mantengo como un gesto de cortesía hacia mi abuelo y porque sentí que era lo correcto al asumir este puesto. Era nueva. Quería aprender. Pero ellos no han querido enseñarme nada. Han querido que fracase.

O, en el caso de Scott, han querido mi puesto.

—Verás —Scott se inclina hacia adelante—, es que no solo quiero ayudar. Quiero ocupar el puesto que merezco después de todos los años que he trabajado con Arthur. Quiero que me nombres presidente de operaciones deportivas.

Ni siquiera lo miro.

—No.

—Tú no estás capacitada, Reese.

—El hecho de que tú opines que no estoy capacitada no significa que sea cierto. Llevo preparándome para este puesto toda mi vida. Esto no es objeto de discusión, Scott.

—¿Llevas preparándote para esto toda la vida, y aun así estás dispuesta a arriesgarlo todo?

La última parte de su pregunta capta mi atención y lo miro a los ojos.

—¿De qué estás hablando?

La sonrisa se le extiende lentamente por el rostro. Lo hace con superioridad, como si estuviera a punto de anunciar un jaque mate.

—¿Te la pasaste bien anoche, Reese?

¿Qué demonios? Se me encoge el estómago, pero mantengo la mirada fija en él, deseando que se explique.

—Ahora ya no estás tan segura de hacerte la jefa temible, ¿verdad? —Saca un sobre de detrás de la espalda y lo arroja sobre el escritorio—. A mí me parece que te la pasaste genial.

Ni lo toco. No quiero entrar en su juego.

—Adelante, Reese. Creo que estarás de acuerdo. Te ves de lo más emocionada en esas fotos.

Sin apartar la mirada de él, levanto el sobre con vacilación, abro la solapa y miro dentro.

Lo primero que me llama la atención es el lila brillante del vestido que llevaba anoche.

Luego el traje verde oscuro de Emmett.

Los destellos de las guirnaldas luminosas salpican los bordes superiores de las fotografías, iguales que las que iluminaban la pista de baile anoche.

La ansiedad se apodera de mí, y siento que palidezco mientras intento reconstruir qué es exactamente lo que estoy viendo.

La primera foto es de Emmett y yo sentados juntos en el banquete. Yo tengo la cabeza apoyada en su hombro.

La siguiente es una imagen de nosotros bailando, él me sostiene la mano contra su pecho y sus labios están peligrosamente cerca de los míos.

En la tercera se puede ver con toda claridad su mano tatuada sujetándome la nuca mientras se inclina para besarme.

Y la última que soporto mirar es una foto mía hablando con Miller, pero ese no es el foco de esta imagen. La razón por la que Scott incluyó esta foto en concreto es por Emmett. Mientras hablo con su hija, él me está mirando. Físicamente, no hay nada en la imagen que me incrimine. Pero es su forma de mirarme. La veneración que se refleja en sus rasgos. Me observa como si estuviera enamorado de mí.

El corazón me late con fuerza en el pecho. La piel se me eriza de pánico. El miedo me revuelve las entrañas.

Hay muchas más fotos, pero no las miro. No necesito ver más.

Es inútil negarlo. Es obvio que los de las fotos somos nosotros, y detesto que las imágenes de una noche tan especial como la boda de la hija de Emmett se usen en nuestra contra.

Cierro el sobre y lo arrojo sobre el escritorio.

De algún modo, logro que las palabras atraviesen el nudo de mi garganta y pregunto:

—¿Hiciste que nos siguieran?

—Casualmente, supe que uno de los chicos del personal del *catering* no firmó el acuerdo de confidencialidad y le ofrecí unos cuantos cientos de dólares para confirmar mis sospechas.

Lo admite sin reparo alguno, como si no fuera lo más despreciable que podía haber hecho. Y de entre todas las noches, de entre todos los lugares, ¿tuvo que ser allí?

—¿Y las has imprimido? Lo primero de todo, debes de ser el único que imprime fotos hoy en día. Y lo segundo, no hay nada que diga que Emmett y yo no podamos tener una relación.

—¡Oh, vamos, Reese! Legalmente, puede que no. En teoría, puedes hacer lo que te dé la gana siendo la dueña de este club. Pero ¿moralmente? —Su risa tiene un tono malvado—. Eres su supervisora directa. Él está pendiente de renovar el contrato. ¿Sabes lo fácil que va a ser darle la vuelta a esto en los medios? Serás la dueña que obligó a su empleado a mantener una relación o él será el mánager que se acostó con la jefa para conseguir un nuevo contrato. Estás jodida de cualquiera de las formas, y él también. Tendrá suerte si consigue otro trabajo de entrenador después de este.

Me levanto del sillón, con las manos apoyadas sobre la mesa.

—No se te ocurra amenazarlo.

Nos quedamos de pie cara a cara.

Ahora mismo me importa un bledo mi reputación, pero me preocupa la de Emmett. Si tengo que elegir qué hacer en este momento, prefiero protegerlo a él.

—¿Qué quieres? —pregunto por fin.

—Sabes exactamente lo que quiero. Nómbrame presidente y no diré ni una palabra.

—¿Me estás chantajeando? ¿En serio?

—Esa es una palabra fuerte, Reese. Solo estoy sugiriendo que me nombres presidente para que esas fotos no se divulguen. Monty conservará su puesto de trabajo, pero tú te harás a un lado. Seguirás siendo la dueña, por supuesto. Nadie te puede quitar eso. —Scott usa las manos para imitar que lee el cartel de una marquesina—: La primera mujer dueña de un equipo de la liga. ¡Caray! Pinta mal, Reese. Qué manera de representar a las mujeres en el deporte o lo que sea que creyeras que estabas haciendo.

Empuja el sobre hacia mí.

—Quédatelas. Tengo más.

Creo que voy a vomitar.

—No te pongas tan triste —continúa—. Mañana convocaremos una reunión del consejo asesor y lo someteremos a votación. Haremos que parezca una decisión consensuada, que tú has decidido dar un paso al lado y yo asumo el mando. O… —Inclina la cabeza a un lado y a otro, como si estuviera considerando otra opción— esas fotos llegarán a las manos de la gente adecuada. Ambos sabemos que hay muchos medios de comunicación que no son tus mayores fans. Se enterarán. Y, cuando eso ocurra, te va a costar mucho que vuelvan a tomarte en serio.

Scott respira hondo, con una sonrisa de satisfacción en los labios, mientras dice:

—Haz lo mejor para el equipo, Reese. En este momento, eres un lastre.

Luego sale de mi oficina y me deja sola con una decisión imposible de tomar.

40

Emmett

Tengo que decírselo. Debería haberlo hecho anoche.

Carajo, debería haberlo hecho hace semanas.

Reese tiene que saber que estoy enamorado de ella.

Bueno, es muy probable que ya lo sepa, pero debería oírlo de mí. He aprendido que la vida es demasiado corta para no decirle a la gente que la quieres.

Reese tuvo que marcharse temprano del recinto de la boda para ir a trabajar, pero yo me quedé para asegurarme de que todo quedara limpio y pagado. Estuve a punto de decírselo cuando se sentó en el borde del colchón en el que dormimos anoche para abrocharse la correa de su tacón de aguja. Pero me tragué las palabras. No me pareció el momento idóneo. No me pareció lo suficientemente especial decírselo mientras ella se preparaba para ir a trabajar y yo me quedaba desnudo en la cama que habíamos compartido.

Entonces pensé «a la mierda», y estuve a punto de decírselo cuando la acompañé al coche, pero en ese momento pasó un par de jugadores y no pude hablar con ella.

Y, en cuanto se fue, me arrepentí de no habérselo confesado. Llegados a este punto, merece saberlo. Y, la verdad, no se me ocurre un lugar mejor para decírselo que el estadio. Así que aquí estoy. El día que el equipo descansa. Voy a pasarme y a decirle que estoy enamorado de ella.

Subo en el ascensor hasta el último piso, donde está su oficina. Es martes, así que, aunque el equipo no entrena, el personal de la oficina sí está trabajando.

Es un día normal para todos ellos.

Pero yo no sabría decir cuándo fue la última vez que un día me pareció normal o monótono. De un tiempo a acá, la vida es exponencialmente más brillante y hoy parece otro de esos días espléndidos. Más aún después de anoche.

Llego a la oficina de Reese, tras pasar junto al mostrador de recepción vacío, y me encuentro con que su sillón también está vacío. El bolso lo tiene aquí, colgado en el gancho de la pared. Hay una taza de café llena sobre la mesa, pero parece que está helado.

Le doy unos minutos, espero a que vuelva de dondequiera que haya ido, pero pronto el silencio se vuelve insoportable y decido ir a buscarla.

Solo hay otro sitio donde podría estar, sobre todo un día en que los jugadores no entrenan.

Subo en ascensor al piso de la sede y bajo por el túnel que lleva al dugout. Miro a la derecha y alcanzo a ver un par de tacones rojos que sobresalen del medio muro, y unas piernas estiradas sobre el banco con los tobillos cruzados. Cuando me asomo, veo a Reese sentada en la cornisa donde la he encontrado tantas veces.

Dirige su atención hacia mí de inmediato.

—Emmett… —Hay un atisbo de pánico en su voz—. ¿Qué haces aquí?

Doy un paso adelante y pego las espinillas al banco para acercarme a ella lo más que puedo, pero entonces Reese retira las piernas.

—Tengo que decirte algo, nena.

Ella mira alrededor, incapaz de centrarse en mí. Demasiado preocupada por si alguien se acerca, supongo.

—¿Sí? —exhala—. Yo también tengo que decirte algo.

Sus palabras no salen con la misma ansiedad que las mías. Sin embargo, su declaración está impregnada de miedo.

—¿Está todo bien?

—No. —Noto que traga con dificultad—. Para nada.

El pánico me pone la piel de gallina. La sensación de una fatalidad inminente se respira entre las paredes que nos rodean, asfixiando este pequeño rincón. Cuando observo a Reese más de cerca, veo que tiene la mirada vacía en su rostro por lo general expresivo.

Le paso la mano por el muslo.

—Reese, dime qué pasa. —«Para que pueda arreglarlo», añado en silencio.

Mira a su alrededor de nuevo y me aparta la mano de la pierna.

—No puedes hacer eso, Emmett. Aquí no. Ya no.

A ver. Literalmente hemos cogido en su oficina, así que no entiendo por qué se altera si apenas la rocé sin que haya nadie cerca.

Pero entonces la última parte hace eco en mi cabeza.

«Ya no».

Suenan las alarmas y el estómago se me encoge hasta producirme náuseas.

—Me estás asustando, Reese. ¿Qué pasa?

Recorre mi rostro con sus ojos azul oscuro, como si lo estuviera memorizando. Repasa la forma de mis labios. La línea de mi mandíbula. Resulta un tanto perturbador porque yo tengo planeado estar a su lado mucho tiempo, así que no necesita memorizar nada.

Al menos, eso es lo que mi menguante esperanza intenta asegurarme. «Aún estamos bien. Aún tenemos mucho tiempo».

Reese agarra un sobre que está en la repisa junto a ella y lo sostiene en su regazo antes de dármelo. No me dice nada, pero en cuanto lo abro me doy cuenta de que no hace falta que lo haga.

El corazón me late con fuerza cuando veo la primera foto. Estas fotos muestran a todas luces cuánto amo a esta mujer. Qué buena pareja hacemos. Lo felices que somos.

«Que éramos», grita mi cerebro.

Estas fotos muestran lo orgullosa que está de tenerme a su lado. La adoración con que la miro, incluso cuando no se da cuenta de ello. A decir verdad, debería enmarcar algunas y tener un par en mi departamento. Creo que son las primeras fotos que tenemos juntos, aparte de las que nos tomó anoche el fotógrafo de la boda. Y durante un segundo francamente disfruto ojeándolas.

Hasta que me doy cuenta de lo que significan.

Alguien las tomó anoche, y no fue el fotógrafo que contratamos.

—¿De dónde salieron?

Miro a Reese y la encuentro observándome mientras repaso las fotos. Está abrumada, abstraída, pero hay una disculpa subyacente en su gesto.

—Scott.

—¿Scott?

—Le pagó a un mesero para que nos las tomara durante la boda. Cuando llegué a mi oficina esta mañana, estaba allí esperándome con ese sobre.

Me dan ganas de matarlo, maldita sea.

Me guardo el sobre en el bolsillo trasero de los jeans.

—¿Dónde está?

—Emmett, no.

—¿Dónde carajo está, Reese? Esto no es un juego. Sea lo que sea, si quiere amenazarnos, que me amenace a mí.

Me doy la vuelta para irme, con la ira latiendo por mis venas. Ni siquiera sé qué quiere ni qué pretende conseguir acosándonos como un maldito psicópata, pero voy a enseñarle rápidamente que soy la última persona con la que querría jugar a esto.

Reese me detiene agarrándome del brazo y se pone de pie.

—Emmett, no puedes ir tras él. Es malvado. Su amenaza es malvada. No le des motivos para que siga adelante.

Su fogosidad natural brilla un poco más, y ahora me doy cuenta de que ha estado intentando desvincularse de lo que sea que haya pasado en su oficina esta mañana.

Levanto la mano para acariciarle el rostro, queriendo tocarla. Queriendo consolarla. Pero la bajo antes de hacerlo, sabiendo que lo último que quiere ahora mismo es darle a alguien más la oportunidad de vernos juntos.

—¿Qué quiere?

Exhala con brusquedad, preparándose para hablar.

—Quiere que lo nombre presidente de operaciones deportivas.

—Que se vaya a la mierda.

—No es tan sencillo, Em.

—¡Pues claro que lo es! Ese puesto es tuyo. Algo por lo que llevas trabajando toda la vida. Ya han intentado quitártelo. No voy a permitir que el maldito de Scott te lo arrebate por unas fotos.

—¡Tú no tienes que permitir nada! Esa decisión es mía.

Esa frase me detiene en seco y hace que contenga mi ira. Se supone que estamos juntos en esto, pero desde luego no lo parece.

—No puedes estar considerándolo en serio, Reese.

Me mira, manteniéndose firme, pero no dice nada.

Sí que está considerándolo en serio.

Niego con la cabeza con vehemencia.

—No.

—No hace falta que te explique qué pasará con esas fotos en las manos equivocadas.

Quisiera rebatírselo, pero sé que tiene razón. Cualquiera que quiera venderlo de otra forma podría manipular con total facilidad nuestra relación para que parezca lo que no es. Cualquiera que no desee que Reese siga donde está.

—¿Esa es la amenaza? ¿Entregárselas a la prensa?

—Sí.

—¿Y la única manera de detenerlo es renunciando a tu puesto?

—Así es.

—Reese… —pronuncio su nombre con resignación, porque ahora mismo me siento derrotado. Completamente derrotado.

Esto es lo último que quiero para ella. Se supone que debo protegerla, y en vez de eso fui descuidado. Estaba muy tranquilo porque aún no nos había descubierto quien no debía. Le prometí que estaría segura yendo a la boda conmigo y mira lo que sucedió. Todo esto es culpa mía. Va a perder todo por lo que ha trabajado, todo lo que siempre ha deseado, y todo por mi culpa.

—Estaré bien —se obliga a decir—. Mañana habrá una reunión del consejo asesor. Quiere que renuncie entonces.

—¿Mañana?

Eso no le da tiempo para prepararse. No le da tiempo para pensarlo bien. No le da tiempo para plantear otra alternativa.

—Reese, lo siento mucho. Es culpa mía. —No sé qué más decirle.

Se encoge de hombros e intenta aparentar indiferencia, pero salta a la vista que está desolada.

—No es culpa tuya, Em. No tienes que disculparte de nada. Me alegro de haber estado contigo anoche. Me alegro de haberte conocido. No me arrepiento de nada de lo que pasó.

Odio cómo esas palabras hacen mella en mí.

Las siento como… definitivas.

Y yo que venía a decirle lo mucho que la quiero… Ahora no puedo. Quizá ya no tenga ocasión de hacerlo, porque decírselo podría incitarla a tomar una decisión que considere mejor para mí y no para ella.

—¿Quieres que vaya a tu casa esta noche? —pregunto—. Podemos hablarlo. Considerar todas las opciones.

Se arma de valor y muestra su mejor cara profesional. La que hacía tiempo no veía. La que siempre usaba cuando llegó.

—Creo que será mejor que tengamos más cuidado a partir de ahora. No tenemos por qué darle a nadie ningún motivo para empeorar las cosas.

Creo que voy a vomitar.

—Voy a… —Señala hacia arriba, diciéndome que tiene que volver al trabajo—. Deja que yo me encargue de esto, ¿okey? Puedo con ello.

Eso es lo último que quiero que haga. Quiero que lo resolvamos juntos. Quiero protegerla de toda la mierda que le ha caído encima.

Pero ahí está, empeñada en volver a cuidar de sí misma ella sola.

Me muero de ganas de preguntarle si estamos bien. Si estaremos bien. Pero también me aterra la respuesta.

Así que no pregunto.

La dejo volver sola al edificio.

Después de quedarme un rato tomando el aire, asimilando lo que acaba de ocurrir, decido pasar por su oficina para avisarle que me voy.

Pero cuando me dispongo a girar la manija, descubro que, por primera vez, tiene la puerta cerrada con seguro.

41

Emmett

No puedo dormir.

Es la primera vez desde la fiesta de jubilación de Arthur que Reese y yo acordamos no pasar la noche juntos. Salvo las noches de las series que hemos jugado fuera de casa en las que no hemos podido compartir habitación y los dos días que ella estuvo fuera porque tuvo junta de propietarios, nunca habíamos decidido voluntariamente estar separados.

Hasta esta noche. Bueno, en realidad, yo no he decidido una mierda.

Lo increíble es que, a pesar de llevar solo más de veinte años, en muy poco tiempo se me ha hecho terrible dormir sin ella a mi lado. De todas formas, aunque Reese estuviera en la cama conmigo, no tengo muy claro si conseguiría dormir. La culpa me corroe y me tiene dando vueltas, y la preocupación me consume y me impide encontrar la calma.

Me ha costado mucho no llamarla. Disculparme por ponerla en esta situación y por no protegerla como debía. Fue egoísta pedirle que viniera conmigo a la boda de Miller. Me ganó el ansia, y mira dónde nos ha llevado eso.

Pero no la he llamado esta noche porque temo que, si le digo algo ahora mismo, la empujaré a tomar una decisión que se sentirá obligada a tomar.

No ha hecho falta que Reese me lo explique. Ya sé que, si ella deja la presidencia, yo conservaré mi puesto. Scott quiere que yo siga como mánager.

Si saliera a la luz algo sobre nosotros, sería mucho menos comprometedor si ella solo fuera la dueña en la sombra del equipo en lugar de mi supervisora directa en cuestión de negocios en beisbol. Si la prórroga de mi contrato no dependiera directamente de ella, si no participara en la toma de decisiones diaria, no habría mucho que decir.

Y es justo por eso que va a renunciar a su puesto como directora de operaciones deportivas.

Lo va a hacer para proteger mi puesto de trabajo.

También cabe la posibilidad de que rompa conmigo para protegerme.

No me convence ninguna de esas dos opciones.

Otra cuestión que me ronda por la cabeza es: si Reese le cede la presidencia a Scott, cosa que nos permitiría seguir juntos, ¿cuánto tiempo tardará en aparecer el resentimiento? Otro hombre ya intentó arrebatarle el cargo que ahora ocupa, y aunque no es el mismo caso, si ella perdiera su trabajo, el resultado sería el mismo. ¿Cómo no iba a mostrarse resentida conmigo por haber perdido lo único que siempre ha querido?

Y si decidiera hacerle frente a Scott y este les diera esas fotos a ciertos periodistas que solo quieren vender una historia sin conocer los hechos, yo no soportaría verla sufrir de nuevo al convertirse en el objetivo del odio de algunas personas. No se lo merece.

Si tuviéramos más tiempo, si Scott no hubiera insistido en que esto se resolviera mañana mismo, podríamos idear un plan para que nuestra relación se diera a conocer de la manera correcta. Ya deberíamos haberlo hecho, pero Reese no estaba lista, y no la culpo. Ya pasó un infierno con la prensa. No está preparada para soportar más ataques.

Aquí acostado, solo en mi sombrío departamento, no lo soporto más. No soporto sentirme impotente y quedarme sin hacer nada. Siempre me he enorgullecido de saber cuidar de mis seres queridos, y eso es ni más ni menos lo que voy a hacer.

Aún queda una opción de que Reese conserve su puesto. Ella no la ha mencionado porque no la contempla, pero si yo renuncio a mi trabajo, ¿qué dirá entonces la prensa? La prórroga de mi contrato es lo más incriminativo de todo este asunto. Podrían manipularlo para que pareciera que solo estaba con ella para que me renovara. Pero si renunciara, no solo a la prórroga, sino al trabajo, ¿qué diría la prensa? Nada. Porque no tendrían una mierda que decir.

Dos personas se enamoran, y una de ellas deja su trabajo para poder estar juntos. Una historia del montón, diría yo.

Le prometí a Reese que la protegería porque es lo que se merece y, eso es exactamente lo que voy a hacer mañana.

—Ey, ¿qué pasa? —pregunta Isaiah, cerrando la puerta de mi oficina tras él—. ¿Querías verme?

Dirige la mirada a su hermano, que también está aquí. Kai tiene un hombro apoyado en la pared y los brazos cruzados sobre el pecho, igual de confundido porque no sabe qué ocurre. Él creía que la reunión era para ver la rotación de abridores antes del partido, hasta que le dije que teníamos que esperar a Isaiah.

Me levanto del escritorio, lo rodeo y me siento en el borde.

—Quería hablar con ustedes dos antes del partido.

Kai e Isaiah se miran preocupados.

—Solo quería que supieran por mí que después del partido de esta noche dejaré de entrenar a este equipo.

Kai se aparta de la pared y se endereza.

—¿Qué?

—Nada va a cambiar entre nosotros tres. Estamos…

—Espera. —Kai cierra los ojos con fuerza, levantando las manos para detenerme—. ¿De qué carajos estás hablando, Monty?

No sé en qué momento pensé que esto sería fácil. Supongo que porque mi conversación con Miller esta mañana lo fue. En cuanto le dije que dejaba el puesto, entendió mis intenciones a la perfección. Pero con mi hija es diferente. Hacía tiempo que se preguntaba qué haríamos Reese y yo con el trabajo. Ella ya lo veía venir.

Claramente, no es el caso de Kai ni el de Isaiah.

Exhalo con intensidad.

—Miller ya lo sabe. Hablé con ella esta mañana, pero le pedí que me dejara ser yo quien se lo dijera. Voy a dejar el cargo después del partido de hoy. Las cosas están complicadas ahora mismo. Hay movimientos entre bastidores.

—¿Qué clase de movimientos? —pregunta Isaiah, con frustración en su tono—. ¿Qué significa eso?

—Está en peligro el puesto de Reese. La amenazaron con informar a los medios de nuestra relación para dañar su imagen y necesito protegerla de eso. Y así es como puedo hacerlo. Es la única manera que tengo de hacerlo.

El silencio invade mi oficina.

Kai frunce el ceño. Es evidente su ira y su confusión.

Isaiah se queda en *shock*. Tiene la boca entreabierta, pero no dice nada.

—Esto no va a afectar nuestra relación. Ustedes son mi familia. Lo son desde que los conozco. Y, carajo… —le hago un gesto a Kai—, además tú ahora eres mi yerno.

No reaccionan a mi intento de suavizar el asunto. Ambos siguen en silencio, mirándome con incredulidad.

Estoy tratando por todos los medios de que esto sea fácil, pero la verdad es que decirles que voy a dejar de ser el entrenador de este equipo me rompe el corazón. Los tres nos conocimos aquí. Nos hemos convertido en familia por el tiempo que hemos pasado juntos en este estadio. Me ha encantado formar parte de los Warriors, tanto dentro como fuera del campo.

Quisiera creer que no va a cambiar nada, pero algunas cosas sí lo harán. Seguiré siendo su amigo. Seguiré siendo el suegro de Kai. Pero ya no seré la persona a la que acudan en busca de consejo o cuando necesiten hablar de algo. El beisbol nos ha unido de esa forma. Ser su entrenador ha hecho que nuestra dinámica sea la que es, y solo espero que siga igual cuando yo ya no tenga relación con este equipo.

—Que alguien diga algo.

—Pero a ti te encanta tu trabajo —interviene por fin Isaiah.

—Claro que sí, pero… —Me froto la cara con la palma de la mano mientras me trago el nudo en la garganta—. Miren, ya perdí a alguien una vez y no quiero volver a pasar por eso. Por mucho que me guste mi trabajo, no vale la pena si eso implica perder a Reese. De ninguna manera.

—Pase lo que pase, no vas a perder a Reese —argumenta Kai—. Ni hablar.

—No lo sé con certeza, y de todos modos es algo más complicado. No se trata solo de que sigamos juntos. Lo cual, sí, es una duda que me ronda por la cabeza. También se trata de hacer lo mejor para ella, aunque eso implique sacrificar algunas cosas. Para mí, vale la pena. No puedo quedarme de brazos cruzados viendo cómo pierde todo aquello por lo que ha trabajado. No querría que quisiera esa versión de mí. A alguien que no lucha por los suyos.

Ambos se quedan sin argumentos, y empiezan a comprender.

—Ustedes dos saben mejor que nadie —prosigo— que lo primero es cuidar de la familia, y aquí estoy yo cuidando de la mía.

—Lo entiendo —asiente finalmente Isaiah—. Yo haría lo mismo por Kennedy. ¡Carajo! De hecho, ya lo hice: intenté dejar mi trabajo para que ella pudiera tener el suyo. Y tú me apoyaste en esa decisión. No me gusta, pero comprendo tus razones.

Miro a Kai, pero tiene los brazos cruzados, conteniendo la ira.

—Tiene que haber otra opción.

—Sí, si tuviéramos más tiempo, seguro que encontraríamos otra solución. Pero a Reese le han dicho que tiene que dejar las operaciones deportivas esta noche. Justo después del partido. Así que no hay tiempo.

Tensa la mandíbula con frustración.

—Esto es una mierda.

—No podría estar más de acuerdo.

—Pues yo no pienso entrenar con nadie más.

—No hables así, vamos. Claro que lo harás. —Exhalo una risa, y me siento bien—. Miren, he tomado esta decisión. De hecho, hace meses que le doy vueltas a este asunto. No es más que un trabajo. Me buscaré otro. Así que no hagamos un drama, ¿okey? Probablemente cenaré en tu casa en un par de días.

—Okey. Pero es que es estúpido. Cualquiera que los conozca o que los haya visto juntos sabe que lo suyo es auténtico. Que alguien quiera darle la vuelta es una estupidez. Pero Reese está sometida a un escrutinio mayor que nadie en la liga, así que supongo que lo entiendo.

Le doy una palmadita en el hombro.

—Todo saldrá bien.

—Qué mierda. —Descruza los brazos para abrazarme—. Te quiero, Monty.

Isaiah hace lo mismo.

—Yo también.

—Yo también los quiero a los dos, pero hay que irse. Tenemos un partido que ganar. No pienso irme con una derrota.

Puede que les haya dicho a los Rhodes que no hagan un drama de esta decisión, pero yo estoy poniéndome dramático a más no poder.

Intento retener cada momento de mi ritual previo al partido, consciente de que es la última vez que lo hago.

Lleno la tarjeta del orden al bat por última vez.

Me reúno con nuestro coach de banca, con los coaches de base y con el coach de lanzadores para repasar a detalle la estrategia de esta noche.

Concedo las entrevistas previas a los medios de comunicación.

Lo absorbo todo, intentando almacenarlo en la memoria, porque sé que cada día lo extrañaré un poco más.

Trato de no darle vueltas a la idea de que este lugar se ha convertido en mi segunda casa o que este equipo y el cuerpo técnico son mi segunda familia.

Como dije, estoy poniéndome dramático.

Pero no hay nada más dramático que la sensación de tener una piedra atravesada en la garganta cuando llega la hora del discurso previo al partido a mis jugadores.

En la sede del club, los chicos están sentados frente a sus respectivos casilleros mientras repaso las estrategias que hemos preparado para esta noche. Todos escuchan atentos cuando comento el orden al bat del equipo contrario y del nuestro.

Revisamos un par de asuntos más y, en circunstancias normales, aquí daría por finalizada la charla, pero esta vez añado una cosa más.

—Y, eh… —Me aclaro la garganta, dando golpecitos a mi bloc de notas contra la palma de la mano mientras trato de ordenar mis ideas—. No lo digo con suficiente frecuencia, pero, de verdad, los quiero a todos y a cada uno de ustedes. Entrenarlos ha sido una de las mejores cosas que he hecho en la vida.

Mi atención se dirige a Isaiah, pero él no me mira; tiene los ojos clavados en la alfombra y la cabeza gacha.

Cody y Travis no paran de mirarse entre ellos, como si se preguntaran en silencio de qué diablos estoy hablando.

El pobre Milo está sentado en su banco y me mira tremendamente confundido.

—Este trabajo y los años que he pasado aquí me han devuelto la pasión por este deporte. He recuperado mucho de mí mismo y no tengo palabras para agradecerles que me hayan permitido entrenarlos.

El silencio ahoga el típico jolgorio del vestidor. La tensión se instala entre las paredes y la confusión se refleja en la expresión de todos los jugadores.

Y eso que no iba a ponerme dramático.

—Bueno, y ahora… ¡vamos! —Asiento con la cabeza—. ¡Tenemos un partido que ganar!

La frase no ayuda en nada a recuperar la energía del vestidor, pero no sabía si tendría la oportunidad de hablar con el grupo después de esta noche y no podía arriesgarme a perderla. Por suerte, los chicos se animan un poco cuando entran al campo a calentar, y esa concentración previa al partido se afianza en cada uno a medida que se acerca el primer lanzamiento.

Como un tonto, me permito desear que Reese venga a hacer su visita al dugout.

Lo espero. Lo anhelo.

Pero no viene. Reese no viene.

Y cuando levanto la mirada hacia su palco, porque necesito verla, lo encuentro vacío. Y así continúa el resto del partido.

42

Emmett

Bueno, me voy con una victoria; algo es algo, supongo.

He perdido el máximo tiempo posible. Me he demorado todo lo que he podido sentado en mi oficina. Pero los jugadores ya se han ido y la reunión del consejo asesor va a empezar en cualquier momento, si es que no ha empezado ya.

No es que tema esta parte. De hecho, no tengo ningún miedo. En el fondo sé que es lo correcto. Que tengo buenos motivos para hacer lo que voy a hacer. Pero estos son mis últimos momentos como mánager de los Windy City Warriors y quiero aprovechar cada segundo.

Así que sí, me estoy tomando mi tiempo.

Ese tiempo se acorta a medida que el ascensor sube al último piso, y absorbo cada detalle del largo pasillo hasta la sala de juntas. Miro un instante la puerta de la oficina de Reese al pasar.

No es que no vaya a volver nunca. Reese seguirá siendo la dueña de este equipo. Isaiah seguirá jugando aquí. Kai y Kennedy continuarán en el cuerpo técnico. Pero yo ya no estaré.

Al acercarme a los ventanales de suelo a techo que conforman las paredes de la sala de juntas, veo que Scott ya está hablando.

Pretencioso en su forma de recostarse en la silla.

Arrogante en su forma de sonreír a Reese.

«Reese».

Está sentada presidiendo la mesa, va impecable como siempre y no muestra signos de debilidad mientras lo escucha. Lleva el cabello rubio con un corte recto que le llega justo por debajo de la mandíbula y calza unos tacones tan altos que, si quisiera, podría perforar con su tacón el micropene de Scott. Por su expresión, mientras lo escucha divagar, es más que evidente que le encantaría hacerlo.

Es la primera vez que la veo desde ayer por la mañana, cuando me enseñó las fotos en el dugout. El solo hecho de volver a verla, aunque sea a través de una mampara de cristal, refuerza mi determinación de hacer lo que tengo que hacer.

Abro la puerta de la sala de juntas justo cuando Scott dice:

—Vamos a votar. Todos los que estén a favor de que Reese renuncie como presidenta de operaciones deportivas que levanten la mano.

Scott levanta la suya de inmediato.

—No hay necesidad de votar —interrumpo, dejando que la puerta se cierre tras de mí—. No hace falta. Yo renuncio.

El silencio paraliza la votación y a continuación se desata el caos en la sala.

—¿Qué?

—¡No, no lo harás!

—¡Por supuesto que no, Monty! —exclaman los miembros del consejo asesor hablando al unísono.

—Tú no vas a renunciar —suelta Scott con un amago de pánico en el rostro.

—Sí voy a hacerlo. De ninguna manera voy a trabajar para ti.

—Eso no forma parte del…

—¿Parte de qué? —pregunto—. ¿Ibas a decir que no forma parte del trato? ¿Así lo llamas ahora?

—¿De qué está hablando? —pregunta Phil, clavándole la mirada a Scott.

Se palpa la tensión en la sala. La confusión es evidente: nadie parece entender por qué yo renuncio a mi empleo ni la ocurrencia de Scott de proponer una votación para quitarle el puesto a Reese.

—Emmett —dice Reese con frialdad, levantándose de su sillón presidencial—, no vas a dejar tu trabajo. Siéntate. Yo me encargo.

—Okey. Genial. —Obedezco y me siento junto a Ed, que me sonríe como si me diera la bienvenida a una mesa para cenar y no al campo de batalla al que acabo de entrar.

Reese se ve absolutamente letal con la postura que ha adoptado: de pie en el extremo de la mesa, con las manos apoyadas en la madera y los ojos azules clavados en Scott, que sigue sentado.

Se ve terriblemente sexy, lo juro.

—No vamos a votar nada.

Scott arquea una ceja desafiante.

—¿De verdad quieres jugar a este juego?

—Nosotros no votamos. Esto no funciona así, y en concreto tú no vas a proponer una votación para echarme de mi puesto. Aquí solo importa una opinión, y es la mía. Este es mi club. Este es mi equipo. Lo que yo diga es lo que se hace. Ya he dejado durante demasiado tiempo que ustedes cuatro me intimiden. Parece que se les ha olvidado quién firma sus cheques. Ustedes trabajan para mí, y no al revés. En esta relación laboral solo hay una persona que es irremplazable, y esa persona soy yo. ¿Queda claro?

—Reese, ¿qué demonios estás haciendo? —dice Scott furioso.

—Despedirte.

¡Carajo, está tremenda!

—Voy a hacer que se publiquen. —Scott también se levanta de su asiento—. No me pongas a prueba.

—¿Que se publique qué? —pregunta Phil.

—Fotos en las que aparecemos Emmett y yo —contesta Reese sin más—. Pues sí, estamos juntos. ¡Sorpresa! Y Scott nos mandó seguir y fotografiar para poder chantajearme y que le cediera mi puesto.

Phil y el resto de la junta, excepto Ed, parecen muy sorprendidos. Quizá por la noticia de que ella y yo tenemos una relación. Quizá por enterarse de lo que ha hecho Scott.

—Adelante, Scott. Publícalas.

Él tensa la mandíbula.

—Van a comerte viva, Reese.

Se encoge de hombros con naturalidad.

—Puedo con ello.

Reese me ha dicho esa frase muchísimas veces. «Puedo con ello», o «Yo me encargo». Siempre he insistido en que no tiene por qué. Y una vez más vuelve a ser cierto. No debería tener que lidiar con la mierda que la prensa va a decir sobre ella, pero esa no es la cuestión aquí. La cuestión es que Reese puede con ello.

Por supuesto que puede.

Y yo que creía que iba a entrar aquí y a salvarla; pues no, ella sabe de sobra salvarse a sí misma.

Scott vuelve a sentarse, pero Reese permanece de pie, con las manos apoyadas en la mesa. Desprende una calma inquietante. Tiene mucho fuego dentro, pero lo controla y lo maneja a la perfección para conseguir exactamente lo que quiere.

¡Cómo me gusta, carajo!

Sus siguientes palabras son muy claras, y las pronuncia despacio.

—No te atrevas a amenazarme a mí ni a nada mío nunca más. —Me señala sin mirarme—. Y eso lo incluye a él.

Le doy un golpecito a Ed en el brazo antes de señalar a Reese.

—Esa es mi chica.

Una sonrisa se dibuja en los labios de Reese, pero no aparta la mirada de los otros cuatro hombres.

—Reese, no teníamos ni idea de que Monty era… —dice Phil con una risita nerviosa.

—Me da igual si no lo sabían o si estaban o no involucrados en lo que Scott intentaba hacer. Ustedes cuatro —señala a todos menos a Ed— llevan faltándome al respeto toda la temporada. Me han menospreciado y han intentado que fracase, pero estas instalaciones son mías y este equipo es mío. Les he dado meses para que lo asimilen, pero se ha agotado el tiempo. —Se sienta y se reclina en el sillón—. Los cuatro quedan despedidos con efecto inmediato.

—¡No puedes hacer eso! —alega uno de ellos.

—En realidad, lo mejor de ser la única dueña de este club es que ¡sí puedo! Y lo que es aún mejor es que, al librarme de tener que pagar sus nóminas, podré aliviar parte de la presión presupuestaria y darle a Emmett el aumento que tanto se merece la próxima temporada. La verdad es que me viene de maravilla. ¿No es genial? ¿Te acuerdas, Scott, de que querías que me centrara en el presupuesto? Pues mírame. ¡He encontrado la solución!

Scott se levanta de su asiento, intentando por todos los medios hallar un atisbo de esperanza para su plan.

—¡No puedes ser su jefa! Todo el mundo pensará que es inapropiado.

Le hago un gesto de rechazo.

—Vamos, siéntate y cállate, Scott.

—No pasa nada, Em —interrumpe Reese—. Tiene razón. No está bien que sea tu jefa.

Mi atención se dirige a ella. ¿Qué demonios significa eso?

—Pero lo que no sabías, Scott —continúa—, es que llevo una semana y media reuniéndome con nuestros asesores legales y con recursos humanos buscando una solución para no ser la supervisora directa de Emmett y que él pueda seguir en mi equipo.

¿Una semana y media? Pues si nos enteramos ayer de las amenazas de Scott.

—Sé que pensabas que no tendría tiempo de encontrar una salida, ya que me avisaste un día antes de esta reunión, pero, por suerte, yo ya lo tenía todo en marcha.

Se gira hacia Ed.

—A partir de ahora, Ed será el vicepresidente de operaciones deportivas. Se encargará del cuerpo técnico, no solo de nuestro equipo de Grandes Ligas, sino también de nuestro sistema de Ligas Menores. Las contrataciones de entrenadores, ascensos y negociaciones salariales pasarán directamente por él, mientras que yo seguiré haciendo lo mismo con los jugadores. El nuevo puesto también conlleva un buen aumento de sueldo. ¡Felicidades, Ed! ¡Me alegro por ti!

Él le sonríe con complicidad.

—Gracias, Reese. Estoy deseando colaborar contigo.

—Bueno... —Exhala hondo, sonriendo satisfecha mientras mira a su alrededor. Cuatro hombres atónitos y enmudecidos la miran fijamente—. Con eso debería bastar. Ah, una cosa más. —Mete la mano en su bolso, saca tres sobres y se los pasa por encima de la mesa a tres de los cuatro miembros de la junta recién despedidos—. Sus indemnizaciones. No es que se las merezcan, pero quiero que todo esté en regla. Respecto a ti, Scott, es obvio que has incumplido tu contrato con esa ridícula amenaza, así que no te corresponde nada.

Reese se yergue, con las manos en las caderas, y asiente mirando alrededor, magnificando la situación.

—Bueno, pues…, por mi parte, sería todo. Muy buena reunión. Gracias por convocarnos, Scott. —Agarra el bolso y se lo cuelga al hombro—. Seguridad los acompañará a los cuatro hasta sus coches.

De camino a la salida, me pasa la mano por el hombro, dándome un apretón antes de irse. Cuando sale, lo hace con la cabeza bien alta, como debe ser.

En verdad, esta mujer juega en su propia liga, en todos los sentidos.

Y aquí me he quedado yo, sentado, boquiabierto, y absolutamente enamorado de ella.

¿Qué carajos acaba de pasar?

Me he pasado las últimas veinticuatro horas desvinculándome desde el punto de vista mental de este trabajo y asumiendo que iba a perderlo, pero aquí estoy, todavía contratado, sentado en el dugout como mánager, intentando asimilar lo que ha ocurrido.

Intentando asimilarlo todo.

Resulta inaudito. Yo sigo aquí. Reese sigue aquí. Estamos juntos. Hay una parte de mí que no acaba de creérselo, que no quiere hacerse ilusiones de que todo saldrá bien. Pero es difícil no sentir esperanza después de ver a Reese tomar el toro por los cuernos como lo acaba de hacer. Cualquiera que haya puesto en duda alguna vez si tiene lo que hay que tener para dirigir este negocio debería estar tragándose sus palabras ahora mismo.

—Pensé que estarías aquí.

Reese dobla la esquina y me encuentra sentado en la repisa del dugout, detrás de la pequeña mampara, donde la he encontrado yo a ella tantas veces.

—Te gané el lugar.

Inclina la cabeza.

—Pensé que lo compartíamos.

—Así es. Lo compartimos. Ven.

Extiendo la mano, la deslizo por su cuello y acerco su boca a la mía. La beso. Con firmeza, con una mezcla de desesperación y alivio, para calmar esa pequeña parte de mí que pensaba que quizá nunca volvería a besarla.

Suspira en mi boca, devolviéndome el beso con el mismo entusiasmo.

—¿Estás bien? —susurro en sus labios.

Ella asiente, y me besa una vez más antes de apartarse para mirarme, con una ceja perfectamente arqueada.

—¿Ibas a dejar el trabajo?

—Claro que sí. No estaba dispuesto a perderte.

—¿Perderme? —Echa la cabeza hacia atrás y deja caer las manos sobre mis muslos—. No vas a perderme nunca.

—No lo sé. Ayer sentí que te perdía. Todo parecía definitivo cuando nos marchamos de aquí. —Me río entre dientes sin entusiasmo—. Pensé que ibas a romper conmigo.

Me mira perpleja.

—¿Por qué iba a romper contigo? Emmett, estoy enamorada de ti.

Guau. ¡Vaya! Es un sueño escuchar esas palabras saliendo de su boca. Suenan diferentes después de tanto tiempo sin oírlas. Después de creer que quizá nunca las volvería a escuchar.

También suenan diferentes cuando las dice la única mujer a la que has deseado con desesperación decirle lo mismo.

—Iba a decírtelo yo primero.

Una sonrisa se dibuja en sus labios.

—Bueno, pues sé más rápido la próxima vez.

—No me digas lo que tengo que hacer.

Echa la cabeza hacia atrás soltando una carcajada, y suena muy bien después de un día tan estresante. Creo que podría vivir escuchando solo su risa.

Tiro de sus caderas para acercarla a mí.

—Siéntate aquí conmigo.

Sosteniéndola con firmeza, se sube al destartalado banco de madera y la acomodo sobre uno de mis muslos cuando me siento en la repisa. Me pasa un brazo por el cuello y me acaricia la mandíbula con suavidad con la otra mano.

—Siento si ayer estuve distante. Estaba abrumada con todo lo que tenía que hacer. Me he pasado la noche despierta, ultimando cosas con el departamento legal, para asegurarme de que todo estuviera arreglado antes de lo que tenía previsto. No pretendía hacerte dudar de nada. Solo intentaba protegerte, como tú sueles hacer conmigo.

Niego con la cabeza, incrédulo.

—¿Cuándo empezaste con todo esto?

—En cuanto volvimos de Colorado. —Me dedica una sonrisa tímida—. Conduje desde el aeropuerto directo a casa de mi abuelo para pedirle consejo. No sé, Em. Te quiero desde hace mucho tiempo, pero después de pasar aquel día juntos me di cuenta de que había llegado el momento de dejar de ocultarlo.

Diez días. Lleva diez días organizando lo que acaba de ocurrir en la sala de juntas. Se lo contó a su abuelo hace diez días, después de nuestro viaje a Colorado. Después de pasar el día conmigo en un lugar que alberga tantos recuerdos especiales que quise compartir con ella.

Puede que hacer pública nuestra relación no parezca nada del otro mundo, pero Reese lo ha arriesgado todo para hacerlo. Y lo más importante, ha tomado esa decisión por sí misma. Sin ceder a amenazas de mierda.

Así que sí, para mí es muy importante.

Le doy un beso en el hombro.

—¿Por qué no me lo dijiste? Podría haberte ayudado.

—Era la semana de la boda de Miller. No quería que te distrajeras con nada más. No quería que te preocuparas por mí. Pensaba decírtelo esta semana. Iba a concertar una reunión contigo y con recursos humanos, pero todo pasó rapidísimo. Después de lo de ayer, solo tenía que llevar a cabo lo que había planeado. Llevas muchos años cuidando de mucha gente, Em. Por una vez, quería ser yo quien cuidara de ti.

Dejar que otro te cuide puede percibirse, en parte, como un elemento de vulnerabilidad. Pero siendo Reese, una mujer empoderada y considerada al mismo tiempo, la persona que me protege, ¿cómo no iba a sentirme seguro?

Ella me cuida como yo la cuido a ella. Miramos siempre por el bien del otro.

Somos un equipo; no podría haber elegido mejor compañera.

Con un brazo alrededor de su cadera para mantenerla firme en mi regazo, acaricio con el pulgar la suavidad de su piel.

—Hay algo para lo que aún debemos estar preparados. Scott va a publicar esas fotos. Después de haberle herido su pequeño ego, seguro que ya se las envió a alguien.

—¿Crees que lo habré hecho llorar? Siempre he querido hacer llorar a un hombre adulto.

Mi pecho retumba en una risa silenciosa.

—Tengo fe en que lograrás lo que te propongas. Dabas miedo ahí dentro y estabas muy sexy.

Su sonrisa se ensancha.

—Ah, ¿sí?

—El pobre Ed tuvo que aguantar sentado a mi lado mientras yo babeaba por ti. No sé si alguna vez me había excitado tanto.

Se ríe y vuelve a besarme. Al apartarse, mete la mano en el bolsillo trasero y saca el celular.

—Este es el otro asunto en el que he estado trabajando. —Con el pulgar, revisa su correo electrónico—. La semana pasada concedí una entrevista a una revista deportiva muy importante. Una de sus periodistas había tratado de contactar conmigo varias veces porque quería escribir un artículo sobre mí, ya que soy la primera mujer propietaria de un equipo de la liga, pero yo nunca encontraba el momento adecuado para hablar con ella. Me parecía que aún no tenía mucho que contar. —Hace clic en un enlace y deja que una noticia se abra en la pantalla—. Pero ahora me ha parecido el momento idóneo. Quería controlar la narrativa de nuestra relación de la mejor manera posible y quería que fuera una mujer periodista la que escribiera la historia. Sé que mucha gente tendrá mucho que opinar, pero quizá nos ayude si nos adelantamos. Dar a conocer nuestra versión primero. Esa es la otra cosa que me ha tenido ocupada hoy. La chica ha estado terminando el artículo para que pueda ver la luz una vez que te lo enseñe y des tu visto bueno.

Reese me pasa su teléfono.

—Espero que lo publiquen mañana a primera hora, si te parece bien.

Ni siquiera necesito leerlo para saber que me parece bien. Que me parece genial.

Nunca dejará de sorprenderme lo brillante que es esta mujer. No solo es una gran estratega, sino que es una persona atenta y considerada. Incluso ahora: tiene en sus manos un artículo con el que podrá defenderse de cualquier cosa que pueda ocurrírsele hacer a Scott contra ella, pero ha pospuesto su publicación hasta asegurarse de que a mí me parece bien lo que ha dicho. De que me parece bien que nuestra relación se haga pública.

—Para que quede claro, ¿no vas a romper conmigo?

—Creo que podemos confiar en que esa opción está descartada. —Su risa es suave—. Eres mi persona especial, Em. Me ha costado treinta y cinco años encontrarte. No voy a dejarte ir ahora.

«Oh, carajo». Esa declaración da justo donde tenía que dar. Reese ha dicho que soy su refugio, pero quizá no sepa que ella es el mío. Brindándome ese tipo de confianza, no sé si se da cuenta de lo seguro que me hace sentir también.

—Ey, Reese. —Le coloco el pelo detrás de la oreja y le paso el pulgar por los aretes de oro, como suelo hacer—. Yo también estoy enamorado de ti.

—Lo sé. —Muestra una dulce sonrisa en sus labios—. Aunque nunca me lo hayas dicho, ya lo sabía. Se nota en cómo me miras. En cómo me hablas y en cómo les hablas a los demás de mí. Espero que te sientas tan amado como yo me siento contigo.

—Así es, nena. Yo... —Niego con la cabeza—. No sabía si volvería a sentirme así, y no voy a dejar que te vayas.

Señala el teléfono que tengo en las manos.

Empiezo a leer el artículo. Está dedicado por completo a Reese, claro. Su experiencia, su educación, sus antecedentes y su historia con este club de beisbol. Habla de la presión que soporta siendo mujer en este negocio. He sido testigo de esa presión y sé cómo se siente al respecto. Pero es bonito ver cómo le dice al mundo lo vulnerable que se siente.

Lleva una armadura desde que llegó, metafóricamente hablando, y deja que los golpes reboten en ella sin que nadie sepa cuánto impacta cada uno. Se necesita una fuerza enorme para admitir lo mucho que deseas algo y cuánto te asusta no hacerlo bien. Y eso es exactamente lo que Reese hace en este artículo.

Al final, llego a la parte que habla de mí.

No hay mucho, y no tiene por qué haberlo. Esto es muy ella. Pero hay algunas frases destacadas.

«Es mi mejor consejero y la persona en la que más confío».

«Tengo la suerte de saber que él se preocupa por el bien del equipo tanto como yo».

«Cuando volví a los Warriors, llegué con la idea de gestionarlo todo desde un punto de vista comercial. El personal, los jugadores. Todos eran componentes del negocio. Para Emmett no es así. Esta es su familia, y estar cerca de él esta temporada me recordó precisamente eso. Lo que significó para mí crecer con el equipo. El beisbol siempre se ha tratado de la familia».

Pero creo que la siguiente frase es la que retendré para siempre.

«Me siento muy afortunada por haber encontrado a la persona que más amo en el lugar que más amo».

—Reese, es perfecto. —Hago clic en el lateral de su teléfono para bloquear la pantalla—. Gracias. Estoy muy orgulloso de ti.

—Yo también estoy orgullosa de mí. Pero hay otras cosas que no menciona el artículo. Cosas que necesito decir y que solo tú puedes oír.

Le presto toda mi atención.

—Antes de ti, nunca me había sentido reconocida.

Oh, mi amor.

—No tenía a nadie que presenciara mi día a día —prosigue—. Ni los pequeños momentos de la jornada, ni mis mayores logros. No había nadie para verlo. Y aunque lo hubiera, nadie me valoraba nunca. Es fácil perderse cuando no eres lo más importante para nadie. Es fácil que te olviden. Era una sensación de extrañeza y soledad, aunque no la admitiera, pasar por la vida sin ser validada. Pero creo que tú sí me ves, Emmett.

Me trago las emociones que se me agolpan en la garganta. No tiene ni idea de lo afortunado que me siento por ser yo quien tiene la oportunidad de hacer que se sienta así.

—Sí, nena. Yo sí lo veo. Y ha sido uno de mis mayores privilegios, presenciar cómo vives tu vida. Verte tal como eres.

Asiente con los ojos un tanto vidriosos, absorbiendo mis palabras.

—Y espero que confíes en mí cuando te digo que te quiero, Emmett. Soy de esas personas que piensan demasiado, y he considerado todas las razones por las que no debería quererte, pero, aun así, te quiero.

El pecho me retumba con una risa silenciosa.

—Lo sé, Reese. Yo también te quiero. Cualquier razón plausible para no quererte se esfumó hace mucho. Quizá el día que volviste. No sabía que el amor me encontraría de esta manera, pero hace mucho tiempo que tienes mi atención; no puedo apartar la mirada de ti.

Contiene una sonrisa antes de volver a besarme.

—Y, por último —dice al apartarse—, tienes que saber que habría dejado mi trabajo por ti, igual que tú intentaste dejar el tuyo por mí. No tengo ninguna duda. Este trabajo ya no es lo que más deseo en la vida. Tú sí lo eres. Pero me alegro de no haber tenido que renunciar a mi cargo porque, cuando imagino nuestro futuro en común, nos veo aquí. Juntos.

Aquí. En este campo. Dirigiendo este equipo juntos durante muchos años.

«En el lugar que más amo con la persona que más amo».

—Tú y yo. —Deslizo la mano por su cabello y rozo su pómulo con el pulgar—. Y cuando terminemos aquí, ¿quién será el siguiente? ¿Quién te reemplazará?

Se encoge de hombros con naturalidad, como si no tuviera ya un plan.

—Quién sabe, quizá a Max acabe gustándole el beisbol. Y, ya sabes, para nosotros el beisbol es una gran familia, así que deberíamos procurar que este club siga perteneciendo a la nuestra, ¿no crees?

EPÍLOGO

Reese

Unos meses después…

Abro el agua caliente y dejo que se llene la tina. Solo es mediodía, pero la vida ha sido un no parar estos meses, y la temporada acabó hace dos días, así que estoy aprovechando cada minuto que tengo para relajarme.

Los medios no fueron muy amables conmigo una vez que se hizo pública mi relación con Emmett, pero no fue ni de lejos lo mal que habría ido si no hubiera tenido la oportunidad de haberme adelantado a contar nuestra historia.

Los titulares eran predecibles, y me supo mal todo el ruido que se generó en torno al equipo. Los chicos, sin embargo, se portaron de maravilla. No les molestó en lo más mínimo el circo que se armó y nos apoyaron a Emmett y a mí siempre que los reporteros les preguntaban por nosotros. En lugar de ponerse a la defensiva, se mostraban entusiasmados cuando hablaban de nuestra relación. A veces hasta el punto de resultar cómico.

Con el tiempo, parece que los periodistas se aburrieron de obtener comentarios positivos a sus preguntas intrusivas, así que dejaron de preguntar.

No fue fácil leer algunas de las cosas que decían sobre mí, pero era lo que esperaba. Algo que he aprendido este año es la importancia de elegir una pareja que no te haga sentir una carga. Emmett nunca dudó en escucharme cuando necesitaba desahogarme ni en defenderme en cuanto tenía oportunidad.

Y para mí esta vez fue diferente a cuando hice el traspaso inesperado de Harrison que puso a toda la liga en pie de guerra contra mí. Cuando Milo se unió al equipo, cuestioné mi propia decisión. Pero, al apostar por Emmett, no tuve ninguna duda. No me cuestioné nada. Saber que no había otra opción me ayudó mucho a ignorar los comentarios absurdos. No existe un mundo en el que no elegiría a ese hombre.

Y con el tiempo el ruido acabó calmándose, como siempre sucede. Ayudó mucho que hiciéramos unos buenos playoffs. Al final perdimos el sexto partido de la Serie Divisional, pero para ser mi primera temporada, lo considero una victoria general.

De la encimera del baño, mientras se llena la tina, alcanzo una pinza para el cabello que está junto al cepillo de dientes de Emmett.

El de repuesto lleva aquí meses, pero ayer trajo a mi departamento el resto de sus pertenencias.

Al día siguiente de terminar la temporada, Emmett se mudó a mi casa. Hemos tardado en hacerlo por lo ajustado de nuestro calendario de partidos. De todas formas, prácticamente ya vivíamos juntos, entre su casa y la mía, pero ahora es oficial.

Es agradable. Es agradable compartir este espacio donde puedo encontrar paz y tranquilidad con la persona que me brinda esa paz.

Cierro el grifo cuando la tina ya está llena.

Me recojo el pelo como puedo —no lo tengo muy largo y siempre se me escapan algunos mechones— y me meto en el agua caliente. Dejo que cubra mi cuerpo a medida que me sumerjo y siento cómo el estrés del día se desvanece.

De un tiempo acá, la tensión se fue evaporando de mis hombros, poco a poco, día a día. Ya no siento la necesidad de demostrarle nada a nadie. Ya no tengo el deseo de trabajar el doble para que me reconozcan y me consideren la persona adecuada para mi trabajo. En adelante, la única persona a la que tengo que demostrarle algo es a mí misma.

Y ya lo he hecho.

A Emmett le gusta reiterar lo orgulloso que está de mí, así que, aunque a él no tengo que demostrarle nada, su reconocimiento es más importante que el de cualquiera.

Cierro los ojos y apoyo la cabeza en el borde de la tina de porcelana. Pero cuando oigo abrirse el ascensor en el salón principal, no puedo evitar sonreír.

Hace meses que Emmett ya puede acceder a mi ascensor privado. No sé si alguna vez dejaré de maravillarme con la idea de que viva conmigo. Lo oigo moverse, distingo el indiscutible descorche de una botella, antes de que sus pasos empiecen a acercarse hasta mí.

Emmett entra en escena, se apoya en la puerta del baño, con una copa de vino tinto en la mano y la mirada recorriendo mi cuerpo cubierto por el agua.

—Hola, nena.

Se aparta de la puerta y se inclina sobre la tina para besarme. Luego me ofrece la copa de vino.

—Eres demasiado bueno conmigo. —Doy un sorbo.

—Estoy saliendo con una mujer más joven. Tengo que hacerla feliz. No puedo dejar que vayas a ningún lado.

Me río.

—Lo haces muy bien.

Sin quitarme los ojos de encima, empieza a desabrocharse la camisa.

—¿Todo bien por el estadio? —pregunto.

—Sí, solo estoy atando algunos cabos sueltos de la temporada. Había algunos chicos por allí, recogiendo sus pertenencias de los casilleros, y me entretuve hablando con ellos.

Me quedo fascinada mirando su torso desnudo y sus brazos tatuados cuando se quita la camisa y la tira al suelo. Tras desabrocharse el cinturón, Emmett se baja la cremallera de los jeans, los desliza por sus anchos muslos y los deja junto a la camisa. Los bóxers son lo siguiente. Luego se queda de pie, orgulloso de su cuerpo desnudo en nuestro baño.

Mientras le doy un sorbo al vino, dejo que mis ojos lo recorran, de la misma manera que él hace conmigo.

Es tan atractivo. Pero también tan amable. Tan protector. «Tan mío».

—Deja que me meta ahí contigo.

Arqueo una ceja.

—Por lo que veo estás preparado para meterte en más sitios.

Se le contrae el pene al escuchar mi insinuación y se le dibuja una sonrisa en la comisura de la boca.

—Enseguida. Ambos lo sabemos.

Me desplazo hacia adelante en la tina y Emmett encaja su enorme cuerpo detrás del mío. Se derrama un poco de agua por el borde ya que ninguno de los dos somos pequeños, pero me tiene sin cuidado.

Con las piernas bien abiertas a ambos lados y las rodillas dobladas para hacerle sitio, Emmett me jala para que me recueste contra él.

—Me gusta volver a casa contigo —dice, y me da un beso en el hombro húmedo.

—Me gusta que la llames casa.

Sonríe contra mi piel y me besa en el cuello. Luego me quita el vino, le da un sorbo y me lo devuelve.

—Bueno —empieza, acariciándome las caderas bajo el agua—, oficialmente, ha terminado tu primera temporada. ¿Cómo te sientes?

Recuesto la cabeza en él.

—Bien. Triste porque se acabó, pero orgullosa de cómo fue este primer año.

—Debes estarlo.

—Tú también.

Sube las manos por mi estómago.

—Lo estoy. Ha sido un buen año. Ha sido un gran año.

—Quiero llegar hasta el final la próxima temporada. Ahora que tenemos el equipo y los jugadores que queremos… No sé. Siento que esto es cosa de todos. Tenemos un grupo buenísimo y quiero ganar un campeonato con ellos.

—Pues hagámoslo.

Resoplo una risa silenciosa. Es mucho más fácil decirlo que hacerlo, pero acepto su voto de confianza.

Sus manos tatuadas acarician mis pechos, los masajean, y luego siguen recorriendo mi cuerpo.

—¿Vas a contratar a una recepcionista para la próxima temporada?

Un suave gemido se me escapa cuando su pulgar traza círculos en mi pezón.

—No lo sé. Debería…

Me roza la oreja con los labios.

—Pero no me dejes fuera.

Niego con la cabeza contra él.

—Nunca.

Las manos de Emmett llegan a mis muslos, pero yo los junto, necesito un poco de tensión.

—No me dejes fuera de aquí tampoco. Abre las piernas, nena.

No siempre consigue que haga lo que me pide. Solemos desafiarnos antes de ceder. Pero cuando estamos desnudos juntos, a veces me sorprende incluso a mí lo complaciente que soy. Lo fácil que me resulta cederle el control.

Y eso es lo que hago ahora: abro las piernas, presionándolas contra la parte interna de las suyas. Con uno de sus brazos me rodea la cintura y con la otra mano dibuja círculos provocadores justo donde más lo necesito.

—Emm… —gimo.

—Lo sé.

Acaba con mi sufrimiento por fin cuando desliza sus manos entre mis piernas y me roza el clítoris con el dedo corazón.

Dejo caer la cabeza hacia atrás sobre su hombro con un gemido.

«Sí».

—Sujeta el vino, Reese.

Aprieto la copa con más fuerza y no puedo evitar sonreír al techo, con los ojos cerrados, mientras sus dedos juegan conmigo con lentitud, justo como sabe que me gusta.

—Podría acostumbrarme a esto.

Acerca la boca a mi oreja, y con la otra mano juguetea con mi pezón mientras me retuerzo contra él.

—Yo también. Volver a casa contigo. Servirte una copa de vino. Jugar con tu vulva hasta que te vengas. Podemos hacer esto todas las noches, Reese.

Me agarro a su muslo con la mano libre mientras él sigue jugando conmigo. Me presiona el trasero con el pene. Está duro, pero no me sorprende. Hacer que me venga lo pone a mil. Y es sumamente excitante que mi placer sea el suyo.

—Carajo, Reese. Estás empapada. Podría penetrarte ahora mismo.

Entonces procede, con un dedo, mientras me presiona el clítoris con la palma de la mano. Añade un segundo dedo, y estoy a punto de subirme a su regazo por lo cerca que estoy ya.

Con la mano libre, Emmett me quita el vino y lo deja en el suelo junto a la tina. No estoy segura, pero supongo que, con los balanceos incontrolables contra su cuerpo, he derramado bastante.

—Mira cómo te toco, nena. Mira abajo.

Y lo hago. Miro hacia abajo y, a través del agua, veo cómo sus dedos entran y salen de mí. Es hipnótico ver cómo su mano tatuada se mueve haciéndome llegar al orgasmo. En los meses que llevamos juntos, él ha conocido mi cuerpo y yo el suyo. No tardaré mucho en venirme porque sabe con precisión lo que tiene que hacer y cuándo tiene que hacerlo.

Me sujeta con fuerza por la cintura mientras me contoneo y me retuerzo a medida que mi orgasmo crece.

—Estás a punto de venirte. —Exhala al decirlo, gimiendo mientras juega conmigo—. Siento cómo te aprietas alrededor de mis dedos. Por favor… Carajo, qué bien lo haces. Por favor, vente para mí.

Me arqueo contra él, me muevo en su regazo, el agua del baño chapotea a nuestro alrededor. Frota su verga contra mi vulva y nos movemos a la vez, y enseguida siento que no puedo soportarlo más. Que quiero más.

Meto la mano entre mis piernas, rodeo su verga con la palma de la mano y me alineo con ella. Emmett retira los dedos y los lleva de vuelta a mi clítoris y yo me dejo caer sobre su verga. Es un movimiento rápido, y tenerlo dentro de mí así podría haberme resultado incómodo si no hubiera estado ya tan excitada.

—¡Santo Dios! —Apoya su cabeza en la mía—. Eres increíble. Te quiero tanto, carajo.

Empiezo a cabalgar sobre él, levantándome y dejándome caer.

—Oh, Dios… —gime Emmett, sujetándome con firmeza mientras apoya la cabeza atrás en la tina de porcelana—. Hazlo otra vez.

Y lo hago, cabalgo sobre él en la tina, haciendo un desastre.

Noto cómo se aviva el calor en mi sexo, noto que estoy cerca. Él también lo está. Lo sé por sus gemidos, por cómo sus caderas siguen mi ritmo frenético.

Entonces Emmett, sin dejar de rodearme con un brazo, sale de la tina, llevándome con él, y se sienta en el borde.

Gana fuerza al estar fuera del agua, y aprovecha al máximo la nueva posición. Me mueve de la forma que necesita, balanceando mis caderas contra él. El baño se llena de humedad, de piel chocando contra piel, del eco de nuestros gemidos en los azulejos de las paredes...

Es una persecución desesperada hasta el final y, cuando llegamos, llegamos juntos.

Me abraza fuerte y hunde la cara en mi cuello mientras se viene dentro de mí. Mi cuerpo se enrosca fuertemente alrededor del suyo, haciendo lo mismo.

Todo es calor, jadeos y piel pegajosa y empapada. Caricias suaves y besos perezosos. Emmett juguetea con mi clítoris sensible mientras los dos fluimos juntos.

Nos tocamos y nos retorcemos. Me recorre el cuerpo con las manos, como suele hacer, mientras me susurra al oído lo bien que lo he hecho.

Al fin, llegamos a la calma, desmoronados juntos y satisfechos.

Riendo, vuelvo a apoyar la cabeza en él.

—Te amo, Em.

Sonríe contra mi pelo.

—Te amo.

Poco a poco, recupero algo de fuerza para ponerme de pie en la tina. Me ayuda y, al levantarme, sale de mí.

El suelo está lleno de agua y hay vino por todas partes. La ropa que se había quitado está mojada.

—Hicimos un desastre.

Emmett no mira al suelo, solo me mira entre las piernas para ver su semen goteando fuera de mí. Alarga la mano, lo recoge con los dedos y me lo vuelve a meter.

—Sí, desde luego. Me encanta hacer un desastre.

Niego con la cabeza, incrédula, pero él sonríe con orgullo.

—No tienes vergüenza, Montgomery.

—Ni un poco.

—Tu familia viene a cenar por primera vez esta noche. Deberíamos limpiar esto antes de que lleguen. Y quizá también deberías ponerte algo de ropa.

Me da una palmada en el trasero antes de levantarse.

—Okey. —Me da otro beso en la cabeza y sale de la tina. Alcanza una toalla, me envuelve con ella y me levanta en brazos, y no me pone de pie hasta que me aleja del suelo mojado.

Él se coloca otra toalla alrededor de la cintura antes de empezar a recoger.

—¿Te parece bien que vengan todos? —pregunta.

Tira el resto del vino al lavabo, ya que la mitad de la copa estaba llena de agua de la tina, y yo recojo su ropa mojada y la deposito en el bote de la ropa sucia. Todo fluye entre nosotros. Nos coordinamos como si fuéramos una pareja habituada a convivir desde hace años, a pesar de que solo llevamos un par de meses así.

—Me parece perfecto. Ahora esta también es tu casa. Deberían sentirse bienvenidos.

—Lo sé, pero ha sido tu guarida hasta que me dejaste entrar.

Recuerdo que hasta hace poco tenía miedo de volver a dejar entrar a alguien no solo en mi departamento, sino también en mi vida. Pero ha habido un giro inesperado: dejar que Emmett forme parte de mis días es lo mejor que he hecho nunca. Desde que estoy con él, mi vida no ha hecho más que mejorar.

Y ahora, como pasamos tanto tiempo juntos, he empezado a sentir que su familia también es la mía. Claro que deben conocer esta casa.

—Ya no siento la necesidad de esconderme —le digo con sinceridad—. Quiero que estén aquí.

Emmett se detiene y me mira con gesto incrédulo.

—Me encanta que quieras que vengan.

Me acerco lentamente a él y lo rodeo con los brazos.

—Bueno, es que te quiero.

Me abraza.

—Me sorprendes cada día, Reese. Soy muy afortunado por no terminar nunca de enamorarme de ti.

EPÍLOGO

Emmett

Un año después

Apoyo los codos en la barandilla de mi sitio habitual en el dugout. Es el mismo que he ocupado cada jornada de este año. El mismo donde he visto cada partido de mi carrera como entrenador.

Pero este encuentro es diferente.

Es la Serie Mundial. El quinto partido. Y jugamos en casa.

Algo en el aire me dice que este es el partido. Vamos arriba 3 a 1 en la serie, entrando a la parte baja de la novena entrada. Probablemente, no debería estar tan confiado. Al fin y al cabo, el partido está empatado. Pero he tenido confianza en este grupo todo el año. Y parece cosa del destino que este año de romper récords, uno de los mejores de mi vida, culmine con el campeonato de la Serie Mundial.

La energía me envuelve. Tanto la de los chicos en el dugout como la de los seguidores que llenan el estadio. Y, por supuesto, la de nuestras familias sentadas en las gradas justo detrás de nosotros.

En casa o fuera, durante toda esta fase de playoffs, Reese ha comprado todas las entradas de esta zona para que los jugadores tengan a sus familias cerca. Claro, algunos ganan una fortuna. No necesitan ayuda para comprar entradas caras. Pero hay otros, como Milo, que todavía tienen contrato de novato, y gastar tanto en entradas para sus partidos de la Serie Mundial no resulta viable.

Así que Reese se las compra a todos. Sin que nadie se lo pida. Así es esta chica.

Ella misma lo dice: el beisbol ya no es solo un negocio.

Ha sido muy tierno ver la cara de emoción de Milo antes de cada partido cuando divisaba a sus padres entre el público. Este año ha madurado como jugador, y ahora todos los demás equipos temen verlo en el plato. Su confianza se ha disparado. En parte gracias a su buen juego y en parte gracias a la ayuda de los veteranos que lo han acogido bajo su protección.

Milo fue la primera decisión empresarial de Reese y será bastante difícil de superar.

Pero en esta offseason ha hecho otros cambios estratégicos: ha incorporado a un par de jugadores más. Eran los valores que faltaban en nuestra ecuación y, gracias a ellos, hemos sido el club con más victorias en la liga esta temporada.

Nunca olvidaré la cumbre del comisionado del año pasado, cuando le dije a Reese que quería terminar la temporada con un récord mejor que el de todos los demás propietarios que la trataban como si ella no fuera una de ellos.

Este año, lo hemos logrado. Juntos.

Pasamos la offseason viajando juntos cada vez que necesitaba hacer alguna evaluación sobre el terreno. Nos fuimos de vacaciones un par de veces. Una con toda la familia. Otra, solos ella y yo.

Reese era la pieza que faltaba en el rompecabezas de mi familia. Encaja a la perfección en ella. Se lleva de maravilla con Kennedy y Miller, y, por supuesto, los hermanos Rhodes opinan que es genial. Cinco de los seis miembros de esta familia estamos todo el día juntos en el campo, y Miller y los niños vienen siempre que pueden, así que no es de extrañar que Reese se sienta tan cómoda con todos ellos. Ama a mi familia como si fuera suya, y como la biología a nosotros nos importa más bien poco, para ella también son ahora su propia familia.

Esto se hizo evidente poco después de que terminara nuestra última temporada, cuando Miller dio a luz a Emmy. Reese me acompañó al hospital para conocer a la nueva integrante de la familia, y cuando mi hija me dijo que mi nieta se llamaba Emmy por mí..., me dejó hecho polvo, en el mejor sentido de la palabra. Recuerdo con absoluta nitidez mirar a Reese, que rara vez se emociona, y encontrarla llorando tanto como yo.

Ese día me quedó claro que ella era parte de nuestra peculiar familia. Ahora de ocho miembros.

Cuando Kennedy e Isaiah se volvieron a casar antes del comienzo de esta temporada, renovando sus votos en Las Vegas, Reese también estuvo allí. En las bancas, mirándome con orgullo, igual que lo hizo en la boda de Kai y Miller.

Una de las mejores partes de este año juntos ha sido ver cómo Reese ha adquirido confianza en su trabajo. Siempre se había mostrado segura públicamente y se defendía cuando era necesario, pero la temporada pasada, cuando los medios se dedicaron a criticarla, me resultó evidente que los comentarios de la prensa hacían mella en ella. Sin embargo, solo se derrumbaba cuando estábamos en casa, nunca en el estadio.

No obstante ha llevado a su equipo a la Serie Mundial en su segundo año. Es difícil discutir ese hecho o encontrar algo de qué quejarse. Es verdad que Reese es la primera mujer dueña de un equipo de la liga, pero ella lo que quiere es que la conozcan por ser la dueña de un equipo ganador.

Así que eso es justo lo que vamos a hacer.

Ya he ganado una Serie Mundial como mánager. Tengo un anillo. Pero nada se comparará con esto si lo logramos. Ganarla por Reese. Ganarla con Reese.

La multitud estalla cuando Travis recibe la cuarta bola, dándonos un hombre en base. Sin outs. En la parte baja de la novena. El juego sigue empatado.

Me invade la confianza mientras observo expectante, porque sé que va a suceder. Vamos a ganarlo todo. En casa. En el estadio de Reese.

Isaiah choca su hombro contra el mío.

—Oye, Monty, ¿recuerdas cuando diste un discurso el año pasado sobre que nos querías porque ibas a dejar tu trabajo, pero volviste al día siguiente?

Me echo a reír a carcajadas, y estoy seguro de que cualquier cámara que me esté mirando ahora mismo se preguntará por qué me río así cuando debería estar estresado. Pero no puedo evitarlo. Es divertido. Todo esto es divertido.

—Eres un idiota, ¿lo sabes?

Isaiah se echa la visera hacia atrás y se apoya en la barandilla junto a mí.

—Lo sé.

Milo Jones se dirige al home, y la escena es simplemente poética. No solo porque se ha convertido en una de nuestras mayores amenazas ofensivas, sino porque esta noche jugamos contra Houston, que cuenta en sus filas con Harrison Kaiser, el jugador que Reese traspasó en su momento; una decisión por la que recibió muchas críticas.

No obstante, Harrison apenas ha contribuido al éxito de Houston este año. Ha sido suspendido dos veces. Lo bajaron a su equipo de triple A un par de semanas a mitad de temporada. Su mánager me ha dicho que desean sacarlo del equipo, y que lo harán en cuanto su contrato expire al final de la temporada. Ojalá sea esta noche. No es que tuviera ninguna duda, pero está claro que Reese tomó la decisión correcta el año pasado.

Mientras Milo se acerca al plato, levanto la vista hacia el palco presidencial. Reese ya tiene los ojos puestos en mí, con una sonrisa orgullosa y significativa en los labios. Ella también lo sabe. Está a punto de suceder. Puedo ver mi propia confianza reflejada en su cara.

Sus padres y abuelos están arriba acompañándola, y sé que Arthur está radiante de orgullo por su nieta mientras ve el partido.

Reese me guiña un ojo antes de que vuelva a concentrarme en el campo.

El primer lanzamiento para Milo es una bola.

El segundo, la conecta, pero desafortunadamente se desvía. Es un foul, lo que le da un strike.

Isaiah me pasa el brazo por encima de los hombros cuando el lanzador se prepara para el tercer lanzamiento de la secuencia. Su cerrador está nervioso, eso es evidente. La temporada entera de su equipo depende de él, y se enfrenta a uno de los mejores bateadores jóvenes de la liga.

Pero al soltar el lanzamiento, lo envía directo al centro del plato. El swing de Milo es impecable, y cuando su bate conecta, manda la pelota muy lejos. A la profundidad del jardín central, sobre la hiedra, igual que el primer día que le conectó un home run a Kai.

Ni siquiera podría decirte dónde cae la pelota porque no importa. Lo único que importa es que no hay ni rastro de ella, y que acabamos de ganar.

Acabamos de ganarlo todo.

El estadio estalla enloquecido. El equipo sale corriendo del dugout en busca de Travis, en el home, antes de embestir a Milo, que rodea la segunda base, abalanzándose sobre él en el cuadro.

El bullpen se une a la celebración, y Kai va directo a su hermano.

Los siguientes momentos son un torbellino. El cuerpo técnico se acerca a celebrarlo conmigo. Hay muchísimos vítores, gritos y abrazos.

Finalmente, subo corriendo las escaleras del dugout y me uno al grupo en el campo. Kai es el primero que me encuentro. Me abraza, y yo hago lo mismo. Entonces Isaiah aparece de repente, y los tres lo celebramos. El champán me empapa la camiseta, pero entonces me dan otra en la que se lee: WINDY CITY WARRIORS. CAMPEONES DEL MUNDO.

—¡Santo Dios, lo hemos logrado! —me grita Isaiah al oído.

—¡Los quiero, chicos! —grita Kai.

Isaiah se pone su nueva gorra de campeón y Kai agarra una botella de champán y bebe un poco antes de pasársela a su hermano.

Miro a mi alrededor porque solo hay una persona con la que quiero celebrarlo.

—¿Dónde está Kenny? —pregunta Isaiah—. ¿Dónde está mi mujer?

Kennedy y el resto del personal médico aparecen por fin en el campo, y él sale corriendo hacia ella.

—¿Dónde está Mills? —me pregunta Kai, buscando a su mujer y a sus hijos en la zona familiar. Los señalo a los tres y, cuando los encuentra en la grada, corre a ayudarlos a bajar al campo.

Reese aún no ha llegado. Debe de haber un centenar de personas aquí abajo, pero no está entre ellas. La busco con frenesí alrededor, miro hacia el palco presidencial, pero solo veo a los padres y a los abuelos de Reese. Ella no está.

—¡Monty! —Un reportero y un cámara se acercan corriendo con el micrófono en la mano—. Acabas de ganar la Serie Mundial, dinos qué piensas.

—Pienso que quiero celebrarlo con mi chica, pero no la encuentro.

El caso es que solo hay una persona con la que quiero hablar ahora mismo. Una persona con la que quiero celebrarlo.

La reportera me señala en la dirección correcta.

Por fin, en el túnel que lleva al dugout, distingo su cabello rubio perfectamente cortado. Casi puedo oír el clic de sus tacones contra el cemento, un sonido que tengo grabado en la memoria, mientras viene hacia mí.

La sonrisa se dibuja al instante en mis labios.

Abriéndome paso entre los cuerpos, ignorando a cualquiera que intente detenerme, corro por el campo hacia ella justo cuando sube las escaleras. Prácticamente se me tira encima. Yo me lanzo sobre ella. Al levantarla, me rodea con sus piernas.

Ahora sí puedo celebrarlo.

—¡Lo logramos! —exclama Reese. Es una mezcla de incredulidad, sorpresa y pura alegría.

—¡Sí, lo logramos! —Aprieto la cara contra su cuello, abrazándola fuerte—. Te amo muchísimo.

—¡Te amo! ¡No puedo creerlo!

—Créetelo, Reese. Acabamos de hacerlo. Acabas de hacerlo.

—Cásate conmigo.

Eso me frena en seco. Hay mucho ruido en el campo. Es puro caos. Seguro que no la he oído bien.

Separándome, me aseguro de mirarla a los ojos esta vez.

—¿Qué?

—Cásate conmigo.

Sí. La había oído bien. ¡Dios santo!

—¿Es una pregunta?

—No. —Niega con la cabeza, reprimiendo una sonrisa—. Cásate conmigo, Emmett.

—No me digas lo que tengo que hacer.

Se ríe conmigo antes de que me incline y la bese.

—Reese, cariño, de verdad, necesito que dejes de adelantarte.

La dejo en el suelo y me meto la mano en el bolsillo trasero de los pantalones de beisbol para sacar el anillo que llevo guardado ahí durante los últimos dos partidos, por si tenía la oportunidad de dárselo. Pero me alegro de que esto esté sucediendo aquí. En su campo.

Me arrodillo y se lo ofrezco.

—No sé si este anillo podrá superar al que acabamos de ganar.

Ella asiente con frenesí, con la sorpresa reflejada en su rostro.

—Claro que sí.

—Bien. —Le sonrío—. Cásate conmigo, Reese. Y no, yo tampoco te lo voy a pedir.

Se ríe con lágrimas en los ojos.

—Esta es la única vez que te permito decirme lo que tengo que hacer. Pero tienes que saber que, si me lo pidieras, mi respuesta sería sí.

Entonces le pongo el anillo en el dedo, deseando llenar el resto de su mano con muchos más anillos.

FIN

Agradecimientos

¡Crear este libro ha sido un placer! Me recordó por qué me encanta escribir e imaginar. Esta historia llevaba un par de años gestándose en mi cabeza antes de poder llevarla a cabo.

Emmett ha sido mi personaje favorito desde que apareció por primera vez en *Perdiendo el control* (Libro 3 de la serie Wind City) y, para mí, era el que más merecía un final feliz. Me he divertido muchísimo dándole uno. Y Reese se ha convertido en un personaje reconfortante para mí. Hay mucho de mí misma reflejado en ella (¡las dos estamos enamoradas de Emmett Montgomery, por ejemplo!). Disfruté aprendiendo de ellos por igual y esperaba con ansias escribir, sin importar desde qué perspectiva lo hiciera. Espero que los amen tanto como yo (¡aunque no estoy segura de si eso es posible!).

Mi primer agradecimiento es para quienes me leen. Su apoyo a la serie Wind City ha hecho que yo pueda seguir escribiendo historias que me encantan. Gracias a todos los que han compartido su amor por mis libros. ¡Significa mucho para mí!

Allyson: siempre se me da mejor escribir sobre cuán agradecida te estoy que decírtelo en persona. Supongo que por eso soy escritora. Pero no estoy segura de poder expresar plenamente lo agradecida que estoy de tenerte a mi lado ni por escrito ni hablado. Tengo muchísima suerte de que una de mis mejores amigas trabaje conmigo. Haces que este proceso sea mucho más divertido, a la vez que me quitas mucho trabajo y proteges mi estado de calma. Gracias por encargarte y mantener el negocio en marcha cuando tuve que alejarme durante este año en algunos momentos. Te quiero mucho.

Chas y Sierra: gracias por ser los primeros en ver el primer borrador. Y por todos los comentarios positivos que me animan a seguir adelante. ¡Los aprecio muchísimo a ambos!

Sam y Kristie: mis primeros lectores siempre del producto terminado. Me siento muy vulnerable al compartir ese primer vistazo, pero siempre espero con ansias nuestros mensajes grupales. Los quiero a los dos.

SJ: Por ser la mejor amiga y una mujer inspiradora. Nunca olvidaré cuando leíste con cara seria el capítulo 29 sentada a mi lado en una sala de urgencias de Londres. Recuerdos.

Erica: ¡Seis libros juntos! ¡Muy agradecida por tu talento y tu amistad!

Entangled y Hodder: Muchísimas gracias por creer en mí y en mi narrativa. Este libro es el que más me ha emocionado y se sumaron con entusiasmo.

Jess W y SDLA: Gracias por todo el esfuerzo que hacen para que mis historias sean accesibles a más lectores. Agradecimientos a todo el equipo.

Andrew y Peter: Este año pasado fue duro para nosotros, pero estoy muy agradecida de tenerlos conmigo.

A todos mis amigos escritores, ya saben a quiénes me refiero: les agradezco sinceramente. Esta industria te puede aislar a veces, pero tener compañeros que te animan en cada paso del camino y te comprenden es todo. ¡Gracias por su amistad!

Marc: ¡Un éxito rotundo, colega! Las listas de reproducción se han convertido rápidamente en una de mis partes favoritas de crear estas historias, y es en cierto modo por la música, pero sobre todo porque puedo colaborar con uno de mis mejores amigos. Tengo muchos más libros que escribir, por desgracia para ti…

Por último, pero la más importante, a mi madre: te quiero. Te extraño. Gracias por ser la madre y amiga más increíble. Soy quien soy hoy gracias a ti.